DAHLIA BLAKE

W0350313

POURVU QU'ON NE S'AIME *jamais*

Hugo Poche

NEW ROMANCE®

Ce livre est une fiction. Les noms, caractères, professions, lieux, événements ou incidents sont les produits de l'imagination des auteurs utilisés de manière fictive. Toute ressemblance avec des personnages réels, vivants ou morts, serait totalement fortuite.

Images de couverture : © Shutterstock
Couverture : Ariane Galateau

34-36 rue La Pérouse
75116 Paris
www.hugopublishing.fr

Collection dirigée par Arthur de Saint Vincent
Ouvrage dirigé par Marie Maublan

Dépôt légal : juillet 2023
ISBN : 9782755669824
Imprimé par CPI Black Print en septembre 2023

AVERTISSEMENT

Bien que ce livre ait pour ambition d'apporter du bonheur et de la joie à ses lecteurs·trices, il traite également de traumatismes et de résilience.

À ce titre, nous tenons à vous prévenir que certains passages de ce roman contiennent des scènes de violence psychologique susceptibles de heurter votre sensibilité.

« Ce sont nos colères qui tiennent les hommes pour responsables de leurs actes et qui donnent de l'élan à nos révolutions. »

Pauline Harmange,
Moi les hommes, je les déteste,
Seuil, 2020.

1er AOÛT

HORTENSE

Je déteste les hommes.

Oui, je sais, ça ne se dit pas ! Pourtant, c'est la stricte vérité. Et je tiens à préciser que ce n'est pas ma faute. J'ai tout fait pour les aimer, j'ai juste très vite appris que les hommes n'étaient qu'une source perpétuelle de déception. Ça a commencé par mon propre père qui nous a abandonnées, ma sœur, ma mère et moi alors que je n'avais que deux ans. La paternité ne réussit à personne dans ma famille : le père de mon fils a lui aussi déguerpi en moins de temps qu'il n'en a fallu à mon test de grossesse pour afficher un signe « plus ». Maintenant que j'y pense, même mon premier amoureux, Loïc, était un avertissement. Pourtant, j'y ai cru. Du haut de mon mètre d'innocence, j'étais persuadée qu'on était faits l'un pour l'autre. On s'était mariés à la récré du matin, juste derrière le toboggan. Ça ne comptait pas pour des prunes, quand même… Pour lui, si.

Je me souviens encore du sentiment de déception qui m'a envahie quand, l'après-midi même, je l'ai vu se remarier avec cette petite peste de Larissa. Elle tenait son bouquet de mariée, fait de pissenlits fatigués par la chaleur, alors qu'elle lui promettait amour et fidélité éternels. Exactement à l'endroit où nous avions scellé notre histoire quelques heures plus tôt.

Ce petit con n'a même pas eu la décence d'attendre une seule malheureuse journée !

Dès la grande section de maternelle, je savais donc à quoi m'en tenir avec les garçons… Alors, quelqu'un peut-il m'expliquer pourquoi, plus de vingt ans plus tard, je suis encore surprise par leur médiocrité ?

– Qu'est-ce que tu veux que je te dise, mon Gégé, il faut lui donner une petite fessée, à la stagiaire, pour lui apprendre la vie !

La bande de mecs assis à la table du fond éclatent en chœur d'un rire aussi gras que les frites dont ils s'empiffrent depuis des heures. Vivement que la malbouffe fasse son taf et leur bouche les artères une bonne fois pour toutes.

Où sont les maladies cardiovasculaires quand l'humanité en a besoin ?

Je lève les yeux au ciel et me concentre sur mon bar, dont j'asperge la surface vernie de produit nettoyant et que je frotte avec rage. Une heure et demie que je les entends débiter des bêtises. Une heure et demie de concentré de sexisme potache et pas drôle. Une heure et demie que j'ai la preuve que, malheureusement, l'orientation sexuelle n'est pas un choix. Si c'était le cas, ça ferait un bail que j'aurais laissé tomber les hommes.

– Tu l'as vue en même temps ? La petite Kenza ne demande que ça, avec ses minijupes. Je te jure, elle me rend dingue. Si elle faisait un malaise et qu'elle tombait dans les pommes, je saurais m'occuper d'elle, si tu vois ce que je veux dire…

Tout le monde voit ce que tu veux dire, connard ! Et c'est puni de cinq ans de prison et de soixante-quinze mille euros d'amende.

La bande acquiesce en un brouhaha masculin à l'unanimité désolante. Je me demande comment, à un moment, j'ai pu penser que j'avais besoin d'un de ces spécimens dans ma vie. Pourtant, on peut dire qu'en matière d'hommes, j'y ai mis du mien. J'ai tenté de me mettre en couple plusieurs fois, même quand le mâle en question n'était clairement pas fait pour moi. Je me revois me perdre dans des relations jusqu'à oublier tout ce qui fait de moi celle que je suis pour rentrer dans le moule. Parce qu'au bout d'un moment, on ne va pas se mentir : plus les années passent et plus, socialement, la solitude semble étrange, presque anormale. J'en avais marre des jugements, de ma mère qui me demande si j'ai quelqu'un dans ma vie, de la copine qui me dit « T'inquiète, tu vas trouver le bon ». Alors, depuis deux ans, je me suis jetée corps et âme dans l'arène du *dating*. Je n'allais pas crever seule en m'étouffant sur une brochette bœuf-fromage en regardant pour la centième fois *Friends*. Non ! Moi aussi, j'allais l'avoir, la petite maison en banlieue et le Scenic que chéri a dégoté à un prix défiant toute concurrence. Oui, c'est moche, mais c'est super pratique pour emmener les petits au judo, le mercredi après-midi… J'y croyais dur comme fer. Je me suis inscrite sur des applications de rencontres, j'ai navigué à vue, scrutant l'horizon, cherchant l'amour, faisant de mon mieux pour ignorer phrases d'accroche douteuses et *dick pics*. J'ai tout fait, juste pour décrocher le rôle principal dans cette grande pièce de théâtre qu'on appelle « la vie de couple » : la petite robe à fleurs pour faire le marché le dimanche, le frisson une soirée de printemps en sortant du ciné pour qu'il dépose sa veste sur mes épaules, l'orgasme simulé de nombreuses nuits d'été pour faire fleurir son ego viril. Et pourtant, la rupture était toujours là. À chaque fois, je me suis retrouvée sur le quai, à regarder le paquebot de l'amour partir sans moi. Avant, c'était avec amertume. Aujourd'hui, je le contemple qui s'éloigne en lui tendant joyeusement mon majeur.

– Excusez-moi ? Désolé de vous déranger, mais est-ce qu'il serait possible de vous commander une nouvelle tournée de bières, s'il vous plaît ?

Prise dans le tourbillon du souvenir de mes échecs amoureux, je n'ai même pas vu l'homme s'accouder à mon bar.

– Des pintes de blondes ?

– Ce serait parfait, Madame… Ou serait-ce Mademoiselle ?

Il me regarde en laissant ses grands yeux bleus faire leur effet. Enfin, je suppose. C'est ça ou il a peur de cligner des yeux.

– Dix pintes ? éludé-je en me saisissant d'un premier verre.

– Onze. Dix pour nous et une pour vous, dit-il en m'offrant un sourire gêné. Enfin, si ça vous dit de prendre des verres avec des mecs un peu lourds, mais totalement sympas.

– J'imagine que Kenza, la stagiaire que votre collègue rêve d'agresser sexuellement pendant qu'elle est inconsciente, ne serait pas de votre avis.

– Gardez-le pour vous, mais ces types sont des connards de la pire espèce. Roger fait le malin mais il a une enquête RH aux fesses et Gégé… Si vous voulez mon avis, ce genre de commentaires cache des problèmes érectiles évidents. Je crois que c'est pour ça que sa femme l'a quitté.

Il prend ma main et, pendant une seconde, je suis étonnée. Contre toute attente, il est drôle. Je ne suis cependant pas née de la dernière pluie, alors je reste silencieuse, attendant de découvrir à quel genre de menteur j'ai affaire. Je pourrais parier mon salaire que c'est un infidèle ou un pervers narcissique. Pendant que j'aligne les dix pintes sur le comptoir, je fais mine de ne pas remarquer son petit jeu. Il prend place au bar en posant son portable devant lui tout en tapotant le comptoir du bout de ses doigts. Il me regarde servir sa commande, ses yeux se baladant sur mon corps. Je laisse échapper un soupir plus lourd que sa technique d'approche, mais ne dis rien. Dix ans que je fais ce métier, je sais pertinemment que les clients pensent que se faire reluquer, pour la nana qui prépare leur cocktail, fait partie du service.

– Ça fait longtemps que vous faites ça ?

– Je ne m'attendais pas à passer un entretien pour servir de la bière… Ne vous inquiétez pas, j'ai largement les qualifications pour que vous puissiez vous bourrer la gueule ce soir.

– Je n'en doute pas une seconde. Pardon si je suis un peu maladroit, je tentais juste d'engager la conversation… Il paraît que je suis plutôt bon pour parler de tout et de rien. Nul à chier au pieu, par contre !

Malgré moi, je laisse échapper un léger sourire. OK, il est vraiment drôle.

– J'imagine qu'on doit être cinquante à se poser devant votre bar et à vous demander ça, mais je vous trouve vraiment très belle… Et je me suis dit que peut-être, si vous aviez envie de discuter du prix de la baguette ou d'une relation sexuelle médiocre, vous pourriez me donner votre numéro de téléphone.

J'éclate de rire. S'il était venu quelques mois plus tôt, je me serais laissée embobiner en moins de temps qu'il n'en faut pour remplir un verre de bière.

Je prépare la dernière pinte et la place sur le plateau.

Dommage, mon pote, j'ai oublié ma naïveté dans le lit du dernier mec qui ne m'a pas rappelée.

– Alors ? insiste-t-il.

– Quoi ?

– Je pourrais avoir votre numéro ?

Je sonde mon corps pour tenter de savoir si je suis en manque. Clairement, la réponse est oui. La dernière fois que j'ai couché avec un mec… Il faisait froid. Merde ! On est en été. J'inspire profondément, et comme pour me prouver que j'ai raison de me méfier, qu'aucun homme ne vaut mieux que le précédent, le petit rectangle plat entre nous s'illumine et le portrait d'une femme souriant, une couronne de fleurs blanches assorties à sa robe immaculée, apparaît sur son écran. Les mots « Mon amour » s'affichent sur le visage radieux de ce qui semble être sa femme. Je vois le don juan des coups d'un soir médiocres se ruer sur l'appareil. Il décroche en toute hâte, honteux. Sous mon regard noir, il décide de prendre son appel dehors. La porte a à peine le temps de se fermer qu'elle s'ouvre de nouveau pour laisser entrer Jaxx, mon collègue, arrivé il y a à peine un mois. Ici, le personnel tourne pas mal. Les gens sont de passage et finissent tous par partir. Moi aussi, maintenant.

– Mille excuses ! J'ai eu une galère de bagnole.

– Pas de souci… Même si je ne pensais pas faire des heures sup pour mon dernier jour de boulot.

– *Fuck*, j'ai zappé ! Mais c'est bon, je suis là, tu peux filer. Tu pars un peu en vacances ?

– Oui, un mois en Martinique pour le mariage de ma sœur.

– *Oh, my God*, je vendrais mon frère pour un mois de vacances dans les Caraïbes.

Je souffle péniblement. N'importe qui serait ravi de passer un mois entier en Martinique à siroter du champagne, entouré de tulle et de froufrous. Et cela, sans avoir à dépenser un kopeck. Oui, ma sœur a les moyens et est généreuse. Une magnifique escapade aux frais de la princesse, le petit génie de la famille, plus connue sous le nom d'Azalea Ménard. Mais à dire vrai, ces vacances à Saint-Joseph, dans notre maison de famille, me stressent plus qu'autre chose. Je n'ai aucune envie de remettre les pieds là-bas. Il y a quatre ans, ma mère a été hospitalisée et j'ai dû y retourner de façon inattendue. Je garde un assez mauvais souvenir de ce voyage et de mon séjour là-bas. Au point que, depuis une semaine, il m'est impossible de fermer l'œil.

– Si je n'y allais pas pour un mariage, je t'aurais laissé ma place avec plaisir. Pas la peine de sacrifier ton frère…

– Oh, tu sais. C'est une saleté de *sagitterroriste*…Bref, profite à fond. Et repose-toi, tu as l'air crevée.

– Je sais… J'y vais.

Je contourne le bar et prends Jaxx dans mes bras. Je le connais à peine mais, je ne sais pas pourquoi, quitter le bar après mon dernier service me serre le cœur.

– Bon courage pour ce soir, lui dis-je avant d'enfiler ma veste. Je passerai vous faire un coucou à mon retour de vacances.

– Attends, elles sont pour qui, les pintes sur le bar ?

Je me tourne et me rends compte que M. Yeux-bleus-et-mauvais-coup est retourné s'asseoir à sa table et fait son possible pour m'ignorer.

Allez ! Un dernier kiff pour la route.

– Ne t'inquiète pas, je m'en charge. Tu vois le connard en chemise bleue ? Il a essayé de me draguer alors qu'il est marié. Tu sais ce que ça mérite ?

– *Oh, my God.* Est-ce que c'est déjà Noël pour avoir le droit à une de tes punitions divines ?

– J'ai comme une envie de trinquer une dernière fois.

Je soulève le plateau plein de bières et me dirige vers la table de lourdauds. Ils me font tous de la place et m'accueillent en tapant sur la table et en battant des pieds sur le parquet comme des animaux dans un zoo. Chemise bleue, pourtant si amical au bar, baisse la tête, espérant sûrement disparaître.

– Je crois que cette tournée est pour vous !

Je ramène le plateau et le pose délicatement sur la table.

– Ça a l'air lourd, ma belle, me dit l'un des hommes. C'était peut-être un peu ambitieux de porter dix pintes d'un coup ?

C'est d'oser lever les bras quand on a des auréoles de la taille de l'Île-de-France sous les aisselles qui me paraît ambitieux, mais je garde ma méchanceté pour moi. À la place, je me contente de répondre :

– Onze pintes !

– Onze ? Il ne nous en faut que dix !

– Oui, mais votre collègue a proposé de m'en offrir une pour mon dernier jour de boulot.

– Quel gentleman, cet Antoine.

– C'est le cas de le dire. Il a le cœur sur la main, votre collègue…

Je soulève ma pinte. Ils attrapent tous un verre et entonnent la symphonie des ivrognes. Une fois qu'ils commencent à boire et que je vois les épaules d'Antoine se détendre, j'attaque enfin :

– À la vôtre ! Et, comme me l'a dit Antoine tout à l'heure, au divorce et aux problèmes d'érection de Gégé, à la plainte pour harcèlement sexuel qui vise Roger, mais surtout, à la médiocrité masculine en général. Chacun, à votre façon, lui fait honneur ce soir.

Et là, il se passe ce que je n'ai pas vu depuis leur arrivée : plus aucun d'entre eux ne parle. Un silence de mort s'installe autour de la table ronde.

– Mes amitiés à ta femme, j'espère pour elle qu'elle découvrira très vite le genre de merde qu'elle a épousée, ajouté-je avant de quitter le bar.

De l'extérieur, j'aperçois Jaxx m'applaudir discrètement. Je lui fais un signe de main, il m'adresse un léger clin d'œil en retour. J'ouvre la portière de ma voiture en peinant à me rendre compte que c'est sûrement la dernière fois que je travaille ici. J'ai posé ma démission, c'est officiel, je ne suis plus serveuse. Je ne pensais pas que quitter ce lieu, qui m'a accueillie quand je n'avais aucune perspective, me ferait peur. Pourtant, j'ai le vertige. Comme si je plongeais dans le grand bain et que ce n'était qu'une fois dans les airs, sans possibilité de retour en arrière, que je me demandais si je savais nager.

Une fois installée derrière mon volant, je jette un dernier coup d'œil à l'enseigne rose fuchsia qui clignote dans mon rétroviseur. Ces peurs devront attendre septembre, car je suis officiellement en vacances. Et demain, à la même heure, je serai en Martinique, pour le meilleur et pour le pire.

2 AOÛT

HORTENSE

– Maman, t’as une tache, là ! s’exclame mon fils en tentant de camoufler le petit grain de malice qui brille dans ses yeux. Trop dommage, il est trop beau ton tee-shirt.

Il me sourit de toutes ses dents, la main droite posée sur son appareil photo sous la table. Il le trimballe partout depuis deux ans maintenant.

Tu peux toujours tenter, mon chou, mais je ne suis pas née de la dernière pluie !

Surtout qu’il a sûrement raison. Je me suis levée aux aurores et j’ai passé ma matinée à faire des petits sablés pour le voyage. Quitte à angoisser, autant m’occuper avec la seule activité au monde qui me vide la tête : pâtisser. Enfoncer mes doigts dans les morceaux de beurre pour les mélanger à la farine, aux œufs et au sucre, a suffi à faire baisser mon rythme cardiaque. Sauf qu’à regarder mon fils, je vois bien que ça n’a rien à voir avec tout ça. Son seul but est de me pousser à baisser la tête pour me mettre son doigt en plein milieu du visage. Tout ça pour immortaliser mon air hébété avec son appareil photo. Je me retiens de rire parce que tout ça est mon idée : l'objectif était de capturer sur papier glacé nos blagues et d'en faire des albums regroupant notre bêtise, aussi congénitale qu'héréditaire. Chaque année, on arrive à remplir, peut-être un peu trop facilement, un petit recueil de nos âneries. Surtout des miennes.

– Tu me prends pour qui ? Même pas en rêve, mon grand !

– Mince ! Tu la connaissais déjà, cette blague ?

– Quoi ? « T'as une tache, Moustache » ? Tu as devant toi celle qui a élevé le « moustache » au rang d'art.

Devant sa mine un peu déçue, je m'approche de lui et lui glisse :

– En revanche, je suis quasi sûre qu'à Mamie, on ne la lui a jamais faite.

– Tu crois ?

– Certaine, réponds-je en me versant une tasse de café. Tu es prêt pour le grand départ ?

– Oui, j'ai tout avec moi ! J'ai même pensé à prendre mes chaussures de marche et le petit couteau suisse que m'a offert Kaï. Je t'ai dit qu'on allait camper avant le mariage ?

– Au moins cinquante mille fois… depuis hier !

Il m'octroie une affreuse grimace revancharde.

Mon fils voue une admiration sans faille à Kaï, mon beau-frère. Sous ses airs bourrus, ce grand Polynésien n'est qu'un immense nounours au grand cœur. Cela fait quatre ans qu'il est en couple avec ma sœur et qu'ils filent le parfait amour de l'autre côté de l'Atlantique.

– Et toi, tu as pris tes cahiers ? m'interroge-t-il en attrapant un petit biscuit aux pépites de chocolat.

– *Yes !* J'ai embarqué plus de bouquins sur le management des entreprises que de bikinis. Donc je peux officiellement dire que je suis une adulte.

Alexandre rigole.

– Dans un mois…

Je retiens un soupir. Il a raison. Dans un mois, j'aurai vingt-huit ans. Et j'ignore pourquoi, j'ai le sentiment qu'après cette date, je ne pourrai plus feindre la jeunesse éternelle.

– Et dans un mois, tu as ta rentrée aussi. Ça va être trop cool !

– C'est vrai… confirmé-je en mettant un sucre dans mon café.

Je n'ai toujours pas trouvé le courage de lui dire la vérité. Pour valider l'inscription à mon diplôme, j'avais juste besoin d'une alternance. Ma grande sœur Azalea a fait jouer son réseau. Je suis allée visiter l'entreprise hier… et j'ai paniqué. J'ai vu ce qui m'attendait pour les deux prochaines années et j'ai décliné le job. Je sais que ce diplôme est une super opportunité, mais mince ! Si mourir d'ennui était possible, le taux de décès serait extrêmement élevé dans cette filière. Rien qu'à la mention de ma future formation, j'ai envie de me jeter par la fenêtre. Je n'ai jamais aimé l'école et la naissance de mon fils, alors que j'avais tout juste dix-sept ans, a marqué le point de départ de ma vie professionnelle. Bye bye le lycée, bonjour les petits boulots, casquettes d'équipiers et missions d'intérim. C'est comme ça que j'ai commencé à faire des extras au *Styx*, d'abord juste pour arrondir les fins de mois quand le petit dormait chez ma mère ou chez ma sœur, puis plus régulièrement dans la journée maintenant qu'il est plus grand.

Comme s'il savait ce que je dissimule avec mon silence, Alexandre déclare :

– C'est génial ! Toi, tu vas tout déchirer dans ta classe et, moi, je vais peut-être réussir à me faire un copain…

Cette fois, c'est ensemble que nous soupirons. J'ouvre le frigo et scrute les courses à la recherche d'une distraction qui remonterait notre moral soudain morose.

Bingo !

– Aaaah ! m'insurgé-je en ouvrant le pot de fromage blanc. Je crois qu'il sent bizarre. Tu n'en as pas mangé au moins, mon amour ?

– Si… Je viens d'en prendre…

Mon petit diable intérieur ricane… Mon fils ne marche pas, il vole.

– Ah bon ? Eh bien, regarde, il sent très bizarre, rétorqué-je avec conviction en lui tendant le pot entamé, mais bien rempli.

Je fais mon possible pour garder mon sérieux, jusqu'à me mordre la langue alors qu'il approche son visage innocent. Je place ma main sur mon téléphone et une fois sa tête bien en position pour renifler le fromage, j'appuie sur les bords de la boîte. Dans l'excitation, je m'emballe et presque tout son joli petit minois se retrouve plongé dans la mixture blanche.

– Mamoune ?

Ses lèvres sont serrées par la colère, mais il reste étrangement calme.

– *Bazinga… ?* lui lancé-je d'une voix aiguë, presque angélique, en prenant une photo.

– Je te conseille de courir. Vite.

Alors que je prépare ma repartie, je vois mon fils s'emparer du pot de fromage blanc et plonger sa main dedans. En deux secondes, ses doigts s'étalent sur mon visage, un nuage blanc obstruant ma vue et colmatant mes cils. Je riposte, le rire encore enfantin de mon fils emplissant la pièce. Maintenant, il m'arrive presque à l'épaule. Ce qu'il ne sait pas, c'est que je rembobine le temps chaque fois que je l'entends rire comme il le faisait quand il tenait dans mes bras.

– Qu'est-ce que vous faites dans ma cuisine ?

Les paupières engluées, j'arrive à repérer ma mère qui se tient dans l'encadrement de la porte, les mains calées sur les hanches. C'est une petite femme noire, menue, à la peau claire. Ses yeux noisette sont ce qu'elle nous a légué de plus flagrant, à mon fils et moi. Je suis son portrait craché. Et pourtant, on ne pourrait être plus différentes.

– Oh, rien, Maman. Ce matin, on a décidé de prendre en main notre déficit en calcium. D'ailleurs, Zouzou, maintenant que j'y pense, c'est important pour Mamie de manger des produits laitiers.

– C'est vrai ça. Viens voir, Mamie, on ne va rien te faire…

– Restez loin de moi ! s'insurge-t-elle en riant.

– Maman, tu as quel âge ? Avec l'ostéoporose, tout ça, si on y pense deux secondes, on te rend service, argumenté-je en approchant d'elle la main pleine de fromage liquide.

– Hortense Ménard ! Je te jure que si tu me touches avec ce yaourt, je ne dirai absolument rien quand ta sœur voudra te mettre dans une robe de demoiselle d'honneur horrible. Elle m'a montré les premiers croquis… Je peux encore te sauver !

Mon fils n'écoute pas et continue à s'approcher de sa grand-mère. Le malheureux ! Il est trop jeune pour comprendre les subtilités de la négociation. C'est une destruction mutuelle qui se joue ici. Et clairement, j'ai beaucoup plus à perdre qu'une pauvre éclaboussure de fromage blanc. Je bloque son avancée et tente de garder ma contenance. Azalea a deux looks : tantôt elle a tout de la bourgeoise parisienne, tantôt elle m'évoque une vieille fille, les sourcils froncés devant un tableau Excel. Pour une fois, je prie pour que ce soit la BCBG qui ressorte lors de son mariage. En tant que demoiselle d'honneur officielle, je tiens à ma dignité. J'éponge le plus élégamment possible ma tempe du revers de ma main et ramène une mèche de mes cheveux à l'arrière de ma tête, l'air détachée.

– On est sur quelle couleur ?

– Parme, répond ma mère avec un sourire en coin.

Je comprends pourquoi elle fait preuve d'une telle assurance.

– C'est quoi, comme couleur, parme ? demande candidement Alexandre.

– Moche ! répliquons-nous en chœur, ma mère et moi.

– OK, Zouzou, pose tout. Mamie a raison. Soyons raisonnables.

– Oui, mon Zouzou, écoute ta maman. Bon, je suppose que vous avez pris votre petit déjeuner, donc nettoyez-moi la cuisine et allez vous habiller. On part dans une heure.

Elle jette un coup d'œil derrière elle, hésitante. Elle inspire comme pour prendre le temps de formuler sa phrase avant de se tourner de nouveau vers moi :

– Sia… Je peux ranger tes cartons dans la cave si tu veux. Ou commencer à en déballer quelques-uns ? Histoire que, lorsque vous reviendrez, vous vous sentiez chez vous.

Je regarde ses yeux pleins d'une douceur qui me vide le cœur. Car oui, j'emménage de nouveau chez ma mère. Je reprends mes études à la rentrée et j'ai eu beau tourner les choses dans tous les sens, je ne vois pas comment tout mener de front : un enfant, un boulot, des études et des factures. Ces saletés de factures qui m'ont fait, pendant des mois, redouter le moment d'ouvrir ma boîte aux lettres. Après presque une année de galère, j'ai dû, une fois de plus, mettre mon orgueil de côté et aller demander de l'aide à ma sœur et à ma mère. Et, comme à chaque fois, elles m'ont répondu en m'ouvrant leurs bras et leur cœur.

Alors, pourquoi je ressens cette révolte silencieuse qui me bouffe le bide ?

Peut-être parce que je suis exactement au même endroit qu'il y a dix ans : sur le pas de cette porte, sans un sou en poche. La seule différence est qu'à l'époque, j'avais dix-sept ans et qu'Alexandre poussait si fort sous mon nombril que mon manteau ne fermait plus. Je croyais que j'avais changé, que j'étais une adulte, mais non. Dix ans ont passé et je me retrouve à la case départ. Les autres avancent pendant que je me demande encore : « C'est quand, qu'on devient grand ? » Les années défilent, j'aurai vingt-huit ans dans un mois, et me voilà de nouveau célibataire, dans la chambre à gauche en haut de l'escalier, assise au milieu de mes posters de Superbus et d'Usher. Même mentalement, je n'ai pas évolué. Les mamans des amis d'école d'Alexandre doivent pester contre l'immaturité de leurs enfants alors que j'étale la mienne dans toute la cuisine.

Je passe rapidement les mains sous l'eau et somme mon fils de monter se débarbouiller dans la salle de bains. Une fois seule, je tente de dégager de ma gorge la boule de honte qui campe là depuis que j'ai déposé mon premier carton dans l'entrée de la maison familiale.

– Tout va bien, ma chérie ?

Non. Évidemment que non. J'ai envie de pleurer sur ses épaules tellement la vie est difficile. De lui dire à quel point je n'avais pas imaginé ma vie d'adulte comme ça. Je ne pensais pas avoir à mendier pour trouver l'amour, à sacrifier mon indépendance pour pouvoir faire carrière ou pour subvenir aux besoins de ma famille. Mais je ne dis rien. Elle doit déjà supporter les erreurs de sa fille depuis vingt-huit ans maintenant. Elle ne va pas en plus endurer mes états d'âme.

– Laisse les cartons là, je vais en vider quelques-uns avant de partir. Et puis, ils pourront toujours me servir. Si tu en as marre de nous après ces vacances, on pourra s'en faire une maison sous les ponts. On dit que le carton, ça tient chaud, ironisé-je en placardant un sourire narquois sur mes lèvres.

– Oh, mais tu es bête ! C'est chez toi ici. Tu sais, tu peux les laisser là. Ça ne presse pas. Je ne disais pas ça pour te…

– Je sais. Mais ce n'est pas à toi de ranger tout ça. C'est déjà gentil de nous accueillir ici.

Elle hoche la tête sans rien dire, comme si elle comprenait. Alors, même si j'ai le sentiment de répéter cette phrase en boucle depuis des années, je la prononce encore une fois :

– Merci Maman.

3 AOÛT

HORTENSE

Neuf cent vingt kilomètres par heure ? Sérieusement ? J'observe les passagers autour de moi qui regardent un film, lisent un livre, écoutent de la musique, dorment, comme si nous n'étions pas en train de risquer notre vie à dix mille mètres du sol. Et les mecs voudraient que je mate le dernier *Avengers* en sirotant un punch coco ? Bande de malades ! Je me demande bien comment l'avion a été inventé…

Par un homme, c'est certain !

Une turbulence ébranle l'appareil et mon sarcasme à la même occasion. J'agrippe les accoudoirs de mon siège comme si ma vie en dépendait. Je combats ma peur de toutes mes forces, tel un trentenaire une calvitie naissante. Je laisse échapper un rire faible alors que je frôle la mort du bout des doigts. *« Elle est morte comme elle a vécu, se moquant des hommes et de leur phallus »*, songé-je solennellement.

Le vol dure huit heures et ça en fait sept que j'ai l'estomac et les dents serrées. Mon fils et ma mère dorment à côté de moi. Ma mère m'a bien proposé un petit médicament pour m'aider à me détendre mais c'est inutile. Une pluie de Xanax ne suffirait pas à calmer mes angoisses. En ce moment, j'ai peur de tout. Comme le dit ma sœur : « C'est normal, tu es à un moment charnière de ta vie. » Génial ! Moi, tout ce que je sais, c'est que j'ai l'impression d'avoir dix-sept ans de nouveau.

Je tourne les yeux vers mon fils, étroitement serré dans les bras de Morphée. Je me souviens de la peur panique que j'ai ressentie quand j'ai appris que j'étais enceinte de lui. J'étais si jeune… Alors pourquoi, dix ans plus tard, alors que je suis censée être une adulte, suis-je morte de trouille à l'idée de reprendre mes études, d'abandonner le seul job pour lequel j'ai du talent, que la rentrée de mon fils se passe mal et, le pire : de passer un mois de vacances en Martinique ? Rien que d'atterrir sur l'île m'angoisse.

Une autre série de turbulences me pousse à réciter intégralement un *Je vous salue, Marie*. Le signal lumineux qui nous rappelle d'attacher la ceinture de sécurité clignote continûment et ressemble de plus en plus à une condamnation. C'est la fin. Je vais crever ! On va tous mourir juste parce que ma sœur est assez bête pour croire en l'amour éternel.

– M'man ?

Je sursaute quand j'entends la voix de mon fils.

– Tu es réveillé, mon amour ?

– Oui… Je t'entends respirer fort depuis tout à l'heure. Ça va ?

– Oui, bien sûr.

– Tu fais encore des cauchemars ?

J'ai toujours eu du mal à cacher des secrets à mon fils. Et pareil pour lui. En même temps, il est très difficile de garder des secrets dans un quarante mètres carrés. Chaque soir, nous ne nous endormions que séparés par un fin mur de placo. Mais cette fois, alors que je vois l'inquiétude grandir dans ses grands yeux encore enfantins, je préfère botter en touche :

– Ne t'inquiète pas. C'est juste que je n'aime pas ces engins de Satan.

– Moi j'adore l'avion ! En plus, on est bientôt arrivés, non ?

Comme pour confirmer ses dires, une hôtesse de l'air s'approche et se penche dans notre rangée :

– Veuillez relever la tablette et attacher votre ceinture pour l'atterrissage.

Ma mère retire son cache-yeux :

– On est déjà arrivés ?

– C'est une blague j'espère ? J'ai l'impression d'avoir perdu vingt ans de vie dans cet avion et, toi, tu dis « déjà » ?

– Tu me connais, je dormirais n'importe où. Oh là là ! Tu as vu un peu par le hublot ? s'exclame-t-elle en découvrant l'océan alors que l'avion commence sa descente vers la Martinique.

Mon fils approche son visage de la toute petite fenêtre aux bords arrondis. À travers, on aperçoit l'île qui a vu grandir ma mère et où j'ai passé mon enfance. De là où nous sommes, nous pouvons voir le bleu de la mer des Caraïbes s'enfoncer dans le vert éclatant de la baie de Fort-de-France. La vue est magnifique et si j'en crois le visage rayonnant de mon fils, il est d'accord avec moi. L'éclat du soleil illumine ses petits yeux clairs.

– Je suis trop content, Maman ! J'ai trop hâte de retrouver tout le monde ! Ça va être trop *trop* bien !

Je tente de lui répondre sauf que les mots restent bloqués. J'avale une gorgée d'eau de la bouteille qui gît à mes pieds avant de lui répondre enfin :

– Tu l'as dit, bouffi !

***

– Tatiiiiiiiiiiie !

Je suis à peine arrivée dans la maison de ma sœur que la voix aiguë de ma nièce résonne dans la pièce. Je pose toutes mes affaires sur le sol et la prends dans mes bras. Elle m'a tellement manqué pendant tous ces mois où nous avons été séparées.

– Oh, ma grenouille !

Je me retrouve les fesses au sol à serrer Mahina, la fille d'Azalea, contre mon cœur. Je ne l'ai vue qu'une seule fois depuis qu'elle est née, quand ma sœur et Kaï sont venus passer un été avec nous dans l'Hexagone l'année dernière, mais nous nous appelons chaque semaine, ma sœur et moi, ce qui nous permet de rester proches.

– C'était bien, l'avion ? me demande-t-elle, la voix mal assurée, typique des enfants qui apprennent à parler.

– Oui, très bien, mon petit amour.

Devant sa bouille, j'oublie le trajet affreux qui m'a amenée jusqu'ici. Elle pose ses petites mains autour de mon visage et colle son front contre le mien. Elle inspire profondément avant d'ouvrir de nouveau les yeux et de déposer un baiser sur ma joue.

– C'est le *honi*, une façon ancestrale hawaïenne de se dire bonjour, précise Kaï. Depuis que je le lui ai appris, elle le pratique dès qu'elle peut, ajoute-t-il dans un grand sourire.

Je lève les yeux vers le grand dadais devant moi. Kaï n'a pas changé d'un pouce. Son sourire tendre et ses yeux rieurs feraient presque oublier son mètre quatre-vingt-dix, sa barbe et ses cheveux longs. Je connais mon beau-frère depuis toujours, nos mères étaient amies et, pendant la période où j'ai vécu ici, de mes deux ans à mes huit ans, nous étions inséparables. Ou plutôt, je lui collais aux basques pendant qu'il courait derrière Azalea. Rien ne me rend plus heureuse que de savoir que ces deux-là se sont enfin trouvés.

– Mais voilà le futur marié !

– Eh oui. Notre témoin est enfin arrivée ! Azalea doutait que tu montes dans l'avion.

– Mais non, je savais qu'elle viendrait !

La voix familière de ma sœur fait gonfler mon cœur. Je tourne la tête pour poser les yeux sur elle. Elle est plus grande que moi, sa peau est plus sombre. Le soleil des Caraïbes lui va à ravir. Je sens qu'elle retient ses larmes en me retrouvant dans sa cuisine, enlacée avec sa fille.

– Ça y est, vous êtes enfin là !

Elle court presque pour attraper mon fils entre ses bras. Ces deux-là ont toujours été très proches. Dès la seconde où Alexandre est venu au monde, ma sœur est revenue vivre avec nous, chez ma mère. Ses mains l'ont bordé, nourri, changé comme si c'était son enfant.

– Comme je suis heureuse d'avoir toute ma famille ensemble. Ça fait si longtemps, commente ma mère, émue en nous observant réunis. Où est Tatie Thé ?

– Il est quinze heures. Elle doit sûrement dormir, suppose Kaï.

– Ma sœur ? Faire la sieste ?

– Eh oui, Garance ! Tout arrive. Elle est fatiguée en ce moment, explique Kaï en sortant une bouteille d'eau du réfrigérateur pour la poser sur la table. Mais elle m'a dit qu'elle se joindrait à nous dès qu'elle se réveillera.

La maison de ma famille et celle de Kaï sont voisines. Après la mort de sa mère, sa maison était restée vide, mais à l'annonce de la grossesse d'Azalea, il a décidé de rénover les lieux.

Ils y vivent depuis. Je me relève avec ma nièce dans mes bras. Nous rejoignons Azalea et Alexandre et profitons d'un gros câlin à quatre.

– Prête pour ce mois de vacances ?

– Prête pour ce mariage ? Au cas où tu changerais d'avis, j'ai gardé une valise dans le coffre de la voiture de loc…

– Arrête ça, murmure ma sœur. Il pourrait t'entendre et commencer à douter.

– Jamais, *Leilani*, intervient Kaï.

– Je suis tellement heureuse que vous soyez là ! En annonçant notre mariage si rapidement, j'ai eu peur que vous ne puissiez pas venir.

– C'est vrai qu'organiser un mariage en trois mois avec deux cents invités, c'était ambitieux… Maintenant que je suis là, tu vas me dire pourquoi vous avez fait ça ? L'enfant hors mariage, c'est déjà fait, donc c'est pas ça…

Je vois ma sœur échanger un regard étrange avec Kaï avant de changer de sujet :

– À quoi bon attendre quand on sait ce qu'on veut ? Bref, je suis si heureuse de vous voir.

– Moi aussi ! Vivre chez Maman, c'est moins fun sans toi, dis-je en reposant Mahina par terre.

– Ça va, toi ? Pas trop dur, justement, de revenir à la maison ?

– Tu veux dire, est-ce que je ne suis pas trop déprimée de retourner chez ma mère alors que je suis censée être une adulte ? Si, mais on fait avec.

– Tu fais bien de voir les choses comme ça ! C'est pour la bonne cause. Quand tu auras ton diplôme en poche et un super boulot, tu ne penseras même plus à tout ça. Ce n'est que temporaire.

Je la regarde, dubitative. Je me retiens de lui dire que j'adore mon travail de serveuse mais que c'est compliqué de le conjuguer avec une vie de famille quand on est maman solo. Le BTS m'apportera la stabilité dont Alexandre et moi avons désespérément besoin.

– Je sais que tu as raison… Mais là, tout de suite, je me retrouve surtout dans ma chambre d'ado avec Zouzou qui ronfle dans la pièce d'à côté.

– Crois-moi, le jeu en vaut la chandelle.

J'acquiesce tout en ignorant la boule qui me grignote le ventre chaque fois que je pense à la rentrée. Tout en prenant une gorgée d'eau dans le verre qu'elle me tend, je décide de passer à un sujet plus gai :

– Prête pour demain ?

Ma sœur lève les yeux au ciel à la mention de son enterrement de vie de jeune fille.

– Tout dépend… Tu as prévu quoi comme activité ?

– Je te l'ai déjà dit : c'est une surprise ! Tu comprends le concept, ou pas ?

– C'est bien ça qui me fait peur.

– Je t'assure, tu n'as pas à t'inquiéter. Je suis restée très sage…

– Pourquoi je ne te crois pas ?

Je hausse innocemment les épaules tout en rejoignant les autres dans le salon. C'est vrai, je suis restée soft.

Demain, on va se détendre un peu. Je crois qu'Azalea et moi en avons grandement besoin.

4 AOÛT

HORTENSE

Quelque chose ne va pas.

Je lève les yeux vers un ciel sans nuage, dans une nuit sans lune, et je ne vois rien. Je perçois la vie grouiller autour de moi, ramper sous moi. Un vent chaud agite les feuilles qui m'entourent, mais semble m'épargner. Mon corps est engourdi dans le néant. Pourtant, j'entends des murmures sauvages crier dans chaque recoin. Mes mains s'enfoncent dans le sol humide, mais je reste inerte. Les branches craquent autour de moi. Leurs chuchotements se propagent jusque dans mes os.

Mes craintes s'agitent dans ma tête, pourtant je suis incapable de parler. Une boule de terreur semble logée dans ma gorge. Le goût des larmes dans ma bouche s'infiltre entre mes lèvres serrées.

Quelque chose ne va vraiment pas.

Mes paupières se soulèvent d'un seul mouvement. Immobile, j'ai besoin de quelques secondes pour comprendre que je suis réveillée. Lorsque mon avant-bras s'appuie contre la surface humide de mon oreiller, je ne suis pas surprise.

Des larmes. Encore.

À chaque clignement d'yeux, le brouillard de mes cauchemars laisse plus de place au décor de ma chambre, dans notre maison de famille à Saint-Joseph. À peine une journée que je suis arrivée et je suis déjà en train de chialer.

En même temps, c'est un miracle d'avoir trouvé le sommeil. C'est sûrement le décalage horaire qui m'a forcée à m'endormir. Du plus loin que je me souvienne, cette pièce m'a toujours fait peur. Avant même que les années ne ternissent la tapisserie et n'écaillent la peinture des murs, elle m'a toujours paru triste. La dernière petite pièce au fond du couloir, enfoncée dans les noirceurs de la maison. Il n'y a qu'une étroite fenêtre à travers laquelle le soleil ne semble jamais percer. Nous avons vécu ici pendant huit ans avec ma mère, le temps qu'elle se remette de sa rupture avec notre père et reprenne ses études pour devenir infirmière. Après ça, nous sommes retournées vivre dans l'Hexagone, près de Paris.

Il est 7 heures. Il fait déjà chaud, la lumière jaune du soleil émane du jour sous la porte, pourtant cette chambre reste grise. Elle a bien changé depuis la dernière fois que je suis venue, il y a quatre ans. Au lieu des jouets et poupées qui étaient rangés dans la bibliothèque à côté de mon lit, vestiges d'une enfance bien lointaine, je retrouve une multitude de cartons tous étiquetés « chambre de Sia ». Si c'est bien mon surnom, cela fait bien longtemps que je ne considère plus cet endroit comme à moi.

Après quelques inspirations, je trouve enfin le courage de me lever. Un cri sort de ma bouche contre mon gré alors que je tombe nez à nez avec un poupon. Un truc plus flippant qu'Annabelle et Freddy Krueger réunis, sur la table de chevet. La petite poupée en porcelaine, le visage coupé en deux par une fêlure, me scrute avec un sourire si figé qu'elle semble possédée, prête à me zigouiller dans mon sommeil.

Quelle idée de rester ici un mois entier !

J'ai dit à ma mère que nous pouvions peut-être louer un appartement, un cabanon, une tente. Vraiment, n'importe quel logement plutôt que cette maison qui m'effraie. Mais comme je suis la seule à la détester et que je n'ai pas les moyens de louer autre chose, je dois faire amie-amie avec des jouets qui, j'en suis certaine, ont dû servir à des rites sataniques.

– Maman ? Tout va bien ?

Mon fils passe sa tête dans l'entrebâillement de la porte, les yeux agrandis par l'inquiétude.

– Bien sûr, mon amour. Pourquoi ça n'irait pas ?

– On t'a entendue crier, me répond ma mère en ouvrant la porte en grand. Waouh, qu'est-ce qu'il fait chaud dans ta chambre.

Je suis sur le point de lui dire que cette pièce n'est pas *ma* chambre avant de me raviser. Je jette un coup d'œil à la tapisserie jaunie par le temps. Pour le moment, c'est malheureusement ce qui se rapproche le plus d'un chez-moi.

– Pardon, c'est cette poupée. Elle est un peu flippante.

– Qui ? Poupie ? Oh non, ne dis pas ça, tu adorais cette petite chose. Tu as tellement pleuré quand tu as brisé son visage, tu n'étais pas plus grande que Zouzou, dit-elle en passant une main dans les boucles auburn de mon fils, les yeux adoucis par les souvenirs.

Imperturbable, Alexandre soulève son appareil photo et prend un cliché de la poupée.

– Je ne la trouve pas si flippante que ça, me nargue-t-il. Mais Maman est un peu peureuse.

Il se moque ouvertement, le bougre. Sans hésiter, j'attrape le jouet et le place juste derrière lui. Prenant une voix d'outre-tombe, je lance un « Tu es sûr, mon petit ? » qui lui fait instantanément tourner la tête pour se retrouver yeux dans les yeux avec la poupée tueuse. Et, comme prévu, il lâche un hurlement affreux, mais totalement tordant quand on est une mère indigne comme moi.

– Alors ? C'est qui, le peureux, maintenant ? lui dis-je en sortant mon téléphone pour l'immortaliser, accroupi, les bras entrelacés autour des mollets de sa grand-mère. Et hop ! Une nouvelle photo pour l'album des bêtises ! Dis « Maman m'a bien eu » pour la caméra…

– Tu n'es vraiment pas gentille, intervient ma mère, même si je la vois pitoyablement tenter de cacher son sourire. Sia, prépare-toi, ta sœur et Kaï ne vont pas tarder et nous, mon chéri, on passe la journée avec Mahina.

– Ça va aller avec les deux petits ?

– Oh, ne t'inquiète pas pour nous. Profitez bien de cet enterrement de vie de jeune fille. Moi, je vais passer une super journée avec mes petits-enfants. Et essayer de rattraper tous les bobos, les fous rires et les chagrins que j'ai loupés à cause de la distance.

J'entends sa voix se teinter d'émotion. Vivre loin de ceux qu'on aime n'est facile pour personne.

– Par contre, Maman, c'est quoi, tous ces cartons ? demandé-je.

Elle regarde autour d'elle puis expire bruyamment :

– Bon, je ne voulais pas t'en parler avant, avec tout ce que tu avais à gérer, mais il y a un problème avec la maison. Tu sais comme on est toujours fières de dire que c'est ton grand-père qui l'a construite avec l'aide d'amis. Eh bien, contre toute attente, une maison construite sans réelle connaissance en charpenterie n'est pas forcément aux normes. Ne t'inquiète pas, nous ne risquons rien, les murs ne vont pas s'écrouler, mais d'immenses travaux vont être faits en septembre après notre départ. Tu vas voir, toutes les pièces de l'extension vont devoir être rénovées. Regarde bien cette chambre… Elle vit sûrement ses dernières heures.

Je me lève. Le parquet grince à chacun de mes pas. On dirait presque que cette chambre fait tout pour me faire déguerpir. À mes pieds, je bute contre ma valise éventrée. Elle bouge à peine. En même temps, il doit bien y avoir cinq gros livres de cours sur le management des entreprises qui l'alourdissent inutilement. Je la ferme, préférant ignorer mes problèmes d'orientation professionnelle pour aujourd'hui. Je vais prendre ma douche et vite me barrer de cette maison. Il n'y a aucune raison que je m'éternise dans cette chambre alors qu'un hôtel de luxe m'attend dans le sud de l'île, en compagnie de ma sœur et de ses copines.

Au moment de quitter la pièce, ma mère lui accorde un dernier regard nostalgique.

– Quel dommage de devoir détruire cet endroit… Tant de bons souvenirs.

Mon soupir triste retentit contre les murs sombres et les lés de tapisserie décollés. Je quitte les lieux, gardant pour moi qu'en ce qui me concerne, ils pourraient brûler toute la baraque, ça me serait égal.

***

Le trajet jusqu'aux Trois-Îlets, une ville du bord de mer, passe à une vitesse folle. Ma sœur joue au copilote et DJ, faisant défiler tous les hits du début des années 2000, tandis que je patiente à l'arrière du pick-up de Kaï. Le décor tropical défile et la chaleur du soleil sur ma peau me fait oublier la froideur de ma maison de famille. Sous les rires de ma sœur et de mon beau-frère, je me sens enfin en vacances. Ces deux-là se sont vraiment bien trouvés. Je les ai observés pendant tout le chemin ; ils sont si inventifs quand il s'agit de se montrer leur affection. Une caresse derrière la nuque pendant une accélération, une main posée tendrement sur la cuisse à une intersection, un « Pourquoi tu as changé la musique ? » « Parce que je sais que tu détestes cette chanson », et tant d'autres micro-signes d'affection qui doivent nourrir l'amour tous les jours. Il faudrait qu'elle me dise un jour comment elle a fait. Parce que moi, je galère à trouver un mec qui daigne répondre à un SMS après une nuit ensemble.

Dès que nous arrivons à l'hôtel, je sais que j'ai fait le bon choix.

– Canon ! s'exclame Kaï.

C'est exactement ce que les gens s'imaginent quand on leur parle de vacances dans les îles : un magnifique bâtiment de style colonial surplombe la mer et une plage de sable fin. Une nature verdoyante encadre la mer qui s'étend à perte de vue. Le personnel se précipite pour récupérer nos valises. Ma sœur et moi allons partager une chambre alors que celle de Kaï est plus loin au même étage. Ces deux-là ne voulaient pas se séparer et m'ont suppliée de les laisser fêter leur enterrement de vie de célibataire ensemble, mais j'ai quand même insisté pour faire des activités séparées. Juste pour le plaisir de profiter un peu d'Azalea sans son amoureux.

– La suite est géniale ! s'exclame-t-elle en s'affalant dans le canapé.

J'espère bien !

Elle doit faire au moins quarante mètres carrés, avec un espace salon et un immense lit. On pourrait toutes les deux faire l'étoile de mer qu'on ne se toucherait pas. Une grande baie vitrée aère la pièce et nous donne une vue imprenable sur la mer des Caraïbes.

– Décidément, vous ne faites rien à moitié…

– On ne se marie qu'une fois, bébé.

– Bon, qu'est-ce que je dois faire maintenant ? m'interroge-t-elle en enlevant ses chaussures, de l'excitation plein les yeux.

– Les autres doivent déjà nous attendre en bas. Donc tu te changes, tu enfiles des vêtements de plage, tu prends une robe et on est parties.

– Génial ! En revanche, je te préviens, à la seconde où je vois un faux policier ou le moindre mec avec de l'huile sur le corps s'approcher de moi, je fous le camp !

– C'est bon, ne t'inquiète pas ! J'ai bien compris que tu ne voulais pas de stripteaseur… Mais t'es chiante, quand même ! J'aurais payé très cher pour te voir mettre des billets dans un string léopard.

– Hortense, ne le prends pas mal, mais tu dois absolument te trouver des hobbies. Passé quatorze ans, torturer sa sœur n'est plus une activité saine.

– Moi, immature ? Je ne vois pas de quoi tu parles, dis-je en la chatouillant.

Alors qu'elle est pliée en deux et me supplie d'arrêter, à bout de souffle, je finis par faire preuve de clémence.

– Allez, prépare-toi ou on va vraiment être en retard !

En moins de cinq minutes, nous sommes enfin d'attaque. L'hôtel dispose d'une immense terrasse. L'ombre des palmiers et la toiture en bois tressé nous permettent de profiter sans être écrasées par la chaleur tropicale. La vue est incroyable : le soleil tape sur la végétation aux couleurs vives, le bleu turquoise de la mer se confond à l'horizon avec celui, plus clair, du ciel, tranchant avec le sable presque blanc qui s'assombrit au passage de chaque vague. Le paysage est tellement fabuleux qu'il me faut quelques secondes pour repérer les amis des futurs mariés. Dolores et Mickaël, les témoins, sont assis en train de siroter ce qui ressemble à un cocktail de fruits. Mika caresse le ventre proéminent de sa femme qui ne devrait pas tarder à accoucher.

– J'en connais une qui n'a pas été sage, la taquiné-je en la prenant dans mes bras.

– On plaide coupable, me répond Mika en me claquant la bise.

Fanny, une autre amie de ma sœur, m'accueille également en me serrant contre elle :

– Ça me fait plaisir que tu sois là. Ça fait un bail !

Et c'est vrai que de revoir tous ces visages familiers me fait oublier un peu l'anxiété que je ressens depuis que j'ai traversé l'océan. Tranquillement, la table se remplit d'invités. Nous avons prévu de nous réunir et de prendre le temps de nous retrouver avant de passer aux choses sérieuses, ce soir. Pour la plupart, ce sont des personnes que j'ai déjà vues. Quand mes yeux rencontrent ceux de John, le beau Néo-Zélandais que j'ai chopé il y a quatre ans, j'ai du mal à cacher ma gêne. Je soutiens son regard assez froidement alors que le sien est joueur.

Les deux semaines que nous avons partagées la dernière fois que je suis venue en Martinique ne sont pas spécialement mémorables. Ça faisait longtemps que je ne m'étais pas détendue, il était disponible et enthousiaste, on s'est amusés. C'est tout. Je ne le trouvais pas très sympa, pour dire la vérité. Et quand il n'a pas compris que ce que nous avions partagé n'était qu'un petit flirt de vacances, j'ai fini par arrêter de répondre à ses messages une fois rentrée à Paris. Je sais, ce n'est pas très réglo, mais que faire d'autre quand un homme refuse de comprendre le mot « non » ? Je le salue en inclinant la tête puis reprends ma conversation avec Do.

Nous passons presque deux heures sur la terrasse à manger en buvant quelques cocktails le temps que tout le monde arrive. L'ambiance est décontractée, même si je fais semblant de ne pas repérer les perches que me tend John. Il y en a tellement qu'on se croirait aux jeux Olympiques. Arrive enfin le moment fatidique où l'on doit séparer les deux tourtereaux. Bien évidemment, leurs au revoir se passent avec une effusion de preuves d'amour toujours plus intenses les unes que les autres.

Beurk !

– Ta bouche a le goût d'ananas… susurre-t-il contre ses lèvres.

– Ça te plaît ?

– Oui, c'est le meilleur ananas que j'aie jamais mangé…

Il glisse l'arête de son nez dans son cou, ma sœur glousse et j'émets un son d'écœurement inélégant. La même grimace que la mienne se retrouve sur le visage de tous les témoins de cette scène. Je secoue la tête et lève les yeux au ciel.

– Bon, ça suffit ! Parce que, premièrement, on a un planning serré et, deuxièmement, sans déconner, si vous continuez comme ça, on va se faire censurer par le CSA. Donc, Messieurs… terminé-je en les invitant à partir d'un geste de la main.

– Maestro ? Tout est prêt ? demande Mika.

En bout de table, un homme plutôt grand, silencieux, se lève. Si je n'avais pas été aussi fatiguée, je l'aurais vu tout de suite. Peau brillante, lèvres pulpeuses, sourire Colgate. « Un vrai Kinder ! » aurait dit Jaxx. Bien apprêté, un polo blanc sur un pantalon beige, une paire de chaussures décontractées ; il est du genre coquet. Je jette un coup d'œil à ses mains, elles sont impeccables. Il porte des bijoux aussi. C'est rare, des bijoux sur les hommes. Une montre, à la rigueur, mais ça s'arrête souvent là. Comme s'ils avaient peur qu'on leur enlève leur carte de membre du groupe des « vrais mecs » si on les surprenait à aimer se faire jolis. Pourtant, lui, de petits bracelets en cuir entourent son poignet. Ça m'étonne de ne pas le connaître : je ne suis pas revenue depuis un moment, mais Azalea me parle suffisamment de Kaï et de ses amis pour que je les aie bien en tête. Un ami de la famille ? Un cousin ? Il a l'air d'avoir au moins trente ans mais il est un peu trop frais pour avoir un enfant. Ou alors il ne s'en occupe pas… Avec les hommes, difficile de faire la différence. Si je devais me fier à mon instinct, je le placerais plutôt dans la catégorie des dragueurs invétérés. Le genre de gars avec qui j'aurais volontiers passé le temps il y a encore quelques mois. Ceux que je veux fuir comme la peste aujourd'hui.

– Le bateau est à quai. On y va quand vous voulez.

Sa voix est grave mais plus douce que ce que j'aurais imaginé. Les mains dans les poches, il quitte la terrasse et avance en direction du ponton comme pour encourager ses comparses à faire de même. Ses yeux s'arrêtent sur moi et il m'adresse un sourire embarrassé. Je reste de marbre, peu convaincue par son numéro de jeune homme gêné sous le regard d'une femme.

– *Let's go !* enjoint Mika à l'attention des mâles de la bande. Allez, dis définitivement au revoir à ta belle, ma caille, ordonne-t-il à son meilleur ami.

Kaï s'exécute à contrecœur. Ses copains doivent presque l'arracher des bras de ma sœur. On sent qu'il y a longtemps qu'elle n'a pas vraiment pu profiter de lui. En même temps, je n'ose imaginer à quel point c'est prenant d'organiser un mariage de cette ampleur en si peu de temps. Plus d'une dizaine de messieurs se lèvent et accompagnent le bonhomme sur le ponton où est amarré un bateau pour enterrer la vie de garçon de mon beau-frère. Il ne reste plus que quatre femmes sur la terrasse. C'est très symptomatique du couple qu'ils forment : lui est l'être social, fait de chair et de cœur, très ancré dans sa communauté. Et elle, l'être mental, fait d'esprit et de savoir.

– Tu vas vite le retrouver, Doudou ! lui dit Dolores en caressant le bras de ma sœur. On les rejoint dans une boîte dans à peine quatre heures.

– Mais oui ! insisté-je. Prêtes pour un après-midi de folie ?

– Oui ! crie presque Azalea, déjà d'une humeur plus gaie. En revanche, j'ai quelques revendications avant de commencer. Je voudrais rentrer chez moi avec ma dignité, donc si on pouvait éviter de me déguiser en phallus et de me faire déambuler dans les rues en tutu, ce serait top.

– Tu crois vraiment que je mettrais ma grande sœur, docteure en mathématiques, dans un costume de zizi ?

– Oui, c'est exactement ce que je crois, confirme-t-elle alors que ses deux amies acquiescent, hilares.

– Alors, déjà, si je voulais te déguiser, ce serait en vulve. Ta tête serait le plus gros clitoris de la planète ! Mais non, ne t'inquiète pas, je n'ai pas prévu de te ridiculiser. Cet aprèm, on va faire un truc inédit pour toi.

– Quoi donc ?

Ses yeux écarquillés me font rire.

– Se détendre. On ne va rien faire. Juste se la couler douce à l'hôtel, écouter de la musique, se faire masser et se baigner. Puis on prendra l'apéro sur un bateau avant de rejoindre les mecs en soirée.

– Oh, mon Dieu ! Merci, c'est exactement ce dont j'avais besoin.

– Tu vois… Tu n'as rien à craindre, la rassuré-je en sirotant mon verre.

Nous passons plusieurs heures à profiter de la terrasse, de la piscine et du spa. Azalea se fait masser de la tête aux pieds. Quand la fin d'après-midi approche et que le bateau vient nous chercher, nous sommes toutes divinement reposées. Le soleil décline doucement pendant que je sirote une coupe de champagne et ma sœur laisse ses yeux acajou dériver dans les flots. On est au paradis. Azalea nous raconte sa vie ici en enchaînant les cocktails. Elle, l'acharnée de boulot, a dû lever le pied pour prendre soin de sa fille, même si elle avoue volontiers que Kaï s'occupe plus de leur enfant avec son emploi du temps plus flexible que le sien. Tout se passe à merveille, jusqu'à ce que la conversation s'aventure sur le terrain glissant de ma vie amoureuse.

– Bon, et toi ? Tu as quelqu'un, à Paris ?

– Non.

– La dernière fois que tu es venue en Martinique, c'était il y a combien de temps ? me demande Dolores.

– Quatre ans.

– À cette époque, je me souviens que tu faisais un break. Tu es repartie pour un jeûne ?

– Ouais… si on veut…

– Et ça consiste en quoi ? intervient Fanny, l'autre amie de ma sœur.

– C'est comme un vrai jeûne, sauf qu'au lieu de ne plus manger de bêtises, tu ne couches plus avec un gars juste parce qu'il a un faux air de Tom Hardy et qu'il a dit qu'il cherchait un truc sérieux sur son profil Tinder. Les deux derniers mecs avec qui je suis sortie étaient soit mariés, soit des menteurs invétérés. Donc là je suis dans un *mood* où les hommes sont inutiles et l'amour, une mascarade.

– Ça me fait penser à mon frère, alors, glisse Do en riant. Lui aussi préférerait se casser les deux petits orteils plutôt que de tomber amoureux. J'ai beaucoup de mal à comprendre pourquoi.

– D'où que cette envie lui vienne, je n'ai qu'une chose à dire : amen ! Un homme abstinent en plus est un cœur brisé en moins. Au célibat, dis-je en levant mon verre.

Je baisse les yeux sur ma sœur en robe blanche avec son écharpe « *Bride to be* ». Et je me rappelle pourquoi je suis là.

– Merde, mauvais public. À l'amour ! Qu'il dure toujours… surtout chez les autres !

Elles éclatent de rire avant de reprendre en chœur : « À l'amour ! »

RAFAEL

Cette journée a été un véritable cauchemar. Qu'est-ce qui est pire que de passer quatre heures avec une dizaine de lourdauds qui picolent non-stop ? Avoir dû conduire cette bande de lourdauds partout tout en étant obligé de rester aussi sobre qu'un nouveau-né. Pourquoi je fais ça, déjà ? Ah, oui, parce que ma sœur m'a pratiquement mis un couteau sous la gorge pour que j'accepte. Bon, elle ne m'a pas menacé physiquement, mais c'est tout comme. Ma famille est mon point faible. Que ce soit avec ma mère ou avec mes deux sœurs, j'ai beaucoup de mal à dire non. Et quand la plus grande, Dolores, enceinte jusqu'au cou, vient me demander un service en faisant ses yeux de biche et en caressant son ventre rond, il est impossible de lui refuser quoi que ce soit. Surtout quand il s'agit d'aider le couple le plus gentil que je connaisse à organiser un mariage colossal en quelques mois.

Je laisse échapper un soupir inaudible sous le brouhaha des basses alors que je m'installe contre la banquette de la boîte de nuit. Heureusement, la serveuse vient enfin déposer une bouteille à notre table. Je sers des verres de rhum vieux aux copains avant de m'en octroyer un double. Dès que mes lèvres touchent le liquide ambré et qu'il me réchauffe la gorge puis la poitrine, je me détends.

Je l'aurai bien mérité, ce petit verre !

L'après-midi a été long. Entre mon beau-frère Mika et Kaï qui se sont amusés à faire un ping-pong des blagues nulles et les autres amis du futur marié qui ont passé leur temps à jouer à « Tu préfères… », je suis à bout. « Tu préfères manger une petite crotte de chien tous les matins ou en bouffer trente d'affilée, mais une fois par mois ? » *Putain !* Comment leur dire que j'aurais surtout préféré me jeter par-dessus bord ? J'ai enfin un peu de répit. Ici, on n'entend rien d'autre que la musique.

Mon portable vibre dans ma poche alors que mon verre n'a même pas encore atteint mes lèvres. *Jade.* On est sortis un an ensemble, mon record personnel. Mais comme chaque fois que je veux me mettre dans le moule de la vie de couple avec un appart, une routine bien huilée et des rapports sexuels planifiés, tout s'effondre. Et évidemment, je fais de la merde. Quand on s'est quittés, elle aurait pu m'étriper.

Jade
Ça va ?

Ce message pourrait être anodin s'il n'était pas envoyé à 23 heures alors que je suis juste à côté de chez elle. Je range mon portable dans ma poche et décide de ne pas répondre. À quoi bon ? Elle était très amoureuse de moi et nous avons déjà replongé une fois, pour le regretter le lendemain. Ce n'est pas une bonne idée. En attendant, je vais devoir supporter le bruit et les conversations pour ce soir. Pour Kaï, je peux bien faire un effort. C'est le meilleur ami de ma sœur et je ferais n'importe quoi pour Dolores. Je m'attendais d'ailleurs à la voir ce soir, mais je crois qu'après une journée à vadrouiller, elle a préféré rester à l'hôtel. Et je l'envie. Moi aussi je préférerais être dans la chambre que j'ai réservée à l'hôtel cinq étoiles plutôt qu'ici.

J'attrape mon verre et glisse une nouvelle lampée de rhum dans ma gorge. Il est bien corsé, avec des arômes boisés, pile poil comme je l'aime. Je retiens un soupir quand mon beau-frère s'installe à côté de moi, l'haleine chargée du cigare qu'il a crapoté tout l'après-midi.

– Ta sœur est fatiguée ! Elle ne viendra pas, crie-t-il à deux centimètres de mon oreille.

Il est donc impossible d'avoir la paix plus de cinq secondes aujourd'hui ?

– OK, tout va bien ?

– Oui, mais elle était claquée après le bateau. Et il paraît qu'Azalea est dans le même état.

– Les filles déclarent donc forfait.

– Pas toutes, je crois !

Il continue à parler et je fais mine de l'écouter en hochant la tête alors que je regarde de nouveau ma montre. Merde ! Il n'est même pas minuit. Je me demande quelle heure il faut atteindre pour rentrer chez soi sans passer pour un gros rabat-joie. J'adore sortir mais avec un nombre très restreint de personnes triées sur le volet, et la journée d'aujourd'hui était éreintante. Surtout que demain, je dois aller aider ma mère pour je ne sais quoi. Sa machine à laver cassée ? Un mur à repeindre ? Elle me sollicite tellement que, parfois, j'en perds le fil. Un peu comme avec la conversation que j'ai avec le mari de ma sœur. Heureusement, il se sert un verre et retourne sur la piste de danse.

Lorsque je lève les yeux pour sonder la pièce, mon regard est attiré par la silhouette d'une femme. En arrivant, elle envoie un salut complice à Kaï, avec un petit sourire en coin et un clin d'œil, avant de se tourner et que je découvre enfin son visage. De face, je la reconnais. Elle ne s'est pas présentée plus tôt dans la journée, mais nous nous sommes bien croisés. C'est la sœur d'Azalea. Pour être honnête, ça ne saute pas aux yeux. L'une est plutôt grande, au corps généreux, la peau brune assortie à ses yeux, quand l'autre est petite et fine, la peau plus claire et les yeux qui vont avec. Rien de surprenant, cela dit ; les Antilles sont une terre de mélange et cela peut se voir au sein d'une même fratrie.

Plus je la regarde évoluer dans la pièce, plus je suis déconcerté. J'ai cru comprendre qu'elle arrivait tout droit de Paris et pourtant, elle semble ici à son aise. Les sonorités de bachata s'enchaînent et je ne la lâche pas des yeux. Elle s'accoude au bar et fait connaissance avec l'entièreté du staff. Je vois les serveurs rire avec elle derrière le comptoir.

D'où sort cette nana ?

Sans déconner ! Elle enfile son shot de tequila comme si c'était du jus de pomme. On ne voit qu'elle dans sa combinaison orange, avec un décolleté jusqu'en bas des reins et le pantalon fendu à la cuisse. Une chose est sûre, c'est une habituée du monde de la nuit. Une danseuse peut-être. Elle a débarqué dans la boîte comme si c'était chez sa mamie. Elle se glisse entre les néons et les basses saturées avec une aisance qui ne trompe pas. Tous les mecs du carré VIP la regardent à l'exception de Kaï qui montre des photos de sa fille et de sa future femme à la stripteaseuse qui avait été, à la base, engagée par ses amis pour lui faire une *lap dance*. Elle a été payée pour une heure et elle l'a passée assise à côté de lui à scroller les images de sa fille de trois ans.

Le gars est vraiment mordu !

Je termine mon verre d'une gorgée. Quitte à ce que ça brûle, je choisis l'incendie. Je me ressers sous le regard approbateur de Kaï et de Mika. Pour une raison que j'ignore, ma brillante sœur Dolores a décidé de s'unir à cet imbécile. Je le regarde tenter de faire bouger son corps massif sur la piste de danse sur une chanson de Cardi B, ce qui me fait sourire. C'est ce mec qui doit rendre ma petite sœur heureuse. J'imagine la tête de Do si elle m'entendait dire une chose pareille. C'est la personne la plus forte et indépendante de cette famille. Elle n'a absolument pas besoin que je joue au grand frère protecteur, même si c'est plus fort que moi. J'échange quelques banalités avec les hommes qui m'entourent dans notre coin réservé pour l'occasion, mais, inexorablement, mes yeux retombent sur les contours filiformes de la beauté vêtue d'orange.

Elle est au bar, hochant distraitement la tête face à John. Je n'ai même pas vu à quel moment il a quitté la banquette pour aller la rejoindre. Le gars ne fait pas dans la dentelle. Il bave sur elle comme un cabot devant une saucisse, mais la scène est assez amusante à regarder. Dire qu'elle semble blasée est un euphémisme. De là où je suis, je peux facilement voir, sous le mouvement habile des lumières colorées, ses paupières lourdes d'un ennui mortel. Elle cligne lentement ses yeux mi-clos, silencieuse, alors qu'il lui tient la jambe. Je me souviens maintenant que lorsque nous avons quitté les dames à l'hôtel plus tôt dans la journée, il a lâché un « *She is mine !* ». J'avoue ne pas avoir compris sur le coup ; je vois mieux à présent. Sauf que la demoiselle n'a pas l'air d'être d'humeur à être possédée. Elle se contente de lui adresser un sourire mi-distrait, mi-agacé qui n'atteint pas son interlocuteur. Il tente d'attraper sa main pour la mener vers la piste de danse, mais la sirène reste stoïque. Cette scène, on la voit à longueur de journée en boîte : une femme dit non et l'homme en face voit son refus comme une incitation à la faire changer d'avis.

Quel con !

– De qui tu parles ? me demande mon voisin de table.

J'ai dû parler à voix haute.

– Personne, le rembarré-je en me levant.

Je ne sais même pas ce que je suis en train de faire, mais voir John aussi oppressant me met mal à l'aise. Lorsqu'il se saisit du bras de la jeune femme, je sais que j'ai raison. Mon sang ne fait qu'un tour et dès que j'arrive vers eux, je pose une main ferme sur l'épaule du relou en chef. Il tourne deux yeux d'abord surpris puis agacés vers moi. Je ne cherche pas à comprendre et me penche à l'oreille de la sœur d'Azalea :

– Si ce mec te dérange, tu n'as qu'un mot à dire et je me débrouillerai pour t'en débarrasser.

Elle me répond d'un regard méfiant puis, d'un mouvement habile mais ferme, dégage son bras de la prise de John et lui jette une œillade féroce. De lui-même, il déguerpit. Sage décision. Je m'apprête à faire de même lorsqu'elle se place sur la pointe des pieds pour atteindre mon oreille. Elle est petite et lève un menton presque effronté dans ma direction.

– C'est vraiment gentil, Superman. Mais je ne suis pas une Lois Lane qu'il faudrait rattraper en plein vol.

– Ce n'est pas ce que j'ai dit. Simplement, de là où j'étais…

Elle roule des yeux tellement haut qu'on croirait qu'elle convulse. Elle m'a déjà rangé dans la catégorie des chiants. Et clairement, elle n'a aucun respect pour ces types-là.

– C'est sympa d'être venu, mais pour moi, toi ou lui… Je ne vois pas bien la différence.

Elle n'esquisse même pas un sourire pour faire passer son mépris. Blond ou brun, pour elle, nous ne sommes que des mecs l'empêchant de passer une soirée tranquille.

– Ah, OK… Tous les mêmes, hein ? Je vois le genre !

– Et c'est faux peut-être ? J'imagine que toi, tu es différent ? demande-t-elle avec un dédain insupportable.

– Tu ne me connais pas, donc garde tes jugements pour toi…

– Tu es unique ?

– Exactement. Je ne suis pas un homme comme les autres !

– Donc si je te proposais de me suivre dans les toilettes, tu dirais non ?

Elle approche lentement son visage du mien. Elle m'adresse un sourire plein de défi tout en continuant à réduire sensuellement l'espace entre nous. Je me recule d'un mouvement sec.

– Bien sûr que je dirais non ! Je ne couche pas le premier soir et encore moins dans des chiottes de boîte de nuit.

Elle se contente de me jauger, le regard perçant. Le genre à vous passer au crible et à découvrir votre faiblesse avec une facilité désarmante, pour mieux vous briser ensuite.

Une femme dangereuse. Dangereusement chiante.

Elle ne dit rien et hoche la tête, le visage déformé par une moue dubitative. Ses lèvres se pressent l'une contre l'autre. Pourtant, après quelques secondes, le coin droit de sa bouche se soulève :

– Tout compte fait, j'ai bien envie de me laisser tenter par une petite salsa. Tu sais danser ?

Elle ne me voit même pas accepter sa proposition. Elle se tourne vers le barman et commande deux shots de tequila, comme pour me prouver qu'elle savait déjà que j'allais dire oui. Je suis totalement désarmé. Elle veut vraiment danser ? Discuter avec elle, c'est comme faire trempette dans une eau au courant imprévisible. Un seul pas, et ce qui nous mouillait les chevilles nous fait désormais perdre pied.

Le barman nous apporte deux petits verres remplis d'un alcool transparent et les place entre nous.

– Euh, je ne bois pas de tequila.

Elle me renvoie deux yeux écarquillés et un sourire aux lèvres :

– Pourquoi tu me dis ça ?

Je reste un moment dans l'incompréhension jusqu'à ce qu'elle attrape un verre dans chaque main et les place aux commissures de ses lèvres. OK… Aucun de ces shots n'était pour moi. Elle verse avec habileté le contenu dans sa bouche sans même broncher.

– Vas-y mollo…

À peine ces mots sont-ils sortis de ma bouche que je les regrette. Et quand, malgré la musique, les basses, le bruit de la fête et des conversations, je l'entends distinctement soupirer, je comprends que j'ai raison. J'aurais mieux fait de fermer ma gueule.

– De la même façon que je t'appellerai le jour où j'ai besoin d'être secourue d'un immeuble en flammes, je te sonnerai quand je voudrai des conseils sur la façon de gérer mon alcool en soirée, Clark Kent. On y va ?

Encore une fois, elle ne me laisse pas le temps de réagir et me tend ses doigts. Je les attrape et l'emmène au milieu de la piste. Nous nous faufilons au centre de la pièce en jouant des épaules entre les corps qui s'agitent déjà. Elle fait passer nos mains au-dessus de sa tête pour me faire face. Les tonalités de salsa éclatent dans la pièce alors que les premières notes de *La Rebelión* de Joe Arroyo démarrent. Un classique de la salsa. Je crois que quelqu'un là-haut a envie que je rabatte le caquet à cette vilaine fille en passant ma chanson préférée. Je l'attrape cette fois plus fermement pour la faire tourner puis la ramène près de moi. Pas trop près, juste assez pour que ses yeux ne voient que les miens. Je tente un petit pas à gauche et je suis surpris lorsque son corps me suit sans aucune difficulté. J'inspire et me laisse porter par la musique. J'ai toujours adoré danser. Sans compter mes années de compétition en danse de salon, j'ai toujours eu cette passion de laisser les corps s'exprimer sur les tempos combinés de la musique. Je teste ma partenaire, tente les passes de base. Elle exécute facilement un mambo, un petit sourire aux lèvres.

Pas de souci, ma belle, on peut totalement corser un peu le tout !

Arriba, *abajo*, *vacila*, j'enchaîne les passes. Il lui arrive de froncer les sourcils, comme pour se concentrer pour comprendre le message que lui fait passer mon corps, mais elle parvient toujours à se mouvoir en cadence. Je dois dire que je suis étonné, et le plus drôle, c'est qu'elle aussi. Je baisse le rythme techniquement, histoire de la laisser reprendre son souffle.

– Tu ne te débrouilles pas trop mal, me glisse-t-elle à l'oreille, encore plus méfiante. Tu ne m'avais pas dit que tu dansais si…

Bien ?

Elle me scrute et ne finit pas sa phrase, contrariée d'en avoir laissé s'échapper le début. Je me tais, bien trop content d'être une énigme pour cette femme qui pense avoir réponse à tout. Son corps, lui, me suit sans problème. Ses épaules roulent au son des cuivres, ses mains fouettent l'air à chaque rumba, ses cheveux virevoltent autour d'elle au rythme des percussions. Je suis persuadé qu'elle passe un bon moment, et que ça l'emmerde au plus haut point.

– Tu es danseur professionnel ?

– Non. Mais je prends le compliment.

Je garde pour moi que ma mère est panaméenne et que j'ai su danser avant de savoir marcher. J'omets également tous les week-ends de mon enfance passés en compétition, vêtu de tenues à paillettes. Mes potes se foutent déjà assez de moi comme ça avec cette période de ma vie.

Je la fais tourner sur elle-même puis, d'un croisement de main, elle se retrouve le dos plaqué contre mon corps. Elle sent bon. Une odeur florale, mais pas sucrée. Une senteur plus organique, plus sauvage. Le genre de parfum qui correspond exactement à l'impertinence qu'elle dégage. Quand nous nous retrouvons enfin face à face, un léger sourire illumine son visage.

– On dirait que je ne te fais pas regretter ta soirée, glissé-je à son oreille.

– L'arrogance… Typiquement masculin ! Ne te flatte pas trop. Je n'avais rien de mieux à faire.

– Moi non plus. Mais tu restes un passe-temps très agréable.

– Et toi, une activité digestive tout au plus.

– Ouch… Arrête, tu vas finir par blesser mon ego.

– Alors, arrête de me rendre la tâche si facile.

Cette fois, c'est moi qui fais tout pour retenir un rire. La vérité, c'est que danser avec elle est ce que j'ai fait de plus palpitant aujourd'hui. Je prends confiance, peut-être un peu trop. Quand la musique change, plus lancinante, je suis nettement moins à l'aise. Les danses de couples, codifiées, n'ont pas de secret pour moi. Ce n'est pas le cas pour celles où on doit bouger seul. Je n'ai cependant encore une fois pas le temps de me poser de questions qu'elle se glisse tout près de moi. Elle passe ses mains autour de ma nuque, se rapproche doucement et pose son visage dans mon cou. Un bras m'enlace pendant que son autre main se place sur mon sternum. Elle glisse une de ses cuisses entre les miennes pour coller son bassin contre le mien. Si j'étais celui qui menait la danse sur la salsa, ce n'est plus du tout le cas sur les rythmes bruts du reggaeton. Ses hanches se balancent de gauche à droite et je me laisse porter par la vague créée par son corps. Je sens ses ongles passer sur la peau sensible de mon cou. Au milieu de la chaleur de la boîte, de la moiteur de nos corps, elle me donne la chair de poule.

Je suis persuadé de ne jamais avoir été ému par une femme en quelques pas de danse. Pourtant, quand elle lève les yeux vers moi, mes certitudes vacillent. L'iris de ses yeux clairs se teinte de bleu, de violet ou de rose selon le bon vouloir des néons. La chaleur a collé quelques mèches sur sa nuque, son cou et ses tempes. J'ai les mains le long du corps et pourtant, si je m'écoutais, elles seraient en train de soulever son menton boudeur pour ramener ses lèvres sur les miennes. Elle m'enjoint de suivre son rythme et je me laisse faire. Soudain, son attitude change totalement. Elle est beaucoup plus souriante, frivole, lascive. Cette femme aime être dans le contrôle.

Lorsque nous sommes juste assez proches, en un battement de cils parfait, elle relève des yeux gourmands, d'une avidité calculée. De celle qui fascine, qui flatte l'ego, qui réveille le mâle tapi derrière le gentleman. Sa féminité est si précise qu'elle ne peut être qu'étudiée. Et comme un bleu, je tombe dans le panneau. Tête la première. Son arrogance ? Je la trouve soudainement affreusement sexy. Ses lèvres légèrement brillantes, qui semblent avoir subi l'assaut d'un baiser, ses cheveux ébouriffés, ses joues rosies comme après un orgasme… Je la sonde pendant que mes doigts roulent sur l'étoffe de sa tenue. Même par-dessus le tissu, je peux sentir sa peau onduler au rythme de la musique. Et alors que je m'étais promis de ne pas le faire, je pose ma main sur sa joue puis sur sa nuque. Nous sommes si proches que je peux sentir l'air quitter ses lèvres en passant sur les miennes. Mais avant que ma bouche ne puisse goûter la sienne, un mouvement brusque sur le côté attire notre attention. Nous nous tournons en même temps juste pour voir Kaï debout et ses trois copains autour de lui.

Sérieusement ? Maintenant ?

Une fois sur deux, quand on vient ici, on se retrouve à devoir remettre un mec bourré à sa place.

Allez savoir pourquoi, l'alcool agit comme un explosif au contact de la testostérone. Un besoin primaire de se battre. Et Kaï est souvent la proie facile : ce nounours est grand et attire donc les hommes qui veulent se confronter à un pseudo-challenge. Je m'apprête à m'excuser auprès de la danseuse, sincèrement dégoûté de devoir l'abandonner, lorsque je me rends compte qu'elle n'est plus là. Déjà à mi-chemin, elle se faufile dans la foule avec agilité. Impossible de faire de même avec mon gabarit. Lorsque j'arrive enfin près du groupe, je me fige, abasourdi. La petite femme s'est glissée entre son beau-frère et l'autre mec. Les bras croisés sous sa poitrine, elle lui jette un regard sauvage, le défiant de toucher à un cheveu de Kaï. Et le mec en face est baraqué.

David contre Goliath.

Chaque fois qu'un de mes potes tente de la protéger, elle leur fait signe de ne pas la toucher.

– Je m'en occupe ! hurle-t-elle à l'intention de John et Mika.

Sans crier gare, le grand débile s'adoucit face à son culot et parle à son oreille. Il pose une main sur son épaule, elle répond en tapotant sur la sienne.

Je vois tous mes potes reprendre leur souffle. La crise a été évitée. Autant, on sait comment réagir quand un de nos potes se prend une droite, autant, une femme ? Ce serait parti en baston générale. Et le mec en face d'elle le sait. C'était courageux mais aussi extrêmement stupide de sa part de s'interposer ainsi. Heureusement pour nous tous, son pari était gagnant.

– Qu'est-ce qui s'est passé ? demandé-je à Mika.

– Comme d'hab ! On a voulu aller aux toilettes, on a bousculé le gars sans faire exprès. Le mec est monté sur ses grands chevaux.

– Sérieux, c'est à se demander quel est leur problème !

– Besoin de montrer qui est le plus fort ? En même temps, ça ferait du bien, une petite bagarre de temps en temps, non ? nous dit John en écrasant son poing dans le plat de sa main opposée.

Pas vraiment, non. Quand je le vois me scruter en serrant la mâchoire, je sens qu'il m'en mettrait bien une pour avoir dansé avec la belle-sœur de Kaï. Je ne le gratifie même pas d'une réponse et cherche la jeune femme des yeux. Je passe au crible la pièce mais plus rien. Elle semble s'être évaporée.

– Où est Kaï ?

– Je crois qu'il vient de partir. Regarde, il nous fait coucou.

Je relève la tête vers la sortie pour voir notre ami nous faire de grands signes et, juste à côté de lui, la jolie brune me sonder, un sourire espiègle sur le visage.

D'où sort cette nana, bordel de merde ?

– Elle, c'est Hortense. Mais tout le monde l'appelle Sia, me dit Mika. Une plaie, cette meuf, si tu veux mon avis. C'est la sœur de…

Je n'écoute plus.

Hortense... c'est joli !

Las flores con pétalos lindos
esconden mejor sus espinas[1]

Si je n'étais pas si orgueilleux, je l'aurais rejointe et lui aurais proposé de rentrer avec elle. Pour être honnête, je foutrais à la poubelle tous mes principes concernant ce qui se fait ou non le premier soir. Je lui aurais donné tout ce qu'elle veut et me serais délecté de tout ce qu'elle aurait bien voulu me confier en retour. Dans des toilettes publiques ou ailleurs… Préférablement ailleurs, mais je n'aurais clairement pas fait le difficile.

Comme si elle lisait ma reddition sur mes traits, elle me balance un sourire victorieux. Puis regarde légèrement à côté de moi pour sourire exactement de la même façon. Lorsque je me tourne, je me rends compte qu'elle scrute John. Il arbore l'air que je devais avoir quelques secondes plus tôt. Elle lui adresse un clin d'œil et je vois l'humeur de celui-ci changer.

Quel con !

« Je ne suis pas un homme comme les autres. » Mon cul ! Et elle le savait.

Je repasse notre interlude dans ma tête. Son invitation à danser, son regard parfait en contre-plongée,

1. En espagnol : « Les fleurs aux beaux pétales cachent mieux leurs épines. »

ses lèvres brillantes, diaboliques. Ce n'était qu'un jeu pour elle. Elle m'a fait fléchir juste pour me regarder ramper, me remettre à ma place, me faire rentrer sagement dans le rang de mon genre. Comme pour confirmer cette pensée, elle m'accorde un dernier regard, puis un rictus se dessine sur sa bouche avant de disparaître avec le futur marié.

Malgré moi, j'aurais voulu qu'elle reste. Ça fait une éternité que je n'ai pas senti mon cœur battre aussi vite. J'expire ma légère frustration avant de retourner à notre table et de me resservir un verre. Je retrouve la même déception sur le visage du blond qui me rejoint. Et ça m'énerve. Car ça a le don de me rappeler que je n'ai rien d'unique.

En effet, un pauvre homme parmi tant d'autres.

Mon sort est même plus pathétique que celui de John. Elle m'a laissé toucher sa peau juste pour susciter son absence sous mes doigts. Je sens une brûlure dans ma poitrine. Est-ce le rhum ou mon ego qu'elle vient de malmener ?

Comme une diversion parfaite, je sens mon portable vibrer à nouveau dans ma poche et se déliter ma détermination. Un coup d'œil à l'écran. Jade, à nouveau.

Juste une dernière fois, après, promis, c'est terminé.

5 AOÛT

HORTENSE

Pas un homme comme les autres. Mes fesses, oui !

Je repense avec amusement à mon interlude avec le grand brun. Il mentait, ça, c'est certain, mais au moins il savait danser. Une seconde de plus et il aurait réussi à me faire flancher.

Enroulée dans une serviette, je m'agenouille devant ma valise. J'en extirpe mon pyjama et l'enfile, avant de jeter un coup d'œil à la pièce ; j'ai vraiment gagné au change. Cette suite est superbe. Après que je suis rentrée à l'hôtel en taxi avec Kaï, il m'a proposé de prendre sa suite pour aller dormir avec ma sœur. Autant dire que je ne me suis pas fait prier. Avoir un lit king size, bois vernis et un espace salon avec une méga télé pour moi toute seule, c'est juste le paradis.

La brosse à dents dans la bouche, j'ouvre l'immense baie vitrée et profite de la vue sur un balcon privatif. L'air iodé s'infiltre dans la chambre et je laisse échapper un soupir de contentement. Il fait chaud mais les embruns nocturnes rafraîchissent l'atmosphère tropicale. Le ciel est si sombre qu'il se confond avec la surface de l'eau à l'horizon. Seul un croissant de lune laisse deviner les flots calmes et silencieux qui dansent à mes pieds. Je prends quelques secondes pour savourer mon privilège. Tout le monde n'a pas la chance de s'étaler du dentifrice sur les joues dans une suite au-dessus de la mer des Caraïbes sans lâcher un centime. La douce mélodie des vagues qui s'échouent sur le sable ponctue ce moment hors du temps. Enfin, jusqu'à ce que les rires d'un homme viennent casser mon moment tranquille. Je serre les dents et respire calmement, tentant de ne pas me laisser submerger par ma conviction profonde qu'ils ne peuvent s'empêcher de toujours tout gâcher. Je suis sur le point de fermer la baie vitrée derrière moi quand le clapotis de l'eau tout en bas m'interpelle. Une jeune femme se précipite vers la piscine de l'hôtel – quel intérêt d'avoir une piscine quand on est à côté de la mer, d'ailleurs ? Elle retire sa fine robe noire d'un geste sensuel avant d'envoyer son vêtement vers une cible que je ne peux pas voir. Elle jette un regard indécent, provocateur, sûrement à l'homme que j'ai entendu rire il y a quelques secondes. Elle rentre dans l'eau, le liquide bleuté accueillant son corps en formant de doux ronds sur la surface. Elle s'immerge, entamant une brasse lascive, comme une invitation faite à celui qui semble se faire désirer.

Lorsque son amant décide enfin à sortir de sa cachette, je me demande si j'hallucine. Même du deuxième étage, même dans la nuit, même avec quatre shots de tequila dans chaque œil, je reconnais toute de suite cette silhouette.

Non, mais je rêve !

Ne serait-ce pas Mister Je-suis-trop-bien-pour-coucher-le-premier-soir ? Le duc Je-suis-trop-bien-pour-la-tequila ? Sa seigneurie Je-ne-suis-pas-fait-du-même-bois-que-la-populace ?

Ça me dégoûte.

Je me demande comment ce genre de mec peut plaire à qui que ce soit. Voir autant d'hypocrisie et de mauvaise foi en une seule personne me laisse sans voix. Ou serait-ce parce qu'il vient de retirer son tee-shirt ? Il découvre à la nuit le derme de son dos musclé et ses larges bras, puis défait la boucle de sa ceinture d'un geste ferme avant de laisser son pantalon tomber à ses chevilles.

OK… Je peux comprendre comment ce genre de mec peut plaire à certaines personnes.

Il se glisse dans le bassin sans un bruit. L'eau joue avec chaque courbe de sa peau noire. Une fois à ses pieds, il s'amuse avec elle alors qu'elle remonte sur la corniche. Je pourrais presque sentir l'eau fraîche sur mes propres cuisses tant je suis happée par ce qui se passe. Puis il s'approche d'elle, silencieusement, sensuellement. Il dépose un baiser sur ses genoux et passe ses mains sous ses cuisses. D'un geste brusque mais maîtrisé, il rapproche le corps de la femme du bord de la piscine. Un léger gémissement s'échappe d'elle alors que je retiens mon souffle. Je vois son ventre se creuser au même rythme que le mien, de plus en plus à mesure que ses mains à lui se font plus aventureuses. Je me somme de rentrer, d'arrêter de les regarder, mais mon corps refuse d'obéir. Mes doigts sont solidement agrippés au rebord du garde-corps. Il passe sa cuisse à elle par-dessus son épaule et progresse dans son intimité alors qu'elle jette la tête en arrière.

C'est le moment précis où je reviens à l'instant présent. Je ne suis pas avec mon danseur de salsa dans la piscine, mais bien sur mon balcon en train de les mater comme une grosse voyeuse. Totalement mortifiée, je détourne enfin les yeux et sens mon avant-bras heurter quelque chose en reculant. Je me retourne brusquement, juste à temps pour voir un cendrier, qui était sûrement posé sur la rambarde, tomber dans le vide. Lorsqu'il s'écrase au sol, j'ai juste le temps de voir Don Juan tourner la tête en direction du bruit avant de remonter le regard vers moi. Ni une ni deux, je me recroqueville près de la vitre en verre opaque de la terrasse. Je ne bouge plus et ne respire plus.

Quelle conne !

– Il y a quelqu'un ?

La voix rauque éclate dans la nuit, mais je reste silencieuse, ma culpabilité coincée dans la gorge. Mon cœur bat la chamade dans ma poitrine alors que mes deux mains recouvrent ma bouche comme pour réduire au silence l'aveu qui pourrait en émerger.

Je me déteste, bordel !

J'ai le choix : soit je me lève et m'excuse, soit je reste planquée et trouve une solution pour rentrer à l'intérieur quitte à ramper dans ma propre honte. Je suis une femme adulte, mère de surcroît, donc… je me place à quatre pattes et nous traîne, moi et ma dignité, sur le carrelage de la terrasse. Je glisse à l'intérieur de la chambre en mode commando, la brosse à dents toujours dans la bouche. Le cœur battant, je finis par atteindre la salle de bains. Mon Dieu ! Cette chambre est immense quand il faut la traverser avec le poids de la honte sur le dos ! Je m'enferme dans la petite pièce et me remets sur pied. Dès que j'allume la lumière, je tombe sur mon reflet. Le portrait est pathétique. Mon chignon sur le côté, des restes de mascara sous les yeux, la tige de la brosse à dents déformant le coin de mes lèvres, totalement débraillée… Ma gêne est écrite partout sur mon corps. J'ai les joues rosies par l'effort, l'émoi ou l'embarras, je ne sais plus. Si j'étais totalement honnête envers moi-même, j'avouerais qu'une partie de moi aurait aimé être à la place de cette femme. Puis mon cerveau, mon meilleur allié, me rappelle les paroles du Maestro : *« Je ne couche pas le premier soir. »*

C'est ça, oui !

Malgré ce qu'il dit, cet homme n'est qu'une copie de ses semblables. Un menteur, manipulateur, prêt à tout pour passer un bon moment.

Je me rince la bouche et retourne dans la chambre. Les portes-fenêtres donnant sur le balcon sont encore grandes ouvertes. Je les ferme sans jeter un coup d'œil en bas, puis plonge entre les draps soyeux du lit. Je jette un coup d'œil à mon téléphone : 2 h 30 du matin. Il serait temps que je dorme, pourtant j'en suis incapable. À cause de ce que j'ai vu, à cause de ma honte, mais aussi parce que je me rends compte que je suis seule dans une pièce que je ne connais pas, dans le noir complet, sans une quelconque lumière à laquelle me raccrocher. J'inspire profondément et cherche l'interrupteur de la lampe sur la table de chevet. J'ai l'impression que j'ai plus ou moins toujours eu peur du noir. C'est si étrange de retrouver cette angoisse d'enfant, ce sentiment d'insécurité absurde qu'aucune pensée raisonnée n'arriverait à apaiser. J'ai peur de fermer les yeux, j'ai peur du silence de la nuit, j'ai peur de ce qui se passera une fois que je serai happée par le sommeil.

J'expire bruyamment tout en m'enfonçant dans mon lit. Il faut que je pense à autre chose. L'amusement soulève le coin de mes lèvres lorsque je repense au Maestro sur la piste de danse. Je dois avouer que c'était divertissant. C'est typiquement le genre de distraction dont j'avais besoin ce soir.

Et, cerise sur le gâteau, je ne me suis pas laissée berner. Je ferme les yeux, le sourire aux lèvres, et je m'endors, bercée par une seule pensée : *Dieu merci, je ne suis pas celle qui est tombée dans le panneau.*

RAFAEL

Les vibrations de mon téléphone retentissent dans toute la nef de l'église Saint-Joseph. Je me jette sur l'appareil sous le regard noir de ma mère, de ceux qui veulent dire « quel genre de message peut être plus important que celui du Seigneur en personne ? ». J'expire bruyamment et me contente d'offrir un air désolé avant de découvrir qui me contacte. Jade… et en effet, le contenu de ce SMS n'est pas du tout approprié pour la messe du dimanche matin avec ma famille. J'éteins mon smartphone et le range avant de relever la tête et de me concentrer sur le sermon du père Manuel. Avant que je ne puisse raccrocher les wagons, un nouveau chant liturgique commence. *Encore*. J'aime bien les sermons en revanche. Je ne crois pas en Dieu, mais j'ai toujours trouvé que les enseignements dispensés pendant ces messes dominicales étaient intéressants. Petit, c'était une réelle torture. Je me rappelle avoir passé mon temps à gigoter sur mon siège, jusqu'à ce que mon père me dise : « Écoute plutôt que de te contenter d'entendre. Parfois, il suffit d'une phrase pour que tout le discours fasse sens. » Tous les dimanches, je conduis ma mère et ma sœur à la messe. Do s'en amuse en disant que si ça ne m'offre pas une place au paradis, rien ne le fera.

Un éclat de rire me sort de mes pensées. Ma petite sœur, Lucia, est en train de se taper sa meilleure barre en scrollant sur son téléphone. Décidément, la discrétion est notre fort aujourd'hui ! Je lui file un coup de coude pour tenter de lui faire comprendre que ce n'est peut-être pas une bonne idée de traîner sur Instagram maintenant, quand l'effrontée ose répondre à haute voix :

– Quoi ?

Les personnes devant nous se retournent en nous jetant des regards désapprobateurs. J'ai comme une envie de leur dire de se mêler de ce dont le Seigneur les a dotés pour s'asseoir.

– Rafael ! ordonne ma mère à voix basse sans même me regarder.

Mon épine dorsale se tend. Je déteste quand elle fait ça. Elle pense qu'il lui suffit de prononcer mon prénom pour que je la débarrasse de ce qui l'incommode. J'expire et me tourne vers Lucia pour lui prendre son portable et le glisser dans la poche de mon pantalon.

– Non, mais t'es sérieux ? chuchote-t-elle juste assez fort pour attirer encore une fois l'attention sur elle.

– Oui.

– Mais c'est pas *juste* !

Évidemment, son intervention déclenche une horde de « chuuuuuut » qui résonnent dans l'église. Évidemment, ma mère serre la mâchoire tant elle peine à cacher sa colère. Évidemment, c'est encore *Bibi* qui va se retrouver à héberger sa petite sœur de dix-sept ans chez lui cette semaine pour éviter que sa génitrice ne prenne perpétuité pour homicide volontaire avec préméditation. Je n'ai pas eu un seul moment de paix cet été avec ces conneries de crise d'ado et de phase d'opposition contre la figure maternelle. Je pense que Lucia mériterait de consulter, qu'on puisse l'aider à exprimer sainement toute cette colère qu'elle accumule. Mais comme ma mère considère les psys comme une arnaque et la santé mentale comme une invention de la nouvelle génération pour se plaindre, elle refuse catégoriquement d'en entendre parler. Après des mois passés à me battre contre ses préjugés, j'ai décidé de baisser les bras et de limiter les dégâts. Lucia vient à la maison quand la pression est trop forte et je laisse ma mère se délester sur moi d'une partie de sa charge parentale.

– Rends-moi mon téléphone ! chuchote Lucia.

– Après la messe. Mais si tu continues, je le garde jusqu'à vendredi !

Cette fois, je suis plus ferme. Pas parce que j'aime spécialement exercer mon autorité, mais parce que j'en ai ras le bénitier de jouer les figures d'autorité. Ce n'est pas mon job, bordel.

– Est-ce que tu m'as compris ?

Elle hoche la tête avant de croiser les bras sur sa poitrine comme une gosse. Tant pis pour elle. Si elle croit que ça m'amuse de passer mon temps à réprimander une gamine… J'ai trente-trois ans. Je suis jeune. Toute l'année, je tente de faire rentrer du plomb dans la cervelle d'ados boutonneux. Et pendant mes deux mois de vacances estivales, je dois recommencer avec ma propre sœur ? Hors de question ! Heureusement, la messe est déjà finie et, rapidement, nous sommes sur le parvis de l'église pendant que ma mère salue la terre entière. C'est l'un des moments qui m'énerve le plus. Quitter le corps encore chaud de mon ex un dimanche à l'aube pour traverser l'île et aller chercher ma famille ? Pas de souci ! Passer des heures à polir les bancs de prière dans la maison d'un Dieu auquel je ne crois pas ? Je m'en fiche comme de ma première chaussette. Mais rester planté à côté de ma génitrice parfois pendant une heure pour l'écouter balancer des banalités à des gens que je ne connais pas vraiment ? Achevez-moi. Avant que je puisse trouver une excuse pour m'éclipser, nous tombons nez à nez avec un visage plus que familier.

– Quel bonheur de vous voir tous ici.

– Bonjour madame Ménard, salué-je celle que je n'ai jamais osé appeler Tatie Thé.

– Tu as bonne mine, mon garçon.

– Merci.

Elle, elle semble extrêmement fatiguée. La vieille dame est plus petite que dans mon souvenir. Et, maintenant que j'y pense, cela fait un moment que je ne l'ai pas vue au *MikaDo*, le resto de ma sœur, à danser ou boire un verre avec ses copines.

– Je ne pensais pas que tu viendrais aujourd'hui, reprend-elle. Avec l'enterrement de vie de garçon de Kaï, j'imaginais que tu passerais le week-end dans le Sud.

– J'étais levé tôt.

– Ah, non ! Mon Rafael ne manquerait la messe pour rien au monde, insiste lourdement ma mère.

Je me demande de quel Rafael elle peut bien parler. Celui qu'elle a enfanté vendrait bien un rein pour ne plus avoir à traîner sur le parvis tous les dimanches.

– Comment va Azalea ? Pas trop stressée par le mariage ? ajoute-t-elle.

– Un peu. Mais, Dieu merci, elle veut se marier à la seule personne sur terre qui arrive à la faire relativiser.

Les deux femmes rient en échangeant des louanges sur les futurs mariés. Ma mère adore Azalea. Elle la trouve brillante et belle, sérieuse et distinguée. Exactement ce qu'elle voudrait comme belle-fille.

– Quant à toi, Rafael, tu as dû faire la rencontre de mon autre nièce…

Je la regarde et feins de ne pas savoir de qui elle parle. Thérèse semble rapidement comprendre mon petit jeu : quand elle me répond, c'est avec un sourire espiègle sur le bout des lèvres.

– Oh, mais si ! Hortense. Petite brune, fine… cheveux longs ?

– Célibataire ? demande ma mère.

Si elle est estampillée Ménard, c'est jackpot pour elle. Elle n'a pas conscience qu'elle tomberait dans les pommes en voyant Hortense et ses tatouages.

– Oui, elle est libre comme l'air. Mais elle est jeune. Elle a le temps.

– Si elle est aussi sérieuse que son aînée, elle n'aura aucun problème à trouver chaussure à son pied !

– Oh… Elle est très différente d'Azalea.

– Ça, c'est certain !

Dès que je laisse échapper cette remarque, je la regrette. J'étais censé ne pas la connaître… Quel con ! Je tente de me rattraper, surtout quand je vois ma mère, Thérèse et Lucia me dévisager.

– Les deux sœurs n'ont rien à voir. Physiquement… Je veux dire, elles ne se ressemblent pas du tout. L'une est plus… Vous voyez ? Alors que l'autre est complètement… Je vais vous laisser discuter, Mesdames. Maman, je t'attends à la voiture.

Je fuis la scène alors que Lucia me suit sans un mot en tapotant sur l'écran de son téléphone que je viens de lui rendre. Dès que je suis installé derrière le volant, j'attrape la bouteille d'eau que j'ai placée dans la boîte à gants et en bois une gorgée. J'ai eu chaud.

– Donc, tu as couché avec Hortense ?

Je manque de m'étrangler avec l'eau.

– Quoi ? Mais, ça ne va pas bien de dire ce genre de chose ?

– Oh, ça va ! Je ne suis pas une gamine. Elle est mignonne ?

Je lui jette un regard noir. Je refuse de répondre à cette question. Lucia est une enfant, elle ne sait pas de quoi elle parle.

– C'est bon, la sainte mère n'est pas là. Tu peux me le dire, elle est sympa, la Ménard ?

– Oui, cédé-je, presque amusé que ma sœur et moi parlions d'autre chose que de ses devoirs ou de la prochaine punition. Elle est belle. Mais c'est le genre de nana qui considère que les hommes sont des plaies.

– Elle a vraiment dit ça ?

– Ouais !

– Elle est née quand ?

– Aucune idée. Pourquoi ?

– C'est forcément un signe de feu pour sortir un truc pareil. Ou une lesbienne. Mais quelque chose me dit qu'aucune d'entre nous ne perdrait son temps à discuter avec un homme cis hétéro de ces trucs-là.

Je ris devant la lucidité de ma sœur. Cela doit faire un peu plus d'un an qu'elle m'a fait son coming out. Sa sexualité est quelque chose qu'elle aborde librement… sauf quand ma mère est là.

Cette dernière est la seule de la famille à ne pas être au courant.

– Elle n'est pas lesbienne et en ce qui concerne son signe astro, je dois dire que je n'en ai rien à faire.

– Typique d'un Verseau !

– Arrête tes bêtises et mets ta ceinture, *Mamá* arrive.

– OK, mais avant… Rafael ?

Elle glisse sa tête entre les deux sièges avant.

– Hmm ?

– Si elle ne t'aime pas, c'est juste parce qu'elle ne sait pas encore que tu n'es pas un homme comme les autres, me dit ma sœur avant de me coller un baiser sur la joue.

– Ah ! On est d'accord ! Je suis super comme gars, non ?

– Grave !

Je le savais ! Je suis exceptionnel et Hortense Ménard est juste trop haut perchée sur ses grands chevaux pour le voir.

– Tu es incroyable. Et quiconque n'est pas capable de le voir est un idiot fini !

OK… Je suis sympa, mais là, ça paraît louche.

– Qu'est-ce que tu veux, Moustique ?

– Toi alors, toujours à imaginer le pire.

– Magne-toi, Maman arrive. Tu veux quoi ?

– Je peux dormir chez toi ce soir ?

– C'est tout ?

– Anna peut venir ?

Anna est sa « meilleure amie » pour ma mère et sa copine pour tous ceux qui ont des yeux.

– Tu n'étais pas obligée de me cirer les pompes pour si peu.

– Eh bien, c'est qu'il faut juste aller la chercher chez son père…

– Mais il habite à l'autre bout de l'île !

– *Por favor*... Mon frère d'amour qui est bien plus beau et bien plus fort que tous les hommes de la terre réunis ?

– OK. Mais on ira la chercher avant que mes potes arrivent.

– Parfait ! Tu es le meilleur grand frère de la terre.

Le meilleur, je ne sais pas. Le plus gros pigeon, peut-être.

***

Nunca me casaré
Odio la perfección del blanco
Quien sabe si mañana existe,
O las promesas que esconden un anillo[2]

Je sursaute alors que la porte de ma maison s'ouvre en grand. Le crayon que j'avais dans la main m'échappe et se niche dans un coin du canapé.

---

2. « Je ne me marierai jamais / Je déteste la perfection du blanc / Qui peut savoir ce que demain nous réserve / Ou les promesses que cache une bague ? »

– Tu vois qu'il est vivant !

Il me faut deux secondes pour percuter que José, Damien et Mika sont dans mon salon.

– Ça vous arrive de frapper ?

– Non, répondent mes trois amis en chœur.

– On t'a dit qu'on passait il y a une heure.

Je sors mon portable pour me rendre compte qu'en effet, ils m'ont bien envoyé un message. Trop absorbé par l'écriture, je n'ai rien entendu.

– Qu'est-ce que tu foutais ?

– Rien.

Je serre mon carnet entre mes mains. Celui que je garde tout le temps dans ma poche. Il est neuf, j'ai rempli l'ancien en moins d'un mois. Comment se fait-il que j'aie l'impression qu'ils durent de moins en moins longtemps ? J'ai l'habitude de gribouiller les mots qui déroulent sous mes paupières chaque fois que je cligne des yeux, sans m'appliquer. C'est la seule façon d'avoir un peu la paix.

J'expire bruyamment ma frustration et fourre le cahier dans ma poche. Je n'imagine pas quelle serait la réaction de mes potes s'ils savaient. Ils se foutent suffisamment de ma gueule pour ma passion pour la danse de salon, il ne manquerait plus qu'ils sachent que j'aime écrire mes pensées les plus intimes dans un carnet.

Je l'enfonce un peu plus profondément dans ma poche.

Pathétique !

– Vous voulez une bière ? demandé-je en me levant.

– Quelle question !

Le temps d'arriver dans la cuisine, je me rends compte qu'il fait déjà sombre. Je suis resté trop longtemps sur mon canapé. Je sors les bouteilles fraîches du frigo, une canette de soda pour moi et quelques trucs pour l'apéro. J'ai à peine le temps de mettre deux chips dans un bol que je prends conscience que mes potes sont subitement silencieux.

Qu'est-ce qu'ils foutent ?

Je me retourne et les découvre autour de ma nouvelle table basse en bois de rose. Lorsque je suis assez près, je comprends que la bande d'idiots est en train de scruter mon téléphone portable.

Ils sont chiants !

– Ça va ? Je ne vous dérange pas ? La vie privée, ça vous dit quelque chose ?

Je récupère mon smartphone pour le glisser dans ma poche, lui aussi. Les trois hommes me scrutent sans rien dire, sans l'ombre d'un regret. Ils ont dû lire quelque chose de sérieux… Et face à leurs mines d'enterrement, je n'ai pas besoin de chercher loin pour savoir ce qu'ils ont dû découvrir.

– Tu vois toujours Jade…

Eh merde.

J'inspire péniblement, tentant de gagner du temps, mais les trois paires d'yeux me scrutent, déterminées à avoir une réponse. Je me dégage la gorge en frottant le bout de mon nez, un tic qui apparaît chaque fois que je suis gêné.

– Alors ? Tu accouches ou bien ? me provoque Damien.

– On va dire qu'il nous arrive de nous retrouver.

Un éclair de protestations éclate comme un coup de tonnerre au-dessus de ma tête.

– Mais t'es con ou quoi ?

– *Ay, no lo puedo creer*[3]... s'insurge José.

Sa mère est panaméenne comme la mienne. Seul ce diable de Damien me fait un clin d'œil, accompagné d'un pouce levé.

– Alors déjà, doucement ! Ma sœur est dans la chambre du fond avec sa copine et je ne tiens pas à ce qu'elles connaissent les détails de ma vie privée. Et ensuite, ce n'est pas ce que vous pensez. Il n'y a rien de sérieux entre nous.

– Ouais, et qu'en est-il du mec qu'elle fréquente, alors ? me balance José, excédé.

Ah. C'est un détail que j'ai totalement effacé de mon esprit.

– J'imagine qu'ils ont rompu. Sinon je ne vois pas pourquoi elle m'aurait envoyé un message.

– Elle s'ennuie peut-être, tente Damien.

– Et ça justifie de recoucher avec elle ? s'emporte José.

– Là, tu marques un point. Elle est folle. Tu te souviens comme elle a bousillé ta maison ?

3. « Punaise, je ne peux pas le croire… »

– Ne la traite pas de folle. Et c'était il y a longtemps, la défends-je.

– Un an ! Elle a mis des crevettes dans toutes les aérations. Ta baraque a pué la mort pendant des mois.

– Elle a découpé en morceaux toutes tes fringues, troué tous tes slips et tes chaussettes.

– Marqué « enfoiré » au marqueur noir sur ton écran plat…

– Mis du ketchup dans la Xbox !

– Oui, je me souviens les gars, j'étais là ! Mais est-ce qu'après avoir fait tout ça, elle s'est aussi excusée et a payé pour tout ce qu'elle avait cassé ?

Mes potes acquiescent faiblement. Je sais ce qui s'est passé, et je sais aussi que je suis moi aussi coupable, à tel point que je ne lui en ai jamais voulu… même d'avoir mis de la crème dépilatoire dans mon shampooing.

– Bref. Je sais de source sûre qu'elle est en couple, conclut José.

Il fouille dans sa sacoche pour en sortir une feuille blanche et gribouiller des lignes dessus avec une écriture incompréhensible qu'on ne tolère que chez les médecins. Quand il se tourne vers moi, ce n'est plus José, mon pote depuis l'enfance, mais le docteur Rosada qui me tend une prescription et exige :

– En attendant, fais-toi tester. Si elle a plusieurs partenaires, ce n'est pas *safe*.

– On n'a pas quinze ans, on s'est protégés.

– Si tu crois qu'on se protège de toutes les IST avec une capote, tu es encore plus con que je ne le pensais, insiste-t-il en tendant l'ordonnance.

Il passe en revue les tests : syphilis, VIH, gonorrhée…

– T'abuses pas un peu ? Il a juste couché avec son ex. Ce n'est pas une prostituée du XVIIIe siècle non plus.

Je souris, pour une fois assez d'accord avec Damien.

– Ce sont des tests classiques. C'est une prise de sang et on n'en parle plus. Mais après ça, tu restes loin d'elle ! C'est mieux pour tout le monde. Et puis, on sait très bien pourquoi tu fais ça…

Je manque de m'étouffer avec mon soda quand je vois tous mes potes me regarder comme si la réponse était une évidence.

– Elle m'a envoyé un message et puis voilà !

– Arrête… Tu la vois parce que c'est facile. Elle sait que tu fuis l'engagement plus vite qu'un délinquant un contrôle de police, ajoute Mika.

Tous mes potes acquiescent. J'hallucine.

– À vous écouter, je suis le dernier des salauds.

– Non. C'est juste que, pour une raison qu'on ignore, tu penses que tu n'es pas fait pour tomber amoureux. Et à la rigueur, OK ! Mais cette meuf et toi, ça n'a jamais été une bonne idée, insiste José en me tendant son bout de papier blanc. Tu n'as jamais été amoureux d'elle alors qu'elle, si.

Après un moment de silence, je finis par lui arracher l'ordonnance des mains et la fourrer dans ma poche. Je sais qu'ils ont raison, et je sais que je vais faire ces analyses. Il ne manquerait plus que mon interlude avec Jade me file des morpions…

Je soupire et lève les yeux au ciel. Tous mes potes me scrutent en silence. J'aimerais leur dire qu'ils ont tort. Car c'est le cas. J'ai un cœur, comme tout le monde. Je sais que je pourrais être fait pour l'amour. C'est juste que, contrairement aux hommes face à moi, j'ai vu les ravages qu'il provoque et les cendres qu'il laisse derrière lui une fois le bonheur consumé. J'ai vu ce que l'amour faisait lorsque l'on perd un être cher. À quoi bon passer son temps à le chercher quand on sait qu'il n'y a aucune autre issue que la mort ? Peut-être qu'avoir vu ma mère s'effondrer au décès de mon père m'a marqué plus que je ne l'imaginais. Mais, heureusement pour moi, aucune loi n'oblige à tomber amoureux.

6 AOÛT

HORTENSE

C'est un euphémisme de dire que, normalement, je ne suis pas du genre émotive. Je peux regarder des films d'horreur en riant quand le tueur sort une tronçonneuse. Rien ne me fait peur. Ni les vampires, ni les fantômes, ni même les saletés de petites filles possédées par le démon. Pourtant, c'est bien ma main frêle qui a attrapé le petit interrupteur de ma lampe cette nuit. Et c'est bien moi qui me suis réveillée ce matin la taie d'oreiller pleine de larmes. J'ai encore fait ce rêve horrible. Sauf que, cette fois, j'ai entendu de l'eau, aussi clairement que si la source coulait sous mon lit. Et ce ciel, encore si noir. Quand ces rêves sont-ils apparus pour la première fois ? Je crois que c'était il y a quatre ans, lorsque j'ai dû passer Noël ici.

Tout ça, c'est à cause de cette satanée maison. Et de cette chambre.

Au début, j'ai cru qu'il ne s'agissait que d'une coïncidence. Un vieux cauchemar horrible qui refaisait surface de temps en temps. Pourtant, depuis que j'ai refoutu les pieds ici, c'est quasiment tous les soirs. Quelque chose cloche sérieusement.

– Tout va bien ? me demande ma sœur en levant la tête de son classeur de mariage.

Je placarde un sourire sur mon visage et hoche la tête pour la rassurer. Je réfléchirai à tout ça une fois rentrée dans ma maison hantée.

J'ajoute une goutte d'Angostura et un brin de menthe fraîche sur la glace pilée et respire de nouveau. Les carafes sont pleines, la table est dressée et je viens de terminer les deux mojitos pour ma sœur et Fanny, qui attendent au centre d'une très grande table au *MikaDo*, un restaurant tenu par le couple le plus adorable de la terre. Enfin, Do est géniale. Son mari, Mika… Il est supportable quand il n'essaie pas de faire de l'humour.

– Les mecs arrivent bientôt ? demandé-je déposant les deux verres de mojito devant ma sœur et sa copine.

Nous attendons Kaï, Mika et d'autres amis à eux qui sont allés récupérer toutes les boissons pour le mariage. Mais je commence à avoir faim.

– Ils ne devraient pas tarder, rétorque Do en s'installant dans le siège le plus confortable. Mika m'a dit qu'ils étaient en chemin.

Elle est plus ronde qu'une boule de bowling. On jurerait qu'elle est prête à exploser. Je me rappelle à quel point le troisième trimestre est difficile, surtout avec cette chaleur.

– Tu veux quelque chose à boire, Do ? Je fais une super citronnade.

– Ce serait sympa !

Je me replace derrière le bar. La journée est claire, le soleil est au rendez-vous. Le *MikaDo* jouit d'un décor magnifique : le restaurant est abrité sous un immense toit fait de bois. Les ouvertures tout autour laissent entrer un air frais accompagné d'une douce musique caribéenne dont les percussions rythment chacun de mes mouvements. C'est typiquement le genre d'endroit où on se sent bien. J'attrape des citrons verts, je trouve également du miel de fleurs de Martinique. Rien qu'à ouvrir le pot, les parfums du nectar m'attirent. Je pourrais y ajouter une petite touche de gingembre… Combiner les différentes saveurs me redonne le sourire. J'adore mon job… *J'adorais*. À la rentrée, je devrai officiellement être élève en BTS et non plus barmaid. Enfin… si j'arrive à récupérer mon alternance. Et voilà ! En moins de deux secondes, mon sourire a disparu. À un moment, je vais bien devoir dire à ma sœur que mon inscription est compromise. Rien que d'imaginer sa déception, j'en ai mal au ventre. Et celle de mon fils. Il est si fier de pouvoir dire que sa mère reprend ses études…

Je chasse toutes ces pensées négatives en pressant assez de citron pour désaltérer un buffle. Une fois la citronnade prête, je pose le pichet au centre de la table avant de placer un verre bien rempli devant Do.

– Voilà ma belle.

– Merci, dit-elle avant de plonger ses lèvres dans la boisson fraîche. C'est super bon ! Dis donc, Azalea, tu ne m'avais pas dit que ta sœur se défendait derrière un comptoir !

– Oui… Ça lui arrive de travailler dans un bar.

J'inspire longuement pour prendre le temps de reformuler les mots qui me brûlent la langue.

– Oui, je suis barmaid. C'est mon métier et je l'adore…

– Enfin, surtout en extra, me coupe ma sœur. Mais elle reprend ses études en management à la rentrée. J'ai réussi à lui dégoter une alternance dans la boîte d'un ancien copain d'école.

Je déteste qu'elle se sente obligée de préciser ma reconversion à chaque personne qu'elle croise comme si elle avait honte que je ne sois qu'une barmaid. Et surtout, ça ravive ma culpabilité. Mais je préfère attendre après le mariage pour lui annoncer la nouvelle. Cela me laisse quelques semaines pour réfléchir à ce que je veux faire.

– Tu sais, j'ai fait une école de commerce. Aujourd'hui, on tient ce resto. Les diplômes seuls ne servent à rien, c'est ce que tu fais de ta vie qui compte, me dit Dolores avec une bienveillance bienvenue. En tout cas, si tu veux faire des extras, on est toujours en recherche de personnel. Je t'aurais bien proposé un poste de manager pendant mon congé maternité, mais ta sœur dit que tu pars avant la rentrée ?

– Yes, le 1er septembre, je serai de nouveau sous le soleil voilé de Paris.

J'apporte les verres sur la table alors que le bruit d'un troupeau de bœufs se fait entendre sur le parking.

– Ah… Ces messieurs sont là !

Les yeux brillants de ma sœur me confirment que son futur mari est dans les parages. Je lève la tête, loin d'avoir envie d'être témoin de leur tendresse. Je tire un trait sur les hommes, mais ça ne veut pas dire que j'ai envie de regarder les autres se lécher la glotte pour autant. Dès l'instant où je détourne le regard, je tombe dans celui de John.

Urgh… Je l'avais oublié celui-là.

Au moment précis où le grand blond à la peau hâlée me voit, un sourire coquin vient fendre son visage. On sent que pour lui, la partie peut commencer. Oui, mais aujourd'hui, je ne suis pas d'humeur à jouer.

– Tu es là ? me demande-t-il avec son petit accent néo-zélandais. Quel bonheur de te savoir en vie.

Je suppose qu'il fait référence aux SMS qu'il m'a envoyés après la soirée de vendredi.

– Je ne pensais pas que tes messages méritaient de réponse.

– C'était pourtant assez romantique, ironise-t-il en se calant à côté de moi.

– « Ton petit cul m'avait manqué », ce n'est pas ce que j'appelle une déclaration d'amour, répliqué-je en attrapant mon verre pour me mettre à l'opposé de lui.

Moi et mon petit cul, on n'est pas intéressés. Merci et au revoir !

Nous sommes une dizaine à table. Mika arrive avec un immense plat de riz et un autre de haricots rouges consommés pendant que du poulet grillé trône au milieu de la table. Je laisse tout le monde se servir et en profite pour apporter le pain, replacer des serviettes et des couverts ou pour proposer le piment et les quartiers d'avocats. C'est un peu le problème quand on travaille dans le service, on a l'habitude de s'assurer que tout le monde passe un bon moment avant de profiter soi-même. Lorsque je me rassieds, il reste très peu de nourriture. Fanny et Do s'en rendent compte et me font signe d'aller me servir en cuisine. Je refuse et me contente de ce qui reste sur la table. Je mange peu d'autant que je sais qu'il y a un superbe gâteau à l'ananas en dessert. Avec le dessus caramélisé comme je l'aime…

– Les mecs, vous abusez, se plaint Mickaël avec une pointe de clémence – dont je suis dépourvue.

Je jette un coup d'œil à la table et secoue la tête. C'est une sale bande d'égoïstes. Et alors que j'observe quelques secondes John qui se goinfre à l'opposé de moi, je fais soudain un constat amer : on peut dire beaucoup d'un homme et de l'amant qu'il est rien qu'en prêtant attention à ses manières lorsqu'il mange.

Ce qui est le cas du Néo-Zélandais qui se montre aussi ingrat à table qu'au lit. Ce carnivore se sert sans faire attention à qui que ce soit, se goinfre comme si le seul fait qu'il soit le plus grand justifiait de voler la nourriture aux autres convives.

Comment ai-je pu coucher avec lui pendant deux semaines ?

C'était il y a quatre ans et j'étais plus affamée qu'un mec en fin de soirée, certes... Mais merde ! Aujourd'hui, je préférerais m'arracher les cils à la pince à épiler plutôt que de remettre le couvert avec lui. Ou avec quiconque m'obligerait à m'occuper moi-même de ma bouffe et de mes orgasmes. Il attrape la panière de pain sous le nez des autres sans en proposer. Fanny tente même de piocher dedans, en vain. Elle arbore alors cet air que je ne connais que trop bien : un mélange de déception, de frustration et d'incompréhension. Le même que le mien quand John avait cette sale manie de jouir et de s'arrêter quand ça commençait tout juste à devenir intéressant pour moi.

Je joue avec ma nourriture en maudissant les amants médiocres qui peuplent les salles à manger et chambres à coucher, puis en profite pour analyser les autres membres de l'assemblée. Ils sont à peu près tous du même acabit, ce qui me fait douter un instant de ma théorie. Ils prennent ce qu'il y a sur la table, vident les plats préparés par d'autres. Puis mon regard tombe sur Kaï. Évidemment, mon beau-frère, le gendre parfait, n'a rien à voir avec ses confrères.

Lui, il sert les autres avant. Nourrit ma sœur, lui glisse sans cesse des mets dans la bouche sans se préoccuper de lui-même. Pendant sa grossesse, elle a été sujette à de terribles nausées. Entre chaque chantier, il passait chez eux pour s'assurer qu'elle mangeait ses fruits secs et ses crackers ou alors pour lui tenir les cheveux quand elle recrachait le tout au fond d'une cuvette.

Le repas est vite englouti, ponctué de rires et de blagues que se lancent ces messieurs. Je les écoute distraitement, esquissant un sourire de temps en temps. J'aide à débarrasser la table et ramène le tout en cuisine. C'est fou à quel point le service m'a manqué. Il m'arrive encore de m'occuper des dîners spectacles au *Styx*, mais avec le passage de mon baccalauréat en candidat libre, j'ai surtout fait des extras au bar. Lorsque je reviens à table, je me rends compte que le dessert a déjà été servi… et qu'il ne reste rien.

– Il n'y a plus de gâteau ? Il y en avait une part par personne…

Face au silence généré par mon intervention, toutes les têtes se tournent vers le blondinet en bout de table qui plante ses dents dans une part de gâteau, signe supplémentaire que ma théorie gastronomico-sexuelle est avérée : un homme vorace et négligeant à table fera un amant égoïste et maladroit au lit. Il relève la tête, la barbe pleine de miettes de *ma* part de dessert à l'ananas, et me lance un clin d'œil sensuel avec un pauvre « *sorry* » qui me donne des envies de meurtre.

J'esquisse un rictus.

– Qu'est-ce qui te fait sourire comme ça ? demande John.

– Rien du tout.

– La connaissant, elle doit fantasmer qu'elle te tue froidement… dit Azalea, indifférente, en se servant un verre d'eau. Tu as mangé son dessert préféré, à ta place, je ferais gaffe.

Tout le monde se tourne vers elle, quelque peu décontenancé par son détachement. Ma sœur se tourne vers moi :

– Sia ? J'ai raison ou pas ?

– Tu as tellement raison que c'en est flippant ! Je rêvais de sang partout, à la Rick et Morty. C'était jouissif.

– Pardon Sia… Je suis désolé. Je peux peut-être me faire pardonner. Tu fais quoi ce soir ? demande John.

Tout le monde s'esclaffe. Mon visage, lui, perd toute trace d'amusement. Ce mec ne semble pas comprendre ce que « non » signifie. Ses invitations incessantes et allusions déplacées systématiques sont insupportables, juste pour avoir eu le malheur de passer du bon temps ensemble il y a presque quatre ans. Et réellement, un tout petit peu de bon temps en ce qui me concerne.

– Écoute, je vais te le dire pour la dernière fois : je ne suis pas d'humeur à m'envoyer en l'air avec toi. Je suis déjà passée par là et on ne peut pas dire que ça m'ait donné envie de recommencer.

– Frigide… prononce-t-il entre deux toux simulées.

Un de ses amis lui file un coup de coude et cela semble l'agacer encore plus :

– Quoi ? Ce n'est pas ma faute si Madame veut me faire passer pour un mauvais coup alors qu'on sait tous que c'est juste une frustrée qui déteste les mecs !

Cette fois, plus personne ne parle. La plupart des convives baissent la tête dans leur assiette, essayant de cacher leur gêne. Kaï et Azalea me regardent, attendant de voir ma réaction, mais je sens que mon beau-frère est à deux doigts de renvoyer John en Nouvelle-Zélande. Je fais signe à Kaï de me laisser gérer la situation. Ce connard est vraiment tombé le mauvais jour pour me casser les pieds. Je retiens ma respiration et tente de contenir ma colère. En vain.

– Écoutez, si vous l'aviez vu nu, vous comprendriez mieux d'où vient son complexe d'infériorité.

Ses yeux me lancent des flammes. Eh ouais, mon pote, tu te permets de faire des coups bas, aucune raison que je ne tape pas là où ça fait mal… Juste sous la ceinture, en plein dans ton ego tout masculin !

Je suis sur le point de l'achever quand mon téléphone vibre.

Petit chanceux !

Mamoune
Zouzou est prêt pour le cirque !

Ce message est accompagné d'une vidéo de mon fils qui fait la roue dans le jardin. J'ai soudain une envie irrépressible de les rejoindre. Mon petit gars me manque. La seule chose parfaite pendant ces vacances, c'est de ne pas travailler et de pouvoir passer du temps avec lui.

– Tu es sérieuse, là ?

La voix de John me ramène à table.

– Quoi ?

– Tu me traites de petite bite et puis tu m'ignores ?

– Comme tu le sais déjà, je me lasse vite. Tu m'as traitée de frigide, moi de mauvais coup… Je propose qu'on laisse tomber. Bon, Azalea, on a fini pour aujourd'hui ? ajouté-je sans lui laisser la possibilité de réagir.

– Oui. Il ne reste qu'à ranger les boissons et à aller récupérer au collège les pupitres et les chaises. On doit y faire un saut vers 15 h 30.

– Il *est* 15 h 30.

Je vois la mine de la future mariée se décomposer.

– Mince, avec l'organisation et les préparatifs, je n'ai pas vu le temps passer…

Je sens son stress monter.

– Je peux y aller, si ça te rend vraiment service. C'est sur le chemin de Saint-Joseph ?

– Oui. Le collège est sur la route pour rentrer. Tu as dû passer devant. En arrivant, Rafael devrait t'attendre sur le parking.

– Nickel ! Envoie-moi l'adresse.

– Tu veux un coup de main ? ajoute John. Pour m'excuser d'avoir mangé ta part de gâteau. Et puis, ça peut être lourd tout ça ?

– Ne le prends pas mal mais il y a peu de chance qu'une trentaine de chaises puissent être plus lourdes que toi. Donc merci, mais non merci.

Je lui adresse une moue faussement désolée avant de lui tourner le dos. Une nuée de « ooooooh » mélangée aux rires de ses amis accompagne mon départ. Je sens que je n'aurais peut-être pas dû titiller le tigre qui dort…

Ce n'est pas ma faute, j'adore me divertir. Et je dois dire qu'il n'y a rien de plus satisfaisant que de remettre un mâle qui se croit dominant à sa place.

RAFAEL

15 h 45. Il fait une chaleur à brûler des péchés, comme dirait ma mère. En plein mois d'août, il n'y a plus personne dans l'enceinte du collège et tant mieux. C'est une véritable fournaise. Mais comme notre directeur a accepté de prêter un peu de matériel pour le mariage princier de Saint-Joseph, j'en ai profité pour faire un saut et ranger mon casier avant la rentrée. C'est fou le nombre de trucs qu'on peut accumuler de septembre à juin. La perle de cette année ? Le devoir d'un élève. Je me souviens très bien qu'il m'a juré me l'avoir rendu et que je ne l'ai pas cru. Est-ce que je vais avouer à Lucas, le petit con qui passe son temps à se moquer des autres, qu'il m'avait bien rendu son DM et que c'est moi qui l'avais égaré dans le fond de mon casier ? Certainement pas !

Déjà, rien qu'en lisant les premières lignes, je devine qu'il a triché. Il n'y a pas une seule faute.

Suspect, pour un mec incapable de compter jusqu'à dix en espagnol. Après quelques recherches, je me suis rendu compte que le gamin avait copié un dialogue, à la virgule près, d'un épisode de *La Casa de Papel*. Il n'a même pas changé les noms des personnages… *Zoquete*[4] *!* Finalement, que j'aie perdu son devoir lui a rendu service. Ça lui a évité une mesure disciplinaire.

Je regarde ma montre et soupire. 15 h 50… Kaï abuse ! Je dois aller au laboratoire pour faire les tests avec lesquels José me bassine. Je n'ai vraiment pas que ça à faire. Je me cale à l'ombre de la verdure qui longe la route, essayant désespérément de trouver un peu de fraîcheur. Je m'apprête à appeler le futur marié quand je vois sa voiture arriver. Sauf qu'au lieu de trouver mon grand pote aux cheveux longs derrière le volant de son imposant pick-up, j'y aperçois une petite silhouette aux mains fines. Si je me laissais aller, je jurerais que c'est Miss Robe-fendue-et-double-shots-de-tequila qui conduit. Les fenêtres sont ouvertes et je peux entendre les basses de la voiture cracher une musique caribéenne à la mode que ma petite sœur écoute en boucle. Le véhicule ralentit et, malgré le son, je peux l'entendre jurer quand elle me voit. Je parie que personne ne lui a dit que celui qui allait lui filer les chaises n'était autre que son partenaire improvisé de salsa. Elle me toise et éteint la radio

4. « Imbécile ! »

avant de m'adresser un sourire qui n'atteint pas ses yeux.

– C'est toi, Rafael ?

Son visage se fige en une grimace. Le nez retroussé, le coin de ses lèvres boudeuses étiré, comme si elle venait de sentir une odeur désagréable. Mika m'avait dit qu'elle était spéciale, mais quand même !

– Bonjour…

Je croise les bras sur ma poitrine et attends que la demoiselle retrouve ses bonnes manières. Elle attrape ses lunettes de soleil posées sur le sommet de son crâne pour les placer sur ses yeux, puis me scrute tout en mâchant ostensiblement un chewing-gum. Une vraie mauvaise fille, le genre qui devait traîner derrière le lycée à fumer des clopes à l'intercours. Mais je ne me démonte pas. J'en ai vu d'autres. En plus, debout devant l'école, j'ai l'impression de faire des heures sup. Je suis à deux doigts de lui demander de jeter son chewing-gum si elle ne veut pas finir avec une heure de colle tout en imaginant déjà le doigt d'honneur magistral qu'elle m'adresserait, à raison.

– Bonjour, cède-t-elle, non sans lever les yeux au ciel. C'est bien toi, Rafael ?

– C'est bien moi. Gare-toi par ici.

Elle répond à mon injonction par une mine agacée. Madame n'aime pas qu'on lui dise ce qu'elle doit faire ? Dommage ! Je suis plus du genre à donner des ordres qu'à en recevoir. Je lui adresse mon sourire le plus chaleureux en lui montrant où elle pourrait placer le véhicule pour faciliter le chargement du matériel. Elle finit par hocher la tête et, d'un geste ample, gare le tank de Kaï à l'entrée du lycée, puis sort et se plante devant moi. Derrière ses lunettes de soleil, son visage est sans expression. Des flashes de notre soirée me reviennent. En plein milieu du dancefloor, pas moyen de voir la couleur de ses yeux non plus. Mais ils semblaient relativement clairs, à se teinter au gré des néons.

– Bon, elles sont où, ces chaises ?

– Dans le gymnase, c'est le bâtiment vert juste…

Sans attendre que je termine ma phrase, elle se dirige vers l'édifice d'un pas décidé. Je reste un moment bouche bée, l'observant tenter d'ouvrir la porte du gymnase qui est évidemment fermée à clef.

La délicatesse a l'air d'être sa première qualité.

J'avance d'un pas rapide, de peur qu'elle casse quelque chose.

– Je crois que c'est fermé, lui dis-je avec tellement d'ironie dans la voix que je ne suis même pas surpris de voir une expression assassine me répondre.

Après avoir ouvert la porte, je lui montre les chaises à prendre ainsi que les pupitres. Pour la première fois depuis qu'elle est sortie du pick-up, je la vois sourire.

– Qu'est-ce qui te fait rire comme ça ?

– Je me demande juste pourquoi ma sœur a besoin de vingt pupitres. C'est un mariage ou le remake des *Choristes* ?

Je ricane. J'avoue que j'ai aussi beaucoup de mal à comprendre comment on peut se donner autant de mal pour une seule journée dans sa vie. Je sais que je ne m'embêterai jamais avec tout ce superflu. Si deux personnes s'aiment, pourquoi devoir dépenser le prix d'un poumon au marché noir pour le prouver ? Et, pire encore : comment peut-on se promettre l'éternité quand on ne sait rien de ce que la seconde suivante nous réserve ?

– Pas une grande fan des mariages, à ce que je vois ?

– Non. Pas une grande fan des mariages, de la romance… Bref, de cette immense supercherie que tout le monde appelle l'amour !

– Ça a au moins le mérite d'être clair. C'est donc pour ça que tu as disparu si vite, l'autre soir ? Tu as eu peur ? Si tu m'avais laissé le temps, j'aurais pu te rassurer. Notre vision de l'amour est assez similaire.

Instantanément, ses sourcils se froncent. Elle paraît presque contrariée que j'aborde notre rencontre au grand jour. Elle me tourne le dos et commence à empiler des chaises, laissant ma question planer entre nous.

– L'autre soir, je suis partie parce que Kaï avait besoin de rentrer et que…

Elle inspire doucement, comme pour gagner du temps.

– Et j'étais épuisée. Tu sais, le décalage horaire…

Elle rajoute cet argument mollement.

– Ah, tu me rassures. Ce ne sont pas mes piteuses compétences en salsa qui t'ont fait fuir ?

– Oh, non, s'il te plaît ! Ne jouons pas à ça… soupire-t-elle en soulevant une pile de chaises qu'elle embarque vers la voiture sans sourciller.

– Jouer à quoi ?

Une pile également dans les bras, je suis essoufflé rien qu'à essayer de maintenir le rythme qu'elle m'impose.

– Ce petit jeu, là : toi qui feins la modestie et moi qui te complimente pour montrer que tu m'intéresses. « Je danse si mal que ça, Sia… *ouin ouin* ! »

Elle a pris une voix grave pour m'imiter, je suppose, puis se racle la gorge avant de se répondre à elle-même d'une voix aiguë :

– « Tu rigoles, Rafael ? Tu es le meilleur danseur que j'aie jamais connu. Personne ne m'a jamais fait tournoyer comme ça ! »

Sa voix niaise est digne d'une mauvaise doublure de *telenovela*. Et comme pour prouver qu'elle ne fait pas partie de ces femmes impressionnables, elle soulève les chaises et les place seule dans le pick-up.

– Honnêtement, je l'ai trop fait pour que ça m'amuse. Jouons cartes sur table. Tu sais que tu danses bien. Je te soupçonne même de le faire professionnellement. Donc gagnons du temps, ce n'est pas ce qui m'a fait partir. Et ça aussi, tu le sais très bien. Simplement, je ne voyais pas l'intérêt de rester alors que je ne suis pas intéressée par une relation en ce moment.

Son honnêteté brute a le don de me laisser sans voix.

– Quoi ? me provoque-t-elle.

– Rien… On aurait juste pu passer une soirée sympa sans que ce soit sérieux pour autant. Je ne vais pas te mentir et te promettre l'amour éternel si c'est ça qui te fait peur.

– Je ne fais plus non plus dans les coups d'un soir.

Une fois de plus, sa franchise me désarme. C'est rare de rencontrer une personne qui dit exactement ce qu'elle pense, comme elle le pense, au moment où elle le pense.

– Tu te fais des idées. Je te l'ai dit, ce n'est pas mon genre non plus.

Contre toute attente, elle explose de rire. De nouveau, elle soulève une dernière pile de chaises.

– Le plus drôle, c'est que tu ne te rends même pas compte du point auquel ce que tu dis est stupide.

– Absolument pas ! Ce n'est pas parce que je ne cherche rien de sérieux que je suis prêt à coucher avec n'importe qui !

– Arrête ton cirque ! Tu es exactement comme tous les mecs que j'ai connus. La preuve, tu ne dis pas non à un petit *paso-doble* dans la piscine, un *chacha* à poil sans chemise, sans pantalon avec la première jolie nana qui croise ton regard sur la piste de danse… Alors, s'il te plaît, ne me prends pas pour une idiote, lâche-t-elle avant de foncer vers sa voiture.

Comme la dernière fois, elle file en plein milieu de la discussion. Parler avec elle est comme une danse où chaque pas serait une improvisation. Quand on se sent enfin à l'aise, en rythme, elle change de tempo et me laisse à contretemps, comme un con. Sauf que cette fois, je ne lui cours pas après. *Attends*… Paso-doble *dans la piscine ?* Oh, mon Dieu !

– C'était toi ?

Elle se raidit, les chaises lui glissent des doigts et elle rétorque d'une voix faible :

– Pas du tout.

Instantanément, elle rougit. C'est subtil, sauf que mon travail est de faire face à la pire espèce de menteurs : les adolescents. Et si je ne m'en étais pas aperçu avant, je l'aurais deviné à la seconde où elle ouvre la bouche :

– Si, c'était toi ! Jade m'a dit qu'elle avait cru voir une nana sur un des balcons.

– Je ne vois pas de quoi tu parles.

– Oh que si ! Alors, pour ta gouverne, je connais Jade depuis très longtemps. Non, nous ne sommes pas en couple mais de très bons amis. Jalouse ?

Elle est totalement prise de court. Jusqu'à présent, c'est moi qu'elle a laissé pantelant, totalement à sa merci. Je dois avouer apprécier la pointe de gêne qu'elle tente de dissimuler. Je crois qu'en plus d'avoir aimé le spectacle, elle ne serait pas contre une audition.

– Si j'avais envie de voir un cachalot montrer sa lune, je ferais les nocturnes à Marineland.

Sans attendre son reste, elle me tourne le dos et claque la porte du coffre. Je crois la voir lever les yeux au ciel derrière le verre teinté de ses lunettes. Elle s'installe derrière le volant sans un mot. Si je ne fais rien, elle va partir sans nous laisser l'occasion de terminer cette joute verbale alors qu'elle vient de me comparer à l'animal marin le plus moche de tous les temps. J'attrape le petit carnet et le crayon que je trimballe avec moi, arrache une page et griffonne rapidement quelque chose avant qu'elle puisse mettre le contact.

– Je vais faire comme si tu ne venais pas de comparer mon physique de rêve à celui d'un cachalot.

Je glisse le morceau de papier dans le pare-soleil.

– C'est quoi ça ?

– Mon numéro. Si tu es tentée par une petite bachata ou que tu as envie de me voir sauter dans un cerceau… Il paraît que pour deux sardines, je fais un show du tonnerre.

Elle laisse échapper un rire avant de poser sa tête en arrière contre l'appuie-tête de son siège. Sa peau est encore claire, on voit qu'elle vient d'arriver en Martinique. Je l'imagine subitement, la peau dorée à se prélasser sur mon bateau. Définitivement une activité qui me plairait. Faisant éclater la bulle de mes fantasmes, elle poursuit d'une voix tranchante :

– Non. Ça ira. Merci pour les chaises.

– Merci pour la session sur le dancefloor. C'était mémorable.

– Parle pour toi !

– Je sais que ça t'a plu. Mais j'ai encore un doute…

– Lequel ?

– Je ne sais pas ce que tu as préféré : la danse ou jouer les voyeuses depuis ton balcon ?

Cette fois, je suis sûre d'avoir visé juste. La gêne qui partait d'abord de ses joues se répand jusque sur son cou.

– Dans tes rêves.

À ce moment précis, elle sourit, vraiment.

– Au revoir, Rafael !

Je sens qu'elle aurait préféré rester de marbre parce qu'avant de partir, elle se mord la lèvre et secoue la tête comme pour se réprimander des envies que je fais germer dans sa tête. À moins que ce ne soit ce que moi, j'espère. Sans plus de cérémonie, elle démarre et part en laissant derrière elle la proposition que je lui ai faite.

Finalement, j'ai peut-être raison de prendre mes rêves pour la réalité.

7 AOÛT

HORTENSE

Doucement, mes jambes se fraient un chemin dans le jardin qui entoure la maison. Nous sommes en moyenne altitude, la végétation luxuriante s'étend à perte de vue. Des palmiers se mêlent aux arbres fruitiers et aux fleurs tropicales toutes plus colorées les unes que les autres. Les abeilles bourdonnent entre les papillons et les petits oiseaux. Un ballet paisible qui, je dois l'avouer, m'avait manqué. Surtout dans la jungle urbaine francilienne. Il faudrait que je demande à Kaï de me faire visiter le jardin. Mon beau-frère est passionné par la botanique, je sais qu'il se fera un plaisir de nous expliquer les différentes espèces qu'il cultive. Alexandre adorerait.

C'est fou de se dire que ma sœur et moi avons grandi ici. Je me souviens beaucoup plus de notre petite maison en banlieue parisienne que des grands espaces que j'ai sous les yeux. Pourtant, nous y avons passé une bonne partie de notre enfance. Quand ma mère a repris ses études après que notre père nous a abandonnées, elle est revenue vivre avec sa sœur Thérèse dans notre maison de famille. Il y a quatre ans, ma sœur a débarqué à son tour et son chemin a retrouvé celui de l'amour de sa vie : notre voisin, Kaï. J'ai même du mal à me rappeler si je suis venue ici avant d'avoir rendu visite à Azalea lorsqu'elle est venue y vivre. Serait-ce lorsque nous avons déménagé à Paris ? Cela voudrait dire que je ne suis pas revenue entre mes sept et mes vingt-quatre ans ?

– Maman, on y va ?

Je tourne la tête vers Alexandre, debout sur la pelouse devant la maison. Je hoche la tête et le suis. Mon fils glisse sa main dans la mienne. Il est entre deux âges : celui des premiers timides élans adolescents et celui de l'enfance qui le garde encore précieusement dans son sein. Je me souviens de ma propre adolescence et à quel point elle m'a emportée loin de ma famille. J'avais besoin d'une coupure nette. Me réinventer, détruire tous les ponts qui me liaient à elle était une nécessité. Heureusement, les liens que j'ai détruits, c'était pour mieux les reconstruire ensuite.

Il relève l'appareil photo compact qu'il trimbale partout autour de son cou puis, de sa main libre, capture ce que seul son œil peut voir. Il braque l'appareil sur moi et, comme à mon habitude, je lui offre ma plus belle grimace, ce qui a le don de le faire rire. À chaque fois.

Une fois que nous sommes arrivés, Alexandre sonne à la porte et, dans la demi-seconde, ma sœur l'ouvre en grand. Je la reconnais à peine. Seul un petit bout de son visage émerge d'un grand tissu marron qui la recouvre des pieds à la tête.

– Vous êtes là ? Génial ! Vous pouvez dire à Kaï que ça porte malheur de voir sa future femme en robe de mariée avant le jour J ?

Interdite, c'est seulement quand je vois Kaï émerger derrière Azalea, une main posée sur ses yeux pour montrer sa bonne foi et l'autre tenant une machine sur son épaule que je commence à comprendre ce qui se passe.

– Je sais, figure-toi ! Je m'en vais, justement. J'avais juste oublié le sécateur électrique.

– Oh, là là ! Il est trop cool ! s'extasie mon fils devant l'outil dont la lame doit faire la taille de sa tête. Je pourrai m'en servir ?

– Non, répondons-nous tous en chœur.

Le visage d'Alexandre affiche une mine attristée alors que ma sœur continue d'accuser son futur mari :

– Arrête de mentir ! Et la dernière fois, c'était quoi déjà ? Ah oui, ton porte-monnaie. Ne me prends pas pour une dinde. Tu ne verras pas ma robe avant le mariage.

– Ce n'est pas comme si je l'avais fait exprès non plus, se défend-il en se tournant vers elle. Et puis il n'y a pas mort d'homme, on se marie dans dix jours. C'est presque comme si on était le jour J. D'ailleurs, permets-moi de te dire que tu es ravissante. Elle vient de quelle collection, cette tenue ?

Il soulève d'une main le tissu marron informe dont ma sœur s'est emmitouflée.

– Mais enfin, c'est le fameux Sac à patates de Vera Wang ! ne puis-je m'empêcher d'ajouter avec mon air le plus snob. Tout le monde se l'arrache en Californie !

Nous éclatons de rire pendant qu'Azalea nous fusille du regard.

– Toi, si tu ne veux pas que je fourre ton sécateur là où le soleil de Californie ne brillera jamais, tu ferais mieux de déguerpir. Et toi, ajoute-t-elle en tournant son doigt accusateur vers moi, rappelle-toi que je peux toujours échanger ta robe contre un vrai sac de pommes de terre. Tu ferais mieux de la boucler !

– C'est bon, abdique Kaï en nichant son visage dans le tissu.

Puis il dépose un baiser sur les lèvres de sa future femme avant de quitter la maison. En passant, il me prend dans ses bras. Je suis petite, et lui très grand. À chaque embrassade, je me sens comme une lilliputienne au royaume des géants.

– De toute façon, on se voit ce soir ? Il y a toute l'asso polynésienne chez Mika. On va préparer la cérémonie laïque sur la plage et il y a deux ou trois choses à finaliser. En plus, je pourrai te présenter celui avec qui tu seras dans le cortège.

– Tant que ce n'est pas John, ça me va !

– Non, ne t'inquiète pas. D'ailleurs, j'ai eu une discussion avec lui. J'espère qu'il a compris le message.

J'ai toujours considéré ce grand dadais comme mon grand frère. C'est drôle de voir comme il prend son rôle à cœur, ce mec n'est rien d'autre qu'un grand nounours. Ce mariage ne fera qu'officialiser les choses. Chaque fois que je le retrouve, je me rappelle à quel point je suis heureuse de le compter dans ma famille.

– En même temps, vu comme tu as remis John à sa place avant-hier au *MikaDo*, s'il ne comprend toujours pas, c'est qu'il le fait exprès, commente ma sœur, toujours camouflée sous son sac.

– C'est justement ce qui me fait peur, soupire Kaï en attrapant ses clefs. Bon, je vous laisse avant que tu ne nous fasses un malaise là-dessous. Je vais planter des petits arbres fruitiers chez une cliente. Tu veux venir avec moi, Alexandre ?

Mon fils se tourne vers moi, les yeux suppliants.

– Je peux y aller ? S'il te plaît ?

J'aurais bien voulu passer la journée avec lui, mais je ne peux pas lui en vouloir d'avoir envie de prendre un peu de temps avec la seule figure masculine de notre famille.

– Bien sûr.

Il saute dans mes bras.

– Kaï, tu le ramènes à ma mère avant d'aller chez Mika ? lui demandé-je.

– Avec plaisir !

Il embrasse une dernière fois sa fiancée puis part en passant son bras autour des épaules de mon fils. Une fois la porte fermée, je me retourne vers ma sœur :

– Bon. Maintenant qu'Aquaman est parti, tu peux me la montrer, cette robe.

Elle fonce dans son magnifique salon. Cette maison est typiquement créole. De plain-pied, avec des ouvertures partout pour laisser passer la fraîcheur. Même s'il fait plus frais à Saint-Joseph puisque nous sommes en altitude, il fait tout de même sacrément chaud. À cette heure-ci, un léger courant d'air traverse le salon et fait danser les tiges de pampas séchées dans une dame-jeanne près de la baie vitrée. Ma sœur se place au milieu de la pièce et retire enfin le rideau dans lequel elle s'était emballée. Elle dévoile une robe magnifique : simple, blanche, sauf sur la traîne. On dirait que des milliers de pétales sont venus se déposer sur le bas de sa robe. Des touches de rose, de jaune, de vert et de bleu clair ravivent le tissu étiré sur son corps. Lorsque mes yeux tombent enfin dans les siens, j'y lis de l'anxiété.

– Merde ! Pardon. Tu attends que je te donne mon avis ?

– Un peu, oui… Maman ne l'a même pas encore vue. Tu es la première.

Cette attention me touche. Nous avons toujours eu une relation spéciale, toutes les deux, c'était ma meilleure amie. Puis la vie nous a éloignées jusqu'à nous séparer géographiquement. Avoir littéralement un océan entre elle et moi a été très dur à vivre, même si je n'en ai jamais rien dit.

– Tu es magnifique.

– Tu crois que ça va plaire à Kaï ?

Je ne peux retenir un rire.

– Crois-moi, voir sa fleur habillée de milliers de pétales va forcément plaire à ton botaniste de fiancé.

– Tatie Thé m'a aidée à les coudre à la main. On y a passé des heures. À la fin, on était crevées. Elle voulait en rajouter encore, mais dans son état, ce n'est pas sérieux.

– Tu rigoles ? Cette petite femme a une énergie incroyable ! Elle nous survivra à tous.

– Que Dieu t'entende, dit-elle avec un sourire triste.

Elle baisse les yeux sur sa robe tout en soulevant la jupe pour se diriger vers sa chambre :

– Tu es prête à essayer la tienne ?

– Grave…

Même si je me souviens toujours de la menace de ma mère.

– Bon, j'avais choisi une robe, mais Maman m'a convaincue de changer.

Pendant que ma sœur disparaît dans sa chambre, je remercie silencieusement sainte Garance de m'avoir épargné l'horreur de me trimballer en meringue parme. Lorsqu'elle revient, elle me présente une superbe robe, col bénitier, fines bretelles, en soie bleu clair nacrée.

– Qu'est-ce que tu en penses ? J'aurais préféré la choisir avec toi, mais entre ton inscription pour la rentrée, celle d'Alexandre, ton alternance à mettre en place et ton déménagement, c'était compliqué de trouver le temps.

– Elle est parfaite, la rassuré-je en caressant le tissu fin de la robe, éludant volontairement le reste.

Je l'enfile sans plus de cérémonie et n'ai pas besoin de me regarder dans le miroir pour comprendre que la future mariée est satisfaite de son choix. De légères larmes humidifient le coin de ses yeux.

– Qu'est-ce que tu es belle !

Une pointe d'admiration perce dans sa voix. Je la prends dans mes bras puis nous retournons vers le grand miroir en osier qui trône au centre de la pièce. Cette fois, tout devient réel : ma sœur va se marier. Nous sommes parfaitement assorties. Ma robe fait même écho aux pétales qui ornent la traîne de la sienne. Nous restons là un moment, sans rien dire, à profiter de la présence de l'autre, entourées du doux silence qui n'est supportable qu'avec ceux qu'on aime sincèrement.

– Bon, arrêtons ça ou mon mascara va tacher le tissu.

J'acquiesce, retirant la robe pour la replacer sur son cintre. J'enfile mon tee-shirt et mon short et m'affale sur le canapé.

– Tu as l'air épuisée. C'est Zouzou qui t'empêche de dormir ?

– Tu déconnes ? Le gamin dort mieux que moi. Il se lève tous les matins à 7 heures mais, avec son iPad et Netflix, il n'a besoin de personne. S'il y avait une coupure Internet, peut-être qu'il viendrait me réveiller, mais sinon, sa vieille mère est inexistante.

– Mais du coup, qu'est-ce qui t'empêche de dormir ?

– Rien. Enfin, disons plutôt que c'est stupide. Mais… Tu ne trouves pas que la maison de Tatie Thé est… pesante ?

– Notre maison ? Non. Je l'ai toujours vue comme un cocon. Un refuge affreusement kitsch, ça, je te l'accorde. Pourquoi ?

– Je ne sais pas. Chaque fois que j'y suis, j'en ai la chair de poule. Comme si j'étais dans la maison de la famille Adams, mais sans le côté fun. Juste… une maison hantée. En particulier ma chambre.

– Il faut dire qu'elle tombe en ruine. À vrai dire, on vit ici depuis deux ans et ça fait une éternité que je ne suis pas vraiment restée à l'intérieur de la maison. Nous sommes plus souvent sous le porche. Et dernièrement, je me suis occupée de faire les cartons dans ta chambre… Tu as laissé dix tonnes de trucs alors que tu n'es revenue qu'un été.

– De quel été tu parles ?

– Tu ne te souviens pas ? Tu es venue avec Maman une fois. Ça remonte. J'étais en stage à Paris. Mais Kaï m'en a parlé justement la semaine dernière. Tu devais avoir treize ou quatorze ans.

Je farfouille ma mémoire. J'ai beau réfléchir, aucun souvenir ne me revient.

– Ça ne me dit absolument rien.

Ce constat fait monter en flèche mon rythme cardiaque sans que je comprenne pourquoi.

– Ne fais pas cette tête, ça fait près de quinze ans.

Je hoche la tête et tente de sourire. Elle a sûrement raison.

– Je t'ai mis tes affaires de l'époque dans des cartons. Ça pourra peut-être te raviver la mémoire, ajoute-t-elle d'une voix distraite alors qu'elle admire son reflet dans le miroir.

Elle caresse sa robe en soulevant ses cheveux, tentant sûrement de se projeter pour le grand jour. Elle est resplendissante et je dois avouer que, même si le mariage me donne des boutons, elle semble heureuse.

– Tu me crois, si je te dis qu'il me tarde de me marier ?

– Tu as exactement la même tête que celle que tu faisais avant d'ouvrir tes cadeaux le matin de Noël. Donc, oui, je te crois ! Être amoureuse te va bien. Tu es belle.

– Merci. Et toi ? Tu n'as vraiment personne à Paris ? Même pas un petit flirt ?

– Je te l'ai dit. L'amour, c'est niet !

– Qui a parlé d'amour ? Regarde Tatie Thé, elle n'a jamais vécu avec un homme, mais je peux te dire que cette femme est loin d'avoir passé sa vie seule. Et puis, c'est l'été… C'est moi qui me marie, pas toi ! Profites-en un peu.

– Avec qui ?

– Il paraît que tu as rencontré Rafael…

– Je te vois venir à douze mille kilomètres, il ne se passe rien avec Rafael.

– Si tu veux mon avis…

– Absolument pas !

– Tu devrais te laisser porter, continue-t-elle comme si je n'avais rien dit. Il se pourrait que ton été se passe *sur un air latino*.

Elle se met à danser et à chantonner toute seule, fière de me mettre la chanson de Lorie dans la tête.

– Je te déteste !

– Tu m'aimes. Et en plus, qu'est-ce que tu as à faire d'autre ? Si tu veux un conseil…

– Encore une fois, non, mais j'imagine que tu vas me le donner quand même.

– Exactement ! Si tu veux un conseil : il vaut toujours mieux avoir des cernes parce qu'on a trop vécu qu'à cause d'une chambre à coucher décrépie. Tu es trop jeune et trop belle pour te morfondre dans mon salon.

Elle a raison. Depuis mon arrivée, je fais mon possible pour fuir cette chambre qui m'angoisse et ne la rejoins que pour y dormir. La seule nuit où j'ai eu le sentiment de respirer était lors de l'EVJF. Je soupire en m'affalant encore plus sur le canapé.

– Bon, tu as décidé de la façon dont tu allais te coiffer ? tenté-je de faire diversion.

Évidemment, ça marche. En même temps, rien n'est aussi simple que de pousser une future mariée à parler de ses noces.

– Non… Mais justement je me disais que tu pouvais m'aider. Que penses-tu d'un chignon ?

– Tu rigoles ? Avec les cheveux que tu as ? Ils sont si beaux. Non, non. Je partirais sur une afro bouclée avec des fleurs partout. Et un maquillage floral pour rappeler les pétales de ta robe. Comme une espèce de nymphette…

– Je savais qu'il fallait que je te demande ! C'est une excellente idée ! Attends, je vais chercher mon voile.

Elle court dans sa chambre en sautillant et fredonne sa chanson, ce qui a le don de m'arracher un sourire. Qu'est-ce que j'ai à perdre ? Je repense à notre interlude avec Rafael sur la piste de danse. Peut-être que Lorie avait raison : il fait toujours très chaud de Paris à Rio de Janeiro, et surtout entre les bras experts du Maestro.

RAFAEL

Les rires des invités masquent la musique qui se diffuse dans le jardin de ma sœur. Tout le monde est réuni ce soir pour organiser la cérémonie laïque du mariage de Kaï et d'Azalea. Enfin, en théorie. Pour l'instant, j'ai plutôt l'impression que c'est l'occasion de se faire un barbeuc. En tout cas, l'ambiance est au rendez-vous. Je tente de suivre les conversations, mais peine à m'intéresser à ce qui se dit. Pour autant, je fais comme d'habitude, je feins. Je suis devenu un expert dans l'art de faire croire aux autres que je passe un bon moment. Je ne sais plus exactement quand est-ce que ça a commencé. Sûrement quand tous mes amis étaient occupés à vivre leur vie de jeunes adultes pendant que je devais gérer à bout de bras un foyer. J'ai changé du tout au tout après la mort de mon père. J'avais prévu de partir vivre au Panama, de barouder en Amérique latine. Et puis, en quelques mois, tout a changé.

Il n'y avait plus de place pour moi, pour mon insouciance. La seule raison pour laquelle les ados profitent de la vie, c'est parce qu'ils ne s'inquiètent pas de la mort. Au début, j'avais du mal à cacher que ça n'allait pas, que rien ne m'amusait. Puis j'ai vu l'inquiétude creuser les traits de ceux que j'aime, surtout ceux de ma mère. Je déteste savoir que je peux lui causer des problèmes. Aucun parent n'a envie de se dire qu'il prive son enfant de sa jeunesse. Mais mon père m'a élevé pour prendre soin de ma famille, m'assurer que ses membres ne manquent de rien, pas pour rajouter à leur fardeau. C'est bête, mais en ce moment, je repense beaucoup aux derniers mois que nous avons passés, quand nous savions que la fin était proche, qu'aucune prière, aucun miracle ne pourrait empêcher sa vie de s'arrêter. Ces mois où il n'a fait que nous préparer à son absence, à m'apprendre comment remplir une déclaration d'impôts, à me montrer chaque recoin de son bureau pour que je sache où se trouve le moindre papier. En théorie, on était prêts à une vie sans lui. Il ne m'a juste pas dit quoi faire face à la peine et au trou béant que sa mort allait laisser dans le cœur de toutes les femmes de la famille dont il m'a laissé la charge. J'avais dix-sept ans et pourtant, c'est comme si c'était hier.

Je suis resté fort pour ma mère et mes sœurs qui ont porté leur deuil douloureusement pendant des mois. Elles pleuraient toute la journée. Moi, je n'ai jamais pu pleurer sa mort. Peut-être étais-je trop occupé à tenter de la rendre plus supportable pour les autres. À une époque, cela m'inquiétait. Il faut vraiment être un connard fini, un insensible de première pour ne pas pleurer la mort de son père, non ? Aujourd'hui, cette pensée me laisse froid. Il faut bien que quelqu'un se sacrifie et soit un pilier pour que les autres puissent s'effondrer.

Soudain, le son des basses qui crachent de la musique caribéenne me sort de mes pensées. Je m'écarte, tournant le dos, pour rejoindre un coin du jardin et glisse la main dans ma poche. Je sors mon carnet et le crayon qui l'accompagne et commence à remplir une page vierge

No siento nada
Lo siento Papá
Una risa árida
Seca de tu ausencia[5]

Les mots se forment sur le papier sans réfléchir. Comme d'habitude, c'est seulement une fois que la pointe de mon crayon se soulève de nouveau que les phrases prennent du sens. *Wow !* Aujourd'hui, on est sur une petite ambiance solitude et dépression… Nickel !

Une main se pose sur mon épaule et je fourre mon carnet le plus rapidement possible dans ma poche.

5. « Je ne ressens rien / Désolé papa / Un rire aride / Sec de ton absence. »

Lorsque je me retourne, je découvre le visage interrogatif de Damien :

– Hey, tu fais quoi ?

– Rien, j'étais au téléphone. Ça va ?

Son regard s'assombrit. Il hoche la tête, mais reste silencieux. Une réponse évasive, presque autant que la mienne, et je ne cherche pas plus loin. C'est comme ça entre nous : donnant-donnant.

– Marion n'est pas avec toi ? m'étonné-je.

– Non… Elle ne se sentait pas dans son assiette.

– Ah, mince. Une nouvelle grossesse ?

– Ne parle pas de malheur ! On a deux enfants, c'est bien assez comme ça ! Les petites sont chez leurs grands-parents donc on souffle un peu avant la rentrée. Je crois qu'elle n'était pas d'humeur à sociabiliser.

– Merde, des soucis en ce moment ?

– Non. Je lui ai demandé ce qui n'allait pas, mais elle m'a assuré qu'il n'y avait rien.

– Vous parlez de qui exactement ? demande José en se joignant à nous.

Il nous claque la bise tout en écoutant attentivement Damien.

– De Marion. Je suis rentré, elle n'était pas trop d'humeur à discuter. Je lui ai dit « qu'est ce qui ne va pas ? » et elle m'a répondu « rien ». C'est sa réponse préférée en ce moment.

– Elle a juste dit « rien » ? s'incruste Mika en versant du charbon dans le barbecue à côté de nous.

– Oui. Comme je l'ai dit, elle n'était pas d'humeur à parler, répond le malheureux en buvant sa bière, loin de se douter de tout ce qu'implique la réponse de sa femme.

– Et tu as fait quoi après ? demande José en attrapant une bouteille dans la glacière à nos pieds.

– Je lui ai dit que j'allais faire un tour à la soirée.

– Et elle a répondu quoi ?

– « Fais comme tu veux. »

Nous lâchons un soupir de lassitude.

Quel idiot !

– Et tu es parti ?

– Bah oui ! Elle m'a dit de faire comme j'avais envie !

– Mais qu'il est bête !

– Comme ses pieds !

– Cela dit, ça doit être reposant d'être aussi simplet. Ça doit faire plein d'après-midi calmes, surenchéris-je alors que tout le monde se marre.

– Arrêtez les gars ! Ne vous inquiétez pas pour moi. Elle était sûrement fatiguée. Elle a pas mal de migraines en ce moment.

– Mec, réfléchis un peu ! l'interrompt José. Tu as un truc à te reprocher ?

On le voit se gratter la tête et esquisser une grimace qui ne dit rien qui vaille. S'il y a une chose que je sais sur Damien, c'est qu'il est plutôt bavard sur ses conneries. S'il ne nous dit rien, c'est qu'il a dû se surpasser.

– Arrêtez avec votre psychologie à deux balles ! « Rien », ça veut dire « rien ». Et puis, qu'est-ce qui vous fait dire que j'ai fait une connerie ?

– Bah, c'est logique. Toi, en tant que prof de maths, tu devrais le savoir mieux que personne. Quelle est la probabilité pour que tu aies fait une boulette ? Sans avoir les résultats exacts, on peut d'ores et déjà dire qu'elle est élevée.

Tout le monde explose de rire pendant qu'il nous adresse une grimace mauvaise.

– Si tu crois que ta femme n'est pas en colère, c'est que tu es plus con que je ne le croyais, s'exclame Mika en ajoutant du petit bois.

– OK, alors explique-moi ce que ça veut dire « rien », monsieur l'Expert ?

Ce dernier prend un air de savant et développe, d'un ton pompeux :

– Très bonne question mon ami ! Ça dépend de plein de choses, vois-tu. Moi, je sais que la plupart du temps, quand mon épouse me gratifie d'un fameux « rien », ça veut dire « Tu te fous de ma gueule ? Tu sais très bien ce qu'il y a ! ». En gros, elle considère que ce que j'ai fait est tellement énorme que je devrais le savoir sans qu'elle n'ait à le préciser.

– Ou alors, pire, ça peut aussi vouloir dire « Je te l'ai déjà dit cent fois et tu n'écoutes pas », intervient José.

– Toi, ça fait des mois que tu n'as pas vu une femme nue, donc tes conseils, tu te les gardes, le vanne Damien.

Tout le monde se tourne vers moi, attendant mon avis. Je déteste donner des conseils matrimoniaux alors que ma vie amoureuse ressemble à Verdun après la bataille de 1916. Heureusement, je vois ma sœur sortir de la maison. Elle m'offre un parfait prétexte de pirouette :

– Ce dont je suis sûr, c'est qu'aucun de nous n'est très bon pour comprendre les femmes. Le mieux est toujours de demander à une experte ! Do ! On a une question pour toi : qu'est-ce que ça veut dire quand tu demandes à une femme « Qu'est-ce qui se passe, chérie ? » et qu'elle te répond : « Rien » ?

– Comme avec tout le monde, ça veut tout et rien dire.

– Et juste après, si elle termine la conversation avec « Fais comme tu veux » ?

Là, ma sœur relève la tête, une expression amusée sur le visage.

– Ah… Je ne sais pas qui a fait quoi, mais il ferait mieux de trouver un moyen de se faire pardonner avant de rentrer chez lui.

Une nuée de « Tu vois ? » et de « On t'avait dit que tu étais dans la merde ! » s'abattent sur notre ami qui peine à cacher son stress. Quelque chose me dit qu'il va passer un sale quart d'heure et que ce sera mérité.

– Attends, mais comment vous voulez que je devine ? Elle pourrait le dire clairement !

– Tu n'as pas eu d'avertissements avant ce « Fais comme tu veux » ? Tu ne vois pas du tout pourquoi elle a réagi comme ça ? demande Do en plissant les yeux.

Damien baisse la tête, silencieux.

– C'est bien ce que je me disais. Les femmes parlent, c'est vous qui ne prenez pas la peine d'écouter, toujours persuadés de tout savoir.

– Donc c'est ma faute ?

– Il y a de grandes chances, oui, confirme ma sœur en posant une main clémente sur son épaule. Au fait, Rafael, tu as fait l'essayage de ta tenue pour le mariage ?

– Ouais ! Tout tombe nickel. En revanche, je n'ai pas mon binôme. Tu sais qui sera à mon bras dans le cortège ?

– Aucune idée…

Son regard est fuyant.

– Ah, Azalea vient d'arriver, je vais lui demander…

Elle file à une vitesse incroyable. J'ai comme le sentiment qu'elle me cache un truc. Pourvu que je ne me retrouve pas avec le genre de demoiselle d'honneur qui passe son temps à pleurer et cherche à tout prix à vivre un conte de fées. Non, ce qui me faut, c'est un binôme avec qui me marrer pendant les quatre-vingt-dix discours des invités. Sans le vouloir, l'image d'Hortense se forme dans ma tête. Et comme si penser à elle avait suffi à la convoquer, je la vois arriver dans le jardin. Elle porte un simple débardeur sur un jean taille haute, son tee-shirt court dévoilant une fine bande de peau au-dessus de son nombril.

La chaleur est encore présente en cette fin de journée et ses cheveux sont remontés en un chignon, mais des boucles habillent ses tempes et la naissance de son cou. Elle avance, incertaine. Une femme très différente de celle que j'ai rencontrée jusqu'à présent. Puis ses yeux trouvent les miens. Je voudrais détourner le regard. Pourtant contre toute attente, elle me sourit et pendant quelques secondes, le combat cesse.

Una belleza oscura con la piel clara
Que se ilumina a la sombra de una sonrisa[6]

Sans que je comprenne pourquoi, comme une brise qui tombe, son sourire disparaît. Elle reprend cette expression neutre qui la caractérise. Peut-être est-ce son masque à elle. Elle s'approche doucement. Je vois bien qu'elle se mord l'intérieur des joues, comme pour retenir son envie de sourire. Je retiens la mienne. Après tout, je lui ai laissé mon numéro, mais rien. Juste un grand silence criant son indifférence. Peut-être que, dans notre cas à nous, il n'y a pas grand-chose à comprendre derrière son « rien » à elle. Du moins, c'était ce que je me répétais avant de déceler dans ses yeux la même excitation que celle qui me parcourt chaque fois que nos regards se croisent.

---

6. « Une beauté obscure à la peau claire / Qui s'illumine à l'ombre d'un sourire. »

– Sia, attrape !

La voix éclate dans mon dos. On se tourne au même moment vers le terrain de basket juste à temps pour voir Kaï envoyer un ballon en direction de la jeune femme. Elle le récupère avec une facilité étonnante. Elle est assez loin du panier qui trône dans un coin du jardin sur de la terre battue.

– Si tu le mets d'ici, je t'offre une bière !

Dès qu'il la défie, je la vois s'égayer. Elle perd au moins dix ans quand elle fait taper le ballon contre le sol.

– OK… Mais c'est bien parce que j'ai la flemme d'aller jusque dans la cuisine, lui rétorque-t-elle avec aplomb.

Ce shoot me paraît impossible. Pourtant, j'ai le sentiment qu'il vaut mieux me méfier de mes certitudes, surtout face à une femme qui s'en amuse. Elle fait rebondir son ballon une fois, deux, puis encore avant d'opérer un superbe panier à trois points à bien six mètres. Son sourire est triomphal devant la mine déconfite de mes amis et de Kaï. À petites foulées, elle va récupérer la balle et commence à dribbler avec des gestes souples.

– Chance du débutant ! hurle Kaï.

– Tu parles et tu parles, et tout ce que j'entends, c'est « ouin ouin » ! Pendant ce temps-là, j'ai soif. Donc bouge tes fesses, Kakaï ! Si jamais un autre d'entre vous est d'humeur joueuse, en plus d'avoir soif, j'ai faim et aucune envie d'aller chercher ma bouffe, nous déclare-t-elle, goguenarde.

Nous nous sommes tous rapprochés du terrain et elle nous scanne un à un, sûre d'elle. Elle nous fait tous rire, cependant je ne vois aucun volontaire. Je crois que tout le monde a peur de se faire ridiculiser au basket par un petit bout de femme d'à peine un mètre soixante.

– Même pas toi, Maestro ? On a peur d'une petite valse ?

Je suis surpris de l'entendre m'appeler comme ça. Seuls mes potes le font, et c'est pour me chambrer sur ma passion de la musique et la danse. Elle me provoque, soutient mon regard pour voir à quel moment je vais plier. Et, malgré moi, ce qui était endormi au fond de moi sursaute.

– Je ne dis jamais non à une petite danse, rétorqué-je sous les yeux stupéfaits de mes amis.

Je suis plutôt une force tranquille, avare de mots et plus à l'aise autour d'une table, entouré de deux ou trois personnes que dans ce genre de fête. Je me donne encore moins en spectacle. Pourtant, je pose ma bière et la rejoins au pied du panier. Plus j'approche, plus je me rends compte que je n'ai aucune chance de gagner. Elle est petite et svelte. Son jeu est bas, rapide et je suis plutôt grand et carrément plus lent qu'elle.

Ah… Et j'ai oublié de préciser que je suis une merde au basket !

C'est sûr, je vais me faire dégommer. Pourtant, je ne peux m'empêcher de sourire. Je sais déjà ce que j'ai à gagner dans ce corps à corps et ça ne se compte pas en points. J'approche doucement, profitant de chacune de mes inspirations pour calmer l'appréhension qui tend mon ventre. Quand je me retrouve face à elle, je suis cette fois-ci incapable de retenir mon sourire. Sûrement parce qu'il est semblable au sien.

– Un petit un contre un, ça t'irait ? me propose-t-elle.

– Qu'est-ce que je vais gagner ?

Elle ricane face à mon excès de confiance.

– Oh, un optimiste ! Ça me brise toujours le cœur de devoir être celle qui tue vos illusions… Mais enfin, il faut bien que quelqu'un le fasse, n'est-ce pas ?

– Si tu le dis. Sinon, quand j'aurai gagné, tu devras me payer un verre.

– Avec plaisir. Du champagne, même.

Comme un cadeau qu'on cède à un adversaire qu'on considère comme vaincu d'avance, elle m'envoie la balle et se place en défense. Face à moi, elle se penche en avant, prête à m'arracher mon bien et à me mettre la déculottée que je mérite. Et pour une fois, je suis tenté par le châtiment du perdant.

Je fais rebondir le ballon orange contre la terre battue, passe la balle d'une main à l'autre, le temps de décider de quel côté je vais tenter ma chance. Évidemment, pendant que mon cerveau réfléchit à la meilleure façon de gagner, elle a déjà lancé la première attaque. D'une main légère, elle me chipe la balle, virevolte dans la raquette et, d'un geste ample de la main, presque une arabesque, marque un premier panier à deux points.

– Allez, on se réveille ! me dit-elle en me renvoyant la balle en pleine poitrine.

J'ai à peine le temps de la faire rebondir que, de nouveau, elle le dérobe et fonce vers le panier. Je repère mes amis qui nous regardent, choqués par la facilité avec laquelle elle me met une fessée. Ça ne me dérange pas de perdre, mais pas sans me battre non plus. Je lâche un petit grognement de frustration avant de reculer et de tenter rapidement un shoot qu'elle essaie de bloquer. Malheureusement, la balle passe au-dessus de sa main tendue pour aller rebondir contre le panier avant de rentrer péniblement. Un « allez là ! » survolté s'élève du côté spectateurs. Mes potes ne loupent rien de notre match. C'est sûr, je n'ai pas son élégance. Mais un point est un point. En plus, dans son élan désespéré pour m'arrêter, son corps a frôlé le mien, nos bras se sont effleurés et, malgré moi, je frissonne. Elle s'écarte promptement, comme rebutée, mais je suis à peine surpris par sa réaction. Je viens de marquer un point et je parie qu'elle déteste ça. Je décide d'opter pour le même langage qu'elle, celui du duel. Je récupère donc la balle et la lui lance également dans la poitrine. Elle la rattrape et me décoche un sourire de diable. Si jusque-là, elle avait été clémente, ce ne sera plus le cas.

Elle repart à l'attaque, sauf que cette fois, je ne perds pas le rythme et lui barre l'accès. Pas impressionnée pour un sou, elle adapte sa stratégie et se met de nouveau à jouer près du sol. Elle gagne du temps, ballottant la balle, cherchant une faille. Au moment où je suis persuadée qu'elle va tenter un shoot, elle feinte, me laissant contrer le vide. Et c'est sans difficulté qu'elle trouve un passage vers le panier et vient délicatement poser le ballon dedans.

– Bon… Balle de match. Par contre on a dit « un contre un » pas « un contre rien » !

– J'ai marqué un panier je te signale.

– C'est vrai, dit-elle comme si elle me faisait une faveur. Ça fait combien du coup ? Deux à… cinq ?

– Sept, avoué-je, non sans amertume.

Je serre les dents alors que mes potes se marrent dans mon dos. J'hésite entre dire à Hortense de fermer sa bouche et de jouer et balancer la balle et me jeter sur ses lèvres moqueuses. Elle m'agace autant qu'elle m'excite. La transpiration fait briller le grain de sa peau. Les rayons vermillon du soleil rehaussent sa teinte dorée. Et surtout, je vois ses yeux. Deux billes d'ambre qui me sondent, sans ciller. C'est elle qui court sur le terrain, mais c'est moi qui suis à bout de souffle.

– Viens voir, me chuchote-t-elle en me faisant signe d'approcher du bout de son index.

Elle se penche dans mon cou et chuchote juste sous mon oreille :

– Là, c'est limite humiliant, non ? Si tu veux, pour le prochain coup, je me place de dos et je ferme les yeux pour te laisser en mettre un petit dernier ?

– Tu es vraiment trop bonne.

– Je suis bien d'accord, mais je ne vois pas bien le rapport avec ta défaite.

Je m'étrangle à moitié. Je dois dire que cette confiance en elle qu'elle exsude est affreusement sexy. Elle se contente de rire silencieusement et m'envoie la balle pour notre ultime affrontement. Au premier rebond, elle la récupère toutefois, dribble et se place sous le panier. Juste avant de tirer, elle se tourne vers moi :

– Dis « perdant » !

Puis elle scelle mon sort en marquant à trois points.

Ses pieds n'ont même pas encore regagné le sol qu'elle exulte déjà de la joie qui transporte les gagnants. Elle esquisse une petite chorégraphie qui ressemble à une danse de la victoire.

– Yes ! Je t'ai dégommé. Tu n'es vraiment pas très bon en basket, en fait…

– Je suis plus à l'aise sur une valse.

– Je sens déjà que je vais déguster mon petit verre gratuit. Et n'essaie pas de m'avoir, je vais demander ce qu'il y a de plus cher sur la carte, et je dirai à ta sœur que tu dois payer. Ce n'est pas parce que tu connais les proprios du resto que tu vas t'en tirer aussi facilement.

– Ça me va. En revanche, qui a dit qu'on allait au *MikaDo* ?

Elle tourne la tête, surprise, même si elle tente de le cacher. Je le sais parce qu'au lieu de sa repartie légendaire, il n'y a que le silence.

– Lundi soir ?

– Attends… On a dit que tu payais le verre, pas qu'on le buvait ensemble.

– Tu serais donc le genre de gagnante qui n'a même pas la clémence de laisser le perdant honorer sa dette selon ses termes ? M'humilier devant mes amis n'était pas suffisant ?

– Désolée… C'est la seule façon pour moi de prendre mon pied.

– J'en doute, soufflé-je plus bas, comme une promesse, avant de dégager une mèche de ses cheveux mouillée par notre effervescence.

Avant que ma remarque puisse lui inspirer qu'autre chose qu'un timide sourire coquin j'ajoute, plein d'aplomb :

– Je viens te chercher à vingt heures. Tu peux refuser, mais c'est la seule façon pour toi de récupérer ton prix.

Je la vois réfléchir, réellement. Elle fronce les sourcils puis relève un regard vide :

– OK.

Je retiens mon souffle, et aperçois mes potes derrière elle faire de même. Depuis tout à l'heure, ils suivent notre combat singulièrement sensuel, un ballon au centre, comme un prétexte.

– OK, quoi ?

– OK pour boire un verre. En attendant, entraîne-toi… Hors de question que je me balade à ce mariage au bras d'un mec aussi nul au basket !

– C'est donc à ton bras que je serai dans le cortège ?

– Je crois bien… dit-elle en soulevant délicatement le tissu de la jupe d'une robe imaginaire pour faire une révérence.

– Parfait, soufflé-je en me mordant la lèvre, cachant piètrement mon excitation.

– Bon, les gars, on s'est bien marrés mais il serait temps de passer aux choses sérieuses !

La voix de Kaï m'oblige à détacher mon regard d'Hortense, à contrecœur.

– Moi qui pensais que tu avais juste invité tous tes potes pour boire chez moi à l'œil ! le taquine Mika.

– Rappelez-moi pourquoi ce mec est mon témoin, déjà ?

– Parce que sa femme est géniale ! interviens-je, toujours prêt à rappeler à mon beau-frère que ma sœur est trop bien pour lui.

– Voilà, c'est ça ! Do, contrôle ton homme ! Bon, la cérémonie laïque commencera à treize heures sur la plage. Trouvez vos binômes et retenez vos ordres de passage. En parlant des témoins, venez me voir, je dois vous expliquer quelques trucs pour la cérémonie hawaïenne.

– Je crois que le devoir m’appelle. À tout à l’heure, Maestro.

Elle me tourne le dos non sans m’adresser un clin d’œil qui provoque une vague dans mon ventre. Et comme si elle n’était pas responsable du tsunami qui me traverse, elle part. Chacun de ses pas fait vibrer quelque chose en moi. Je ne sais pas exactement quoi. Mais dans mon cas, quelque chose est toujours mieux que rien.

8 AOÛT

RAFAEL

Je coupe le jambon fumé en dés et les verse dans un bol. Je rajoute un peu de piment confit dessus et le tour est joué. La quiche au thon est prête, les *patacones* et les *empanadas* de ma mère sont dans le four. Je les sortirai une fois que tout le monde sera arrivé. J'attrape mon éponge et commence à récurer le plan de travail, même si je sais que mes potes vont finir par tout engloutir en deux secondes en laissant une tonne de miettes par terre. À quoi bon se leurrer ? Ce n'est pas pour eux que je fais tout ça. J'aime les recevoir chez moi. En général, c'est le moment où je peux laisser toutes mes responsabilités au placard et juste profiter un peu. Et aujourd'hui, je suis vraiment de bonne humeur. Mes analyses sont revenues et je suis aussi clean qu'un nouveau-né sorti du bain. Aucune IST à déclarer et ça, c'est cool.

Mon téléphone vibre sur le comptoir.

Jade
Regarde sur quoi je suis tombée…

J'ouvre la photo jointe à son message et découvre l'image d'un bracelet que je lui avais offert pour son anniversaire.

Rafael
Tu as gardé ce truc ?

Mes mots sont plus secs que je ne l'aurais voulu. Je sais que je n'ai aucun droit d'être énervé, mais je déteste l'idée qu'elle soit en couple et m'envoie des textos quand même.

Jade
Ouais… Je me sens nostalgique
ce soir, c'est tout.
Tu fais quoi ?

Je sens la proposition percer derrière sa question. Mais clairement, je n'ai plus envie de jouer à ce petit jeu.

Rafael
Les copains ne vont pas tarder.

Jade
Ah oui, Domino Day…
Demain soir ?

Demain soir ? Je serai avec Hortense. Je réfléchis quelques secondes. Je ne veux pas la blesser, mais il faut que je sois clair. J'inspire profondément avant de lui répondre :

Rafael
Demain soir, je suis pris.
Je vois quelqu'un.
Et à ce que j'ai entendu dire, toi aussi.
Donc le mieux, c'est qu'on arrête
de se parler, tu ne crois pas ?

Je repose mon téléphone sur le comptoir de la cuisine. Je déteste être pris pour un con. Le bruit sec de la poignée de ma porte d'entrée me fait sursauter.

– Bon ! Sors-moi une bière. Je suis au bout de ma vie ! gueule Damien en débarquant dans ma maison comme s'il venait d'entrer dans ses quartiers secondaires.

– Ça t'arrive de frapper avant d'entrer ?

– Pour quoi faire ? Qu'importe le porno que tu te mates, je regarde bien pire, Petit Jésus !

J'expire bruyamment et lui tends une bière fraîche.

– Qu'est-ce qui te tracasse, mon brave ? demandé-je en prenant un air de vieux tavernier tout en attrapant un torchon pour polir la surface de mon bar.

– Eh bien, figure-toi que vous aviez raison. Marion était énervée quand je suis rentré hier.

– Sans blague ?

– Attends, pour ma défense, je lui ai quand même demandé deux fois ce qui n'allait pas !

– Qu'est-ce qui se passe ?

– Toujours les mêmes conneries. Elle trouve que je ne suis pas assez présent, je la trouve trop distante.

Elle se plaint, mais à chaque fois que je suis à la maison, on s'engueule…

J'écoute attentivement, hochant la tête pour lui faire savoir que je comprends ses problèmes de couple, sans pour autant l'avoir vécu. Je n'ai jamais vraiment passé le pas de vivre avec quelqu'un. Sauf avec Jade. Et quand on voit comment ça s'est fini…

– Mais là, ça va mieux.

– Vous avez pu parler ?

– Parler ? On n'a fait que ça ! Le calvaire.

Je me retiens de lui dire que s'il voit une discussion sérieuse avec sa femme comme un calvaire, il devrait se poser des questions sur son couple. Encore une fois, M. le célibataire-endurci ne devrait pas s'aventurer à donner des conseils aux autres. De timides coups contre ma porte m'indiquent l'arrivée de mes deux autres amis. Personne ne retire ses chaussures et tout le monde balance ses affaires en boule sur le canapé… Pas de doute, mes potes sont dans la place.

Les discussions se mettent en route, ça se chambre, ça rit pendant qu'on sirote quelques bières dans mon salon. C'est comme un rituel, on prend toujours le temps de parler de tout et de rien avant de s'installer autour de ma table à manger pour retourner les petits rectangles en ivoire face contre table. En plus, pour une fois, Lucia ne vient pas ce soir. Elle n'a pas été punie depuis le début des vacances… C'est un miracle. Ma mère aurait-elle donc raison de prier pour que sa rebelle de fille rentre dans les rangs ?

Autour de ma table ronde, chacun a sa place. Je balance des dessous de verre parce qu'on n'est pas des sauvages non plus. Je commence à mélanger les pièces, petit moment de calme dans le brouhaha constant. Mais évidemment, comme chaque fois que je profite de plus de deux secondes de paix, mes potes trouvent toujours le moyen de me casser les pieds :

– Alors ? Prêt pour ton *date*, demain ?

Tous me jettent des regards à la fois précautionneux et curieux. Ce qui m'apprend deux choses : d'un, ils ont dû en discuter en mon absence et de deux, ils sont très impatients que je leur parle de ce que j'ai prévu.

– Ce n'est pas un *date*, juste un resto.

Devant leur air dubitatif, je me sens obligé de demander :

– Pourquoi ça vous intéresse, au juste ?

– Eh bien, tu n'as pas eu de *date* depuis... Jade ? Un an, ça fait beaucoup, non ? s'aventure José.

– Après, est-ce qu'on peut parler d'un *date* lorsque la fille est obligée de venir ? On est plus sur une prise d'otage, non ? me chambre Damien.

Je balance ma serviette en papier dans la tête de mon ami.

– Elle n'est pas obligée de venir. Tu as déjà parlé plus de deux secondes à Hortense ? Je ne pense pas qu'il existe quelqu'un qui puisse la forcer à faire quoi que ce soit. Elle a gagné et je ne fais qu'honorer ma dette…

– Quel beau perdant tu fais ! En même temps, perdre, ça te connaît. Trente-trois balais que tu ne fais que ça ! me rétorque mon beau-frère en formant le L de looser sur son front.

Je pointe du doigt le tableau derrière lui et, comme l'idiot qu'il est, il se tourne, mettant bien en évidence l'arrière de son crâne. Sans plus de cérémonie, je tape l'arrière de sa tête. Le bruit de la claque retentit dans la pièce, laissant savoir à tous qui est le perdant entre nous deux.

– Saleté !

– Respecte tes aînés.

– On se marre, mais tu sais où tu vas l'emmener ? me questionne Damien.

– Oui. À Kay Ali.

Mika siffle entre ses dents.

– Et après il nous dit que ce n'est pas un *date* !

– Tu lui sors carrément le grand jeu. Tu as réservé ?

– Ouais…

Dès l'instant où je prononce ces mots, une légère houle d'appréhension fait tanguer mon estomac. Est-ce que j'aurais dû choisir un autre resto ? Comme pour enfoncer le couteau dans la plaie, mon beau-frère ajoute :

– Excuse-moi, mais je ne vois pas du tout cette nana dans ce restaurant. Je ne veux pas faire le rabat-joie, mais tu connais Hortense ou pas ?

Maintenant que j'y pense, pas tellement.

– On s'est parlé à l'enterrement de vie de garçon de Kaï… À la base, ça ne partait pas du bon pied.

– Ah bon ?

Contre toute attente, je vois mes potes suspendus à mes lèvres.

– Elle est persuadée qu'on est tous des salauds.

– Tu lui as dit que tu étais plutôt le genre gentil garçon plutôt que *bad boy* ?

– J'ai essayé… Mais elle est compliquée à convaincre.

– Après, tu sais qu'elle n'est là que pour le mariage ? Kaï m'a dit qu'elle repartait en septembre.

Non, je ne savais pas. Mais maintenant que j'y pense, c'est peut-être pour le mieux. Son billet de retour dans l'Hexagone est comme un filet de sauvetage : au moins, là, on est sûrs que ni l'un ni l'autre ne pourra espérer plus que ce que les trois prochaines semaines pourront nous offrir.

– Ça me va. Mais du coup elle m'a quand même ri au nez quand je lui ai dit que je n'étais pas un homme comme les autres.

– Ça a l'air d'être une reloue, cette nana ! Tu as toutes les profs célibataires du collège qui te tournent autour comme des vautours, mais toi tu veux absolument choper *la* meuf qui ne veut pas de toi ! s'insurge Damien.

Je sens une pointe de jalousie dans sa voix qui m'exaspère. Pourquoi prétendre que la vie de couple est horrible quand c'est clairement une situation qu'il a choisie ?

– En tout cas, maintenant que tu as ramené ta fraise, tu as plutôt intérêt à assumer, dit Mika en piochant un premier domino.

Nous attendons qu'il précise sa pensée, mais il reste mutique. Celui-là… Toujours à l'ouvrir quand on ne lui a rien demandé. Et quand, pour une fois, il sort un truc qui est un minimum intéressant, il s'arrête en cours de route.

– Qu'est-ce que tu veux dire par : « J'ai plutôt intérêt à assumer » ?

– C'est évident, non ? C'est comme de dire à ta femme en partant le matin au boulot : ce soir, tu vas passer la nuit de ta vie. Je peux te dire qu'elle va t'attendre en rentrant, les bras chargés de toutes les promesses que tu lui auras mises en tête. Eh bien là, c'est pareil ! Tu n'es pas un homme comme les autres ? Va falloir le lui prouver ! Et le pire dans tout ça, c'est que chaque fois qu'elle considérera qu'en fait, tu en es un, elle te jugera plus durement que tous ceux qu'elle a rencontrés avant toi qui, eux, n'ont pas eu la prétention de se vanter d'être au-dessus du lot.

Nous restons tous cois, battant des cils.

– Quoi ? Je mens peut-être ?

– Pas du tout ! Mais c'est tellement rare que tu dises un truc à peu près intelligent qu'on est tous sur le cul ! s'exclame Damien.

– Rigolez autant que vous voulez, mais toi, là, dit-il en pointant un doigt accusateur vers moi, on verra si tu vas rire longtemps quand tu vas devoir rester un parfait gentleman pendant qu'elle se fera un plaisir de te tenter, juste pour prouver qu'elle a raison.

– C'est clair que maintenant, tu vas devoir te comporter à l'opposé de tous les gars qu'elle a pu rencontrer, commente José.

Il a raison. Et le pire, c'est que j'adore le challenge. Cette fille est un casse-tête, un labyrinthe dans lequel j'ai envie de m'aventurer.

– C'est même assez simple, continue-t-il, les yeux levés au plafond. Si tu demandes à une femme ce qui obsède les hommes, elle te répond quoi ?

– Le sexe ! s'exclame Damien, sûr de lui.

– Exactement. Donc sois gentil, fais-la rire, manger, danser… Sois juste toi-même, Maestro. Mais surtout, quoi que tu fasses, tu ne dois absolument pas essayer de la pécho ! Même pas un baiser ! Rien. Sinon, elle pensera que tout ce que tu as fait était juste pour ça.

Je les regarde un instant, à court d'arguments. Plus je laisse ses mots infuser dans mon esprit, plus je les trouve sensés. Je finis par hocher la tête.

– Après, c'est facile de dire ça, entouré de tes potes, autour d'une table. C'en est une autre de résister quand la tentation se trimballe sous ton nez, nuance Damien.

Pour une fois, mes potes sont unanimement d'accord avec lui.

– Vous me prenez vraiment pour un animal si vous croyez que je ne sais pas me tenir à un premier rendez-vous.

– On a surtout rencontré la meuf hier. C'est évident comme le nez au milieu de la figure, vous vous plaisez ! J'ai jamais vu une partie de basket aussi…

– *Caliente… Es una diablona, compa*[7].

Lui aussi a raison. Hier, j'ai fait mon possible pour me concentrer et ne pas totalement me ridiculiser, mais quoi que je fasse, mon cerveau revenait systématiquement à la courbe de son corps, au parfum de sa nuque pendant l'effort… et à cette envie de l'embrasser à chaque provocation. Et je pense que ces bouffons visent juste. Je dois absolument faire le contraire de ce que mon slip me conseille.

– Même si je déteste l'avouer, je pense que vous avez raison… Je rirai moins demain.

– Ce qu'il te faut, c'est un plan. Une obligation de résister à la tentation, propose Mika.

Je vois mes copains se creuser la tête. Personne ne joue, ne pioche de domino. Leur intérêt soudain pour ma vie amoureuse me surprend ; c'est là que je comprends que je l'ai mise de côté depuis trop longtemps. Encore plus depuis ma rupture avec Jade. De peur de blesser de nouveau quelqu'un, j'ai préféré m'isoler.

– J'ai une idée ! s'écrie José. C'est toi qui es de fermeture au resto demain, Mika ?

---

7. « Chaude… C'est une diablesse, mon pote. »

– Exact…

– Mais ce n'est pas toi qui fais l'ouverture, n'est-ce pas ?

– Non, les serveurs s'en chargent. Pourquoi ?

– File les clefs du resto au Maestro.

– Pour quoi faire ? ne puis-je m'empêcher de demander.

– Il te faut une obligation pour que vous ne finissiez pas à l'horizontale, non ? Donc, demain, après ton *date*, on t'attend tous au *MikaDo* pour aider Mika à la fermeture. Sans toi, on ne pourra pas fermer le resto.

– Je ne comprends pas l'intérêt d'aller au *MikaDo*.

– Déjà pour tout nous raconter et ensuite parce que, si j'ai bien compris, elle loge chez sa tante, donc pas moyen de faire des cochonneries là-bas. Et toi, tu dois aller voir tes imbéciles de potes après, donc, impossible de terminer la soirée avec elle. Tu seras obligé de la ramener chez elle, en tout bien tout honneur.

Mika acquiesce :

– Excellente idée. En plus, si tu ne viens pas, je vais devoir appeler ta sœur pour qu'elle me ramène le double que nous avons à la maison… Autant te dire que depuis qu'elle est entrée dans son troisième trimestre, elle ne fait pas dans la dentelle. Donc elle risque de te zigouiller si je dois la réveiller à cause de toi.

Il termine sa tirade en exhibant un trousseau de clefs sous mon nez. Je les regarde se balancer sur le bout de son doigt un instant. J'aimerais être sûr que je n'ai pas besoin de ça pour résister à Hortense. Puis je la revois danser contre moi dans la boîte, valser au rythme des dribbles sur la terre battue.

Soyons honnêtes, je ne fais pas le poids !

J'attrape les clefs et les glisse dans ma poche.

– C'est bien de ne pas être trop orgueilleux, se moque Mika. Bon, on joue ?

9 AOÛT

HORTENSE

Plutôt robe noire fendue ou jupe patineuse et caraco en soie ? Ou alors mon jean qui me fait un boule de malade avec un tee-shirt blanc large, mais transparent… Ouais, c'est plus *casual*, mais moins sexy. Sauf si je ne mets pas de soutif…

Pourquoi je me prends la tête ? Ce n'est pas un *date* ! On va juste manger un bout. Rien de plus. Et concrètement, je n'ai rien d'autre à faire. Je dois avouer que mon quotidien s'articule autour de ma famille. Même si je prends beaucoup de plaisir à pâtisser, je pensais que la préparation du mariage demanderait plus de temps, mais c'était sans compter sur Azalea et son organisation légendaire. Résultat des courses : il n'y a pas tant de choses à faire que ça. Pourtant, ma sœur est devenue une personnalité publique ici. Une descendante d'une famille très ancrée dans la vie de la ville de Saint-Joseph qui s'unit à une autre personne très appréciée de la communauté. Malgré les fiancés, le mariage a pris des proportions incroyables. À la base, ils pensaient faire un mariage à cinquante invités. Quelle grosse blague ! Heureusement, la fête du soir se fera en comité plus restreint au *MikaDo*. Juste les amis et la famille.

Mon portable vibre et me sort de mes pensées.

Rafael
Hey ! Prête à récupérer ton dû ?
Rendez-vous à 20 heures au
restaurant.

Ah... donc c'est bien un rendez-vous ?

Je ricane, avant de me révolter. *Non, ce n'est pas un rendez-vous !* Je l'ai battu à plate couture, il a perdu un défi, c'est normal de profiter du prix de sa victoire tout en se délectant de la douce amertume de sa défaite. Sauf qu'il n'avait pas l'air très amer… On aurait presque dit qu'il l'avait fait exprès. Bon, vu ses talents au basket, peut-être pas exprès, mais disons qu'il s'est bien accommodé de perdre. Bien évidemment que ça l'arrangeait ! Il essaie d'attirer mon attention depuis le premier soir. Et le pire, c'est que moi aussi j'en ai envie. Chaque fois que je le croise, je rêve d'aller jouer un peu, de le charrier, juste pour voir où nos joutes nous mèneront cette fois. Même si c'est lui qui m'a abordée dans la boîte de nuit, c'est bien moi qui l'ai défié, il n'avait rien demandé. Il était sagement dans le coin accaparé par les hommes à chaque soirée grillades, juste à côté du barbecue. Et il ne dérogeait pas à la règle de son genre : bières à la main, à quinze pour vérifier si les braises prennent bien pendant que les dames font tout le vrai boulot dans la cuisine. Tout ça pour sûrement parler du dernier modèle de bagnole de sport à la mode.

Les hommes sont si prévisibles !

Oui, mais voilà… Je le suis tout autant. Mon ego a voulu faire son malin et faire la fête avec son ami l'orgueil. Chez moi, ces deux-là sont aussi liés que les doigts d'une main. J'expire bruyamment, agacée. La pile de vêtements qui s'agglutine sur mon lit me ramène à ma question première : qu'est-ce que je vais bien pouvoir mettre ce soir ?

Allez, là ! On n'en a rien à faire des mecs. On s'en fout de ce que pense Raf !

Il est 18 h 30. C'est encore un délai raisonnable pour annuler un rendez-vous. Je déverrouille mon téléphone et réfléchis à une excuse valable. Je suis seule, la maison est vide. Je ne peux même pas prétexter une urgence familiale. Et puis, soudain, ma solitude me donne la chair de poule. La porte de ma chambre est ouverte sur le couloir. Ma tante et ma mère sont sorties voir des anciennes connaissances, mon fils est sûrement en train de ramasser des feuilles dans le jardin de Kaï avec Mahina. C'est la première fois que je me retrouve seule dans cette maison, et ça m'angoisse. Le moins qu'on puisse dire, c'est que je n'ai pas envie de m'éterniser.

Comment de simples rêves peuvent-ils me pourrir la vie de la sorte ? Je ne dors quasiment plus. Dès que les lumières s'éteignent, j'ai la sensation que les fantômes de la bâtisse trouvent leur chemin vers moi dans l'obscurité. Alors je garde ma lampe éclairée, telle une enfant. Je sais pourtant que c'est totalement ridicule. Il n'y a pas de monstres cachés sous mon lit. Le problème, c'est que les cauchemars, eux, appartiennent au royaume des songes, loin de la réalité, de mes convictions rationnelles. Même ma chambre semble se détériorer à vue d'œil. Comme si chaque seconde à rester debout, à maintenir ces murs en place était une agonie. Des fissures éventrent le plafond, les tapisseries cèdent et s'affaissent. La peinture jaunie s'effrite, laissant une poussière blanchâtre sur les cartons abandonnés contre les murs, dont l'un d'eux est étiqueté « Affaires de Sia ». J'approche en ignorant les cris du parquet. Lorsque j'arrive devant la boîte, toute la pièce retient son souffle, comme avant un grand plongeon. J'hésite, prise de vertige devant le vide, puis je me ressaisis. Tout ceci est ridicule. La plupart de mes affaires doivent dater de lorsque nous vivions ici il y a vingt ans. Dès que les pans du carton s'affaissent sur les côtés, je reconnais des poupées, des mugs à l'effigie d'une souris aux larges pattes roses que j'adorais à l'époque – je me souviens avoir pleuré toutes les larmes de mon corps pour que ma mère me l'achète – et des CD à ne plus savoir quoi en faire. Je souris en revoyant les visages si jeunes de Britney Spears et de Jennifer Lopez. Je déterre un nombre d'objets incroyables de ce paquet : un vieux gloss qui ne doit plus sentir la fraise depuis plusieurs années, un Tamagotchi… Je me demande s'il marche encore. Je le jette sur le lit. J'ai hâte de voir combien de temps Zouzou va mettre avant de le tuer. Pendant un instant, la nostalgie réchauffe la pièce, rafistole la peinture et recolle la tapisserie.

Dans un coin, je vois déborder un drap en imprimé Liberty. C'était ma petite couverture porte-bonheur que j'emportais partout avec moi. En la tirant, je fais ressortir un rectangle en matière duveteuse. Mes doigts reconnaissent l'objet et mon cœur accélère la cadence. Ce n'est pas possible, je le croyais perdu ! D'un mouvement brusque, je récupère le petit carnet à la couverture fantaisie en fausse fourrure rose et bleue. Dessus, les inscriptions pailletées « Journal ». Au sol, assise en tailleur, j'ouvre la première page et y découvre les mots « Le journal de Sia » suivis d'un avertissement : « Si vous lisez ce carnet sans y être invité, vous, ainsi que toute votre descendance, serez maudits. » J'éclate de rire, avant de parcourir rapidement les pages du carnet. Dès la première, je suis happée. J'ai truffé le livre d'anecdotes de mon quotidien de collégienne d'une écriture ronde, enfantine. Je formais une fleur autour du point sur le I. Qu'est-ce que ça fait là, d'ailleurs ? Chaque page vient avec son lot de petites pépites, d'immenses B qui soutiennent des « big bisous bien baveux » sous un mot de ma copine de classe, ou d'innombrables croquis de maisons barrées au milieu que j'essayais de faire sans lever mon stylo. J'y raconte aussi mes problèmes à l'école, mes mésaventures amoureuses et les premières vraies engueulades avec ma mère. J'avais oublié la moitié de ces anecdotes et pourtant, c'est comme si c'était hier.

Mon téléphone vibre et me ramène dans le présent, dans cette chambre, les fesses posées sur le parquet froid.

Rafael
Je pars de chez moi. La réservation
est au nom de Rafael !

Merde ! J'ai passé presque une heure à fouiller dans ce carton. Je suis encore en débardeur et culotte Blanche-Neige. La partie rationnelle au fond de moi reprend le dessus et balaie d'un revers de la main mes tergiversations vestimentaires. Je me lève et dépose mon journal sur ma table de chevet, juste à côté de Poupie, la poupée hantée. Là, c'est sûr, personne n'osera me le piquer. Puis, je me tourne vers mon lit et attrape des vêtements à la hâte. Un short en lin et un tee-shirt noir… Nickel ! De toute façon, on va juste boire un verre. Ou manger un bout. Rien de plus. Pendant une seconde, je me demande si j'ai toujours le préservatif que je garde dans mon porte-monnaie. Au moment de vérifier, je me reprends.

Mais ça ne va pas bien là-dedans ?

Je refuse de regarder. Je ne suis pas un animal… Puis je revois les lèvres pulpeuses de Rafael, son sourire à faire craquer le slip d'une nonne. Après tout, je ne suis qu'une femme, aussi faible qu'un homme lorsqu'elle est confrontée à la beauté de l'un d'entre eux.

RAFAEL

Elle.

Me.

Soûle.

La patience n'a jamais été mon fort, certes. En même temps, ce n'est pas si compliqué d'être ponctuel, non ? Les retardataires sont juste des flemmards irrespectueux. Et menteurs en plus. Les « Je pars de chez moi » alors qu'ils sont encore sous la douche, on les connaît. Surtout que dans le cas d'Hortense, je suis persuadé qu'elle le fait exprès. Mes doigts tapotent la serviette blanche à côté de mon assiette pour essayer de dissimuler mon agacement. Ou alors, c'est pire encore : elle me pose un lapin. Une légère anxiété vient faire trembler mon échine. Ou serait-ce mon ego ? Eh bien voilà ! On ne m'avait jamais posé de lapin. Il faut un début à tout. Je la vois jubiler d'ici.

Mika
Vous pariez combien
qu'on ne le revoit pas ce soir ?
Le resto ferme à 23 heures, mec !

Enfoiré !

Si mes potes savaient qu'elle n'a même pas daigné venir… Je fourre mon téléphone dans mon pantalon et quitte la table. La serveuse me jette un regard désolé alors que je sors du restaurant. Pile au moment où je la gratifie de tous les noms, je vois Hortense arriver en bagnole sur le parking. Elle ralentit à ma hauteur, comme pour mettre encore un peu plus ma patience à rude épreuve. Je me demande si cette fille sait respirer sans être provocante. Sa lèvre se soulève et esquisse un léger sourire presque imperceptible. Subitement, je comprends pourquoi je suis attiré par cette fille. Pourquoi, dernièrement, tout ce que je fais semble me ramener vers elle. Les moments que je passe avec elle sont les plus funs que j'ai vécus depuis un moment. Sauf que là, je ne veux pas céder aussi facilement. Ce soir, son petit jeu me tape un peu sur le système.

– Tu as quarante-cinq minutes de retard.

– Tant que ça ? dit-elle avec un rire de diablesse, comme pour me montrer que même si je suis celui qui a proposé de jouer, c'est elle qui établit les règles.

– Ne te fous pas de ma gueule.

– OK, excuse-moi. J'ai été prise par autre chose. C'est là qu'on va dîner ?

Elle jette un coup d'œil à l'intérieur et fait une grimace. Peut-être que mes potes avaient raison. Peut-être que je n'aurais pas dû l'emmener ici.

– Ça ne te va pas ?

Elle tire le frein à main et sort de la voiture en simple short en lin et débardeur noir. Elle se penche et observe la carte à l'entrée du restaurant. Après plusieurs allers-retours où elle passe le menu et moi-même au crible, elle finit par s'éclaircir la voix :

– Je pensais qu'on allait juste boire un verre et « manger un bout » dans un bar ou une paillote…

Elle regarde ses vêtements, comme si son short ne lui donnait pas le droit de s'asseoir dans l'établissement.

– Ne t'inquiète pas. C'est l'un de mes restos préférés, il n'est pas si guindé. Je voulais juste te mettre à l'aise pour qu'on soit dans… de bonnes conditions.

Je n'ai même pas fini ma phrase qu'elle laisse échapper un souffle outré. Merde. Elle se tourne brusquement et fonce vers sa voiture, marquant chacun de ses pas de petits nuages de poussière de terre battue.

– J'ai dit quelque chose qu'il ne fallait pas ?

Je capte son regard. Il n'y a plus aucune profondeur dans ses yeux, juste une surface dure contre laquelle je m'écrase.

– Oh, non, c'est clair comme de l'eau de roche. Je sais très bien ce que tu entends par « me mettre dans de bonnes conditions ».

– Quoi ?

– Dis-moi, Maestro, si je prends juste le poulet, tu te contenteras d'une séance de préliminaires dans la voiture ? Ou si je commande directement le homard grillé, je vais devoir passer à la casserole ? Explique-moi, c'est la première fois que je fais ça.

Je manque de m'étouffer.

– Pardon, mais je crois qu'on s'est mal compris, Hortense. Ce n'est pas ce que j'ai voulu insinuer…

– Bien sûr ! Tu sais quoi, je vais rentrer chez moi et tu peux aller te taper ton homard tout seul.

Je reste bouche bée alors qu'elle monte dans sa bagnole en claquant la portière. Je sens la colère monter. Il est hors de question que je me laisse humilier de la sorte sans raison. D'épais nuages obscurs lestent le ciel au-dessus de nos têtes, mais toujours moins que la colère qui alourdit ma poitrine.

– C'est quoi ton problème ? hurlé-je dans la nuit.

Elle se tourne lentement et me jette un regard noir, plus sombre que l'orage qui menace d'éclater. Un silence de plomb nous entoure.

– Mon problème ? C'est quand un mec que je connais à peine pense qu'il pourra coucher parce qu'il me paie à manger.

– Mais à quel moment j'ai dit une chose pareille ?

– Arrête de mentir ! Ce n'est pas la première fois qu'un homme m'invite à dîner pour me mettre dans « de bonnes dispositions ».

– Encore une fois, je suis désolé pour tous les connards que tu as pu rencontrer avant, mais je n'ai strictement rien fait !

– Garde tes mensonges pour quelqu'un que ça intéresse.

– Et toi, garde tes généralités sur les hommes loin de moi. Tu te pointes avec quarante-cinq minutes de retard et tu me gueules dessus ? Mais Mademoiselle, le respect, ça te dit quelque chose ?

– Dans ce cas-là, qu'est-ce que tu entends par « me mettre dans de bonnes dispositions » ?

– Je voulais juste nous mettre à l'aise ! Et ce n'est pas trop. Parce que, parfois, discuter avec toi c'est…

– C'est ?

– C'est un sport ! Je ne sais pas si on te l'a déjà dit, mais tu peux être intimidante ! Parce que chaque conversation ressemble à un un contre un et que là, j'espérais un temps mort. Si seulement tu te rendais compte de ce que tu dis, de la façon dont tu parles. Tu rêves si tu crois que je me suis imaginé que tu me devais quoi que ce soit ! J'aurais dû t'inviter au McDo…

– C'est clair.

– D'accord ! Allons-y dans ce cas !

Je sens que, pour une fois, je la prends de court.

– Pardon ?

– Je suis comme un Lannister, je paie toujours mes dettes. Alors allons-y.

– Très bien ! Mais je te préviens direct, je ne coucherai pas avec toi !

– On a compris, Jeanne d'Arc ! En revanche, on prend ta voiture. Hors de question que je paie de l'essence pour me faire accuser d'incitation à la prostitution.

J'ouvre la portière d'un geste rageur pour me glisser sur le siège passager. En règle générale, je suis calme. Je ne lève le ton qu'avec Lucia ou mes élèves. Pourtant, cette fille arrive à me mettre dans des états improbables. Elle pose sa main sur ses clefs mais s'arrête en me regardant, l'air un peu perdue :

– Loin de moi l'idée d'interrompre notre dispute, mais pourquoi tu m'as appelée Jeanne d'Arc ?

– Parce que c'est une pucelle…

Cette fois, elle éclate de rire. Je dois avouer qu'elle a un rire aussi surprenant qu'éclatant, comme un rayon de soleil en plein automne. Le genre de truc éblouissant qui te fait oublier qu'il pourrait un jour pleuvoir. Sans m'en rendre compte, j'esquisse aussi un sourire.

– Je te l'accorde, elle est bonne, me flatte-t-elle tout en faisant démarrer la voiture.

Une musique soul emplit l'habitacle alors qu'elle s'engage sur la route. La voix douce de la chanteuse et le bruit du moteur couvrent notre silence éloquent. Je suis encore en colère, mais sa conduite agréable me berce. Ça m'étonne, d'ailleurs : elle roule de manière douce et souple, ce qui ne colle pas avec la nana qui était à deux doigts de m'arracher les yeux il y a cinq minutes. Je lui indique le trajet jusqu'au fast-food de la ville limitrophe avant de retomber dans un calme qui ne me gêne pas. Une fois dans la file du drive, je nous sens déjà plus apaisés. Elle bâille tout en se massant la nuque. Elle a l'air fatiguée. Maintenant que je la regarde de près, ses yeux sont rouges, de légers cernes creusent ses yeux.

– Arrête de me regarder et dis-moi ce que tu veux.

Avant que je puisse ouvrir la bouche, nous avançons et c'est notre tour.

– Bonjour. Qu'est-ce qui vous ferait plaisir ?

Elle commande un Happy Meal et une boîte de nuggets avant de se tourner vers moi :

– Et toi ?

– Rien.

– Tu n'as pas faim ?

– Si, mais je n'aime pas les fast-foods.

– Pardon ?

– Ce sera tout ? crache la voix dans l'interphone.

– Oui, me penché-je vers la fenêtre dans l'espoir que la serveuse m'entende.

– Non, me contredit Hortense en levant les yeux au ciel. Je vais prendre un Big Tasty, un CBO et un Filet-o-Fish. Et un grand Sprite. Tu as une tête à aimer le Sprite, toi.

Je ne sais pas ce qu'elle entend par là. Quelque chose me dit pourtant que lui parler de mon dégoût pour les sodas ne ferait qu'aggraver mon cas. Comme promis, je paie sa commande et nous la récupérons rapidement. Elle se gare sur le parking, sous un lampadaire, et éteint le moteur. Pendant un moment, je me demande ce que nous faisons là. Puis elle ouvre les sacs et sort la boîte rouge. Ce n'est vraiment pas ce que j'avais en tête quand j'imaginais notre soirée.

Les paroles de Mika me reviennent : elle part dans trois semaines. Pas d'attaches ni de promesses. Ce *date* est absolument parfait.

– Alors ? Qu'est-ce qui cloche chez toi ? demande-t-elle en ouvrant les sauces.

– Pourquoi tu me demandes ça ?

– Quelqu'un qui n'aime pas les burgers a clairement un problème.

– Je pourrais dire la même chose d'une femme adulte qui commande un menu enfant.

– Tu es au courant qu'ils mettent un jouet dedans ? Pour le même prix ?

Elle me montre le petit paquet en question avant de tremper une poignée de frites dans du ketchup. Lorsqu'elle les fourre dans sa bouche, son visage s'illumine. Elle semble vraiment heureuse de manger ces trucs pleins de gras et tout droit sortis d'un sachet plastique.

Note pour probablement jamais : cuisiner un vrai plat à cette femme.

– Tu n'as toujours pas répondu à ma question.

– Laquelle ?

– Qu'est-ce qui cloche chez toi ?
– Rien, je n'ai rien à cacher.
– On a tous quelque chose à cacher.
– Vas-y, pose-moi une question, et je te jure d'y répondre le plus honnêtement possible.
– La vérité, rien que la vérité ? demande-t-elle en levant son auriculaire.
– La vérité, rien que la vérité, confirmé-je en glissant mon petit doigt autour du sien.

Sa main est chaude. Nous restons liés quelques secondes de plus que ce pacte enfantin ne le requiert. Les premières gouttes de pluie éclatent sur le parebrise et la font revenir à la réalité. Elle reprend sa main qu'elle plonge dans le sachet en papier en évitant mon regard.

– Bon, première question : qui est la fille qui était avec toi dans la piscine ?
– Elle s'appelle Jade. C'est mon ex, mais il nous arrivait de nous voir.
– Arrivait ?
– Oui. C'est terminé et c'est mieux comme ça.
– Pourquoi ? continue-t-elle son interrogatoire tout en retirant les cornichons de son mini-burger.
– J'ai l'impression que mon ex t'intéresse plus que moi. Le show dans la piscine était-il si bien que ça ?
– À ta place je ne ferais pas le malin ! J'aurais pu te faire arrêter pour attentat à la pudeur...
– Et toi pour voyeurisme !

Elle baisse les yeux et fourre la paille de sa boisson dans sa bouche.

– Pourquoi c'est terminé, alors ?

– Parce que j'ai appris qu'elle voyait quelqu'un et aussi parce que j'ai envie de passer à autre chose.

Et parce que je ne veux pas prendre le risque de lui refaire du mal.

– Comment ça s'est terminé entre vous ?

Mon cœur s'arrête quelques secondes. Probablement à cause de la honte.

– Pas de mensonge. Tu l'as promis, me dit-elle en se tournant un peu plus vers moi.

– Je crois que je n'ai pas envie d'en parler. Surtout pas à toi.

– Pourquoi ?

– Parce que c'est sûrement l'un des trucs dont je suis le moins fier. Et je sais que ça ne va pas améliorer ton avis sur les hommes.

– C'est déjà bien de le reconnaître…

Je suis surpris de sa clémence. Elle ne semble pas me juger.

– Elle a déménagé pour qu'on vive ensemble et je l'ai quittée une semaine après.

– Pardon ?

– Tu as bien entendu… Elle vivait en Guadeloupe. Ce n'est pas si loin, mais un peu quand même. Ça faisait un an qu'on était ensemble. Une relation à distance classique. Ça m'allait parfaitement, mais elle voulait que ça devienne plus sérieux. À force de discussions, je me suis persuadé qu'il fallait qu'on essaie.

– Essayer quoi ?

– La vie de couple. La routine, le « N'oublie pas le pain » avec un baiser en partant le matin. Et au bout de deux jours, je n'avais qu'une envie, c'était qu'elle parte. J'étouffais. Elle parlait de redécorer ma maison, d'enfants, de mariage. C'était trop pour moi. Je lui ai partagé mes doutes et elle l'a très mal pris. J'ai fini par lui dire que je préférais qu'on s'arrête là…

– Je n'imagine même pas l'engueulade qui a suivi.

– Tu rigoles ? Elle est restée très calme et a attendu que je parte pour le boulot. Ensuite, elle a retourné ma maison, cramé mes affaires, cassé ma télé…

Elle éclate de rire, et c'est comme un rai de lumière dans une nuit noire.

– Tu veux rire un peu plus ? Même après avoir tout réparé, ma maison a senti la mort pendant des mois. J'ai fait venir des spécialistes qui ont découvert qu'elle avait mis des crevettes dans toutes les aérations, toutes les VMC… Même la tour de mon ordinateur fixe. On s'en est rendu compte trois mois plus tard quand il est tombé en rade.

– Mais c'est un génie du mal, cette meuf ! Je n'imagine même pas comme tu as dû péter un câble.

– Tu as tout faux. J'étais plutôt dépité et énervé contre moi-même. Je comprenais sa colère. Elle a trente-quatre ans, elle considère que je lui ai fait perdre du temps qu'elle n'avait pas. Et elle avait raison. Et puis, sur le coup, j'étais juste soulagé. Elle était partie, c'était tout ce qui m'importait.

– Waouh.

– Je sais, je suis une vraie merde, hein ? Je lui brise le cœur, elle étale sa peine dans toute ma maison pour que moi aussi je souffre, ne serait-ce qu'un tout petit peu, et même pas. Je dois avouer que pendant des mois, je me suis demandé ce qui clochait chez moi.

Elle me regarde en silence, à l'écoute.

– C'est le moment où tu es censée dire que je ne suis pas un connard.

Elle rit, et tout brille encore.

– Non, désolée. Tu as été une saleté. Et je peux te dire que si quelqu'un me brisait le cœur comme ça, jamais de la vie je ne pourrais faire une rumba avec lui dans une piscine.

– Ne t'inquiète pas, j'ai appris de mes erreurs. Je ne laisse personne me confier son cœur. Trop de responsabilités. Tu es prévenue.

Ça a au moins le mérite de la faire sourire.

– Oh, ne t'en fais pas pour mon cœur. Ça fait un bail que je n'en ai plus.

Cette fois, c'est moi qui ricane.

– C'est donc pour ça que tu ne crois pas en l'amour ? demande-t-elle.

– Je n'ai jamais dit que je ne croyais pas en l'amour.

Bien sûr que j'y crois, j'en ai été témoin pendant dix-sept ans. Mon père et ma mère étaient des âmes sœurs. Et comme chaque fois, leur amour a été aussi parfait que tragique. Parce que, qu'importe la puissance de l'idylle, Dieu, le destin, la vie ou je ne sais quelle force supérieure, n'a eu aucun scrupule à les arracher l'un à l'autre.

– Tu crois donc à l'amour éternel ?

– Au moins jusqu'à ce que la mort les sépare.

Je sens son regard peser sur moi.

– En attendant, tu n'as toujours rien mangé.

Elle pose trois boîtes devant moi.

– Tiens, goûte celui-là.

Je prends le premier. Un truc au poisson. Immonde.

– C'est tout bonnement dégueulasse. Une insulte au poisson et au pain.

– OK, essaie celui au poulet.

– OK, mais seulement si tu me racontes comment s'est terminée ta dernière histoire d'amour.

– Je n'irais pas jusqu'à parler d'amour, mais le dernier connard avec qui je suis sortie était vraiment pas mal. On s'est fréquentés six mois, jusqu'à ce que je le surprenne un matin avec une autre, chez lui. Je ne suis pas une bougresse, alors je leur ai préparé le petit déj. Sauf que j'ai découvert après que ce n'était pas sa maîtresse mais… sa femme.

– Mais non !

Je croque dans le deuxième burger, abasourdi. Ce truc est tout aussi dégueulasse que le premier.

– Si…

– Je comprends mieux, du coup. Ta méfiance envers les hommes.

– Oh, je ne vais pas tout lui mettre sur le dos. Et puis, ce n'était pas une grosse perte. Il n'avait jamais regardé *One Piece*.

– Il paraît qu'on peut être quelqu'un de très bien sans avoir vu *One Piece*.

– Oui, j'ai déjà entendu parler de cette théorie…

Elle soulève un sourcil et esquisse une moue pensive avant de sourire et d'attraper la dernière boîte sur le tableau de bord.

– Si tu n'aimes pas celui-là, je peux solennellement dire que ton âme est perdue.

Elle sort un hamburger de la taille de sa tête et le plante devant ma bouche. La sauce, pleine de petits bouts de salade fatigués, dégouline de tous les côtés. J'hésite un instant avant de mordre dedans, mais quand je vois ses yeux s'illuminer, je ne peux refuser. Je croque dans cette immondice et tente de ne pas mettre du ketchup partout sur mon tee-shirt. Elle m'observe, attendant mon verdict.

– Alors ?

– Celui-là n'est pas mal, mens-je avec aplomb.

– Ah ! Je savais qu'il allait te plaire.

J'avale péniblement ma bouchée et tente de lui prendre une frite, histoire de faire passer le goût fumé du burger, mais elle me tape la main avant que je puisse lui en chiper une seule.

– Hortense pas partager son manger ?

– On peut dire ça comme ça.

Je suis sur le point de m'offusquer qu'elle ne capte pas cette référence évidente à *Friends* quand je vois l'heure sur le tableau de bord. 22 h 52.

Eh merde !

– Il est déjà vingt-trois heures ? Je suis désolé, je vais devoir rentrer.

Pendant un instant, je sens qu'elle aussi est déçue que ce rendez-vous se termine aussi vite. Elle fourre tous les emballages vides dans un sac en papier et fait démarrer la voiture. Je remballe mon burger, ravi que la dégustation de l'enfer soit terminée. En moins de cinq minutes, nous sommes de retour sur le parking du restaurant.

– Merci d'avoir honoré ta dette.

– Merci de m'avoir fait goûter toutes ces merveilles… C'était sympa, ajouté-je avant de passer le bras derrière l'appuie-tête de son siège. La prochaine fois, on commandera deux frites.

– C'est une excellente idée.

Il n'y a plus de musique, plus de pluie, plus de moteur pour couvrir le bruit de mon cœur qui accélère son rythme alors que j'avance doucement vers son visage, bien malgré moi. Contre toute attente, je la sens également se pencher vers moi. Je plonge dans ses yeux, juste le temps de me couper le souffle. Je suis si proche d'elle que je peux entendre sa respiration de plus en plus fort à chaque seconde qui s'écoule, à chaque centimètre qu'elle me permet de faire vers elle. Puis, je ne sais par quel miracle, j'arrive à repenser à la promesse que je me suis faite avant de partir.

Je quitte la profondeur de son regard, juste pour revenir à la surface et respirer un bon coup. Je glisse la main dans ma poche et attrape les clefs du *MikaDo* pour les serrer de toutes mes forces. Jusqu'à ce que ça fasse mal, jusqu'à ce que ça calme le tourbillon de désir qu'Hortense éveille en moi. Après quelques inspirations profondes et expirations désespérées, je reprends un peu de contenance. Mais une chose est sûre, si je ne veux pas faire un *remake* de la scène de la voiture dans *Titanic*, il faut que je me casse de là.

– Merci. Cette soirée était super. À bientôt.

Je glisse ma main sur sa nuque et dépose un baiser sur sa joue. À mon toucher, je la sens retenir son souffle et, pendant une seconde, je m'imagine laisser mes lèvres dériver vers les siennes juste pour les délasser un peu. Je me reprends de justesse et quitte cette voiture de l'enfer alors qu'elle me regarde avec des yeux ronds. Quand j'arrive dans la mienne, je suis à bout de souffle. Il me faut réunir toutes les forces qu'il me reste pour ne pas rebrousser chemin et laisser Mika se démerder tout seul. Posant mon crâne contre l'appuie-tête, je soupire. Mes potes ont raison. Même s'il n'y aura rien de sérieux entre elle et moi, je ne peux pas la laisser se dire que je ne suis qu'une pâle copie de mes congénères. Je veux juste lui montrer que je suis un gentleman. Je sors les clefs du resto de ma poche et les dépose sur le tableau de bord avant de démarrer et de prendre la route, la voiture d'Hortense toujours sur le parking. Heureusement que je les avais avec moi pour me rappeler ma promesse.

C'est bien la première fois de ma vie que je pense ça, mais que Dieu bénisse mon idiot de beau-frère.

***

Lorsque j'arrive au *MikaDo*, le restaurant est déjà bien calme. On sent que la fermeture n'est pas loin. J'imagine que mes potes se demandent si j'ai réussi à tenir. Enfin, disons plutôt que je sais qu'ils se posent tous la question, à en croire les deux cents messages qu'ils ont envoyés sur notre groupe. Quasi tous sont persuadés que j'ai ramené Hortense chez moi et que Mika n'aura qu'à trouver une solution pour fermer le resto.

Je dois dire que les voir aussi investis dans ma vie personnelle est très étrange. Même pendant ma rupture grandiloquente avec Jade, je n'ai rien dit. J'ai confié beaucoup plus à Hortense ce soir que je ne l'ai fait à quiconque. Et étrangement, moi qui suis si discret normalement, je me surprends à trouver agréable de pouvoir parler de ces choses-là…

Comme d'habitude, je trouve mes amis au bar, José et Damien accoudés et Mika derrière le comptoir à ranger des verres tout droit sortis du lave-vaisselle. Lorsqu'ils m'aperçoivent enfin, ils restent un instant sans voix. Puis José finit par demander :

– Alors ?

– Tu l'as chopée ou pas ?

– Mais ferme-la, toi ! répond José à Damien en lui adressant un regard révolté, avant de se tourner vers moi pour me demander doucement : Tu l'as embrassée ?

Tous semblent retenir leur souffle. Je ménage le suspens, puis finis par me dégager la gorge pour annoncer solennellement :

– Messieurs, vous serez heureux de savoir que je n'ai pas embrassé Hortense Ménard !

Ils se mettent à crier, applaudissent, comme si ma petite victoire était celle d'une équipe.

– Bravo, mec ! C'était dur ?

– Grave. Elle est… Je ne sais pas comment vous dire, mais je crois qu'elle me plaît bien.

– C'est vrai qu'elle est vraiment pas mal…

Mika secoue la tête, insensible au charme d'Hortense. De toute façon, si c'est son physique qui a attiré mon regard lors de la soirée de l'EVG, c'est sa personnalité qui me fascine. Hortense a le don d'éveiller quelque chose en moi, d'animer mon sang qui tourne au ralenti depuis des mois.

– En tout cas, t'es un champion, me congratule José.

– Pendant un moment, je me suis dit que j'allais craquer. La soirée ne s'est pas du tout passée comme prévu. On a eu des turbulences au décollage.

– Pour quelle raison ?

– Elle a cru que j'achetais ses faveurs avec du homard… Bref, je vous raconterai plus tard. Mais je vous assure qu'après, les heures sont passées à une vitesse incroyable. Au moment de se quitter… Je ne vais pas mentir, c'est là que c'était chaud !

– Chaud ? Tu veux dire *caliente* ? demande Damien.

– C'était de l'ordre de la torture. Quand elle m'a dit au revoir, elle a pincé le coin de sa lèvre entre ses dents…

Sans avoir besoin de plus de détails, tous mes potes acquiescent.

– Ah ouais, mec ! C'est sexy, ça !

– Mais tellement ! Et j'ai vraiment cru que j'allais péter un câble. J'étais à deux doigts de l'embrasser, mais j'ai résisté. Je lui ai déposé un petit bisou sur la joue, parce que je ne suis pas un saint non plus, et me voilà !

– *Yes !* T'es un soldat ! me congratule Damien.

– Bravo mec !

Seul Mika reste étonnamment bougon.

– Bah alors… On n'aime pas perdre ? lui dit José, faussement désolé.

Mika pose deux billets de cinq euros sur la table… *Oh les connards !*

– Tu avais parié que je ne tiendrais pas ?

– Franchement, ça fait combien de temps que tu n'as pas eu de *date* ? Et il paraît qu'elle aussi, ça fait longtemps qu'elle n'a pas vu le loup… Honnêtement, je pensais que vous alliez vous jeter dessus comme des morts de faim et qu'on allait devoir envoyer le GIGN vous sortir de force de ta baraque. J'avais même pris les clefs de Do ce matin.

– Je suis déçu que mon propre beau-frère ne croie pas en mes capacités.

– Je vais te dire, j'ai déjà vu mon meilleur ami tomber pour une sœur Ménard. Et la chute est vertigineuse.

– Crois-moi, Hortense n'a aucune envie de tomber amoureuse. Et moi non plus.

– Tu as raison, mon pote ! Profite de la vie et de toutes les nanas qu'elle a à t'offrir ! s'exclame Damien en me tendant son poing fermé.

Je joins le mien, mollement. Je n'ai vraiment pas l'énergie de lui réexpliquer que je ne vois pas la vie comme lui.

– Non, plus sérieusement, on est vraiment contents pour toi. Tu sais… que tu te remettes à sortir, avoue José.

Tous acquiescent. Je sens sous leur pudeur la réelle inquiétude qui a dû les habiter pendant des mois. Après ma rupture avec Jade, j'ai préféré la solitude plutôt que de prendre le risque de faire souffrir quelqu'un d'autre. Je ne pensais pas que mon isolement les inquiétait. Mais quand je les vois si heureux pour moi, je comprends qu'ils se faisaient du souci. Sans rien dire, je dépose les clefs sur le comptoir et Mika les récupère.

– J'arrive pas à croire que tu ne l'as pas embrassée. La première fois que je suis sorti avec ta sœur…

– Continue cette phrase et ce sera la dernière que tu ne prononceras.

Mika glisse lentement une bière devant moi et s'éloigne en levant les mains en l'air.

– Toujours la violence… On ne peut jamais parler avec toi !

– Si, mais pas de ma sœur.

Je soulève mon verre et mes amis se joignent à moi pour trinquer.

– Aux hommes pas comme les autres ! crie José.

– Et aux femmes qui nous poussent à évoluer, conclus-je.

10 AOÛT

RAFAEL

– Maman, c'est juste une petite soirée pyjama, pleurniche ma petite sœur. Je te promets que je resterai tranquillement chez Anna.

Dolores et moi levons les yeux au ciel. Il est 21 heures et ça fait déjà une heure que Lucia tente de faire lever sa punition, en vain. Elle est encore privée de sortie pour une semaine.

– Sa mère sera là ?

– Non, mais sa grande sœur restera tout le week-end.

Je laisse échapper un rire sarcastique que je réprime aussitôt. La petite rêve si elle pense que ma mère va laisser sa gamine de seize ans dormir chez sa copine sans aucun adulte de confiance. C'est d'ailleurs sans surprise qu'elle refuse catégoriquement et que les pourparlers reprennent de plus belle.

Mon téléphone vibre. Je l'attrape, mais suis rapidement déçu. Encore une bêtise de mes potes. Je pose mon portable sur la table, frustré. Les engueulades ininterrompues entre ma mère et ma sœur ne sont qu'un vague bruit de fond. Depuis hier soir, j'attends de recevoir un message d'Hortense. En même temps, si j'ai tant envie de lui parler, je n'ai qu'à faire le premier pas.

Et puis quoi encore ?

Je sais qu'elle est le genre de femme à se barricader derrière un mur de sarcasmes et une tonne d'humour noir juste pour cacher le fait qu'elle aussi a un cœur, mais je n'ai pas envie d'être celui qui s'épuise à gravir la montagne derrière laquelle elle se terre. Je veux bien monter, mais à elle de rendre la pente un peu moins ardue. Cette fille me plaît. Hier soir, je me suis endormi le sourire aux lèvres et ça ne m'était pas arrivé depuis très longtemps.

– Mais *Mamá*… J'ai de bonnes notes, je vais avec toi à l'église tous les dimanches, je n'ai jamais de problème, pourquoi je n'ai pas le droit d'y aller ?

La voix suppliante de ma sœur me fait sincèrement de la peine.

– Je n'aime pas te savoir chez des gens que je ne connais pas, surtout la nuit.

– Ce n'est pas juste !

– Oui, eh bien c'est comme ça ! Maintenant, tais-toi et mets la table, s'il te plaît !

Ma mère disparaît dans la cuisine en claquant la porte, signe qu'elle a besoin d'espace. Lucia s'installe sur la chaise à côté de moi, marmonnant sa colère. Que le calme de ma maison me manque !

Mon portable vibre à nouveau et, malgré moi, mes doigts se précipitent sur l'appareil.

Hortense
Je n'arrive pas à croire que
tu n'aimes pas les hamburgers…
Tu as déjà pensé à suivre
une thérapie ?

Pendant une seconde, ma respiration se coupe. Mon regard fait le ping-pong entre l'expéditeur et le message tant je peine à croire qu'elle m'a contacté en premier.

Rafael
Je n'accepterai aucune critique venant
d'une fille qui n'a jamais vu Friends.

Hortense
C'est culotté…
Surtout venant de quelqu'un
qui n'a jamais regardé One Piece !

Sa remarque me fait sourire. Je n'aurais jamais imaginé Hortense fan de mangas.

Hortense
En tout cas, merci pour le Happy Meal.
Même si, techniquement, je devrais
remercier mes talents au basket.

Rafael
Maintenant qu'on a dîné ensemble,
je peux avouer que j'ai fait
exprès de perdre.

Je mens sciemment. Quand je vois les petits points onduler dans le coin en bas de l'écran, je sais que je ne vais pas tarder à savoir si ça a marché.

Hortense
Tu sais quoi ? Je ne vais rien dire.
Ça me rassure que tu ne sois
pas si mauvais !

Rafael
J'ai quand même réussi
à te mettre un panier…

Hortense
Pas faux. Surtout qu'il n'est pas
si simple de marquer des points
avec moi.

Rafael
Ça, je l'ai bien remarqué !
J'ai quand même toujours
quelques questions en stock
pour essayer… Ce soir ?

Je peux presque sentir mon pouls accélérer alors que les secondes s'égrènent. Le message est marqué comme lu et pourtant, elle ne répond pas. Merde… J'aurais peut-être dû être plus subtil.

– *Mi hijo*, tu m'écoutes ?

La voix de ma mère a le don de faire descendre mon rythme cardiaque en moins d'une demi-seconde. Je glisse mon téléphone dans ma poche.

– Oui *Mamá*…

– Tu pourras regarder la machine à laver ? Elle fuit. Et je pars avec quelques copines de l'église quelques jours. Lucia pourra rester chez toi ?

– Pas de souci.

– Elle peut venir chez moi aussi, si elle veut, intervient Do.

– Je ne suis pas une gamine ! J'ai seize ans, sérieux !

Elle termine sa phrase en croisant ses bras sur son ventre, le menton recroquevillé contre sa poitrine… Exactement comme une enfant boudeuse.

– Quand on ne peut pas aller se coucher sans que tu tentes de faire le mur, c'est que tu n'es pas digne de confiance, répond ma mère en imprimant à chacun de ces mots un rythme tout hispanophone.

– Donc, votre solution, c'est de m'enfermer, c'est ça ? Je suis en prison, en fait.

Ma génitrice jette un regard exténué dans ma direction, me suppliant de prendre le relais. Je déteste remonter les bretelles de ma sœur, mais ma mère a besoin de soutien.

– Exactement, Lucia ! Tu es en prison et moi, je suis ton geôlier. Donc reste tranquille si tu veux continuer à bénéficier de privilèges.

– Je ne peux pas sortir ni voir mes amis, ni aller à la mer. De quels privilèges tu parles, au juste ?

– Tu as le droit à une sortie par jour dans le jardin et à la télé. Tu veux qu'on t'enferme dans ta chambre avec l'intégrale des *Rougon-Macquart* ?

Parce que ça peut se négocier, si tu continues comme ça !

– Je vous hais tous ! crie-t-elle avant de partir dans sa chambre.

Merveilleux.

Ma mère et ma sœur sont comme l'huile et l'eau depuis quelques années. On peut essayer de les mélanger, l'une restera toujours étanche à ce que ressent l'autre. Je sais déjà que mon père, s'il était vivant, n'aurait jamais toléré ce genre de chose sous son toit. Notre paternel a toujours été un homme inflexible. C'était un syndicaliste, en même temps, du genre paternaliste et autoritaire dans l'âme. Chez lui, toute la maisonnée filait droit au rythme des ordres qu'il balançait à tout bout de champ. C'est sûr, ce n'était pas de tout repos, mais Lucia souffre énormément de l'avoir si peu connu. Cela explique peut-être toute cette rage ?

Quizás lo que ayer fue solo dolor
Se convirtió en una ira intensa
Quizás una tristeza sin color
Se volvió una furia roja[8]

– Ne t'inquiète pas, elles vont se rabibocher ce soir, comme chaque fois, tente de me rassurer Do.

---

8. « Peut-être ce qui hier n'était que douleur / S'est mué en rage intense / Peut-être, une tristesse sans couleur / Est-elle devenue une colère rouge. »

– Je sais. J'aimerais juste qu'on ne passe pas tous nos moments ensemble à se hurler dessus.

– Il faut bien que jeunesse se passe. C'est sa crise d'ado, c'est tout.

– Tu n'as jamais été comme ça, toi…

– En même temps, j'avais quatorze ans quand papa est mort. Tu te souviens sûrement mieux que moi qu'il n'y avait pas de place pour ma crise.

Le souvenir des mois, que dis-je, des années qui ont suivi le décès de mon père me serre la poitrine. Ma mère était dévastée, elle n'a pas quitté son lit pendant des semaines. Elle a dû être hospitalisée quelque temps. Le deuil était partout, il avait infiltré l'air qu'on respirait, l'eau qu'on buvait, la nourriture qu'on mangeait à contrecœur.

– J'ai tout fait pour que tu ne souffres pas, pourtant.

– Oh, je sais. Et tu as été incroyable. Mais ça veut dire que c'est une bonne chose que notre petite sœur puisse laisser éclater sa colère. Et crois-moi, ça va se calmer, m'assure-t-elle en caressant son ventre rond.

J'espère qu'elle a raison. Je commence à en avoir marre.

– Pour en revenir à ton cas, sache que j'aime beaucoup Sia. C'est une super nana, déclare-t-elle en me jetant un regard complice.

– Je viens de lui proposer de la voir ce soir, mais je n'ai pas de réponse.

– Parfois, il faut accorder un peu de temps à certains pour entrer dans l'eau.

Je regarde mon téléphone dont l'écran s'obstine à rester noir.

– Si tu veux mon avis, je ne vois pas de baignade à l'horizon. Disons qu'on est plus sur une météo orageuse.

– Qui sait. Le vent pourrait tourner… glisse-t-elle avant de se lever. Bon, sur ces bonnes paroles, je m'en vais aux toilettes. Ta nièce est en train de zouker avec ma vessie.

Le vent peut tourner, c'est sûr. Mais pour cela, encore faudrait-il qu'elle veuille bien se laisser porter. Juste un peu. En attendant, je décide de mettre la table. Il est tard et j'aimerais rentrer bientôt. Au moment de poser la dernière assiette, je sens mon téléphone vibrer dans ma poche. Quand je regarde l'écran, mon cœur s'arrête pendant un moment.

Hortense
Tu me proposes sérieusement
de se revoir ce soir ?

Rafael
Pourquoi pas ? À moins que
tu aies d'autres pauvres hommes
à laminer au basket…

Hortense
Malheureusement, pas d'hommes
à émasculer cette fois…
Je vais devoir trouver
à me distraire autrement.

Rafael
Je suis dispo, si jamais 😂

Hortense
Ça dépend. Tu me proposes quoi ?
Ne compte pas sur moi pour un dîner
aux chandelles.

Rafael
Ça, je l'ai bien compris Miss Big Mac !
J'ai bien aimé notre soirée d'hier
et je me suis dit qu'on pouvait
remettre ça ce soir, chez moi…

Mon pouls accélère chaque fois que je sens l'appareil vibrer.

Hortense
C'est comme ça qu'on propose
à une lady une nuit de folie
de nos jours ?

Rafael
Toi ? Une lady ? Tu ne trompes
personne, Xena.
Et d'ailleurs, je t'ai proposé
une soirée, pas une nuit.

Pendant un moment, je regrette mon message. C'était peut-être un peu trop cash. Mais comme on pouvait s'y attendre, cette femme semble apprécier l'honnêteté.

Hortense
Pas du genre à préparer
le petit déj à ce que je vois.

Rafael

Comme si tu étais du genre à rester
jusqu'au café… On ne va pas
se mentir, on est pareils.
Tu as besoin de te changer
les idées et moi aussi.
Pourquoi ne serions-nous pas
juste une belle distraction ?

Hortense :

Tu marques un point…
Si on est bien d'accord
sur les règles du jeu,
OK pour passer le temps.
Mais je préfère te prévenir tout
de suite : pas de sentiments,
pas de promesses ET SURTOUT,
tout s'arrête le 27 août.

Rafael

Ça me va ! En revanche, le 27 août,
c'est précis…
Tu as un braquage de prévu ?

Hortense

C'est ma date de retour à Paris.
Et je ne veux pas me retrouver
comme avec John, avec un mec
qui me harcèle de mots doux
alors que c'est fini

Rafael

Oh ma belle… Il y a peu
de chance que je te harcèle une fois
la rentrée passée. Mais ces règles
me conviennent parfaitement.

Hortense
Et dernière règle :
pas de surnoms ridicules.
Si tu m'appelles encore une fois
« ma belle », je te bloque.

Je laisse échapper un rire qui alerte ma sœur alors qu'elle revient. Je reprends mon sérieux devant son regard intrigué.

Hortense
Pour ce soir… je ne promets rien.
Ça dépendra si j'arrive à trouver
le sommeil ou non.

Rafael
OK, mais sache que je connais
des techniques de massage pour
aider au relâchement musculaire,
si tu veux 😉

Hortense
J'imagine bien. Mais ne t'inquiète pas
pour ça, je sais très bien me masser
toute seule !

Rafael
Wow ! Une femme indépendante
et adepte de sophrologie…
Je suis impressionné 👏

Un sourire de diable se dessine sur mes lèvres.
– Rafael, tu peux venir attraper le grand saladier, là-haut ?
– Bien sûr.

Je pose mon portable sur le comptoir et attrape le saladier sans difficulté. Ma mère me remercie d'une pression de main reconnaissante sur mon bras puis je rejoins le salon.

Le son étouffé du vibreur de mon portable me fait déposer le pain et l'eau sur la table. Je palpe mes poches pour me rendre compte qu'il n'y est pas, avant de percuter qu'il est resté dans la cuisine. En me tournant, je tombe sur ma génitrice qui tient l'objet du délit entre ses mains. Quand je vois son regard choqué, je comprends qu'elle a dû faire la connaissance de la prose d'Hortense. C'est presque déboussolée qu'elle me tend mon téléphone.

Par pitié, faites que je me trompe.

– Tiens. Tu l'avais oublié dans la cuisine…

Je récupère l'appareil avec un rictus gêné.

Hortense
Chez moi, on appelle ça
la masturbation.
Tu te proposes pour me donner
un coup de main ?

Je pensais ne pas pouvoir être plus mortifié jusqu'à ce que ma mère pose une main sur mon épaule et me dise, assez bas pour que mes sœurs n'entendent pas :

– Je prierai pour toi, *mi hijo*.

HORTENSE

– J'arrive avec la citronnade ! crie ma mère.

– Et moi les biscuits ! dis-je en attrapant l'assiette pleine de petits gâteaux.

Je me suis encore réveillée à l'aube, la peur au ventre. Encore et toujours les mêmes cauchemars dans la même chambre décrépie. Cette fois, je n'ai pas laissé les mauvais rêves qui rampent sous le parquet me hanter. À la seconde où j'ai pu me lever, où j'ai récupéré l'usage de mon corps emprisonné par la peur, engourdi par l'angoisse, j'ai allumé. De nouveau, je suis tombée sur la pile de livres à étudier pour l'année prochaine. Sans que je puisse l'expliquer, une nouvelle vague d'anxiété a soulevé mon ventre. Alors, j'ai fait ce à quoi j'excelle en ce moment : fuir. Je suis directement allée dans la cuisine. Dès que mes doigts ont retrouvé la texture douce de la pâte sablée, j'ai pu me vider la tête. Je jette un coup d'œil à l'assiette dans laquelle se dresse un monticule de petits biscuits ronds à la banane et en forme de fleur pour ceux aux épices. C'est ma spécialité, ils me rappellent mon enfance.

Dès que j'arrive sur la terrasse, je prends le temps de contempler les trois femmes qui s'asseyent autour de la table ovale en plastique blanc. Ma sœur est rayonnante, ses cheveux lâchés bougent au gré du vent. Ma mère, petite et fine aux cheveux courts, porte une robe légère, et ma tante, l'aînée de cette génération de femmes, enveloppe tous ceux qui l'entourent de sa douce bienveillance. Mon fils et ma nièce se sont endormis après le dîner, ce qui nous permet de profiter d'un moment entre nous en ce début de soirée. Les rires se mélangent aux arômes épicés qui m'ont vue grandir. Pour la première fois depuis que je suis arrivée, je me sens bien dans cette maison.

– Alors, quoi de neuf, mes enfants ? demande ma tante en trempant ses lèvres dans la citronnade fraîche.

Je reste silencieuse en espérant que la conversation s'aventure loin de mes terres personnelles.

– Moi, le mariage, encore et toujours. Mais Sia, en revanche… dévoile ma sœur en se tournant vers moi.

Je perds instantanément mon sourire. Ma mère et ma tante me passent au crible. Maintenant qu'elles savent qu'il y a anguille sous roche, elles ne vont pas lâcher l'affaire avant de l'avoir attrapée. Je peux au moins m'estimer heureuse qu'on n'aborde que le sujet de Rafael et pas mes études.

– Qu'est-ce qui se passe dans ta vie de si intéressant ? s'étonne ma mère en ne me quittant pas des yeux.

– Il ne se passe absolument rien.

– Pourquoi ta sœur dit ça, alors ?

– Je n'en sais rien, moi, Tatie.

Je jette un regard à Azalea qui lui conseille d'avoir perdu la mémoire, elle aussi.

– Sia a rencontré Rafael !

Elle parle à toute vitesse, comme on se débarrasse d'un secret qu'on refuse de garder. Ensuite, elle se cache derrière son verre.

– Ah, donc tu parles avec le fils de Maria ? me demande Tatie Thé, des étoiles dans les yeux.

– Qui est Maria ?

– La femme de Gabriel…

Ma mère et ma tante posent leurs mains sur leur poitrine et expirent un petit gémissement entendu.

– D'après ce que je comprends, le père de Rafael est pas mal, se moque Azalea.

– Était. Il est mort il y a longtemps. Au moins dix ans, je dirais. Mais oui… C'était un bel homme, conclut ma tante en se mordant les lèvres.

– On était toutes folles de lui. Mais après un voyage au Panama, il est revenu au bras de Maria, dit ma mère.

– Qu'est-ce qu'ils étaient beaux !

– Qu'est-ce qu'ils s'aimaient, surtout ! Je ne savais pas que ce grincheux pouvait cacher autant de tendresse…

Ma tante lâche un soupir.

– Et quand il est mort, la pauvre femme était dévastée. Elle a passé des mois dans le noir, à faire des allers-retours à l'hôpital. Heureusement que son fils était là. Je me souviens encore, il était si jeune. On essayait de l'aider pour les courses et ce genre de chose. Il n'avait même pas son permis. Vraiment, un jeune homme très bien.

Ces révélations donnent une nouvelle lumière à ce qu'il m'a dit hier. « Jusqu'à ce que la mort les sépare. » Malgré moi, j'ai tout à coup de la peine pour lui.

– Il est aussi charmeur que son père ? demande ma mère, curieuse.

– Plus encore. Il est moins grand, mais il est vraiment beau garçon. Et serviable. Tu sais qu'il va tous les dimanches à l'église avec sa mère…

– Arrêtez, tenté-je faiblement.

– Elle est sortie avec lui hier soir, reprend ma sœur.

– Non ! s'exclament ma mère et ma tante en même temps.

– Azalea, si tu l'ouvres encore une fois, je ne jure plus de rien…

– Arrête avec les cachotteries, me coupe ma mère. Dis-nous tout, ça ira plus vite.

– Il n'y a rien à raconter. C'était notre premier… Bref.

Je m'arrête au milieu de ma phrase, préférant ne pas m'incriminer davantage.

– Vous êtes… rentrés ensemble ?

– Non !

– Oh, mais ne t'inquiète pas, personne ne te juge. Je suis sûre que Dieu lui-même te pardonnera. Il est vraiment beau, insiste ma tante à l'intention de ma mère.

Ma sœur hoche la tête, plus qu'amusée par la tournure que prend cette soirée, initialement prévue pour emballer des cadeaux pour les invités pour son mariage dans huit jours. Je la soupçonne de l'avoir fait exprès, juste parce qu'elle en a marre de parler de dragées.

– Mais c'est pénible ! Je suis la seule à ne pas savoir à quoi il ressemble, se plaint ma mère.

– Attends !

Azalea sort son téléphone et tapote quelques instants. Je prie pour qu'elle ne trouve aucune photo à montrer.

– Tiens, regarde, c'est celui à côté de Mika…

Ma mère ouvre la bouche, abasourdie. Après quelques secondes, elle replace deux mèches de ses cheveux courts derrière ses oreilles avant de déclarer solennellement :

– Je suis d'accord avec Thérèse… Dieu te pardonnera !

– Ah oui, ma fille. Ça, ça se goûte sans sel ni poivre, continue Tatie Thé en contemplant la photo de Rafael.

– Sans pain ni beurre !

Puis elles éclatent de rire, fières d'elles.

– Sérieusement, Sia. Tu es jeune, en vacances. Profite, m'encourage ma tante.

– Je sais… Il m'a invitée à le voir ce soir, avoué-je, tentant du mieux possible de camoufler le sourire que je cache depuis quelques heures.

– Tu attends quoi au juste pour accepter ?

– Je n'en sais rien. Je ne sais même pas si je lui plais… Hier, il est parti en me faisant un bisou sur la joue.

– C'est vrai ? demande Tatie Thé en grimaçant.

– Attends, ça ne veut rien dire. C'était un baiser du genre « Je te respecte mais si j'en ai l'occasion, je te ferai plus… » ou il t'a claqué une bise comme il le ferait à un pote ? m'interroge Azalea.

– Définitivement, s'il embrassait ses potes comme ça, ils ne seraient plus des potes très longtemps.

– Voilà, c'est juste un gentleman. Et en plus, je vois bien dans tes yeux que ça t'a un tantinet soûlée.

– Pas du tout.

– C'est le charme des flirts, de se laisser le temps de deviner.

Tatie Thé me gratifie d'un léger coup de coude de connivence.

Je hoche la tête et attrape l'assiette devant moi pour la tendre vers ma sœur. Elle prend un biscuit et laisse échapper un petit bruit de contentement.

– Il n'y a pas à dire, tu pâtisses comme personne.

– Oui, même mieux que Maman, approuve ma tante.

– Je lui dis tout le temps qu'elle a un don pour ça, elle ne me croit pas. Oh, tu devrais lui montrer l'atelier ! s'exclame ma mère.

– Quel atelier ?

– Derrière la maison, un peu plus loin, nous avons un atelier qui servait à la confection des biscuits. C'est un peu vieux mais je pense que tu pourrais t'y sentir bien.

– J'y ai pensé en plus, cette nuit, quand j'ai trouvé ta fille à pétrir de la pâte à cinq heures du matin, me dénonce Tatie Thé. Je te jure, en arrivant, avec ses cheveux noués dans un tissu, elle ressemblait à s'y méprendre à Maman.

Les deux femmes s'attrapent les mains comme pour soutenir leurs cœurs jumeaux d'enfants ayant perdu un parent.

– À cinq heures du matin ? Tu as du mal avec le décalage horaire ? demande doucement ma sœur.

– Non, j'ai surtout du mal à dormir… Je fais un cauchemar quasiment toutes les nuits. Chaque fois, je suis couchée par terre et…

Une sensation de froid s'infiltre dans mes extrémités en cette fin de journée pourtant chaude.

– Laissez tomber. C'est stupide. Je crois que revenir ici me fait me comporter comme une gamine.

– Non. Raconte-moi ! C'est quoi, ce rêve ? insiste ma mère.

Elle passe sa main sous la table et vient calmer ma jambe qui s'agitait nerveusement à en faire trembler nos citronnades.

– Ça commence toujours pareil… Je suis couchée, dehors. Je ne sais pas où je suis, mais j'entends les criquets, comme ce soir. Il y a des bêtes qui grouillent dans les feuillages. Et surtout, j'ai froid. J'ai l'impression que mes jambes ou mes pieds sont mouillés. Chaque fois j'entends quelque chose, comme des pas. Il y a des cris aussi. Et puis de l'eau, avec du courant, juste à côté de moi. Alors je ne bouge plus. C'est étrange, non ?

– Je ne sais pas. En tout cas, tu m'étonnes que tu n'arrives pas à dormir. C'est flippant ! admet ma sœur.

– Bref. Voilà pourquoi je passe mon temps à faire des biscuits.

Je ris à moitié et frotte mes bras pour faire disparaître la chair de poule. Mon attention se porte sur ma mère et ma tante. Les deux femmes se regardent, étonnées. D'un coup, je ne respire plus.

– Qu'est-ce qui se passe ? demande Azalea.

– Rien. C'est juste que ton rêve me rappelle…

Au lieu de terminer sa phrase, ma mère laisse échapper un soupir.

– Mais c’était il y a si longtemps, ça ne peut pas avoir de rapport, si ?

Encore une fois, elle laisse sa phrase faire planer les pires suppositions dans ma tête. Elle se tourne vers Thérèse qui décide de prendre la parole, le plus calmement possible :

– Ne t’inquiète pas mais… ce que ta mère essaie de dire, c’est que ce n’est peut-être pas tout à fait un rêve.

– Comment ça ?

Ma tante attrape mes mains jointes sur la table et annonce doucement :

– Hortense, ce que tu nous décris nous rappelle quelque chose qui t’est réellement arrivé.

11 AOÛT

HORTENSE

« Ce que tu nous décris nous rappelle quelque chose qui t'est réellement arrivé. »

Couchée sur mon lit, le regard perdu sur le plafond à la peinture craquelée, je tente de faire le tri dans mes pensées. J'ai regardé ma mère et ma tante, stoïque. Elles n'ont pourtant pas arrêté de tenter me rassurer, elles m'ont raconté ce dont elles se souvenaient comme on relate une anecdote de vacances. Je n'ai rien laissé paraître de la terreur que ces mots ont fait vibrer jusque dans mes os. Je n'ai rien dit alors que j'avais envie de pleurer, de fuir, de me cacher aussi peut-être. Mais je savais que ça ne servirait à rien. Alors, je n'ai rien dit. J'ai écouté.

Il y a quinze ans, ma mère et moi étions revenues pendant les vacances d'été. Un matin, ma mère ne m'a pas retrouvée dans mon lit. Ils ont cherché partout dans la maison. Rapidement, elle a eu l'idée de se rendre sur les bords de la rivière Blanche, à un endroit précis que j'affectionnais particulièrement, non loin de la maison. C'est là qu'elle m'a découverte. Il était tôt, le soleil ne s'était pas encore levé sur mon corps frêle couché à même le sol, les yeux ouverts alors que je semblais encore endormie. Tout le monde en a conclu à une crise de somnambulisme classique. Cet épisode semblait très loin, profondément enterré dans la mémoire de ma mère. Sûrement dans le coin où l'on range tous les moments où on a eu si peur pour son enfant qu'on a cru mourir soi-même. Je n'imagine pas l'horreur que ces minutes de recherche ont dû être. J'ai perdu Alexandre une seule fois de vue, en faisant les courses. Ça n'a duré que quinze minutes mais ça a été le quart d'heure le plus long de ma vie. Je me souviens encore de cette peur panique. Mais peut-être que dans quinze ans, moi aussi j'aurai oublié. C'était donc ça ? Tous ces cauchemars ne sont que le fruit d'un souvenir banal ?

J'aimerais y croire. Sauf que j'ai beau retourner cette histoire dans ma tête, quelque chose ne colle pas. Je me souviens parfaitement de mes douze ans, de ma rentrée en cinquième, de M. Galas, mon prof principal qui avait ramené des bonbons pour le dernier jour de classe. Même de l'immense bataille d'eau qui s'était improvisée dans la cour, avant qu'on se dise au revoir pour les congés d'été. Alors, comment se fait-il que je n'aie absolument aucun souvenir de ces vacances ?

Pas un seul, rien.

J'étais bien ici, pourtant. Depuis que nous sommes retournées vivre à Paris avec ma mère et ma sœur, quand j'avais sept ans, je ne suis revenue ici que deux fois. Ce n'est pas un voyage qu'on oublie facilement. Et cette phrase de ma mère : *« Tu dormais les yeux ouverts. »* Depuis notre arrivée, ce que je pensais être des rêves est en fait la réalité. Depuis mon arrivée, je ne fais qu'être éveillée les yeux fermés.

Que s'est-il passé ?

Je creuse ma mémoire, passe au crible les bribes d'informations que j'ai à ma disposition, pour voir si elles pourraient débloquer un souvenir. Mais encore une fois, rien. Sauf cette terreur qui me grignote les tripes, grogne, comme un avertissement.

Je me redresse d'un coup sur mon lit. La chambre est éclairée de la lueur orangée de l'abat-jour de ma lampe. Presque instinctivement, mon regard tombe sur mon carnet posé sur la table de chevet. Je pose mes pieds lentement au sol et, à chaque mouvement, ma respiration devient plus profonde, plus puissante aussi. Et si ? Et si, sous sa couverture duveteuse, bleue et pailletée, se trouvaient des explications sur ce qui s'est passé il y a quinze ans ? Je tends la main en direction du livre, ignorant ces bourdonnements dans mon ventre, qui me découragent de chercher plus loin que ce que ma mémoire me permet. À chaque centimètre que je conquiers, mon cœur bat de plus en plus fort jusqu'à faire pulser les veines dans ma gorge. Au moment où j'ouvre la première page, la sonnerie de mon téléphone éclate dans le silence. Je sursaute et laisse tomber le cahier au sol.

Qui peut donc m'envoyer un message à 1 heure du matin ?

Je prends l'appareil. C'est Rafael. La simple vue de son prénom diffuse dans mon ventre une chaleur bienvenue. Je fourre mon carnet dans le tiroir de la table de nuit. Il est déjà tard. Mon passé peut attendre une nuit de plus.

Rafael
Ma mère a été ravie d'apprendre
une nouvelle technique pour trouver
le sommeil. Merci ! 😉

Il me faut quelques secondes pour comprendre de quoi il parle. Mes fesses retombent sur mon lit. Dès que je lis mon dernier message envoyé, je percute.

Eh merde !

Je plonge ma tête dans l'oreiller et y étouffe des petits cris de frustration.

Hortense
C'est une blague j'espère…

Rafael
Pas du tout malheureusement…
J'ai oublié mon téléphone dans la cuisine.
Et quand elle a voulu me le rendre,
ton message sur la masturbation n'a pas
manqué d'attirer son attention.

Hortense
Génial…
Tu crois que je pourrai taper
l'incruste à la messe, dimanche ?

Rafael
J'en doute… Mais elle a dit
qu'elle prierait pour moi…

Hortense
Trop aimable… 😳

Rafael
En tout cas, je vois que
tu ne dors pas.
J'arrive avant ou après ta séance ?

Hortense
Ni l'un, ni l'autre.
Ici, je garde mes mains
au-dessus de la couverture.
Ma chambre est flippante…
Tu me crois si je te dis que j'ai
l'impression qu'une poupée
veut me tuer ?

Je ricane en jetant un regard à Poupie. Je prends une photo et l'envoie.

Rafael
C'est sûr qu'elle veut te zigouiller.
Sors de là !

Hortense
Le reste de la maison
n'est pas mieux…

Rafael
Dans ma chambre, il n'y a aucune peluche, ni poupée possédée… Je dis ça, je dis rien !

Hortense
Je croyais que tu n'étais pas le genre à laisser des filles dormir chez toi…

Rafael
Qui a parlé de dormir… On ferait ce que je fais en cas d'insomnie : mater un film bien long que j'ai vu 100 fois.

Hortense
Je suis déjà en pyjama…

Rafael
Pas besoin de s'habiller pour regarder Le Seigneur des Anneaux…

Hortense
Tu vas sûrement me bloquer, mais je dois avouer que je ne l'ai jamais vu…Comme tu dis, des films de trois heures… Qui a le temps ?

Rafael
C'est une blague ? Bon, maintenant, il faut que tu viennes ! Tu n'as rien à faire ce soir. Soit tu passes la nuit avec moi et Frodon, soit en tête à tête avec Chucky… À toi de voir !

Je ris encore, mais j'avoue que sa proposition me tente. Je donnerais n'importe quoi pour ne pas rester dans cette chambre, dans cette maison, entre ces murs qui semblent libérer leurs secrets dans mes rêves. Et si j'étais tout à fait honnête, passer la nuit avec lui ne serait pas totalement désagréable non plus.

Hortense
Si je peux être rentrée pour
7 heures du matin, pourquoi pas.

Rafael
On est larges ! Le film dure 3 h 30.
Je t'aurai même ramenée avant
que le soleil ne se lève. En plus,
je peux faire du pop-corn.

Hortense
Prépare le pop-corn…
En revanche je vais prendre
ma voiture 😉

Une fois le message parti, j'attends sa réponse, le cœur battant. C'est une fanfare qui emplit le silence alors que mes yeux restent rivés sur l'écran. Puis mon visage s'étire en un sourire.

Rafael
Parfait… Je t'attends dans ton plus
beau pyjama, alors !

RAFAEL

Hortense
Prépare le pop-corn…
En revanche je vais prendre
ma voiture 😉

Dès que je vois son message, je bondis de mon lit. Elle vient ! Je lui envoie mon adresse avant d'esquisser quelques pas de bachata tout seul dans ma chambre.

Yes !

Je ne pensais pas qu'elle accepterait. Surtout pour regarder mon vieux DVD du *Seigneur des Anneaux*. À aucun moment je n'aurais pu penser que mon ancienne obsession d'ado allait me permettre d'avoir une ouverture avec Hortense.

Une ouverture ? Calme-toi, mec. Elle a juste dit oui à un film et du pop-corn !

Je saute sous la douche. L'eau fraîche refroidit mon corps en même temps que ma tête. Si j'en crois la dernière fois que je suis allé chez Kaï, le trajet devrait être d'environ vingt minutes. Trois minutes sous la douche, deux minutes pour m'habiller, dix pour faire le pop-corn et cinq pour remettre la main sur mon DVD en priant pour que Lucia ne l'ait pas prêté à un copain…

Par-fait !

Une fois devant ma penderie, je reste quelques instants pensif. J'attrape une chemise avant de me raviser. Quel genre de mec chelou traîne chez lui à presque 2 heures du mat habillé comme pour une réunion parents-profs ? Surtout quand il a dit être au lit une demi-heure plus tôt ? En même temps, je ne peux décemment pas accueillir Hortense dans mon vieux short de foot et mon tee-shirt promotionnel Frosties troué depuis mes quinze ans. Je dois trouver un compromis. Un truc cool qui dit « Je suis un gars sympa » mais qui dit aussi « Si tu veux te caler dans mes bras pendant la séquence dans la Moria, tu peux aussi, bébé ». La soirée reste chaude même si le soleil a tiré sa révérence depuis plusieurs heures maintenant. J'opte donc pour un short gris et un tee-shirt blanc, col V.

Ensuite, je file dans ma pièce à vivre et ouvre les baies vitrées qui donnent sur ma petite terrasse puis me rends dans la cuisine. Je fouille dans mes placards, sors les grains de maïs, les bonbons mous au caramel et les bretzels. J'ai du mal à me dire qu'il est près de 2 heures du mat et que je suis en train de préparer des snacks pour un *date*.

La dernière fois que j'ai fait ça, je devais avoir seize ans et j'avais invité ma copine pendant que mes parents étaient au boulot. Elle s'appelait Maelys. Je ne me souviens pas de la façon dont ça s'est fini entre nous… En même temps, après le diagnostic de la maladie de mon père, les flirts adolescents n'étaient clairement plus la priorité. C'est d'autant plus curieux de me retrouver aujourd'hui, plus de quinze ans plus tard, avec la même excitation dans le ventre. Sentiment que je ne pensais pas éprouver de nouveau un jour.

Au bout de quelques minutes, j'éteins le feu sous les pop-corn qui n'éclatent plus. Mes mains s'occupent à faire fondre les caramels au bain-marie pendant que ma tête retourne auprès de celui que j'étais. J'attrape le paquet rond de bretzels, l'ouvre et écrase les petits snacks en forme de nœuds à l'aide d'un marteau de cuisine. J'utilise plus de force que nécessaire, matraquant les biscuits du poids de l'absence paternelle. Parce que, que je le veuille ou non, la mort de mon père a conditionné ma vie d'adulte et les relations qui vont avec. C'est une chose dont on ne parle jamais. Même dix ans plus tard, j'aimerais qu'il soit là et qu'il reprenne sa place de *pater familias*. Il a voulu ce rôle, lui, alors que moi, j'ai beau me forcer, j'ai l'impression que jamais je n'aimerai ces responsabilités de chef de famille.

Je verse le caramel un peu brusquement sur les pop-corn, puis ajoute les éclats de bretzels.

Le mélange durcit et je nappe les grains de maïs éclatés de biscuits salés. Ils sont parfaits. Alors que j'apporte le saladier dans le salon et que je scrute les rangées de DVD qui se succèdent autour de ma télé, je ne me sens plus d'humeur à regarder un film. C'est la même chose chaque fois que je pense à mon père, bordel ! Il faut que j'arrête. On ne peut pas avancer en regardant en arrière. C'est la meilleure façon de se casser la gueule.

J'attrape le coffret de la saga et le mets en évidence sur la table avant de m'asseoir sur le canapé. Je jette un coup d'œil à mon salon. Tout est rangé, comme d'habitude. En tant qu'aîné, ma mère m'a vite appris à tenir une maison. Dans un moment comme celui-là, je lui en suis reconnaissant. Surtout qu'elle a dû le faire seule.

Je me lève pour respirer l'air frais près des baies vitrées. J'ai trente-trois ans. Mon père est mort il y a seize ans. Il ne reviendra pas me délester des responsabilités qu'il m'a laissées.

J'ouvre ma porte d'entrée, espérant rafraîchir davantage la pièce, quand je tombe nez à nez avec Hortense. Elle se tient sur le palier de mon appartement, le poing en l'air, prête à toquer. En pyjama, tee-shirt blanc et short court rouge. Ses yeux, sans l'éclat du soleil, lui font perdre quelques années. Elle paraît plus jeune, moins intimidante.

– Tu es là ? m'entends-je demander.

– Tu m'as invitée… Tu pensais que je ne viendrais pas ?

Je me retiens de lui dire que je craignais autant sa venue que son absence.

– Entre.

– Ça sent bon… dit-elle en passant au crible mon salon. Tu vis seul ?

– Oui.

– Tu vivais ici avec…

Elle suspend sa phrase, me laissant terminer.

– Pendant deux semaines. C'est assez petit. Deux chambres, une salle de bains, mais c'est chez moi.

– Ça me paraît immense. Je vis à Paris. La notion des surfaces est différente, là-bas.

– Tout s'explique, alors.

J'aurais aimé mieux cacher le regret de la savoir vivre si loin d'ici. Elle se tourne vers moi et hausse les épaules comme pour dire « c'est la vie ».

– C'est très beau en tout cas. Je n'imaginais pas ton appartement comme ça.

– Tu l'imaginais comment ?

– Je ne sais pas. Peut-être un plus…

– Garçonnière ?

– Oui, voilà !

– Désolé de te décevoir. Fais comme chez toi. Je te sers à boire ?

Elle acquiesce et s'assied dans le canapé, dans un coin. Plus loin de moi, elle ne ferait plus qu'un avec l'accoudoir. Elle attrape la pochette du DVD et la regarde en grimaçant.

– Pas une grande fan d'*heroic fantasy*, à ce que je vois ?

– Si ! Je regarde tous les *Harry Potter* chaque année !

– Excuse-moi, mais *Harry Potter* n'est pas vraiment ce qu'on pourrait appeler de l'*heroic fantasy*…

– Arrête de chipoter. C'est de la fantasy !

– Je ne chipote pas, ça n'a rien à voir, c'est tout.

– Toi, c'est sûr, tu es Serdaigle !

Je laisse échapper un rire en revenant dans le salon. Quand j'arrive avec son verre d'eau, je remarque qu'elle a retiré ses chaussures et s'est confortablement installée en tailleur.

– On commence ? Il est déjà 2 h 30.

– Le premier qui s'endort a perdu.

– Je vais gagner quoi ?

– Tu es toujours aussi sûre de toi ?

– Ça dépend à quoi je joue. Là, c'est un pari facile. J'ai l'impression de ne pas avoir le choix que de rester éveillée en ce moment.

Son sourire est léger, mais définitivement dénué de gaieté. Pendant un moment, j'ai envie de demander quelle vérité se cache derrière cette demi-révélation, mais quelque chose me dit que si elle est venue jusqu'ici, en pleine nuit, en pyjama, c'est sûrement pour fuir ce qui semble assombrir ses yeux normalement si clairs.

– On y va, alors.

Je dépose le disque dans le lecteur de DVD, puis éteins les lumières et me replace sur le canapé. La brise nocturne balaye les boucles qui dépassent de son chignon. Elle ne porte rien, pas de bijou, pas de maquillage, néanmoins chaque parcelle de sa peau nue est sublimée par la lumière bleutée de la télévision. Elle scrute l'écran, pourtant je sais qu'elle sent mon regard sur elle. Alors je la flatte quelques secondes de plus, puis décide de déposer le saladier de pop-corn sur le canapé. Pile au centre de la banquette, pour occuper le vide entre nous.

– Oh, il y a Dumbledore !

– Quoi ? Non… Désolée ma petite, mais Gandalf bouffe Dumbledore au petit déj pour l'évacuer à midi.

– Réponse classique de Moldu… dit-elle en secouant la tête de désapprobation.

Elle plonge la main dans le saladier et glisse quelques grains de pop-corn dans sa bouche.

– Oh, mon Dieu ! Qu'est-ce que c'est que cette magie noire ? C'est trop bon ! C'est quoi les trucs au-dessus ? Des bretzels ?

– Oui. Je sais, c'est un mélange très bizarre sur le papier, mais extrêmement efficace.

– Tu fais ton caramel toi-même ?

Ses yeux s'illuminent. Tout à coup, je la vois pour de vrai, sans les blagues ni les sarcasmes. Je crois avoir trouvé ce qui fait vibrer le cœur d'Hortense.

– Non, je les achète.

– Dommage ! Je suis sûre qu'avec un caramel mou au beurre salé, ça peut être encore meilleur. Et peut-être une épice comme de la noix de muscade.

Ses yeux se lèvent au plafond pour y projeter ses pensées. On pourrait presque les voir défiler tant son regard est intense.

– C'est incroyable en tout cas, bravo. Comment as-tu eu l'idée de faire ça ?

Ma gorge se serre de nouveau. Je me contente de hausser les épaules.

– OK, j'ai compris. Un bon pâtissier ne dévoile pas ses secrets…

– Exactement.

– Où sont tes toilettes ?

– Juste là…

Elle se lève doucement et enjambe le dossier du canapé sans bruit. Dès que j'entends la porte des toilettes se fermer, je sors mon cahier et mon crayon de ma poche et y dépose les vers que la femme qui squatte l'autre bout du canapé ce soir m'inspire.

Si la noche me hubiera dicho
Que te llevara a mi casa
Hubiera gritado « mentirosa »
Si la luna, sin barullo
Hubiera murmurado[9]*…*

---

9. « Si la nuit m'avait dit / Qu'elle te mènerait jusque chez moi / J'aurais crié “menteuse” / Si la lune, sans bruit / Avait murmuré… »

– Ça veut dire quoi ?

Mon cœur s'arrête quand je la trouve le visage au-dessus de mon épaule, les sourcils froncés alors qu'elle tente de comprendre ma prose.

– Rien ! me défends-je en tentant de nouveau de cacher le livre.

– OK… Je déteste devoir faire ça, mais tu es tellement sur la défensive que ça m'intrigue, dit-elle en agrippant la couverture du carnet de mes mains d'un geste vif. Je veux la vérité, rien que la vérité. Qu'est-ce que tu mets dans ce carnet, Rafael ?

Je me mords la lèvre, incapable de trouver une réponse adéquate.

– Je crois que tu devrais lâcher ça, lui conseillé-je.

– Je crois surtout que tu m'as menti…

– Non.

– De quoi as-tu si peur ?

Ma gorge est sèche. Le cœur battant, je me rends compte combien j'ai honte de ce besoin que j'ai de balancer des jolis mots sur le papier. Quand elle comprend que je suis incapable de répondre, elle grimpe sur le dossier du canapé pour me contourner.

– On a fait une promesse du petit doigt. Ça ne veut rien dire pour toi ? peste-t-elle.

– Comme je te l'ai dit, ce n'est rien de…

Sauf que c'est moi qui perds le fil de mon argumentaire. J'ai le bras tendu au-dessus de ma tête et, je ne sais comment, son corps est contre le mien, tandis qu'elle tente elle aussi de garder la main sur le butin. Nous sommes si proches que ses cuisses s'entremêlent aux miennes. Je sens son souffle chaud et rageur contre ma bouche. Je suis sûr qu'elle a le goût de caramel mou et des grains de sel. Quand j'ose enfin plonger mes yeux dans les siens, je découvre qu'elle est aussi troublée que moi. Sa peau incendie chaque parcelle de mon épiderme, et je suis sûr qu'il en est de même pour elle. Nous ne pouvons que brûler ensemble.

Comme si elle en venait à la même conclusion, comme si elle acceptait d'alimenter ce foyer de nos corps réunis, ses lèvres viennent se poser sur les miennes.

Enfin.

Ce dont je crève d'envie depuis que cette bouche boudeuse, effrontée, rieuse m'a provoqué sur la piste de danse arrive enfin. Dans un accord tacite, nous lâchons le carnet, trop préoccupés par les gémissements de nos corps affamés pour l'entendre chuter. Elle s'installe au-dessus de moi, pose sa main sur ma nuque pour guider mon visage vers le sien. Elle chevauche mon corps avec une maîtrise étonnante. Et pour la première fois de ma vie, je me laisse faire. Doucement, elle m'embrasse. D'abord, elle pose ses lèvres sur les miennes, avec une tendresse que jamais je ne lui aurais imaginée. Chaque baiser se fait plus intense, plus profond, comme une douce conquête. Elle adore ma bouche jusqu'à étendre mon corps sur le canapé. Elle est si douce et pourtant si ferme. Je tente de caresser son visage, mais elle glisse ses doigts autour de mes poignets et les place au-dessus de ma tête. Je mets quelques secondes à comprendre ce qu'elle veut, pourtant c'est évident : c'est exactement la même chose que d'habitude. Hortense Ménard ne danse que si elle peut mener.

Son corps marque son rythme contre le mien et à chaque va-et-vient notre plaisir monte crescendo. Sa bouche contre la mienne, ses gémissements vibrent contre mes lèvres et me font perdre pied. Mes hanches se soulèvent avec un empressement incontrôlable. Mon cœur bat à tout rompre. Pendant un moment, je me demande si tout cela est bien raisonnable. Après des mois plongés dans un automne interminable, l'été est brûlant. À vif, je suis à deux doigts de demander un interlude pour éviter un embrasement précoce. Et, Dieu merci, elle ralentit la cadence pour attraper son sac à main. Elle fouille dans son porte-monnaie et en sort un carré métallique. Lorsque son regard tombe dans le mien, il est sans équivoque.

OK, je suis foutu !

Et avec plaisir. Elle se met sur ses genoux pour me laisser de la place.

– Déshabille-toi, souffle-t-elle dans la pénombre pendant que ses yeux dévorent mon corps.

Pendant un moment, je suis tenté de désobéir, de nous laisser nous battre pour avoir l'ascendant avant que les battements de mon cœur et de mon excitation ne m'en dissuadent. Des mois que je suis rempli de rien. Et en moins de trente minutes, je suis prêt à déborder. Alors je souris, pour lui laisser savoir que, quoi qu'elle ait prévu, j'accepte. Pourtant, ce n'est vraiment pas le genre de rapport dont j'ai l'habitude. Je suis plutôt celui qui exige devant un public plus que ravi d'obéir.

Je retire mon tee-shirt et me redresse sur mes coudes pour mieux la voir. Elle se débarrasse de son short et je me fige en apercevant sa culotte.

– Cendrillon ?

– Que veux-tu ? Je ne suis qu'une fille qui attend son prince charmant.

J'aurais pu la croire si elle n'avait pas fait glisser le vêtement en question en me regardant avec cet air désinvolte qui la rend absolument sublime. Elle passe ensuite ses doigts graciles le long de ma peau, laissant un trait brûlant derrière eux, puis descend jusqu'à atteindre l'élastique de mon short. À mesure que sa paume chaude explore ce qui se trouve sous le coton, je perds pied. Je me laisse aller contre le canapé, soumis à sa volonté. Elle finit par lâcher prise et termine de me dévêtir. Entre ses dents, elle déchire l'emballage du préservatif et le glisse sur mon membre tendu. Je lutte pour ne pas précipiter ma jouissance face à son enthousiasme, mais elle ne compte pas s'arrêter là.

– Regarde-moi, souffle-t-elle en me chevauchant.

Sa voix est douce malgré ses ordres. Et encore une fois, obéir n'a jamais été aussi facile. Elle me laisse entrer lentement en elle et la sensation est exquise. Une fois profondément ancrée, elle ne bouge plus et me contemple, satisfaite de voir le plaisir qu'elle me procure se dessiner sur mon visage.

– Tu es si beau quand je te fais gémir.

Pendant un instant, j'oublie ses règles tacites et tente de toucher sa cuisse. D'un mouvement sec, elle tape ma main et la replace au-dessus de ma tête.

– Hortense…

Elle pose deux doigts sur mes lèvres, comme pour calmer ma révolte. Elle reprend les mouvements amples de son bassin et me ramène vers elle. Quand un nouveau soupir chargé de plaisir m'échappe, elle s'en amuse de nouveau. Sans réfléchir, je prends ses doigts dans ma bouche. La sensation de ma langue sous la pulpe de ses phalanges semble la fasciner. Mon désir circule dans sa chair, sa peau sur mes papilles, elle se joue de moi. Son corps, dissimulé sous ce tee-shirt trop grand, ne demande qu'à être dévoilé. Je meurs d'envie de faire glisser mes doigts sur la courbe de ses cuisses pour enrober la rondeur de ses fesses. Je passerais sur son ventre pour mieux caresser ses seins, et en moins de temps qu'il n'en faudrait pour murmurer son nom, elle serait nue. Sauf que non. Je peux jouer, mais selon ses règles, je peux danser, mais sur son tempo. À chacun de ses va-et-vient, je comprends que je dois obéir à une cheffe d'orchestre imprévisible. Je veux la toucher. Juste du bout des doigts. Je veux l'embrasser. Juste du bout des lèvres. Les yeux fermés, elle se laisse porter par ses sensations. Et c'est magnifique, à tel point que je cesse de vouloir prendre le contrôle.

Après tout, qui suis-je pour exiger quoi que ce soit ? Mon plaisir monte au rythme des vagues de son corps, de ma langue sous ses doigts. Puis, d'un geste presque brusque, elle les retire pour glisser sa main sous son tee-shirt, à l'endroit où nos intimités se rejoignent. La tête en arrière, elle pose simplement la pointe de ses doigts sur mon torse pour aider ses mouvements de balancier. Je ne la vois pas, mais je l'entends respirer de plus en plus fort, s'agripper à moi de plus en plus longtemps. Ses jambes tremblent, rendues fragiles sous le poids de l'orgasme. Et c'est comme ça que je cède, totalement subjugué par les vibrations de son corps soumis à l'extase.

J'expire comme s'il s'agissait de mon dernier souffle, tendu entre ses cuisses. Mais elle ne me regarde plus. Elle se retire et enfile son short resté au sol. Je me sens tout à coup affreusement nu. Puis elle me dit, d'une voix beaucoup trop froide contre la chaleur de ma peau :

– Je peux y aller, si tu veux.

– Non. Tu peux rester.

« Au contraire », me retiens-je de lui dire. Elle passe son tee-shirt mais reste debout.

– Non. Tu te souviens, pas de petit déj…

Elle m'adresse un sourire distant, comme pour me rappeler ce qu'on s'est promis. D'accord, on ne s'est jamais juré amour et fidélité, mais nous n'avons jamais dit que nous devions tirer un trait sur la tendresse. J'aimerais la prendre dans mes bras, juste quelques secondes. À dire vrai, c'est très étrange de ne plus la sentir proche de moi. Je me relève et tente d'attraper sa main, juste pour qu'elle me regarde. Sauf qu'elle se détourne de moi et fait mine de regarder de nouveau le film. Je doute qu'elle comprenne grand-chose. Frodon n'avait même pas quitté la Comté qu'on était déjà à poil. Je jette un dernier coup d'œil vers le canapé. Mis à part son chignon un peu de travers, impossible de se dire que, deux minutes plus tôt, elle se laissait aller à califourchon sur moi.

– Je vais y aller. C'est mieux, je crois.

J'hésite à lui demander de rester avant de me reprendre. Ça ne sert à rien. Car de jour comme de nuit, dans la vie ou dans un lit, Hortense Ménard ne fait que ce dont elle a envie.

– Désolée, mais je ne veux pas qu'Alexandre se demande où je suis.

Ma gorge se serre. Alexandre ? Je fouille mon esprit mais ce prénom ne me dit rien.

– Tu as un mari dont tu as oublié de me parler ?

– Non. Alexandre est mon fils.

Je laisse échapper un rire qui s'efface aussi rapidement qu'il est venu quand je la vois rester de marbre.

Oh merde ! Je crois bien que ce n'est pas une blague.

Je tente de trouver quoi répondre. Mes lèvres s'activent mais aucun mot ne sort. J'ai beau tenter d'accepter l'information, une gêne monte dans ma poitrine. Une multitude de questions tournent dans ma tête. Un enfant ? Vraiment ? À quel moment a-t-elle oublié de préciser cette information ?

Et surtout, dans quel bourbier je suis encore allé me fourrer ?

12 AOÛT

HORTENSE

1er août

Mes copains me manquent ! Je déteste être ici. Je suis sûre qu'Andrea et Maëva s'amusent comme des folles, sans moi... J'ai dit à ma mère que je ne voulais pas partir. En tout cas, pas un mois entier ! Surtout qu'Alexis fête son anniversaire la semaine prochaine. Je sais que Tatiana a un crush sur lui depuis la rentrée, mais c'est moi sa petite amie. Sauf qu'elle a de la chance, elle est partie en vacances en juillet. En même temps que lui. Elle aura tout le mois d'août pour me piquer mon mec. C'est sûr, ils vont se galocher la face pendant que je suis coincée ici avec ma mère et ma tante.

Le pire, c'est qu'ici, on ne fait absolument rien. On passe nos journées à s'occuper du jardin et à faire à manger. On n'a même pas le câble. Heureusement, je peux aller me baigner dans la rivière quasi tous les jours. C'est le meilleur moment de ma journée. Tatie dit que les touristes ne viennent pas par ici et que, du coup, c'est comme un petit coin juste pour les habitants. C'est sûr, c'est top ! Mais je me sens un peu seule. Jimmy Neutron est restée à Paris pour son stage à l'Institut de je-ne-sais-plus-quoi. Ma sœur est trop chiante. C'est dommage, je pense qu'elle aurait aimé revoir Kaï. Heureusement qu'il est là ! Quand il termine le travail, il passe parfois et on joue à La Bonne Paye avec Maman et Tatie après manger. C'est mieux que rien ! En plus, il vit encore à côté et, le week-end, il a des copains qui viennent faire des grillades et écouter de la musique. Heureusement, j'ai de la famille qui arrive dans une semaine. Maman m'a dit qu'on ferait une fête pour mon anniversaire. J'espère qu'on va aller à la mer.

Je relis les pages jaunies par le temps. J'avais donc raison. Dans ce carnet se trouvent des fragments de ce que ma mémoire a effacé. Je le pose et me frotte les yeux. Il est déjà 16 heures ? Cela fait donc une heure que je lis ? Il n'y a rien de palpitant. J'ai tout de même feuilleté toutes les notes pour savoir s'il y avait quoi que ce soit sur ma « crise de somnambulisme », mais rien. J'ai donc tout repris depuis le début. C'est assez drôle de découvrir les mots d'une autre moi. C'est une Hortense qui croyait encore en l'amour, qui avait des amies, qui était si jeune, si innocente. C'est la distraction parfaite. Parce que, depuis que je suis rentrée ce matin, je m'en veux.

J'ai fui. Sans même avoir fini le film avec Rafael, après l'avoir chevauché comme un Petit Poney, j'ai été mortifiée. J'ai donc filé en le laissant sur son canapé. En même temps, on ne s'est rien promis, non ? Je voulais éviter tout malentendu. Ou, pire encore, qu'il se sente obligé de me prendre dans ses bras alors qu'il crie sur tous les toits qu'il ne veut rien de sérieux. Et puis, j'ai comme qui dirait oublié de le prévenir que j'avais un enfant avant de lui sauter dessus. Pour ma défense, quelle différence ça peut bien faire ? On voulait juste passer le temps. Donc même si c'était peut-être un peu brutal, je nous ai rendu service. Pour une raison que j'ignore cependant, sur le trajet du retour, je me suis surprise à apprécier humer son odeur sur mon tee-shirt alors que je faisais tourner en boucle le souvenir de ses lèvres sur les miennes, de mes doigts sur sa langue… Alors, dès mon retour à la maison, j'ai foncé sous la douche histoire de calmer mes ardeurs et de virer Rafael de sous ma peau. Je ne suis pas du genre à rêver d'un homme les yeux ouverts et ça ne va pas commencer aujourd'hui. À présent, le soleil est levé et la chaleur de son corps dans la nuit n'est qu'un lointain souvenir. Alexandre est parti avec toute ma famille pour une mission secrète, alors j'en ai profité pour me plonger dans mes souvenirs.

Au moment où je me résigne à poser le carnet, j'entends la porte d'entrée s'ouvrir :

– Ferme les yeux Mamoune !

– Promis, je n'ouvrirai pas les yeux, même si ma vie en dépendait.

Plus tôt dans l'après-midi, mon fils m'a annoncé qu'il avait une surprise pour moi. Je suis restée sagement à l'intérieur, à lire mon carnet pendant près d'une heure. Il me tend un grand torchon roulé sur lui-même pour me bander les yeux et m'invite à le suivre à l'extérieur de la maison. Je l'entends ricaner avec sa cousine. Il jubile. Je ne sais pas ce qu'il m'a réservé, mais ça tombe à point nommé. J'ai eu beaucoup de mal à m'endormir, hantée par mon passé ou obsédée par mon présent.

– Tu es prête ? Ne triche pas.

– Juré, craché !

Je le sens passer derrière moi et défaire le tissu dont il s'est servi pour m'ôter la vue. Dès que je vois de nouveau, je découvre une pièce que je ne connais pas. Elle est claire, et l'odeur de peinture est assez forte. Ma mère, ma tante et ma sœur sont au centre, des sourires béats sur le visage. Au-dessus d'elles, accroché au mur, se trouve un écriteau peint à la main sur lequel est écrit en lettres bleues « Biscuits Ménard ».

– Surprise !

– Désolée de vous décevoir, mais mon anniversaire est dans quinze jours…

– On sait ! On avait juste envie de te faire un petit cadeau en avance. Voici l'atelier ! dit ma mère, la voix pleine de fierté.

– C’est ici qu’ont été confectionnés les biscuits Ménard pendant des années, explique Tatie Thé. Pendant près de trois décennies, votre grand-mère, aidée de deux biscuitières, a confectionné des milliers de gâteaux. Tout le matériel qui permettait de réaliser les biscuits a été vendu depuis longtemps, mais c’était ici que tout se faisait.

– Tu n’étais même pas née, complète ma mère.

– En effet. Mais nous avons gardé l’atelier. Et comme tu passes beaucoup de temps à pâtisser en ce moment, on s’est dit, Garance et moi, que nous allions rénover un peu ce lieu pour que tu t’y sentes bien.

Mon cœur se serre d’émotion. Elles ont fait tout ça pour moi ?

– C’est très gentil… Mais il ne fallait pas. Je repars dans à peine deux semaines.

– Oui, je sais, balaie ma tante. C’est quelque chose que nous devions faire depuis des années, tu as juste été le plus beau des prétextes, se justifie-t-elle en caressant mon bras. Me lever le matin en sentant l’odeur des biscuits a été l’un des plus beaux cadeaux qu’on pouvait me faire. J’avais douze ans de nouveau. Et comme ça, chaque fois que vous viendrez, tu auras ton petit espace pour faire revivre la tradition Ménard.

– Merci.

Ma voix peine à dissimuler mon émotion.

– Tu as un don, ma fille. Utilise-le.

– Ça te plaît ? Hier, j'ai fini de peindre avec Kaï et Mahina. Bon… Mahina n'a pas fait grand-chose, dit-il en montrant du doigt sa cousine, mais Kaï dit que c'est important que tout le monde participe, me raconte Alexandre. Regarde, Tatie Thé a racheté des ustensiles pour que tu puisses faire tes biscuits, n'importe quand. Surtout si la maison te fait des misères.

Je jette un coup d'œil et évidemment, tout est parfait. La pièce est pourtant assez rudimentaire : un cube avec quatre murs et un toit. De grands plans de travail, un four industriel qui semble d'époque, un évier et d'immenses saladiers habillent la pièce. Sur les murs, il y a de grandes étagères sur lesquelles se succèdent des bocaux en verre qui renferment de la farine, du sucre de canne ou encore des épices séchées. J'ai du mal à croire que cet endroit est inutilisé depuis plus de trente ans, et surtout que je ne m'étais jamais doutée de ce qu'il renfermait. J'écoute les femmes de ma famille m'expliquer comment elles ont rangé les ingrédients dans les placards, les épices et les agrumes, juste pour s'assurer que j'aurai tout ce dont j'ai besoin pour mes créations.

– On inaugure l'atelier tous ensemble ? proposé-je, plus qu'excitée à l'idée que toutes les générations Ménard soient réunies.

– Ouiiiiii, s'exclame Mahina.

– On fait quoi, comme sablés ? demande mon fils.

– Banane !

Ma mère, ma tante et ma sœur sourient.

– Évidemment ! Je ne sais même pas pourquoi j'ai posé la question…

Et c'est ainsi que l'après-midi passe à une vitesse folle, entre les rires, les jets de farine, les réprimandes de ma mère lorsque la pièce finit par ressembler davantage à un moulin qu'à un atelier. Quand la première fournée est prête à être mise au four, nous sommes transpirants, recouverts de blanc de la tête aux pieds mais je nous ai rarement vus aussi heureux. L'odeur sucrée des gourmandises qui ont rendu notre nom célèbre dans toute l'île remplit de nouveau la pièce, trente ans plus tard.

Quand je regarde ma montre, il est déjà l'heure d'aller coucher Mahina pour la sieste.

– Elle peut dormir chez nous, la maison est plus proche, propose ma mère.

Ma sœur accepte et Tatie Thé suit le mouvement, de même qu'Alexandre. Ce petit garnement est enclin à éviter l'étape nettoyage. Rapidement, nous nous retrouvons, Azalea et moi, à ranger paisiblement. La journée est magnifique, le soleil perce entre la végétation dense et illumine la pièce. Mon cœur est léger, réellement, pour la première fois depuis que j'ai fichu les pieds ici.

– Tu as vu Rafael hier soir ?

J'aurais dû m'en douter. Comme chaque chose dans la vie, même les moments de grâce ont une date de péremption.

– Si on veut. Je suis allée chez lui à deux heures du mat…

– Tu as passé la nuit avec lui ?

– Je préfère qu'on ne parle plus de lui, éludé-je, étouffée par la honte.

– Comme tu veux… C'était bien ?

– Mais arrête ! m'insurgé-je en fouettant ses fesses avec un torchon.

– C'est un oui alors ! Cool, tu mérites de t'amuser un peu.

– C'était pas mal.

– Et peut-être que tu l'aimes bien aussi.

– Ne m'insulte pas ! Ça n'a rien à voir avec des sentiments. C'est juste que… J'aime bien lui parler. Ça m'a un peu changée de tout ce que cette maison ramène à la surface.

– Tu cauchemardes toujours ?

– Pas forcément, éludé-je. Mais je ne dors plus dans la chambre. Je crois que c'était ça, le problème.

– Tu sais que tu peux venir dormir à la maison avec Zouzou, quand vous le voulez.

– Je sais. J'ai juste envie de rester avec Maman et Tatie. Si je n'y arrive plus, je te le dirai.

Je pose le saladier que je termine de rincer et rebondis :

– Tu sais que j'ai trouvé un carnet de cet été-là ? Un journal intime.

– C'est celui-là ? demande-t-elle en s'essuyant les mains sur son tablier avant d'attraper le rectangle plein de pages cornées qui dépasse de mon sac.

– Oui. Tu peux l'ouvrir. Ces pages sont remplies de choses plus frivoles les unes que les autres, mais traitées avec la plus grande gravité.

– N'est-ce pas la définition de l'adolescence ?

Elle le feuillette quelques secondes puis s'exclame :

– Waouh ! Bienvenue dans la tête d'une ado en pleine crise.

– Ah ça, oui…

– C'est qui, Jimmy Neutron ?

Je lui jette un regard navré.

– C'est toi… Excuse-moi ! Franchement, ça fait deux jours que je me lis, et je dois avouer que j'étais odieuse à treize ans.

– On a du mal à croire que c'est la même personne qui est tombée enceinte seulement trois ans plus tard. Comme quoi on oublie vite tout ça !

– C'est sûr… Alexandre m'a fait sortir de l'adolescence plus vite que prévu. En parlant d'adolescence et de choses qui s'oublient vite, en lisant le carnet hier, je me suis rendu compte qu'on a fait une fête pour l'anniversaire de mes quatorze ans.

– Tatie a peut-être des photos. Et tu connais Kaï… Plus social que la Sécu. Je suis sûre qu'il doit se souvenir des copains qui étaient présents. Demande-lui.

– C'est une super idée !

Je glisse ma main dans ma poche pour noter un rappel sur mon téléphone portable et tique. Aucun nouveau message. Pourtant, je lui en ai envoyé un, moi. Bon, c'était un SMS assez maladroit pour lui dire que j'avais passé un bon moment malgré ma fuite pathétique. Jusque-là, je me sentais coupable, mais son mutisme raconte peut-être une autre histoire. Peut-être que je me prends la tête pour un homme qui est très heureux que je sois partie après avoir eu ce qu'il voulait.

Une légère colère me brûle la poitrine. Il est beau, « l'homme pas comme les autres ». Ce comportement me semble pourtant assez standard. On ne s'est rien promis mais le respect n'est pas optionnel.

– Il t'a recontactée ?

– Non, justement. À croire que ce n'était sympa que pour moi, admets-je, plus dépitée que je ne le voudrais.

– Je suis sûre qu'il a une bonne raison de ne pas l'avoir encore fait. Sois patiente. Quand les biscuits seront cuits, on va se détendre un peu. Ça te permettra peut-être de te sortir de la tête tes histoires de journal intime.

– Et les connards qui ne répondent pas aux SMS ?

– Ah oui ! Ça aussi, confirme ma sœur en riant alors que nous quittons l'atelier.

RAFAEL

Quelle journée de merde !

Lucia est juste imbuvable depuis qu'elle est allée à *la* soirée de l'été. Parce que oui, on a fini par avoir le fin mot de l'histoire. Sa soirée pyjama chez Anna n'était en fait qu'un alibi pour aller à une méga soirée chez son copain Mathis. Elle a quand même réussi à se faufiler dehors, encore une fois, pendant la nuit. Elle a fait le mur et ma mère l'a surprise alors qu'elle tentait de rentrer se coucher. Cette jeune femme nous prend vraiment pour les derniers des couillons. Sauf qu'après des heures à s'engueuler avec sa fille, ma mère n'en pouvait plus et a fini par m'appeler au secours. Heureusement pour moi, je ne dormais pas. Impossible de trouver le sommeil. Le tête-à-tête avec Hortense m'a laissé perplexe. La voir jouer à l'alpha sur une piste de danse ou sur un terrain de basket, c'est une chose, mais dans l'intimité, c'en est une autre. Sans parler du fait qu'elle a un enfant. Sérieux ? J'ai caché du mieux que j'ai pu ma surprise, mais chaque seconde qui s'écoulait ne faisait que nourrir le silence qui grandissait entre nous. À tel point qu'elle a quitté ma baraque comme si elle avait les flics aux fesses.

Pour une fois, l'appel de ma mère est arrivé à point nommé. Je suis donc allé chez elle espérant calmer la guerre civile qu'a provoquée l'énième connerie de Lucia. J'ai passé ma journée à ramener l'ordre dans la maison familiale, et après que je l'ai menacée de la priver de son téléphone et d'eau potable, Lucia a fini par accepter de s'excuser auprès de notre génitrice. Il était à peine midi et j'étais déjà au bout du rouleau.

Alors que je pensais que cette bière au *MikaDo* constituerait mon salut, je déchante rapidement en voyant le bar bondé. Il est à peine 18 heures et une bande de touristes vient taper l'incruste pour l'apéro, donc pas moyen d'être tranquillement calé au comptoir. J'ai mis un certain temps à trouver Damien, assis à une table du fond avec José. Et à peine une fesse posée à côté de lui, je sais déjà que je n'aurai jamais la paix :

– Alors, c'était comment, avec la belle effrontée, hier soir ?

Damien et sa délicatesse habituelle. *Deux secondes de paix, c'est trop demander dans ce bas monde ?* J'expire bruyamment. J'ai fait l'erreur de dire à mes potes qu'Hortense était passée. Depuis, ils me tannent pour avoir des détails croustillants.

– C’était super, merci, dis-je en faisant signe à Mika derrière le bar de m’apporter une bière. Je n’ai pas envie d’en parler, ça ne concerne personne à part elle et moi. Et je préférerais discuter d’abord avec elle de ce qui s’est passé.

– Mais c’est que la petite Rafaela est toute tendue quand on lui parle de sa tendre Hortense, insiste-t-il en posant une main sur mon épaule pour la masser grossièrement.

– Je n’ai juste pas envie d’en discuter !

– Laisse-le tranquille, Damien, tu vois bien qu’il n’est pas d’humeur. Et je te rappelle que t’es pas le mieux placé pour parler de tendresse, toi qui crois que c’est romantique d’offrir une photo de son engin à sa femme pour la Saint-Valentin…

– C’était juste une idée ! Et figure-toi que j’aurais fait ça avec classe et raffinement. C’est la mère de mes enfants, nom de Dieu. C’est pas ma faute si ta copine chouine parce qu’elle a eu une mauvaise baise, dit-il en pointant sa bière vers moi, probablement la dixième de la soirée.

– Mais putain, ce n’est pas que ce n’était pas top ! C’est juste que… On va dire que ce n’est pas que sur un terrain de basket qu’elle mène le jeu.

– Et c’est un problème ? demande José en se tournant vers moi.

– Non. Mais disons que je ne m’attendais pas à ce qu’elle soit aussi directive. Je m’attendais à plus de…

De tendresse ? De complicité ? Pas forcément. Je savais que quand on se toucherait enfin, ce serait comme un feu de forêt. Le genre de truc imprévisible et puissant qui brûle tout sur son passage. Pourtant, chaque fois que j'y repense, dame Culpabilité vient me piquer les tripes. Hortense m'a envoyé un message, et je n'ai pas répondu. *« Je suis bien rentrée... Et ne crois pas que j'aie oublié. Tu dois toujours me dire ce que tu gardes dans ce carnet* 😉 *»* Je ne savais pas quoi en penser. J'ai tout de suite repéré sa tentative d'évitement, de retour en arrière, avant que je ne goûte le sucre et le sel sur ses lèvres. Avant qu'on ne cède au besoin qu'ont eu nos corps de se rencontrer.

– Je pense savoir ce que tu veux dire, ajoute José. Tu pensais qu'une fois passés les premiers échanges, elle serait plus douce. Plus de toi qui décides et elle qui écoute, pour une fois ?

Ce n'est pas tout à fait ça. Mais je déteste que mon pote ne soit peut-être pas totalement dans le faux.

– Bah tu vois, je ne t'imaginais pas du tout dans le genre dominateur au lit, intervient Damien. Ça doit être le côté prof d'espagnol au polo blanc.

– Ça veut dire quoi, ça, encore ?

– Je ne sais pas, moi ! Tu es toujours si propre sur toi. Tu es le mec qui fait danser les nanas en soirée, pas le *bad boy* qui leur met des fessées.

– Ça n'a rien à voir avec « être un *bad boy* » ou pas. J'aime juste avoir un peu de marge de manœuvre.

Je prends deux secondes pour réfléchir, le temps de faire remonter à la surface les souvenirs de mes dernières relations intimes. Toutes un point commun : moi ondulant au-dessus de mes partenaires, mes mains fermement amarrées à une cuisse, une hanche ou une poignée… N'importe quelle partie du corps à vrai dire Et chaque fois, c'est moi qui leur demande de se dévêtir, c'est moi au-dessus de leur corps haletant, c'est moi qui leur murmure qu'elles sont belles quand elles gémissent. Et le souvenir des doigts d'Hortense qui glissaient sur ma langue pendant que mes hanches faisaient de même dans son intimité me rappelle à quel point ce qui s'est passé est totalement inédit pour moi.

– En même temps, faisons ensemble l'historique de vos rencontres : elle t'a provoqué sur une salsa, elle t'a laminé au basket, elle t'a remis à ta place au resto… et tu pensais qu'elle deviendrait subitement une princesse docile au moment de passer au lit ? Mon pote, la salle des profs est pleine de nanas qui seraient ravies de jouer à l'élève bien obéissante entre midi et deux sur ton bureau, mais ça ne t'a jamais botté. Non, je crois que ce que tu ne supportes pas, c'est que ce soit elle qui garde le contrôle sur ce terrain, peut-être le seul où tu mènes la danse, normalement.

– Mais pas du tout…

Je n'ai rien contre une femme qui veut tout faire toute seule, mais pas avec moi. Pas quand on fait l'amour. Pas quand elle part du principe que ça ne m'intéresse pas. Ou, pire, que j'en serai incapable.

– Pourquoi tu fais cette tête de chien battu, alors ? Qu'est-ce qui s'est passé exactement ? Elle avait un fouet et un bâillon dans la bouche, c'est ça ?

– Ferme-la, coupé-je Damien, de moins en moins d'humeur.

– Mec, tu ne peux pas nous faire ça. On a passé la soirée à voir comment tu pouvais la choper, à imaginer une stratégie et là, tu fais le mystérieux ? Je suis sûr que la nana est un bon coup… J'ai raison ou pas ?

– Alors, premièrement, on n'a pas passé la soirée à voir comment je pouvais la choper mais plutôt à essayer de la comprendre. Et, deuxièmement, va te faire foutre ! Mis à part faire des blagues de cul, tu n'as servi à rien depuis que je suis arrivé.

– Eh… Calme-toi, Maestro. C'était une vanne. Ce n'est pas parce que je ne suis pas du genre sentimental que je ne peux pas comprendre.

Il a dit cette phrase avec mépris, comme si, pour lui, la sensibilité n'était pas une qualité qu'il respectait. Mais je n'en ai rien à foutre. Je ne suis pas un « sentimental ». Juste un homme qui pense avec autre chose que sa bite. La vérité, c'est que je ne sais pas sur quel pied danser avec Hortense. Elle me rejette pour mieux m'embrasser ensuite. Hier, elle m'a interdit de la toucher. Sait-elle à quel point c'est difficile de coucher avec quelqu'un sans lui donner la moindre caresse ? Alors, oui, elle m'a fait l'amour, mais ce que nous avons partagé n'était pas doux, n'était pas intime. Nous n'avons fait que lâcher nos corps dans l'arène d'un désir ardent, laissant cœurs et âmes sagement cachés dans les gradins, comme des spectateurs distraits, lassés par la première représentation d'une pièce vue et jouée mille fois. Nous avons partagé un moment dénué de confiance. Elle m'a prêté son corps sans me le confier vraiment. J'ai essayé d'embrasser ses lèvres, elle me les a refusées. Elle s'est contentée de s'étirer le plus loin possible de ma tendresse. Sauf que moi, ça ne me va pas ! Je n'ai rien contre le Kamasutra, mais quand j'apprends à connaître ma partenaire, j'aime la voir. J'aime appréhender en même temps qu'elle la pénétration. J'aime étudier son visage pour comprendre ce que nos corps tentent de se dire. Le but du sexe à deux n'est-il pas de se connecter à l'autre ? J'aurais aimé qu'elle comprenne que, si elle le voulait, on aurait pu se découvrir autrement.

– Arrête Dams, tente José pour apaiser l'ambiance qui devient de plus en plus lourde. Tu vas la revoir ?

– Je ne sais pas… C'est compliqué. Et puis elle a un enfant.

– Ah ouais ? Tu as bien raison de fuir, mon gars. Il ne manquerait plus qu'elle te demande de payer les couches et le lait !

– De quoi vous parlez ? nous interrompt Mika. On vous entend beugler dans tout le resto. Vous allez faire fuir les touristes.

– Dis ça à ton pote, me défends-je en pointant Damien du doigt.

– Fini pour toi, la bière, Dams, et je te ramène chez toi. Qu'est-ce que j'ai loupé ?

– Trois fois rien ! Rafael a couché avec Hortense, c'était nul et il va sûrement la larguer parce qu'elle a un enfant caché…

Je vois le visage de Mika se décomposer. Il fait signe à Damien de la fermer alors que sa tête se tourne vers une table un peu plus loin. Je n'ai pas besoin de chercher longtemps ce qui attire son attention. Hortense est assise à une table à côté de sa sœur. Je reconnais l'énorme classeur qu'Azalea utilise pour organiser son mariage. Avec le monde, je ne l'ai même pas vue. Pendant un moment, j'espère qu'elle n'a rien entendu de notre conversation, mais mes espoirs s'écrasent lamentablement contre la dureté du regard d'Hortense. Elle me scrute, elle ne semble même pas respirer. Je sais de quoi j'ai l'air, là. Assis, une bière à la main, à déballer ce qui se passe dans ma tête alors que je n'ai toujours pas répondu à son message.

Un connard, comme les autres.

– Merde… souffle Damien. Je ne savais pas qu'elle était là.

– Je te conseille d'aller vite t'excuser, mec, me souffle Mika.

Je me lève mais elle n'est plus à sa table. Je l'aperçois se frayer péniblement un chemin entre les clients et quitter le restaurant. Pendant un moment, j'hésite à la laisser partir mais la culpabilité me pousse à avancer. Je lui cours après, sans réfléchir. Je ne veux pas la laisser partir comme ça. Lorsque j'arrive dehors, elle ouvre la portière de sa voiture. Je sais que je n'aurai pas le temps de la rejoindre à temps, alors je crie, espérant que le vent porte mes excuses vers elle :

– Je suis désolé ! Damien est un gros beauf.

Elle s'arrête alors que sa jambe droite est déjà engagée dans le véhicule. Puis elle se tourne et m'adresse un sourire serein :

– Il a peut-être le courage de dire ce que tu tairas toute ta vie, assène-t-elle.

– Ne dis pas n'importe quoi…

– Ne me prends pas pour une idiote. S'il te plaît. On s'est déjà dit qu'on était trop grands pour jouer aux imbéciles.

– Pourquoi tu penses que je passe mon temps à te mentir ?

– Pourquoi tu n'as pas répondu à mon message ?

– J'ai eu une journée mouvementée et…

Ma gorge se serre sous l'étau de mes mensonges.

– Pour une fois, je la vois claire comme de l'eau de roche, la vérité. Tu mens. Mais ne t'inquiète pas, je ne t'en veux pas. On ne se doit rien. On n'a fait que passer le temps ensemble. Tu n'as été qu'une technique de plus contre mes insomnies. C'est vrai que j'aurais simplement apprécié que tu aies l'élégance de ne pas raconter ce qui s'est passé entre nous. Surtout quand je suis à côté… Mais bon, on ne peut pas tout avoir dans la vie. Tes pop-corn sont à tomber, en tout cas.

Elle m'adresse encore un sourire, rigide.

– Je suis désolé.

– Et, une dernière chose. Je n'ai pas besoin de toi ni de quiconque pour payer le lait et les couches de mon fils. Passons sur le fait qu'il a dix ans… Je suis sa mère et son père depuis sa naissance et crois-moi quand je te dis que ni lui ni moi n'attendons et n'avons jamais rien attendu d'un loser comme toi.

Elle me tourne le dos et monte dans sa voiture. J'aimerais lui parler, dire quelque chose qui réparerait les dommages que j'ai causés, mais je sais que ça ne sert à rien. Elle n'aura aucun problème à tourner la page, elle m'ajoutera simplement à la longue liste de tous les salauds qui l'ont déçue.

Je la regarde partir, impuissant. Même si elle garde la tête haute, je l'ai blessée. Puis ses paroles me reviennent, les seules qui pourraient soulager ma conscience : Hortense Ménard n'a pas de cœur. En tout cas, aucun à confier à un connard aussi prévisible que moi.

Je n'ai jamais autant espéré que ce soit vrai.

13 AOÛT

HORTENSE

Quelle petite merde, imbécile profond, saleté de mâle décevant ! À quel moment on couche avec quelqu'un pour dire des choses pareilles ensuite ? Surtout quand on sait qu'on va devoir se revoir !

Tu te souviens que je vais devoir remonter une allée pavée de fleurs blanches à ton bras devant toute ma famille dans cinq jours, sombre crétin ?

Je me vois déjà prendre son bras de gros lâche sous les chants harmonieux de la chorale de la ville. Quelle horreur ! Je ne dois pas penser à ça. Je m'en fiche de lui. Cet homme n'était rien d'autre qu'une plaisante distraction. Ou un passe-temps passable. Une sorte de masturbation sentimentale pour lutter contre les nuits sans sommeil. De la sophrologie du cœur, quoi… Je grogne à haute voix, agacée d'avoir ramené mon palpitant dans cette affaire. Non ! Lui et moi, c'est physique. Pas de cœur, que du cul, bordel !

Alors, pourquoi ça fait mal ? Pourquoi je passe mon temps à regarder mon téléphone ? Pourquoi je ne peux m'empêcher de ressentir cette douleur au milieu de la poitrine quand je pense que le seul homme avec qui j'ai tissé un lien depuis des mois a pu dire des choses pareilles à ses potes tout en m'ignorant ?

Parce qu'il n'y a rien de pire que l'indifférence. Parce qu'il n'y a rien de plus blessant qu'un regard qui passe en prétendant ne pas nous voir. Parce que, même après dix ans, je déteste que quelques mots me fassent me sentir comme cette gamine honteuse de dix-sept ans qu'on a jugée pour être tombée enceinte trop tôt.

Je frotte le saladier dans l'évier. La pâte à sablés a séché et la décoller est un véritable calvaire. J'ai mal au bras, mon dos me tue et j'ai le sentiment que mes jambes sont sur le point de lâcher. J'ai passé la nuit dans l'atelier à jouer avec la farine, le beurre et le sucre, juste pour ne pas me retrouver dans cette maison à me laisser hanter par les monstres. Par la fenêtre, le soleil perce entre les feuilles de la végétation. Je laisse le dernier saladier tremper dans l'évier, abdiquant. Alexandre ne va pas tarder à se réveiller, il est temps de rentrer. J'attrape une assiette de sablés et mon journal intime, la fausse fourrure glissant sous mes doigts. Hier soir, j'ai lu jusqu'à m'endormir sur le canapé, avant de fuir les cauchemars de mon passé vers 2 heures du matin. Chaque fois, ils sont plus réalistes, plus flippants.

Cette fois, il y avait toujours l'odeur étouffante de la mousse humide sous mon corps, l'éclat funeste d'un ciel sombre au-dessus et le son morne de la rivière agonisant à mes pieds. Rien que d'y penser, les larmes menacent à nouveau de couler, brûlantes sous mes paupières. Je les serre et me réfugie dans la maison : j'ai besoin d'un thé, n'importe quoi qui ferait disparaître ce sentiment que la mort me poursuit comme une ombre.

La casserole chauffe sur la gazinière, un léger bruit l'accompagnant. Le soleil, les mornes, toute cette verdure ; ce genre de décor appelle à la légèreté, à la vie, pas à l'agonie ni à l'automne qui me poursuit comme une ombre depuis mon arrivée. Cette mélancolie que je traîne derrière moi n'a rien à faire ici. À quel moment me suis-je permis de profiter un peu ? Rafael me vient à l'esprit mais je secoue la tête, avant que mes yeux ne tombent sur mon journal. Quelle perte de temps, ce truc ! J'attrape le carnet et l'ouvre là où un petit ruban bleu marque la page à laquelle je me suis arrêtée cette nuit.

23 août

Enfin, tout le monde est arrivé ! Franchement, je suis contente de ne plus être enfermée avec Dragon et Cruella. J'étais en PLS, sérieux. Je commençais à regretter les cours de maths, les interros surprises et les devoirs à mettre dans l'agenda. Là au moins, depuis ce matin, il y a de la musique tout le temps, on fait des grillades. C'est trop bien. Ça fait des semaines que je supplie Kaï de m'emmener à la mer, mais il travaille toute la journée. Il a promis d'essayer de le faire avant mon anniversaire. L'Aigle a dit que s'il ne le faisait pas, c'est lui qui le ferait. Il est trop gentil. Il est arrivé hier. Je l'aime bien, parce qu'on peut parler. Mais genre, vraiment. Il me prend pas pour une gamine, lui, au moins !

L'Aigle ? C'est la première fois que je fais mention de lui. Ça fait des jours que je passe au crible chaque page de ce carnet. Je me suis habituée aux surnoms que je donnais à tout le monde pour être sûre que ma mère ne saurait pas de qui je parlais si elle tombait sur mon journal. Heureusement pour la moi d'aujourd'hui, l'ado n'était pas très maligne. Cruella, c'est clairement ma mère, et je suis prête à mettre ma main à couper que Dragon est Tatie Thé, en référence à ses narines enragées à chacune de mes insolences. Mais l'Aigle… Je prends un instant pour passer au peigne fin mes souvenirs, pourtant rien ne vient. Après quelques secondes, je dois me rendre à l'évidence. Ça ne me dit absolument rien.

25 août

Demain, c'est mon anniversaire ! J'ai tellement la flemme. Cruella a invité toutes les vieilles tantes…

Je suis sûre que ça va être trop chiant. Heureusement, l'Aigle a dit qu'on ferait des ricochets à la rivière. Bon, je n'ai pas le droit normalement, surtout en pleine nuit. Mais il m'a dit qu'il y aura tellement de monde que personne n'en saura rien. Ce sera notre petit secret.

Tout à coup, le carrelage me paraît gelé. Un frisson de terreur me paralyse alors que mes yeux relisent encore et encore les mots sous mes doigts. « *Ce sera notre petit secret.* » Ma mère m'a dit qu'elle m'avait retrouvée à la rivière un soir. Serait-ce ce soir-là ? Étais-je avec cet Aigle ? C'est impossible. Je m'en serais souvenue. Non ?

– Tu es déjà debout ?

La voix de ma tante m'arrache un petit cri. Je sursaute, mon cœur battant la chamade, me rappelant que je ne suis pas morte sur ce carrelage.

– Tatie, tu m'as fait peur.

– Ce n'est que moi, ma fille, murmure-t-elle en s'approchant de moi en claudiquant.

Elle a de plus en plus de mal à marcher. Cette femme normalement pleine de vie semble la moitié d'elle-même en ce moment. Je me précipite pour l'aider à rejoindre la cuisine.

– Tu es sûre que ça va ?

– C'est plutôt à toi qu'on devrait demander ça. *Ka maché tout'lan nuit kon an dorlis*[10].

10. En créole : « Qui ère tout la nuit comme un vampire. »

Je ris ; elle n'a pas tout à fait tort.

– Ce sont toujours tes cauchemars qui te gardent éveillée, ou alors est-ce le beau Rafael ? S'il te plaît, juste pour faire plaisir à ta vieille tante, dis-moi que c'est Rafael.

– Ça te ferait plaisir de savoir que je passe toutes mes nuits avec lui ?

– Bien sûr ! Profite, ma chérie, le temps passe trop vite ! Je sais de quoi je parle. Un jour tu es une belle femme de soixante-quinze ans, dans la fleur de l'âge, prête à tester ta nouvelle prothèse de hanche avec tous les veufs du club de bridge, et la seconde d'après… tu dois t'arrêter pour reprendre ton souffle à mi-chemin vers les toilettes.

Je manque de m'étouffer. Ses mains expertes attrapent son café moulu et en versent juste assez dans le filtre. Elle attrape des épices et en ajoute une pincée sans même regarder. En moins de deux secondes, il ne fait plus froid, je peux respirer de nouveau. La pièce est emplie de l'odeur si chaleureuse qui fait la renommée de ma tante.

– Je dois avouer que mes cauchemars sont de pire en pire. Mais je me demande si je ne me focalise pas là-dessus pour rien.

– Ma fille… Je ne sais pas trop ce qui te préoccupe comme ça. Tu sais, tu aimais bien te faufiler partout quand tu étais plus jeune. Un peu comme aujourd'hui, jamais là où on t'attendait. Je pense sincèrement que tu as fait une petite crise de somnambulisme. Plus de peur que de mal.

Mais si tu tiens vraiment à en savoir plus, demande à Kaï. Il nous a aidées à te chercher cette nuit-là.

Comme s'il suffisait de le nommer pour qu'il apparaisse, deux coups secs tapent contre la fenêtre et j'aperçois mon beau-frère nous faire un signe de l'extérieur.

– Juste à l'heure pour le café. On ne perd pas le nord, monsieur Martin… Pique-assiette, va !

– Dit-elle alors qu'elle passe son temps à bouffer tous mes bonbons dès qu'elle vient chez moi.

– Ce n'est pas ma faute, ce qui sort de tes placards a meilleur goût…

– Parce que c'est volé ?

– Non. Parce que c'est gratuit !

Nous nous chamaillons doucement tout en mettant la table. Lorsque je m'y installe enfin, je redoute presque de casser l'ambiance si douce qui s'est installée dans la lumière jaune de ce début de matinée. Mais ni ma mère, ni Alexandre, ni Azalea ne sont présents, c'est le moment idéal.

– Je t'embête, mais j'avoue que tu tombes à pic. Tatie et moi, on parlait des dernières vacances qu'on avait passées ici avec Maman, quand j'avais quatorze ans. Je ne sais pas si ça te dit un truc, mais j'aurais fait du somnambulisme et on m'aurait retrouvée…

– Sur les bords de la rivière Blanche, intervient Kaï en servant trois tasses de café qu'il dépose sur la table. Bien sûr que je me souviens. On a flippé, mais heureusement on t'a vite retrouvée. Surtout qu'il y avait du monde.

– Du monde ?

– On fêtait ton anniversaire. J'avais fait des grillades, Maman avait fait un gâteau à l'ananas qu'elle avait laissé cramer. Tout le monde a fait semblant de le manger alors que ce truc était infect !

Je l'écoute mais mon cerveau tourne à mille à l'heure. J'ai bien disparu le soir de mon anniversaire. Justement au moment où j'avais prévu de passer la soirée avec l'Aigle, et à l'endroit même où l'on m'a retrouvée…

– *Ay bondié*, oh, mon Dieu, oui ! Tu as raison. On avait organisé une sacrée fête. Je me demande si…

Je la vois retenir son souffle.

– Mais oui ! Tu as dit que tu avais mal au ventre et tu es allée te coucher tôt. Nous, on a fait la fête, pensant que tu étais tranquillement dans ton lit. Mais une fois que tout a été rangé, c'est là qu'on s'est rendu compte que tu n'étais plus là. On t'a cherchée partout et ta mère a fini par te retrouver endormie à la rivière. Comment on a pu oublier une chose pareille…

– Ne t'inquiète pas, j'ai l'impression que tout le monde a tout fait pour effacer cette nuit-là. Moi la première. Du coup si je vous parle de quelqu'un surnommé « l'Aigle », ça vous dit quelque chose ?

Ils secouent la tête.

– Si tu veux, je peux fouiller dans les albums de ma mère. Elle prenait toujours cent mille photos. Je suis sûre qu'il y a un album de cet été-là.

Pendant un moment, une terreur puissante me mange la gorge, me dévore le ventre. Une bête invisible me ronge de l'intérieur, comme pour m'avertir que ce que je fais est dangereux.

– Pourquoi ça t'intéresse autant ? m'interroge Kaï. C'était il y a un bail.

– Je ne sais pas. Mais quitte à passer mes nuits à rêver de cet été-là, autant essayer de s'en souvenir.

– Azalea m'a dit que tu faisais pas mal de cauchemars. Pas étonnant, se réveiller en pleine nature alors qu'on est allé se coucher dans son lit traumatiserait un adulte, alors, une enfant de quatorze ans…

Je hoche la tête, gardant pour moi qu'au fond, je prie pour que ce ne soit que ça.

14 AOÛT

RAFAEL

Quatre cent soixante-dix euros cinquante de recette en carte de crédit, plus trois cent quatre-vingt-deux euros vingt en liquide…

Putain.

J'ai toujours été mauvais en calcul mental. Je sors la calculette à côté de la caisse du *MikaDo*. Je déteste faire ça. Je préfère cent fois m'occuper de la plonge ou passer la serpillière que faire des piles de pièces, mais ma sœur a tant de mal à trouver un manager pour la remplacer pendant son congé maternité que je me fais violence. Elle a besoin de se reposer et je n'ai rien d'autre à faire. Et puis les chiffres, ça remplit bien la tête. Ça empêche de penser à ce que j'ai fait.

Ou plutôt à ce que je n'ai pas eu les couilles de faire pendant deux jours : m'excuser auprès d'Hortense Ménard.

Ce matin, j'ai enfin eu le courage de lui envoyer un message. Mais évidemment, pas de réponse. Et voilà ! En moins de deux secondes, j'ai perdu le compte. Ça faisait bien dix minutes que je n'avais pas retourné la situation dans tous les sens. Il est 15 heures, le restaurant est calme et pourtant ça grouille dans ma tête. Je déteste ça.

Oui, j'ai merdé. Je suis au courant, bordel !

– Ça va ?

Je relève la tête pour observer quelques secondes le grand bonhomme aux cheveux longs. Ses yeux sont plutôt doux derrière son air bourru.

– Salut, Kaï. Ça pourrait aller mieux.

– J'imagine.

– Tu imagines ou tu sais ?

– À ton avis ? Ton beau-frère est mon meilleur ami, ta sœur est comme la mienne et Hortense est ma future belle-sœur.

– Dans ce cas, je n'ai rien de plus à ajouter.

– J'ai cru comprendre que le silence était ta spécialité…

– Coup bas.

– Crois-moi, c'est toujours mieux qu'un coup tout court, assène-t-il froidement. Sia est une fille bien. Vraiment. C'est la petite sœur que je n'ai jamais eue. Je n'aimerais vraiment pas la voir triste.

Cette fois, son regard est dur. Traduction : *Calme-toi avec elle ou c'est moi qui te calme.*

– Ce n'est pas ce que je voulais. J'avais juste besoin d'un peu de temps pour lui répondre.

– Juste après avoir couché avec elle… Le timing n'était pas top. Mais c'est surtout que je ne m'y attendais pas venant de toi.

– Je t'arrête tout de suite, ce n'est pas mon genre. C'est juste que, parfois, j'ai du mal à la comprendre. Un jour il faudra que tu m'expliques comment tu fais. Je t'ai déjà vu avec elle, vous avez une sacrée complicité.

– C'est drôle que tu dises ça. Je connais ces nanas depuis plus de vingt ans et c'est Azalea que j'ai toujours eu du mal à cerner, alors que Sia dit tout ce qu'elle pense. Son seul problème, c'est de ne jamais croire ce qui sort de la bouche des autres.

– Dire qu'elle est méfiante est un euphémisme… Tu veux boire une bière ?

Je n'aurai pas de meilleur moment pour le corrompre et utiliser ses connaissances en dynastie Ménard. Il regarde sa montre et esquisse une moue de regret.

– Je ne vais pas pouvoir malheureusement.

– Dommage…

– Pourquoi ?

– Elle ne répond pas à mes messages.

– Oh, l'ironie…

– Oui, j'ai compris, je l'ai bien mérité. J'aurais juste voulu m'expliquer.

– Tu as fini ton service ?

– Oui.

– Tu as déjà coupé du bois ?

Je reste deux secondes surpris avant de répondre, méfiant :

– Non…

– Ça te dit d'essayer ? J'en ai tout un tas sur ma terrasse. Et, crois-moi, il n'y a pas mieux pour te vider l'esprit.

– C'est bon pour se vider la tête ou pour dépanner les potes ?

– Si t'aider peut me rendre service, c'est ce que j'appelle un jackpot !

– OK…

– Cool. Je file chez moi, rejoins-moi quand tu veux.

– Je termine de faire la caisse et j'arrive !

***

Assis sur un tabouret devant la maison de Kaï, je tente de recouvrer des forces. Mes mains me tuent. Je suis sûr que je vais avoir des ampoules pendant des jours malgré les gants. Je suis à bout de souffle, transpirant, plein de terre, les moucherons s'amusent à se coller à ma peau, mais Kaï a raison. Pas de meilleure façon de se vider la tête que d'épuiser son corps. Il devient humainement impossible de ressasser quoi que ce soit quand on doit concentrer son énergie sur le manche d'une hache. Je regarde Kaï abattre la lame de la sienne en plein centre de la bûche. C'est une vraie machine.

– Ça doit être incroyable.

– Quoi ?

– D'avoir un travail qui est une passion.

– Tu n'aimes pas ton job ?

– Oui et non. J'aime la stabilité de l'emploi, les horaires réguliers, le contact avec les élèves. Mais j'ai choisi de passer les concours parce que je voulais pouvoir être sûr d'aider ma mère et mes sœurs si elles en avaient besoin.

– L'homme de la maison !

– Voilà.

C'est le fardeau que m'a laissé mon père. Est-ce qu'on m'a demandé si, à dix-sept ans, j'avais envie de mettre ma vie de côté pour m'occuper d'un foyer ? Absolument pas. Mais le problème avec les morts, c'est qu'ils répondent rarement aux plaintes des vivants.

– J'imagine que ça ne doit pas être simple.

– Je ne m'en plains pas. J'ai pu aider Do à ouvrir son resto, soutenir ma mère après le décès de mon père, payer les voyages scolaires de Lucia… Les conditions de travail sont déplorables, mais les gosses sont plutôt marrants. Même si parfois je donnerais tout pour être dans la nature plutôt qu'enfermé dans une salle de classe.

– Ça, c'est la partie cool de mon boulot, même si physiquement, c'est éprouvant. Je peux me balader sur l'île et y dégoter toutes sortes de plantes. Maintenant qu'on a emménagé avec Azalea dans ma maison familiale, je peux faire de mon jardin un vrai terrain de jeu. Je joue à l'horticulteur fou.

– Tu as grandi ici ?

– Oui. J'ai été adopté à six ans et j'ai emménagé avec mes parents dans la foulée. J'ai sûrement dû rencontrer Azalea et Hortense à l'endroit où tu te trouves.

– Vous étiez voisins ?

– Pendant six ou sept ans. Quand j'ai rencontré Sia…

– Pourquoi les gens l'appellent Sia ?

– Si j'en crois la légende, Azalea voulait appeler sa petite sœur Hortensia, comme sa fleur préférée. On a officiellement gardé Hortense, mais Sia est resté son surnom. Et quand je l'ai rencontrée, elle était aussi haute que ma fille. Elle parlait beaucoup plus en revanche, une habitude qu'elle a perdue.

Imaginer Hortense pipelette, elle si avare de ses mots avec moi, me sidère.

– Elle est si différente avec moi.

– Ce n'est peut-être pas une mauvaise chose.

– C'est-à-dire ?

– Azalea a toujours fait ressortir chez moi un côté plus calme, explique-t-il tout en levant ses yeux clairs vers le ciel. Peut-être parce qu'avec elle, je n'ai pas besoin de faire semblant.

Je repasse dans ma tête notre soirée dans sa voiture à manger du fast-food, ou notre conversation sur mon canapé. Elles ont un point commun : j'étais moi-même. Pas *el Maestro* ni Señor Rafael. Ni saint, ni tombeur. Juste moi.

– Bon, jouons cartes sur table. Ça fait plus d'une heure qu'on parle d'Hortense : clairement, elle t'intéresse. Alors pourquoi tu la ghostes ?

– Je ne l'ai pas ghostée, j'ai juste mis un peu de temps à répondre à son message…

– D'accord, pourquoi ?

– J'en sais rien… Après la soirée qu'on a passée ensemble, j'étais gêné. Elle est partie brutalement en m'annonçant qu'elle avait un enfant.

– C'est vraiment son fils qui a fait que tu n'avais plus envie de la voir ?

– Ce n'est pas son fils à proprement parler. Je crois qu'elle m'a pris de court. Comme chaque fois. À la seconde où j'ai l'impression de la comprendre, elle me prouve que j'ai tout faux. Et s'il y a bien une chose sur laquelle je refuse de me tromper, c'est notre relation. On s'était promis qu'elle resterait sans prise de tête et, pour moi, ce n'est pas possible avec un enfant dans le paysage. Crois-en ma parole de fils de veuve. J'ai vu ma mère devoir surmonter la pire des séparations, je ne supporterais pas de faire du mal à Hortense et encore moins que son fils en soit témoin.

Kaï reste un moment sans rien dire en hochant la tête.

– Je comprends, même si je dois avouer que tu as géré ça comme une merde.

– Je sais. Pour ma défense, jamais je ne me serais confié si j'avais su qu'elle était là. Je voulais juste prendre le temps de réfléchir, de mettre mon ego de côté aussi.

– Ton ego ?

– Ouais… Je déteste le reconnaître et je nierais si tu le répètes mais elle me fait perdre mes moyens. Peut-être que je n'ai jamais rencontré une femme aussi sûre d'elle et qu'au fond, ça m'intimide…

Je baisse les yeux au sol et lui tourne le dos le temps d'avaler quelques gorgées d'eau. J'éponge mon front du revers de la main en chassant les moucherons qui volent autour de moi. Ces révélations m'embarrassent. J'ai retourné le truc dans ma tête, me suis cherché toutes les excuses du monde, mais à la seconde où j'ai été honnête envers moi-même, j'ai compris ce qui me bloquait. Elle me fait peur. Avec elle, c'est tout ou rien. Et pendant un moment, je me suis dit qu'il valait peut-être mieux rien. J'aurais nettement moins à perdre. Sauf que je me retrouve le soir à penser à elle, à me demander ce qu'elle fait, à écrire des vers qui content les courbes de son corps sur les miennes. Même si ça me fait chier de l'avouer… Le sexe était incroyable. Et c'était la première fois. Que va-t-il se passer quand la confiance se mêlera à l'alchimie que nous avons ? Après ça, saura-t-on se dire au revoir et oublier tout ce que nous avons vécu une fois que l'été prendra fin ?

– Bref, voilà pourquoi je me retrouve à couper du bois devant une maison qui n'est même pas la mienne. Je veux juste savoir comment rattraper ma connerie.

– Je ne vais pas te mentir, je n'en ai aucune idée. Tu as essayé de lui envoyer un message ?

– Cette nuit. J'ai retrouvé mes couilles vers trois heures du matin, et évidemment, pas de réponse.

– Pourtant elle a passé la nuit dans son atelier.

– Son atelier ?

– Elle confectionne des biscuits quand elle n'arrive pas à dormir. Elle est même sacrément douée pour ça, si tu veux mon avis.

– Pour faire des biscuits ?

– Ouais ! Sa famille est même connue pour ça…

– Ah bon ?

– De quoi vous parlez quand elle passe la nuit chez toi ? Tu sais quoi, laisse tomber, je ne veux pas le savoir. Mais je t'aime bien, alors je vais essayer de t'aider.

– Tu vas me donner un cours de drague ?

– Yup ! Appelle-moi *Hitch, Expert en Sœurs Ménard*. Tiens, prends ça pendant que je réfléchis, me dit-il en m'envoyant sa hache.

Je l'attrape par le manche, non sans crainte de me couper la main. Il a raison, je ne suis pas fait pour ce boulot. Quand je le vois s'installer confortablement pendant qu'il planche sur la question, je comprends son petit jeu :

– Donc je vais me taper tout le boulot pendant que tu déblatères des futilités sur ta future femme et ta belle-sœur ?

– Exactement ! Maintenant coupe, mécréant, avant que je ne change d'avis.

Clairement, je ne suis pas en position de négocier. C'est peut-être ma punition pour avoir ghosté une fille qui ne le méritait pas. Je jette un coup d'œil à la pile de bois qui m'arrive quasiment à la hanche. Je ne sais pas si je vais vraiment mieux connaître Hortense, mais une chose est sûre, j'ai appris ma leçon. Avec des silences, on coupe beaucoup de bois.

HORTENSE

– Mais il s'est passé quoi concrètement ?

– Rien d'incroyable. On a regardé un film, on a discuté…

– Jusqu'à cinq heures du matin ?

– C'était la version longue du *Seigneur des Anneaux*.

– C'est la mort de Boromir qui vous a maintenus éveillés ?

– Qui ?

Lorsque ma sœur éclate de rire, je sais que mon alibi est compromis.

– Mais on s'en fiche ! Tout ça n'a pas d'importance. Je m'en fous d'ailleurs ! Je dirais même plus : je n'en ai absolument rien à faire de ce que Sa Seigneurie Rafael, Maestro de mes fesses, peut bien penser de moi !

– Et qu'il t'ait ghostée.

– Exactement, réponds-je en tentant de dissimuler la douleur de mon ego blessé.

J'arrête la voiture sur la colline en face des mornes qui surplombent nos maisons et retire la clef du contact. Quand je tombe sur l'air amusé d'Azalea sur le siège passager, je suis perplexe :

– Quoi ?

– Rien. C'est totalement normal de passer une heure à parler d'un mec dont tu te contrefous…

– Qu'est-ce que vous avez, toi et Tatie Thé ? J'ai l'impression que vous voulez me pousser dans ses bras. Et avec le recul, je ne le trouve même pas si ouf que ça !

Je ne veux pas voir ma sœur réagir au mensonge que je viens de déblatérer : je me rue vers le coffre. J'en sors l'énorme sac de farine et la laisse s'occuper des autres gourmandises que j'ai achetées pour remplir les placards de l'atelier que je passe mes nuits à vider.

– Attends, je vais demander de l'aide à Kaï, il doit être rentré.

– C'est gentil mais je pense qu'on va s'en sortir, me moqué-je gentiment.

– C'est vrai, tu n'as besoin de personne…

Je me retiens de lui dire que certaines d'entre nous n'ont pas le choix.

– De toute façon, je crois qu'il y en a un qui coupe du bois. Enfin ! Ces trucs bloquent ma terrasse depuis des mois.

Comme pour confirmer ses dires, un bruit sourd et répétitif se fait entendre dans le calme tropical.

– Vu comme il tape, il aura des bûches pour chauffer ta cheminée tout l'hiver.

– Sïa… On est en Martinique. Le bois ne sert pas à chauffer la maison.

– Qui a dit que je parlais d'une vraie cheminée ?

Nous avançons tout en riant de mes bêtises.

– Trêve de plaisanterie, tu as commencé à bosser tes cours pour la rentrée ?

La question de ma sœur me prend au dépourvu. Je sens ma gorge se serrer et un film de sueur recouvrir mon dos. Merde… Je ne pensais pas que je préférerais son interrogatoire sur ma vie amoureuse plutôt que celui sur mon avenir professionnel. Je cherche désespérément une diversion. Quand nous arrivons en haut de la colline au-dessus de leur maison, cette dernière m'est servie sur un plateau d'argent : même à plusieurs mètres, on voit que Kaï n'est pas seul. Il se tient à l'écart pendant qu'une autre silhouette s'acharne sur une bûche.

Non, mais je rêve !

Je ne bouge plus. Rafael est là, torse nu, à matraquer un rondin de bois plus large que mes hanches. Le soleil se couche et le ciel s'assombrit, se colorant d'un camaïeu de bleus et de roses. Chaque lueur du crépuscule se reflète sur sa peau rendue miroitante par l'effort. Son corps se tend à chaque mouvement et chaque fois que la hache s'enfonce dans le bois, mon orgueil fout le camp pour laisser place à une timide midinette qui rêve d'être enlevée par ce bûcheron dans une cabane au fin fond d'une forêt.

Je suis pathétique.

Il y a quelque chose d'hypnotisant à regarder cet homme normalement si apprêté, si contenu, relâcher sa puissance brute. Chaque fois que le bois se fendille sous sa force, sous sa concentration sans faille, je sens mes jambes faiblir. Le son sourd de la hache qui tombe résonne dans ma poitrine, jusqu'à faire écho dans mon bas-ventre. Et comme pour m'achever, comme pour me donner de quoi m'aider à m'endormir ce soir, il s'arrête, jette son outil au sol et se dirige vers la bûche. Il place ses mains dans l'interstice formé par la hache et, à la force de ses bras, sépare définitivement le bois en deux.

Si ma sœur ne me tenait pas, je serais déjà en position latérale de sécurité tant ce mec vient de m'achever. Il y a deux minutes, je me maudissais d'avoir croisé son chemin et maintenant, je me demande ce que je dois faire dans cette vie pour être réincarnée en épicéa. Je croise le regard d'Azalea, qui est morte de rire :

– Ce n'est pas ma cheminée qu'on va chauffer, finalement…

– Tu te crois drôle ? Tu aurais pu me dire qu'il était là, soufflé-je discrètement.

– Qui ? Rafael ? Je ne le savais pas. Figure-toi qu'il ne débarque pas tous les quatre matins pour couper du bois devant ma baraque. Mais au fond, qu'est-ce que ça peut faire ? Tu t'en contrefous et puis il ne s'est pas passé grand-chose entre vous de toute façon.

– Oh ça va ! Tu sais très bien que j'ai menti.

– Ah bon ?

– Qu'est-ce que tu veux que je te dise ? Que je me suis jetée sur lui comme une gourgandine et qu'il m'a ghostée ensuite ? Non, c'est trop la honte !

– Je croyais que tu laissais tomber les mecs…

– Je ne suis qu'une femme, Zaza. Avec des faiblesses. À des moments, comme tout le monde, j'ai envie de me faire retourner comme une crêpe Suzette, secouer comme un Orangina ! Qu'est-ce que j'y peux, moi ?

Ma sœur part dans un nouveau fou rire qu'elle tente de dissimuler derrière les saladiers. Pendant un moment, je pense à prendre mes jambes à mon cou et filer directement vers l'atelier sans demander mon reste.

– Arrête de rire, lui dis-je en la poussant.

– Ça va… C'est drôle quand même. Et puis, si le mec est chez moi, je pense que c'est qu'il veut parler.

– Génial. Mais je n'ai rien à lui dire, moi.

– Tu n'as qu'à te venger et lui dire que c'était pas dingue.

– J'aimerais bien, mais c'était vraiment pas mal… Même plus que pas mal. Et pour être honnête, je ne vois pas de quoi il se plaint. J'ai fait quatre-vingt-dix pour cent du taf !

– Tu fais comme avec John, tu te moques de son… son engin, me conseille-t-elle pudiquement.

– C'est ça le problème… Il est nickel. Ni trop imposant, ni trop discret. Un super engin, quatre-vingt-dix chevaux sous le capot, jantes alliages…

– Finition chromée !

– Exactement. Non, rien à dire, un pipou de qualité !

Cette fois, elle rit si fort que Kaï et Rafael se retournent pour nous regarder. Ses yeux auburn me scrutent et j'oublie comment je m'appelle. Le rythme de mon cœur accélère, je sens le sac de farine glisser entre mes doigts moites. Je déteste ce type et l'effet qu'il a sur moi.

– Sia, respire. Arrête de réfléchir et va lui parler. Par contre, un petit conseil : évite peut-être d'appeler son sexe un « pipou ». C'est drôle, mais pas très viril, dit-elle en me tapotant doucement l'épaule. Je crois que les hommes n'aiment pas ça.

– Va pour l'émasculer à coup de pipou, alors…

J'inspire un bon coup et me tourne vers lui avec le sourire le plus serein possible sur le visage. Hors de question qu'il sache à quel point j'ai eu envie de l'étriper ces derniers jours. Hors de question qu'il sache ce que je ressens maintenant. Il me sonde, comme s'il se méfiait de mon calme maîtrisé. Les faibles rayons de soleil réfléchissent sur sa peau luisante. Son souffle est court. Quand il bouge enfin, c'est pour passer le revers de sa main sur son front, mais c'est moi qui suis à deux doigts de défaillir. Je le trouve beau. C'est indéniable. Et je me déteste d'avoir envie de connaître la sensation de sa peau satinée sous mes doigts.

– Je peux te parler ?

Le silence se fait. Kaï et ma sœur me regardent en attendant ma réponse. Et là, contre toute attente, j'oublie ma libido :

– Tu as envie de discuter maintenant ?

Mon accusation fait recouvrer la parole à Kaï et Azalea qui s'excusent et se réfugient dans leur maison. Une fois que nous sommes seuls, il s'approche doucement de moi.

– J'ai toujours eu envie de discuter avec toi, seulement…

Je l'interromps, déjà lasse de l'entendre se trouver des excuses alors qu'il devrait m'en présenter.

– Ça doit être un autre Rafael qui n'a pas répondu à mes messages pendant des jours, alors ?

– Non, mais…

– C'est bien ce que je pensais. Alors ne me fais pas perdre le temps que je n'ai pas.

Je me retourne, drapée des lambeaux de mon amour-propre, prête à foncer vers mon atelier sans me retourner. J'ai déjà traversé presque tout le jardin et descends vers la maisonnette quand il m'interpelle :

– Attends ! C'est tout ? On ne va pas discuter parce que je n'ai pas répondu à un SMS ?

Il se moque de moi ?

– Tu sais très bien que ce n'est même plus le problème ! explosé-je en me retournant. Parlons plutôt de ta discussion avec tes potes. Je ne vais même pas m'abaisser à répondre à leurs accusations sur le fait que toutes les mères célibataires cherchent un homme pour payer leurs factures. Je vaux mieux que ça. Mais de dire que le sexe était décevant… C'est une blague j'espère, tu n'as rien eu à faire !

– Je ne vais même pas prendre la défense de mon pote sur cette réflexion sur les mères célibataires. Damien est un con, et je m'excuse platement. J'ai juste été pris de court, tu m'as annoncé ça avant de foutre le camp. Et pour en revenir au sexe, il ne t'est jamais venu à l'esprit que c'était ça qui m'avait dérangé ? Ne me dis pas que pour toi, c'était parfait. Sinon, tu ne serais pas partie sans rien dire.

– Alors là, c'est le pompon ! lâché-je en pénétrant dans mon atelier, tentant de ne pas lui balancer cinq kilos de farine au visage.

– Qu'est-ce que j'ai fait encore ?

– Si tu crois que je vais te laisser insinuer que c'est ma faute si tu n'as pas les couilles de répondre à mes messages, tu délires !

Je claque la porte de la maisonnette – du moins j'essaie –, avant de l'entendre essoufflé dans mon dos :

– Je te pose une dernière fois la question et ensuite j'accepterai de reconnaître tous les torts du monde. La vérité et rien que la putain de vérité : pourquoi tu es partie aussi vite l'autre matin ?

Il tient la porte d'une main, en colère, et je sais qu'il ne lâchera pas l'affaire.

– Je suis partie parce qu'il se faisait tard.

Ma voix est basse, comme si la honte obstruait ma gorge.

– Tu es sûre ?

Cette fois, il s'approche de moi, laissant le battant se refermer de lui-même. Toujours torse nu, le corps dégoulinant de sueur, il sent bon, bordel ! Chaque pas qu'il fait dans ma direction me brûle la poitrine. La chaleur ambiante n'a rien à voir avec celle qui me dévore la peau alors que mon dos se plaque contre le plan de travail en inox.

– Hortense, je voudrais une réponse plus élaborée. Pourquoi es-tu partie de chez moi ?

Parce que j'étais trop bien dans tes bras.

Mais comme d'habitude, dès qu'il s'agit de sentiments, mon cœur se rebelle et scelle mes lèvres. Un sac de farine est tout ce qui nous sépare, Rafael et moi.

– Je… Je ne sais pas.

– Pourquoi tu ne m'as pas laissé te toucher pendant qu'on faisait l'amour ?

Je ne te connais pas assez pour te faire confiance avec mon corps.

Cette évidence me coupe le souffle. Je pense à tous ceux qui ont pu me blesser dans mes relations intimes : le contrôle est ma réponse. Personne ne peut me forcer à consentir à quoi que ce soit si je décide de tout. Pour faire diversion, je lui rétorque, le menton haut :

– Ça ne t'a pas plu ?

– Je ne me plains pas même si tes méthodes pour me faire obéir pourraient être ouvertes au débat. Et ce n'est pas la question que je t'ai posée. Pourquoi es-tu incapable de me laisser poser une seule main sur toi ?

Il s'approche un peu plus, si près de mes lèvres que ses murmures sont presque des baisers.

– Moi je pense savoir…

– Dis-moi, chuchoté-je alors que ma bouche se meut contre la sienne.

– Je pense que, comme moi, tu t'es dit que ce qui s'est passé entre nous a dépassé les limites qu'on s'était fixées. Je sais que tu étais bien contre moi. Peut-être un peu trop bien.

Cette fois, il a ses mains posées sur la surface lisse du plan de travail derrière moi. Je remercie ce sac de farine de garantir la chasteté de cet échange. Sans lui, je ne jurerais plus de rien. Son corps courbé sur le mien, j'ai envie de lui dire que oui, j'étais un peu trop bien dans ses bras. Là, je le sais, je ne suis plus au-dessus, je ne suis plus celle qui est dans le contrôle et, pour une fois, je crois que ça me plaît.

– Je reconnais que j'ai merdé, ajoute-t-il. Je ne sais pas vraiment pourquoi j'ai été infoutu de répondre mais je m'excuse.

Sans le vouloir, je laisse échapper un ricanement.

– Qu'est-ce qui te fait rire ?

– C'est assez drôle de te voir prétendre que tu sais tout de moi alors que tu es incapable de te regarder en face.

Et là se passe ce que je préfère. Ce moment où je lui fais perdre l'équilibre, où il est solidement enfoncé sur ses appuis mais que j'arrive tout de même à le faire vaciller. Je pose le sac de farine sur le plan de travail et m'approche de lui.

– Qu'est-ce que tu veux dire ?

– Tu crois que je ne vois pas clair dans ton jeu ? Pourquoi tu as fini par sortir de ton silence ?

– Parce que je me suis dit que c'était bête de finir ça comme ça ?

– Tu es sûr ou tu me poses la question ?

Comme il ne répond pas, je lève un menton rageur, de ceux qui l'insupportent et lui murmure :

– Je pense plutôt que tu es embarrassé par ce qui se passe entre nous. Et que mon fils, la peur de rompre notre promesse de ne pas tomber amoureux ou ma manière de faire l'amour n'ont été que des prétextes pour ne pas prendre de risque. Si tu le pouvais, tu resterais loin de moi. Je pense que dès la seconde où on s'est rencontrés, que je t'ai traité d'homme banal, tu t'es dit que tu n'avais rien à faire avec moi. Mais, pour une raison que tu ignores, tu reviens chaque fois. Et chaque fois tu veux aller plus loin. Moi, je sais. Tu n'as jamais été avec une femme qui sait ce qu'elle veut au lit et ailleurs et n'a pas peur de le demander. Je crois que même si tu es gêné de ce qui s'est passé dans ton salon, tu n'arrêtes pas d'y penser. Je suis persuadée que tu ne dirais pas non à m'inviter à regarder un film en sachant qu'on n'arriverait jamais jusqu'au générique.

Ma voix s'est faite plus basse, plus rauque. Sa respiration elle, accélère. C'est quand je le vois emprisonner sa lèvre inférieure entre ses dents que je comprends à quel point j'ai raison. Derrière ses airs de mec impassible, de prof en col blanc impeccable, j'attise une partie de lui qui dormait depuis longtemps.

– J'ai tort ?

– En partie…

– Qu'est-ce que j'ai loupé ?

Il place une main autour de ma taille et attrape la mienne de l'autre. Embrassant le creux de ma paume, il me susurre :

– Peut-être que cette vision de toi au-dessus de moi m'obsède. Peut-être que je refuse d'avouer que les moments qu'on passe ensemble sont de loin les plus palpitants depuis une éternité.

De nouveau, il dépose un baiser sur l'intérieur de mon poignet. Malgré moi, la sensation de ses lèvres sur ma peau fine me coupe le souffle.

– Mais ce dont je suis sûr, c'est que je ne peux m'empêcher de penser à ce qui se passerait si tu m'avais laissé te toucher, si tu m'avais fait confiance. Et je dois dire que je paierais cher pour te regarder dans les yeux pendant que je te fais jouir à mon tour. Dis-moi si je me trompe mais je suis persuadé que ça pourrait être assez dingue. Bien plus que ce qu'on a pu partager sur mon canapé.

Eh merde ! En quelques secondes, il envoie balader tout ce que je m'étais promis. Je me rue sur sa bouche, mes mains s'agrippent à sa nuque humide. À la seconde où mes lèvres se mêlent aux siennes, où ma langue fond sur la sienne, rien ne me retient de lui donner raison, ici même, entre les spatules et les pépites de chocolat. Enfin… presque rien.

– Maman ?

La petite voix cristalline me fait l'effet d'une douche froide. D'un geste brusque, je repousse Rafael loin de moi. Il bute contre une étagère et fait tomber des bonbonnières décoratives qui se brisent au sol.

– Pardon… je ne savais pas que… balbutie Alexandre, clairement sous le choc.

– Ne t'excuse pas mon amour. Tout va bien ?

– Oui… Mamie te dit qu'on passe à table.

Il est sur le pas de la porte, s'adresse à moi, mais il regarde Rafael, le visage impassible. Je ne sais pas ce qui lui passe par la tête et ça m'inquiète. Il n'a quasiment jamais rencontré d'homme avec qui je partageais ma vie. Je me retrouve tétanisée, incapable de dire un seul mot.

– Vous mangez là ?

Je me demande à qui ce « vous » peut bien s'adresser quand je comprends.

– Non, c'est gentil mon amour, mais il a des projets pour ce soir, interviens-je.

Je n'ose pas me tourner vers Rafael. Je n'imagine pas la surprise sur son visage en se retrouvant face à Alexandre. Il y a une différence entre savoir qu'il existe et le rencontrer.

– Reste ici. Je reviens, lui signalé-je d'un mouvement de menton.

– Bien sûr. Merci pour l'invitation, petit gars !

– Je m'appelle Alexandre.

Il n'a pas l'air énervé. Juste pris de cours.

– Et moi, Rafael.

– OK.

J'accompagne mon fils dehors, essuyant frénétiquement le bord de mes lèvres, comme s'il y restait des traces de mes fautes. Nous marchons vers la maison en silence jusqu'à ce que je me souvienne que je suis le parent et que c'est à moi de veiller que ce qu'il vient de voir ne le fasse pas atterrir sur le canapé d'un psy dans dix ans.

– Ça va ?

– C'est avec lui que tu es partie l'autre nuit ? Quand tu avais mis le mot sur ton lit…

– Tu n'arrivais pas à dormir ?

– Si. Mais je me réveille parfois pour voir si tu vas bien. Avec tes cauchemars…

– Tu n'as pas à t'inquiéter pour moi C'est à moi de veiller sur toi, pas le contraire.

– Je sais. Je ne fais que faire ce que tu m'as appris.

– Qui est ?

– Prendre soin de ceux qu'on aime.

Je passe mon bras au-dessus de sa tête et ramène son corps contre le mien.

– Rafael a l'air… grand.

Je suppose que c'est mieux que rien.

– Ce n'est surtout pas très sérieux, d'accord ? N'oublie pas qu'on rentre bientôt.

– Je sais… dit-il en soupirant. Tu m'en voudrais si je te disais que je ne serais pas triste si on restait en Martinique ?

Sa révélation ne m'étonne que très peu, au fond. Il est si heureux ici. Et je dois avouer que lorsque je suis loin de cette maison, j'aime plutôt bien la vie ici.

– T'en vouloir ? Jamais. Même si je le voulais, je ne sais pas comment on fait.

Je dépose un baiser sur son front alors que nous atteignons la porte de la maison.

– Dis à mamie de ne pas m'attendre pour manger même si je ne vais pas tarder. En revanche, ne te balade pas la nuit tout seul…

– Je sais, mais l'atelier est juste à côté de la maison. On connaît tous les voisins.

– Peu importe. Je préfère que tu ne te balades pas sans un adulte.

– D'accord. Je peux leur dire que tu es avec Rafael ?

– Si tu veux, même si je préfère que ça ne s'ébruite pas trop non plus.

– Tu sais, ce n'est pas obligé d'être un secret…

– Quoi ?

– Rafael. Il a l'air…

– Grand ?

– Oui, conclut-il, mal à l'aise. À tout à l'heure Maman.

Je me retourne et rebrousse chemin, traînant les pieds. Je n'ai absolument pas envie d'avoir la discussion qui me pend au nez avec Rafael. Nous avions finalement réussi à trouver un compromis, mais j'ai l'impression que tout a été remis en question. J'entre dans l'atelier, prête pour un autre round de règlement de comptes, quand j'aperçois sa silhouette. Dans la pénombre, Rafael a remis son tee-shirt. Il croque distraitement dans un biscuit en tournant les pages d'un album photo. Un que Kaï m'a retrouvé hier, mais que je n'ai pas osé ouvrir. Je ne sais pas si c'est dû à l'homme ou à ce qu'il tient entre les mains, mais je n'ose pas bouger. Comme s'il avait senti ma présence, il prononce tout en désignant les photos devant lui :

– C'est toi ?

Je m'approche.

– Apparemment… Tu découvres l'album avant moi. Kaï me l'a apporté.

– D'humeur nostalgique ?

– Pour faire court, je cherche mes souvenirs.

– Quoi ?

– J'ai tout oublié d'un été que j'ai passé ici. Je fêtais mes quatorze ans. J'aurais fait une crise de somnambulisme le soir de mon anniversaire. J'ai apparemment disparu et personne ne saurait me dire combien de temps. J'ai été retrouvée couchée dans les bois, un peu plus loin. Je ne m'en souvenais absolument pas mais, au fur et à mesure, j'ai des bribes qui me reviennent. Donc je regarde des photos pour voir si ça pourrait me rafraîchir la mémoire.

Il acquiesce en faisant dérouler les pages de l'album photo.

– C'est fou… En tout cas, tu avais l'air heureuse comme tout. Regarde-moi ce sourire.

Il me montre une photo de moi devant mon gâteau d'anniversaire. Deux bougies en forme de 14 sont plantées sur des tranches d'ananas cramées. Pourtant, en effet, j'ai l'air rayonnante.

– Normal, je fêtais mes quatorze ans.

– En revanche, elle… Elle n'avait pas l'air de passer un bon moment.

Je me penche et reconnais une de mes cousines. Elle a un appareil photo autour du cou. Nous regardons dans la même direction, probablement quelqu'un. Alors que j'arbore un sourire radieux, elle semble au mieux impassible, au pire, terrifiée. Je ferme l'album.

– C'était ton fils ?

Je le regarde, incertaine.

– Oui.

Il prend le temps de réfléchir avant de déclarer :

– Il a tes yeux.

– Ne le dis pas trop fort, il en a marre qu'on le lui répète tout le temps.

Il hoche la tête, comme s'il compatissait.

– Je vais te laisser. Merci pour les biscuits. Tu as un don, ils sont incroyables. Et… n'hésite pas à passer, si tu as peur de te faire attaquer par une poupée tueuse.

– Demain, j'ai pas mal de choses à faire pour le mariage… Mais promis.

– Bonne nuit, Hortense.

Ses yeux presque noirs dans la nuit sondent les miens. J'ai envie de lui dérober un baiser avant qu'il s'en aille, de sentir sa langue contre la mienne, mais je me tempère. Il y a du plaisir à se laisser séduire. Et cette fois, c'est son tour. Après ce qui me semble une éternité, il dépose ses lèvres pulpeuses sur les miennes. Un baiser chaste qui me fait trembler. Et il le voit. Quand il se détache trop tôt de mon corps alors que je voudrais qu'il reste, il quitte l'atelier avec un sourire de vainqueur. Un pas derrière l'autre, il se fond dans le paysage nocturne. Bientôt je ne le vois plus, je suis seule, tremblante de désir, à ne faire qu'un avec la porte d'entrée.

Lorsque j'entre enfin dans la maison, j'ai du mal à me retenir de sourire aussi. Mes lèvres s'étirent malgré moi. Mon orgueil est tout petit, consumé par le feu que Rafael vient d'allumer.

15 AOÛT

HORTENSE

Je claque la portière de ma voiture et me demande ce que je fous là. Le temps de quelques respirations laborieuses, je ne bouge pas. Pour une fois, ce n'est pas la chaleur tropicale qui m'assaille. Qu'est-ce que je vais bien pouvoir dire ? « Hello, c'est moi, Hortense ! Ta petite cousine que tu n'as pas vue depuis plus de quinze piges. Ça te dit de parler de ma soirée d'anniversaire de mes quatorze ans ? »

À plusieurs reprises, j'avance jusqu'à la maison de Camélia puis rebrousse chemin. C'est ridicule. Je jette un coup d'œil sur l'enveloppe dans ma main : j'ai l'alibi rêvé pour aller lui parler. Elle est photographe et s'occupera d'immortaliser le mariage de Kaï et Azalea. Il ne reste que quelques jours, tout est ficelé, mais ma sœur voulait qu'on revoie tous les détails avec les prestataires. Aujourd'hui, j'avais donc comme mission de faire le tour des professionnels du bonheur pour le plus beau jour de la vie des insupportables *Kaïzalea*. Et évidemment, quand j'ai vu le nom de ma cousine dans la liste des personnes à aller voir, je me suis jetée sur l'occasion. Depuis hier, j'épluche l'album photo que m'a donné Kaï. On y voit assez peu de monde. Sa mère a surtout immortalisé son fils et moi, dans le jardin. J'ai passé en revue chaque visage, personne ne semble ressembler de près ou de loin à quelqu'un que j'aurais surnommé l'Aigle. Je pense même que je serais passée à côté de la photo de ma cousine et moi si Rafael ne l'avait pas repérée. Plus je la regarde et plus je suis d'accord avec lui : quelque chose cloche. Absolument tout le monde sourit. Même si la photo a été patinée avec le temps, on peut sentir la joie qui imprégnait l'événement. Tout le monde est heureux, sauf elle. Quelque chose me dit que si je veux des réponses, c'est vers elle que je dois me tourner.

Je frappe à la porte tandis que ça continue à tambouriner dans ma poitrine. Je somme mes jambes d'arrêter de gigoter et prie pour qu'elle ouvre avant que je ne les prenne à mon cou. Après ce qui me semble une éternité, une jeune femme vient m'ouvrir. Elle est grande, les cheveux courts, rasés sur la nuque avec quelques boucles plus longues sur le dessus. C'est fou comme ma cousine a changé. Je la reconnais pourtant tout de suite quand sa voix chaleureuse m'accueille :

– Oh, mon Dieu ! Hortense ! Comment vas-tu ? Entre.

Je souris et la laisse me serrer dans ses bras.

– Ta sœur est adorable mais elle n'avait pas besoin de me payer. Surtout qu'elle se marie à Kaï. C'est la famille, quand même…

– Je sais, et c'est ce que répète tout le monde à longueur de journée. Mais tu connais Zaza, elle ne supporterait pas d'avoir le sentiment d'exploiter les gens. En plus ça me faisait plaisir de passer te voir.

– Oh, comme c'est gentil. Ne le dis pas à ta sœur, mais tu as toujours été ma préférée. C'est sûrement ton côté rebelle, me dit-elle avec un clin d'œil. Tu veux quelque chose à boire ?

Elle m'accompagne jusqu'au salon, prenant les devants.

– N'importe quoi de frais, réponds-je en sentant la sueur glisser le long de ma colonne vertébrale.

Je pose l'enveloppe d'Azalea sur la table du salon et déambule dans la pièce. Camélia disparaît dans sa cuisine mais ne s'arrête pas de parler pour autant, de notre famille, du temps qu'il fait… J'avais oublié qu'elle était la pipelette des Ménard. Je souris, admirant distraitement la déco. La pièce est pleine de photos. Chaque recoin est rempli d'images de nature luxuriante, d'oiseaux tropicaux ou de portraits souriants. Pas un seul espace vide dans cette maison faite de bruit. Quand elle revient, un plateau à la main, en plein milieu d'un laïus sur la météo antillaise, je l'interromps :

– C'est toi qui les as prises ? demandé-je en pointant du doigt les photographies.

– Oui…

– Tu as toujours adoré prendre des photos.

– Ce sont mes biscuits à moi.

Je hoche la tête. Tout le monde devrait savoir faire quelque chose de ses mains qui allège son cœur et sa tête.

– Du plus loin que je me souvienne, tu avais toujours un appareil photo autour du cou.

– C'est bien vrai.

– Tu te souviens de la dernière fois qu'on s'est vues ?

Elle se tait et, étrangement, je sens qu'elle se souvient. La voir retenir sa respiration coupe la mienne. Un silence, si étrange, un vide nous sépare. Après un moment, elle reprend sa contenance et suggère douloureusement :

– Ça doit faire au moins dix ans…

– Oh, bien plus. C'était l'été de mes quatorze ans. Tu étais venue à la maison, on avait fait une grande fête.

– Ça ne me dit rien. Oh, merci pour le chèque, s'exclame-t-elle en se ruant sur l'enveloppe que j'ai posée sur la table. Tu avais besoin d'autre chose ?

Je reste interdite par son changement d'humeur. Comme une averse gelée lors d'une journée ensoleillée. Elle, si avenante il y a quelques secondes, si volubile jusqu'à présent, est tout à coup froide.

– J'ai une photo de toi et je dois dire qu'elle m'intrigue, insisté-je en posant le cliché sur la table.

Elle y jette un coup d'œil rapide, mais avant qu'elle ne décrypte l'image, je la vois secouer la tête.

– C'était très sympa de t'être déplacée jusqu'à…

– Tu ne saurais pas qui nous regardons ?

Je sens la peur trembler dans mon ventre.

– Ce qu'on regardait ? Il est hors champ. Comment pourrais-je le savoir ?

– Il ?

– Je ne sais pas du tout de quoi tu parles, continue-t-elle en détournant les yeux.

Elle ne me regarde plus, elle me tourne le dos, massant distraitement sa nuque.

– Je ne sais pas. Tu parais si… étrange. Regarde bien. J'ai l'air heureuse et toi, tout l'inverse. Je trouve ça bizarre qu'on puisse regarder la même chose et que cela puisse provoquer chez nous des émotions si différentes. Tu ne trouves pas ?

– Je faisais sûrement la gueule parce que ma mère avait dû me forcer à prendre des photos pour ton anniversaire. Comme d'habitude. Tu sais c'est vraiment une plaie quand il s'agit de…

– Excuse-moi, c'est peut-être moi qui me fais des films mais, tu te souviens que j'ai disparu pendant cette soirée ?

Cette fois, je vois distinctement sa gorge se serrer. Elle attrape son verre de citronnade et en descend la moitié avant de s'asseoir sur une chaise devant une table ronde en secouant la tête. Je ne sais pas si elle s'en rend compte, mais depuis que j'ai parlé de cet anniversaire, elle n'a cessé de faire ce mouvement. Un « non » constant, comme un mensonge qu'on répète encore et encore en espérant qu'il se transforme en vérité. Comme un aveu de déni. Elle lisse la nappe devant elle du plat de la main de façon compulsive avant d'insister :

– Ça ne me dit vraiment rien.

– J'ai cru comprendre que…

– Puisque je te dis que ça ne me dit rien !

Cette fois, c'est elle qui me coupe. Sa voix éclate dans la pièce comme un couperet.

– Pardon. Mais c'est juste que ça fait si longtemps. Tout ça est derrière nous. Je ne comprends pas pourquoi tu as besoin d'en parler.

Je me retiens de lui dire que j'ai justement l'impression qu'il y a matière à discuter. La colère se mêle à la peur qui martèle mon ventre depuis que j'ai foutu les pieds sur cette île.

– Merci pour la citronnade, m'excusé-je en me dirigeant vers la porte.

– Merci d'être passée. Vraiment, je ne pense pas que remuer le passé puisse t'aider. Profite du mariage de ta sœur, des plages et du soleil. C'est bien mieux comme ça.

Je hoche la tête. Lorsque ma main touche la poignée de l'entrée, une dernière question m'effleure l'esprit. Je me tourne vers elle et la lance, comme une bouteille dont on sait pertinemment que la mer ne la remettra jamais à personne.

– Une dernière chose. Est-ce que tu sais qui pourrait être quelqu'un qu'on surnomme « l'Aigle » ?

Cette fois, ses yeux s'écarquillent.

– Encore une fois, je ne sais pas ce que tu cherches, mais je ne peux pas t'aider.

Je peux sentir à quel point cette phrase a été douloureuse à prononcer. Elle se lève et m'ouvre la porte pour m'encourager à la laisser tranquille. Sur son paillasson, je me tourne une dernière fois vers elle :

– Je veux juste te dire que je ne cherche rien. Je voudrais juste me rappeler ce que j'ai oublié pendant toutes ces années. Je n'ai aucun souvenir de ces vacances et je trouve ça bizarre parce que…

– Crois-moi, l'amnésie est peut-être le meilleur service que la vie t'ait rendu.

Sans me laisser le temps de répliquer, elle me ferme la porte au nez. Puis c'est le silence. Encore. Il pèse si lourd sur ma poitrine que, pendant un moment, je peine à bouger. Quand je sens les larmes se glisser sous mes paupières, je me décide à aller m'abriter dans ma voiture. Une fois derrière le volant, le paysage ne devient qu'un brouillard diffus. Les larmes remplissent l'habitacle alors que ma poitrine se soulève de plus en plus vite. Je ne suis pourtant pas triste.

Si, jusque-là, c'était le passé qui me faisait peur, c'est maintenant tout ce que ma cousine semble refuser de me dire qui me terrifie.

RAFAEL

Il est déjà 23 heures. Eh merde !

Quand j'ai proposé à Hortense de passer à la maison hier soir, je n'étais pas sûr qu'elle accepterait. Alors, lorsqu'elle m'a confirmé qu'elle viendrait, j'étais aux anges. Enfin, c'était avant de me rappeler que je devais jouer aux dominos avec mes potes… chez moi. Je ne m'en suis souvenu qu'une fois qu'ils étaient sur le pas de ma porte. En d'autres termes : impossible de les virer. Et c'est officiel, ce sont les parties les plus longues du monde. Ça fait une bonne heure que j'essaie d'abréger, et quand j'y arrive enfin, mon beau-frère a l'idée de génie de ne sortir que maintenant le gâteau qu'il a ramené. Je suis à deux doigts de leur proposer de prendre leur part à emporter, mais je ronge mon frein. Si je la joue fine, dans trente minutes, ils sont dehors.

– Mais doucement ! Tu es une brute, bordel ! gueule Mika contre Damien.

– Ça va…

– Ça t'écorcherait les fesses de couper des parts comme un être humain ?

– Tu voudrais que je sois plus délicat, ma puce ?

– Casse-toi de là ! Gros bourrin, va, rouspète Mika en prenant place devant le gâteau.

– Moi, un bourrin ? Je connais un paquet de femmes qui n'ont jamais eu à se plaindre.

– Je ne savais pas « qu'un paquet de femmes » ça voulait dire deux, se moque José.

– Ouais, ma femme et ta sœur.

– Je n'ai pas de sœur, connard !

– Je peux toujours t'en faire une… Ta mère est vraiment pas mal !

– Ah nan ! Pas les mamans ! s'offusque Mika.

– Qui veut du gâteau ? tenté-je pour recentrer la conversation sur la nourriture au lieu des membres de nos familles que Damien pourrait profaner.

– Elle aurait de la chance, ta mère, mon chou. Je suis un super amant.

– Si tu peux me nommer cinq zones érogènes qui ne sont ni dans la culotte ni dans le soutif d'une nana en moins d'une minute, je te file le numéro de ma mère, le provoque José.

– Facile ! Le cou, les oreilles… commence-t-il, confiant.

Puis, rapidement s'ensuit un silence embarrassant. Tout le monde le regarde, ahuri. C'est presque douloureux de voir un homme adulte galérer de la sorte.

– Bon, je vais aux toilettes ! déclare José en se levant.

– Non, on mange, là !

– T'inquiète, j'aurai largement le temps de pisser qu'il n'aura toujours pas trouvé de troisième zone, raille-t-il en disparaissant dans le couloir.

Putain... 23 h 20. Ils ne partiront jamais !

– Les genoux ? reprend Damien, les yeux plissés par ce qui semble être un exercice mental intense.

– Tu es pitoyable, mon gars, se moque Mika.

– Sinon, avoue que tu couches comme un pied. Ça ira plus vite, ajouté-je pour gagner du temps.

– Les pieds, putain ! J'en ai quatre. Il ne m'en manque qu'une seule !

– Arrête, mec, ça fait cinq minutes que tu réfléchis. Si tu n'as toujours pas trouvé, c'est que c'est mort, se moque Mika.

– En même temps, c'est quoi cette question ? On connaît très bien les zones qui font du bien à une femme. Pas la peine d'en faire un plat. Bim, badaboum… Pas vrai ?

– Je ne suis pas d'accord. Dolores, par exemple…

– Ta gueule ! interromps-je Mika brutalement.

– Tu sais que ta sœur est un être sexué, quand même ?

– Nope ! En ce qui me concerne, elle n'a pas de vie sexuelle.

– Elle est enceinte… me contredit Damien.

– On est sur un bon vieux *remake* de l'Immaculée Conception. Point barre. Deux ans de catéchisme et j'ai de bons restes !

– Ne t'en déplaise, mon cher, j'ai une relation charnelle avec ta sœur.

– Et ça me désole de savoir que tu ajoutes une source de déception à sa vie…

– Saleté, va ! me râle-t-il en me donnant un coup sur le bras. En tout cas, sans rentrer dans les détails, je sais qu'il y a mille façons de faire plaisir à une femme.

– J'ai loupé un truc ? demande José en se réinstallant à table.

– Non, j'allais clouer le bec de Damien en lui expliquant que ce n'est pas compliqué de faire plaisir à une femme. Do, par exemple…

Je fourre une part de gâteau dans sa bouche, espérant qu'elle se coince dans sa gorge.

– Il n'allait rien expliquer du tout. De toute façon, je suis claqué, dis-je en feignant un bâillement qui a pour conséquence de leur faire se décrocher la mâchoire les uns derrière les autres.

– C'est vrai qu'il se fait tard.

Nickel !

Rapidement, ils engloutissent leur part de gâteau et réunissent leurs affaires. 23 h 50. Damien est le premier à me dire au revoir. Pour une fois, il m'offre une accolade et me tape dans le dos avant d'attraper ses clefs de bagnole.

– Ah, du coup, on n'a pas parlé d'Hortense. Toujours pas de news ?

– Non, réponds-je laconiquement en feignant la déception.

– C'est dommage, vous alliez bizarrement bien ensemble, ajoute Mika, pensif.

Je hoche la tête. L'omission n'est pas un mensonge.

– Bon, bonne nuit ! dis-je en ouvrant la porte pour les pousser vers la sortie.

Instantanément, le visage de mes amis s'affaisse.

– Oh, le bâtard ! s'exclame Damien.

– Je savais qu'il n'était pas « fatigué », ajoute Mika en mimant les guillemets.

Je mets quelques secondes à comprendre de quoi ils parlent : Hortense est debout sur le pas de la porte. Elle tente de retenir un sourire en coinçant ses lèvres entre ses dents. Ce soir, elle porte une petite robe noire. J'aimerais lui dire à quel point elle est belle, seulement trop de choses m'en empêchent. À commencer par elle, la nana allergique à toute forme de compliments. Je me contente de lui jeter un regard admiratif et, pendant un instant, je jurerais que ses joues sont plus rouges. Puis la voix de Damien me rappelle qu'il existe autre chose que ces deux iris d'automne qui ont le don de me réchauffer :

– Depuis tout à l'heure, j'ai le sentiment qu'il veut nous virer.

– Clairement, pas suffisamment… Je serais moins subtil la prochaine fois.

– L'avantage, c'est qu'on a tous pu apprécier les connaissances pointues de Damien en anatomie, le vanne Mika.

– C'est clair. Le genou n'a jamais été aussi sexy, surenchérit José.

– Le genou ? demande Hortense, perdue.

– Crois-moi, tu ne veux pas savoir, la rassuré-je avant de l'inviter à entrer.

Elle lève les yeux vers moi et, pendant un moment, je ne sais pas quoi faire. Hier soir, on s'est embrassés. Mais c'était dans l'intimité de la pénombre de son atelier, loin des regards. Je me perds dans ses iris d'ambre quelques secondes de trop, assez pour entendre mes potes se racler la gorge. Les bruits de la cuisine reviennent peu à peu. Quand je lève la tête, c'est pour retrouver mes amis qui sourient comme des idiots.

– Bon, ce n'est pas que je ne vous aime pas mais… Barrez-vous.

Ils comprennent le message et attrapent leurs affaires avant de quitter ma maison. Une fois que nous sommes seuls, je me tourne vers Hortense. Elle est en plein milieu du salon, le regard perdu dans le décor.

– Désolée, je suis en avance. J'aurais dû attendre dans ma voiture.

– Tu ne me déranges pas.

– Tu avais l'air gêné devant tes potes. Ils pensent toujours que je veux te soutirer des couches ?

La blague de Dams lui a laissé un goût amer.

– Ça n'a rien à voir avec ça. Je crois surtout que mon pote a des problèmes personnels en ce moment. Mais il m'a dit qu'il regrettait son discours de l'autre jour. Et moi, je te l'ai dit et je te le répète, ton fils n'est pas un problème. C'est juste que je ne savais pas comment…

– Comment quoi ?

– On n'a pas déterminé quelles étaient les règles en termes de salutations.

Elle explose de rire.

– Je ne sais même pas pourquoi je suis surprise de terminer avec un règlement intérieur en sortant avec un prof.

– Désolé, déformation professionnelle.

– Si c'est ce que tu me demandes, ça ne m'aurait pas dérangée non plus de t'embrasser tout à l'heure.

C'était tout ce que j'attendais. Je pose la main autour de sa taille pour rapprocher son corps du mien et dépose un baiser sur ses lèvres. Elles répondent d'un mouvement subtil qui me fait vibrer jusque dans l'échine. Et c'est là que je comprends.

Nous avons tout fait à l'envers.

Je regrette soudain que nous ayons fait l'amour. Une femme capable de me faire sentir comme ça avec un simple baiser aurait mérité mieux. J'ai passé beaucoup de temps à me demander si elle était une bonne amante alors que j'aurais dû me demander si nous étions prêts à l'être l'un pour l'autre. Peut-être aurions-nous dû attendre. Laisser nos regards se trouver, nos rires se comprendre, nos mains se reconnaître vraiment avant de nous jeter l'un sur l'autre. Peut-être aurions-nous dû nous mettre à nu avant de nous dévêtir.

C'est ridicule. Je ne devrais pas apprendre l'amour à plus de trente ans. Encore moins à le faire. Puis je vois ses yeux à elle et je me dis que cette femme a tout à m'apprendre.

Alors qu'elle se détache, minuit sonnant à l'horloge, les lèvres toujours subtilement étirées en un sourire que je sais qu'elle retient, je me promets de lui rendre ce qu'elle m'a donné.

16 AOÛT

HORTENSE

Mon cœur galope dans ma poitrine et je ne sais plus où j'habite. Fait chier ! Un baiser et j'ai envie d'envoyer bouler nos promesses et nos règles à la con. J'ai chaud mais tente de ne rien laisser paraître, de ne pas montrer au Maestro à quel point je suis incapable de tenir les rênes de mon corps quand il me touche. Je me détache de lui, évitant au maximum de lever les yeux vers les siens. Ils sont sombres, de loin, presque noirs. Mais c'est de près qu'on repère les timides nuances cuivrées de ses iris. Le genre de petites pépites brillantes qu'on ne déniche que dans l'intimité. Le genre de trésor que je préférerais qu'il garde pour lui.

– Tu as à boire ? demandé-je, esquivant son regard.

– Il reste du mojito. Tu en veux ?

J'accepte avec plaisir ; je ne suis pas contre un petit verre. Entre la visite à ma cousine qui n'a fait qu'étendre l'angoisse qui campe dans mon ventre depuis des semaines et la séparation avec Alexandre, je peux dire que j'ai envie de me changer les idées. Mon fils est parti camper avec Kaï, Azalea et Mahina. Il attend ça depuis des mois. Donc quand je l'ai déposé chez eux, c'était presque comme si je dérangeais. Il n'a même pas moufté quand ma sœur lui a dit que le réveil serait à 4 h 30. Il m'a juste lâché un « à vendredi », a claqué un baiser sur ma joue et est allé se coucher. Mon cœur a un peu mal, mais je sais qu'il a besoin de profiter de sa famille.

Perdue dans mon souvenir, je ne vois pas Rafael s'emparer d'un verre. Je ne reviens dans le présent que lorsqu'il s'approche de ce qui s'apparente à une vision d'horreur. Le « cocktail » se trouve dans un immense saladier. Il plonge sa louche dans la soupe trouble dans laquelle trempent des branches de menthe qui ont trop souffert et des quarts de citrons verts au bout du rouleau.

– Alors ? dit-il en me voyant tremper mes lèvres dans le breuvage.

Je prends le temps de formuler ma réponse de la manière la plus gentille possible mais rien n'y fait. Je ne trouve absolument rien de positif à dire.

– Je suis désolée, mais c'est le pire mojito que j'aie jamais goûté.

– Tu es cruelle ! C'est ma spécialité !

– Ah non ! C'est toi qui es dur envers toi-même. Cette horreur ne peut pas être ta spécialité.

– Montre-moi alors, si tu es si douée.

– Avec plaisir. Je vais te montrer qui est la Maestra à ce jeu, lui dis-je avec un clin d'œil complice.

J'attrape mes cheveux et les réunis dans un chignon au-dessus de ma tête. Ce n'est pas sexy mais je serai plus à l'aise pour lui prouver qu'il ne peut plus continuer à servir cette ignominie à ses invités. Sur le bar se trouvent tous les ingrédients pour le cocktail : rhum, sucre de canne liquide, citron vert.

– Bon, prends des notes. Je ne confie pas mes secrets à tout le monde. Ta première erreur est d'avoir préféré du rhum blanc alors que tu as un délicieux rhum ambré juste ici.

Je tire la bouteille qui trône sur une étagère au-dessus de l'évier. Elle tombe mais je la rattrape facilement. J'ai eu plusieurs formations de *flair bartending*, cet art de frimeur qui permet de faire des cocktails tout en jonglant avec les instruments. C'est loin d'être ma spécialité mais j'ai de bons restes. Assez pour impressionner Rafael. Je dépose habilement la bouteille sur le bar et continue mon cours particulier.

– Ensuite, ne prends pas de sucre liquide. Le sucre de canne est si parfumé, pourquoi s'en priver ? Et puis, choper des grains de sucre de canne dans la paille fait partie intégrante du plaisir d'un bon mojito.

Rafael écoute religieusement mes explications. Le professeur devient l'élève le temps de remplir un verre, et il est exemplaire. Mis à part ce regard dévorant qu'il laisse glisser sur moi.

– Tu fais quoi dans la vie ?

– À ton avis ?

– Dis-moi que tu n'es pas barmaid…

– Pourquoi ?

– Sinon, ça veut dire que j'ai essayé de séduire une barmaid avec un cocktail tiède dans un saladier… Et là, c'est la honte.

– Tu essaierais donc de me séduire ?

– Rien dans les règles ne me l'interdit.

– Jusqu'au 27 août, précisé-je, consciente à chaque seconde qui s'écoule que nous jouons à un jeu dangereux.

– Jusqu'au 27 août.

Il rit, ses fossettes se creusent, ses lèvres charnues s'étirent et moi, je me sens succomber.

– Donc, tu es barmaid, enchaîne-t-il en s'installant en face de moi.

– Non. Plus depuis deux semaines. Je commence une reconversion dans le management à la rentrée.

Je soupire. Suis-je capable d'envisager ma reconversion professionnelle sans avoir envie de me jeter par la fenêtre ? Apparemment non.

– Ça a l'air de t'enchanter… dit-il sans cacher l'ironie dans sa voix.

– Non, je suis très heureuse.

– Pourtant j'entends ta bouche dire quelque chose et tes yeux l'inverse.

– Je ne vois pas de quoi tu parles.

– OK… La vérité et rien que la vérité : pourquoi tu as fait cette tête ?

J'inspire profondément. Pendant un instant, comme chaque fois qu'il pose la bonne question, je suis tentée de mentir. Cette fois cependant, la vérité émerge, comme une bulle attirée par la surface.

– Je suis inscrite dans une école pour un parcours en apprentissage. J'ai galéré à trouver un patron et ma sœur m'a donné un coup de main. Elle a beaucoup de contacts à Paris et en moins d'une semaine j'avais trouvé une alternance.

– C'est génial !

– Sauf que j'ai refusé le poste… et je n'ai rien dit à personne. Rien ne m'attend à la rentrée. Et je continue à mentir.

– Pourquoi as-tu fait ça ?

Je ne sens pas de jugement dans sa voix, seulement une réelle envie de comprendre mes motivations.

– Je crois que j'ai su que ce n'était pas pour moi dès que j'ai visité les locaux. Mon directeur m'a montré ma place dans l'open space, la machine à café capricieuse du premier étage et la cantine où on a le choix entre trois plats différents compris dans la formule midi. Et j'ai cru que j'allais mourir. Je te jure… Je me suis sentie crever au milieu de tous ces gens en costume gris mal taillés. Et plus le temps passe, plus je me dis que j'ai fait une connerie en pensant que j'étais trop bien pour ce boulot. En plus, ma sœur parfaite se marie à son mec parfait… Je n'avais pas envie d'embêter tout le monde et d'être encore le…

– Le quoi ?

– Le boulet de la famille ! Le cas social dont tout le monde doit s'occuper. La nana qui flirte gentiment avec les trente ans et ne sait toujours pas ce qu'elle veut faire dans la vie. Alors, je n'ai rien dit à personne… à part toi.

Je laisse le bruit du pilon contre les citrons verts et le sucre meubler le silence entre nous. Il n'est pas pesant. Au contraire, je me sens légère d'avoir délesté ma conscience de cet aveu.

– Si ce n'est pas ce que tu veux faire, tu as bien raison de ne pas le faire.

– Ça ne veut pas dire que je n'irai pas à la rentrée. Il faut que j'essaie de récupérer cette alternance.

– Tu vas vraiment t'inscrire à un diplôme que tu détestes ?

– Si ça rend mon fils heureux, oui.

– Je ne comprends absolument pas ton raisonnement…

Cette fois, elle est là, la pointe aiguisée du jugement. Et comme d'habitude, quand je me sens attaquée, je réplique :

– Je ne t'en veux pas de ne pas comprendre. Tu n'as pas d'enfant et tu ne sais pas ce que c'est d'être mon fils. Je n'ai même pas encore trente ans quand les autres parents dont les enfants ont l'âge d'Alexandre sont dans la quarantaine. Bref, pendant longtemps, j'ai été la fille-mère. On prenait ma mère pour sa mère à lui. On pensait que j'étais sa grande sœur. Les parents des autres enfants ont une situation stable, sont proprios et ont remboursé le crédit de la bagnole. Je n'ai rien de tout ça et mon fils ne m'en tient jamais rigueur. Mais quand je lui ai dit que j'arrêtais de bosser de nuit, que j'allais reprendre mes études, tu aurais dû voir le sourire sur son visage. Il était si content de se dire qu'il allait avoir une mère comme les autres. Donc je sais que sur le papier ce n'est pas sexy, mais je serai étudiante en management des entreprises et des administrations dans deux semaines.

Je lui tourne le dos et ouvre son congélateur pour sortir des glaçons. J'inspire profondément à plusieurs reprises, à fleur de peau.

– Tu as raison. Je ne sais pas ce que c'est que d'avoir des enfants, mais je suis un fils. Et je sais que tout ce que je souhaite, c'est voir ma mère heureuse. Crois-moi, je sais. Presque tous mes choix de vie, je ne les ai pas faits librement. Je suis devenu prof parce qu'à la mort de mon père, mon seul objectif était de subvenir aux besoins de ma famille. Je parlais couramment espagnol donc je me suis dit pourquoi pas.

– Tu avais quel âge ?

– Quoi ?

– Quand ton père est mort.

– Dix-sept ans.

L'âge que j'avais quand j'ai eu Alexandre.

– C'est jeune.

– Ouais. On ne m'a pas vraiment laissé le choix.

– C'est sûr. On ne grandit pas pareil quand on y est obligé.

Je sens que ma réflexion a ébranlé quelque chose en lui. Alors je me contente de hocher la tête en terminant son cocktail que je dépose en face de lui, comme une maigre excuse sucrée.

– Verdict ? lui demandé-je en l'incitant à goûter.

Il trempe les lèvres dedans et, tout de suite, je vois son visage si sérieux il y a quelques secondes se détendre. Ce soir, j'ai envie d'oublier. J'ai envie de faire sourire ce garçon. Je repère une légère musique latino en fond sonore.

– Tu écoutes beaucoup de salsa ?

– Oui. Mais ça, ma chère, ce n'est pas de la salsa mais de la bachata.

– C'est la même chose, non ? le provoqué-je.

Il manque de s'étouffer avec une feuille de menthe avant de se lever.

– Autant qu'un mojito et une caïpirinha…

– OK, donc rien à voir.

– Exactement. Viens là, exige-t-il en me proposant un bras souple.

Je me lève et approche mon corps du sien. Il place une main experte sur le bas de mon dos et l'autre entre mes omoplates. Nos hanches se croisent avec une facilité qui me déroute.

– Donc c'est bien ce que je pensais. Tu danses beaucoup ?

– Je dansais quand j'étais plus jeune. Depuis, seulement quand une jolie fille me plaît.

– La flatterie ne t'emmènera nulle part avec moi…

– Qui a dit que je parlais de toi ? souffle-t-il juste sous mon oreille, embrassant la peau de mon cou.

– Il y a des signes qui ne trompent pas.

– J'ai l'air si attiré par toi ?

– Je ne sais pas… Là, je parle plutôt de ce que je sens contre ma hanche. Soit tu gardes une lampe torche dans tes poches, soit tu es très heureux de me voir.

Il laisse échapper un rire qui, malgré moi, soulève quelque chose dans ma poitrine. Entendre ce son va vite devenir l'une de mes activités préférées, éloignant ce passé qui m'alourdit de l'intérieur depuis des semaines. Je vois ses joues se teinter de rouge et ses fossettes apparaître, camouflées dans sa barbe. Il est vraiment craquant.

– Tu es prête ?

– Oui.

Pourtant, dès le premier pas, je me trompe et balance mon corps sur la gauche au lieu d'aller à droite.

– OK, on réessaie. Mais cette fois, il faut que tu acceptes de me laisser mener.

J'ai comme l'impression que cette phrase ne concerne pas que la danse. Quand je lève les yeux vers les siens, je sens que j'ai raison. Ils sont doux et confiants, comme une proposition qu'on ne peut qu'accepter.

– Et d'ailleurs, pourquoi ce sont toujours les mecs qui mènent ?

– Un héritage sexiste, je suppose. Je n'ai pas de problème à refaire le monde ensemble, mais pour ce soir, essayons juste de danser. Même si la bachata est nettement moins codifiée que la salsa, il y a quand même certaines règles. Et l'une d'elles est que c'est le cavalier qui mène.

– Je ne suis pas sûre que cette règle me plaise…

– En existe-t-il une seule qui te convienne ?

– Pas faux, admets-je en riant alors qu'il me fait signe de partir à droite.

Il me faut plusieurs essais et un effort considérable pour laisser ses bras me guider. Au bout d'un moment cependant, ça y est. Il sait ce qu'il fait : par de légères pressions de son corps dans une direction ou l'autre, il me fait comprendre où aller. Ses doigts attrapent mes dernières phalanges et me font tourner avec aisance.

– Détends-toi… Tu t'en sors super bien.

– Toi aussi.

– C'est le cas. J'ai grandi en regardant mes parents danser là-dessus, dans le salon. Mon père était peut-être bourru mais il lui arrivait de savoir se délasser un peu dans les bras de ma mère. Personne n'a jamais réussi à la faire rire comme lui. J'ai énormément de souvenirs de lui comme d'un homme strict, mais quand j'écoute ça, je me rappelle à quel point il pouvait aussi être insouciant.

– C'est lui qui t'a appris à danser.

– Pas du tout ! C'est ma mère. J'ai fait de la danse de salon en compétition pendant des années jusqu'à mes quinze ans.

– Pourquoi avoir arrêté ?

Il me fait tourner avant de répondre.

– Mon père préférait que je fasse du foot. Il m'a convaincu d'arrêter et j'avoue avoir adoré faire du sport avec mes potes.

– Pourquoi ton père ne voulait-il pas que tu fasses de la danse ?

– Il rêvait d'avoir un fils footballeur et il se retrouvait avec Billy Eliott. Tant que j'étais un enfant, ça allait encore. Mais dès que l'adolescence est arrivée et qu'il a vu que j'adorais toujours ça, il a eu peur, je crois. Il craignait beaucoup qu'on se moque.

– De toi ou de lui ?

– Mon père était très orgueilleux. Qu'on se moque de moi ou de lui, ça revenait au même. Alors j'en ai fait un hobby. Je ne lui en veux pas. On peut dire ce qu'on veut mais c'était un homme bien. Il n'était pas parfait mais, au moins…

– Il était là, complété-je.

Je déplore que la barre soit si basse pour les hommes, qu'on se satisfasse de leur simple présence. Nos corps continuent à se mouvoir de gauche à droite. Et, doucement, l'espace entre nous se réduit.

– C’est une façon de le dire, oui. Un exemple pas forcément exemplaire. Tu sais ce que c’est… Les pères sont parfois difficiles à comprendre.

– Non, je ne sais pas. Je n’en ai pas. Mais je te crois sur parole.

Mon père n’a jamais fait partie de ma vie et celui de mon fils non plus. Je ne suis pas en position de juger les relations paternelles de quiconque. Je suis si proche de Rafael que je vois ses paupières s’affaisser sous l’émotion que provoque ma déclaration. J’ai l’habitude.

– Ne t’inquiète pas. Je n’ai presque pas de souvenirs de lui. Il est parti quand j’étais toute petite, et ma mère est formidable pour deux.

– Et Alexandre ?

– Quoi donc ?

– Tu t’entends bien avec son père ?

– Il n’en a pas non plus, ce n’était pas quelqu’un de fréquentable. Quand j’ai appris ma grossesse, il n’a pas voulu en entendre parler, donc je suis retournée chez ma mère et j’ai coupé les ponts.

– Le petit ne pose pas de questions ?

– Pas pour l’instant. Mais il n’y a pas un jour où je n’ai pas la boule au ventre quand je me demande ce que je vais lui répondre quand il le fera.

Ça non plus, je ne l’ai jamais dit à personne. Je sens l’angoisse monter alors j’inspire profondément et baisse les yeux vers nos pieds, feignant d’essayer de retrouver le rythme.

– Si tu veux mon avis, raconte-lui ce qui s'est passé. Je préfère cent fois la vérité laide à un joli mensonge.

– Oui, mais elles ne sont pas toutes bonnes à dire.

– Sauf quand on est prêt à les entendre. Et crois-moi, tu sauras quand ce sera le bon moment.

– Tu es sûr ?

– J'en suis sûr, Hortense.

Il est si proche que son souffle caresse mon cou à chaque mot. Jamais il ne m'appellerait Sia, comme tout le monde. Non, lui tient à m'appeler par mon prénom complet. En même temps, il ne me regarde pas comme les autres, comme une ado, comme une fille-mère. Non. Dans sa bouche, je suis une femme. Sur ses lèvres, je suis Hortense. Et chacune des syllabes de mon prénom glisse sur sa langue comme un hommage à une fleur précieuse. Comme une considération que je n'ai jamais eue. Et qu'au fond je ne pense pas mériter.

Naturellement, je pose mon front contre son épaule et le laisse nous faire tourner doucement sur le parquet de son salon. Seul le bruit de nos pieds nus nous rappelle que la musique s'est arrêtée alors que nos corps continuent de tourner.

– Tu es sûre que tout va bien ?

Cette fois, il murmure sa question. Sa voix est basse et grave et pourtant je n'entends qu'elle.

– Pourquoi tu me demandes ça ?

– Tu avais l'air triste en arrivant.

J'arrête de bouger.

– Ce n'est pas grand-chose. Je crois que je me prends la tête pour pas grand-chose.

– Qu'est-ce qui se passe ?

– Tu crois à l'intuition ?

– Bien sûr.

– J'ai comme le sentiment qu'il s'est passé quelque chose quand je suis venue en Martinique pour mes quatorze ans. Je n'arrive pas à fermer l'œil ici. Le problème, c'est que je n'ai absolument aucun souvenir de cet été-là.

– Rien ?

– Absolument rien. Tout a été rasé de ma mémoire. Aujourd'hui je suis allée poser des questions à ma cousine, et tu aurais dû voir l'expression sur son visage… Elle avait peur.

Je lui tourne le dos, fixant un point dans le vide, tentant le plus possible de réprimer les larmes qui exigent de couler. C'est idiot. On ne se connaît pas assez pour ce genre de confession.

– C'est tout ça qui te maintient éveillée ?

Je hoche la tête, incapable d'en dire plus.

– C'est pour ça que tu passes tes nuits à faire des biscuits…

– Ça et à ne pas regarder *Le Seigneur des Anneaux* avec toi, tenté-je. Je ne sais même pas pourquoi je t'en parle.

– Je comprends, moi. Même s'il ne s'est peut-être rien passé d'affreux, c'est perturbant.

– Voilà. Et c'est pourquoi je n'ai pas envie de me retrouver seule en ce moment.

Je laisse échapper un rire triste, de ceux qui tentent désespérément de meubler le silence. Avant que je puisse enfiler mon armure, celle qui me blinde et met une distance entre moi et les autres, je le sens se placer derrière moi. Sa chaleur s'infiltre sous les pores de ma peau.

– On peut passer toutes les nuits qu'il nous reste à faire des sablés, manger du pop-corn et ne pas regarder tous les films que tu voudras.

– Pourquoi ?

– Je ne sais pas… Je détesterais te savoir seule.

J'ai envie de le repousser, de trouver une repartie cinglante qui prouverait que je n'ai pas plus besoin de lui que de n'importe qui d'autre.

– On peut s'amuser, mais je vais bien devoir rentrer chez moi.

– Pourquoi ?

– Tu aurais déjà oublié tes propres règles, Maestro ? Pas de dodo.

– J'ai juste dit que je ne te ferais pas le petit déj… On n'enfreint aucune règle en s'endormant sur le canapé. Surtout que j'ai pensé que demain, on pourrait faire du bateau.

– Sérieux ?

– Oui. Mon bateau est tout petit, mais à deux, on tient largement. Après, c'est comme tu veux. J'irai de toute façon. J'ai envie de prendre l'air. Pas toi ?

Je suis sur le point de riposter, d'objecter, mais il me prend dans ses bras. Il fait nuit dehors, et je me surprends à rêver de soleil et de grand large. Alors tant pis. Juste pour ce soir, j'oublie que je ne suis pas censée avoir besoin de sa douceur. Je me laisse aller contre lui et décide de faire confiance à cet homme pas comme les autres.

RAFAEL

Ce matin, je me réveille seul. Cette nuit, nous nous sommes pourtant endormis ensemble, sur mon canapé. J'ai été tenté de nous ramener vers la chambre mais Hortense dormait profondément. Elle est souvent fatiguée, même si elle le cache bien. Alors je n'ai rien dit, et j'ai profité de l'accalmie que nous a apportée la nuit. Elle s'est assoupie dans mes bras, sans parade ni joute verbale. J'ai accepté la trêve. Mais ce matin, elle n'est plus là. J'ai l'impression que chaque fois que je la tiens plus de deux secondes, elle me file entre les doigts. Puis j'entends l'eau dans la douche.

J'ouvre ma commode et en sors deux serviettes, une pour son corps et l'autre pour ses cheveux. Je toque à plusieurs reprises à la porte de la salle de bains, mais pas de réponse. J'insiste, je l'appelle, puis abandonne et décide d'ouvrir prudemment. Une fois dans la pièce, cependant, aucune trace d'elle. J'approche pour déposer des serviettes sur le coin du lavabo, et c'est là que je la trouve. Elle gît, le corps tapi au fond de la baignoire. Sa peau est éclaircie par l'eau, ses cheveux flottent autour de son visage comme une apparition mystique. De petites bulles quittent ses lèvres pour mourir à la surface. J'essaie de détacher mes yeux d'elle, mais j'en suis incapable. Immobile, comme une héroïne romantique au destin tragique. Tout le contraire de la femme fatale que j'ai rencontrée dans cette boîte de nuit au sud de l'île. Puis, plus aucune bulle. Plus aucun mouvement. Elle semble affreusement pâle, inerte.

– Hortense…

J'entends les pointes aiguës de l'angoisse tinter dans ma voix. D'abord, elles sont fugaces. Puis, à mesure que je l'appelle à nouveau et qu'aucune réponse ne me parvient, elles prennent toute la place. Je me rue contre la baignoire et plonge mon bras dans l'eau à présent froide pour passer ma main sous sa nuque. À mon contact, elle ouvre grand les yeux et jaillit du bain. Je suis trempé et elle, à bout de souffle.

– Non, mais ça ne va pas ! Qu'est-ce qui te prend ? hurle-t-elle, les yeux écarquillés.

– Moi ? Qu'est-ce qui me prend, à moi ?

– Oui ! Tu m'as fichu la trouille de ma vie !

– C'est toi qui m'as fichu la trouille. Tu ne bougeais pas. Tu avais une tête…

– Quelle tête ?

– Je ne sais pas, moi, la tête d'une nana qui est un peu trop bien au fond de l'eau !

Elle sourit tristement alors que les gouttes roulent sur son visage. Ce matin, elle a l'air différente. Son visage est étonnamment morne. Peut-être qu'elle pleurait là-dessous. Peut-être était-ce le seul moyen pour faire disparaître les preuves, pour noyer son chagrin et diluer le sel de sa peine.

Elle soulève simplement les épaules, désinvolte.

– Ça va ? Ce matin tu as l'air… ailleurs.

J'ai dit « ailleurs » pour ne pas dire « triste ». Elle ne bouge pas et se contente de scruter le plafond. Pendant un moment, je pense à partir, à la laisser.

– J'ai mal dormi, répond-elle, les traits toujours inexpressifs.

– Un vilain cauchemar ? la taquiné-je.

Elle me répond par un rire cynique. Je m'assieds sur le rebord de la baignoire. Lentement, je pose une main sur la sienne pour l'encourager à se confier.

– On peut dire ça. Un affreux mauvais rêve qui me pourchasse toutes les nuits… J'ai l'impression que depuis que j'ai mis les pieds en Martinique, je ne peux pas avoir une seule nuit de répit.

– C'était quoi, ce cauchemar ?

– Le même que toutes les autres nuits. Je suis terrifiée, couchée sur le bord d'une rivière, la nuit, sans pouvoir bouger. Mais pour la première fois, cette nuit, au-dessus de ma tête, il y avait un aigle.

– Un aigle ?

– Ouais. Il tournait au-dessus de moi, obscurcissant le ciel.

Elle se tait. Un cauchemar, c'est une chose. Mais le même, toutes les nuits, c'est un message.

– Tes rêves ont un rapport avec ce dont tu m'as parlé dans ton atelier ? L'été dont tu ne te rappelles rien ? Le soir où tu as disparu…

Elle tourne son visage vers moi. Un seul coin de ses lèvres se soulève.

– Tu as bonne mémoire. J'ai bien peur que oui. J'ai découvert dans mon journal intime de l'époque que je parlais beaucoup à quelqu'un que j'appelle l'Aigle. Mais personne ne sait qui c'est ou alors, personne ne veut me le dire.

– Pourquoi personne ne voudrait te le dire ?

– Je n'en sais rien. Hier, j'ai essayé d'en parler à une de mes cousines, elle m'a dit que je ferais mieux d'arrêter de chercher. Tu crois que parfois, oublier peut être la solution ?

Sa question me prend de court. Je reste un long moment silencieux avant de dire :

– *« Recordar es fácil para el que tiene memoria, olvidarse es difícil para quien tiene corazón. »*

– Tu aurais la traduction qui traîne pour ceux qui ont pris allemand en LV2 ?

– C'est une citation de Gabriel García Márquez. Ça veut dire qu'il est facile de se souvenir quand on a de la mémoire, mais qu'il est difficile d'oublier quand on a un cœur. Je ne pense pas que tu le fasses exprès ou que tu aies le choix : tu as perdu la mémoire mais ton cœur se souvient, lui. Et c'est peut-être lui qui ne peut plus oublier.

Ses paupières battent à mesure qu'elle intègre ce que je viens de lui dire. Cette fois, je crois voir quelques larmes se former dans le coin de ses yeux et ça me brise le cœur.

Quizás sea culpa mía
Cuando me muero si lloras
Quizás las lágrimas son para los demás
Cuando la tristeza sigue siendo tuya[11]

– Pardon.

– Pourquoi tu t'excuses ?

– Parce que j'ai l'impression d'avoir dit une connerie. Je pensais que ça t'aiderait.

– C'est le cas, me rassure-t-elle, la gorge serrée.

Sans m'en rendre compte, je passe la main sur son front humide et y dépose un baiser. Penchant la tête sur le côté, elle passe ses bras trempés autour de mon cou. Je dépose sur ses lèvres un baiser humide de tout ce que j'aimerais lui dire. Au moment où je me détache d'elle, je sens ses doigts me retenir.

– Reste…

Je sais ce que ça a dû lui coûter de prononcer ces mots.

---

11. En espagnol : « Peut-être que c'est ma faute / Quand je meurs si tu pleures / Peut-être que les larmes sont pour les autres / Quand la tristesse reste tienne. »

– Tu me le lis ?

– Quoi donc ?

Elle s'adosse à la baignoire et cale sa nuque contre le rebord. D'un geste, elle pointe du doigt le petit carnet marron qui trône sur le tabouret à côté d'elle.

Eh merde !

Je ne le laisse jamais traîner. Je fais toujours très attention. J'ai dû l'oublier là hier soir.

– Tu sais, il n'y a rien d'intéressant dedans, je…

Mes cordes vocales se nouent sous l'embarras.

– Tu peux avoir envie de garder ce que tu écris là-dedans pour toi, tu sais. Ça ne me pose pas de problème. Il est en revanche très peu probable qu'il n'y ait rien d'intéressant dans ce carnet que tu trimballes tout le temps avec toi. Mais c'est comme tu veux.

Elle se renfonce dans son bain et ferme les yeux. Je la regarde faire, les bras ballants. Je crois que j'ai envie de le lui lire, mais quelque chose m'en empêche. Et pendant que cette intimité me soulève les tripes, elle reste immobile, un sourire léger sur les lèvres. Elle l'a fait, elle, elle s'est dévoilée. Je m'approche et attrape mon cahier. La couverture rigide entre mes doigts m'apaise. J'ouvre la première page, tombe sur la date : le lendemain de l'EVG de Kaï. Le lendemain de notre rencontre. Le premier poème, peut-être le seul de tout le carnet qui ne lui est pas destiné. Il est pour celle à qui j'ai dit au revoir cette nuit-là. J'essaie de parler, mais les mots restent coincés dans ma gorge. Puis je reconnais cette sensation qui me grignote le ventre. J'ai peur. Je n'ai jamais partagé un seul de mes écrits avec qui que ce soit.

Et si elle trouvait ça ridicule ?

Ça, c'est certain. Je ne suis personne, évidemment que mes textes sont embarrassants. Pour qui je me prends, Baudelaire ?

– Ça n'a pas de sens, tu sais ? Tout ça, ce n'est rien. C'est juste mon carnet de brouillon. Il n'y a rien à partager.

– Comme tu veux. Mais si ce n'est rien, pourquoi dépenser autant d'énergie à le cacher ?

Je lui réponds d'un grognement rageur. Puisqu'elle insiste, je vais le lui lire. Elle comprendra que tout ceci ne sert à rien.

Je commence, bégayant sur les premiers mots, me forçant à poursuivre, la diction hachée, laborieuse. Qu'il est étrange de lire ses propres textes à voix haute. Elle, c'est tout l'inverse. Elle m'écoute sagement, ne demande pas de traduction, comme si cela lui était naturel. Alors que mes mots les plus intimes emplissent la pièce, elle arrête de gigoter. Même le bruit de l'eau s'estompe. Plus les pages défilent, plus je prends conscience que ce carnet est couvert de morceaux de notre histoire, vrai recueil de poèmes dédié à Hortense. Elle est partout.

Une émotion me trahit lorsque je lis la page que j'ai remplie après notre première fois.

Cuéntame tus historias
Las que fluyen por tu pasado
Cuéntame las heridas
Que rodean tu silencio
Cuéntame las mentiras
Que disimulas ahí dentro

– Il veut dire quoi, celui-là ?

– Ça signifie : « Raconte-moi tes histoires, celles qui serpentent ton passé. Raconte-moi les blessures qui entourent ton silence. Raconte-moi les mensonges que tu dissimules à l'intérieur. » Alors je sais, c'est bizarre. Mais je n'ai pas forcément pensé ce texte pour être lu en français…

Je m'interromps quand je remarque qu'une larme glisse sur sa joue. Je feins de ne pas la voir. Toute marque de vulnérabilité est un aveu de faiblesse pour elle, je le sais maintenant. Alors que je m'apprête à reprendre ma lecture, elle me fait signe d'arrêter.

– Tous ces trucs n'ont pas forcément de sens. Parfois, je les écris parce que les mots tournent dans ma tête. J'ai découvert avec le temps que c'était la seule façon d'avoir le silence. Enfin… Jusqu'à ce que d'autres prennent leur place.

– Tu dois avoir une maison remplie de carnets.

– Non, je les jette une fois qu'ils sont pleins.

– Tu rigoles ?

Je hausse les épaules.

– Ils ne me servent plus à rien.

Et puis, il ne manquerait plus que quelqu'un tombe dessus.

– Tu me le laisseras, celui-là ? Quand je partirai.

L'entendre mentionner son départ crée une petite tempête dans mon ventre, une légère rébellion. Il est trop tôt pour parler de ça. Puis je me rappelle que prier le soleil n'a jamais empêché la pluie de tomber.

– Si tu veux.

L'idée qu'il se retrouve entre ses mains fait naître une légère panique au fond de moi. Il est plus que probable que je terminerai ce cahier avant qu'elle parte. Normalement, il me faut presque un trimestre pour les achever, mais avec elle auprès de moi, j'ai déjà écoulé un carnet entier en deux semaines.

Nue, sans fard ni mensonges, la tête jetée en arrière, elle me regarde sans rien dire. Elle est sûrement plus vulnérable qu'elle ne l'a jamais été devant un homme. Il n'y a pas de raison que je ne fasse pas de même.

HORTENSE

Nous avons presque mis une heure pour rejoindre Le Marin, la plus belle baie du sud de l'île. Après que nous sommes passés chez Tatie Thé récupérer des affaires, le trajet s'est déroulé à une vitesse folle. J'ai improvisé un *blind test* : Rafael est nul en chanson R'n'B des années 2000 mais se rattrape en BO de films. Je ne me suis tout de même pas privée de lui dire qu'il n'avait aucune culture à grand renfort de grimaces et onomatopées tout à fait matures. Enfin, jusqu'à ce qu'on arrive à la marina. Là, je me suis tue. La mer azur bordée d'une végétation émeraude luxuriante m'a littéralement coupé le souffle.

Le soleil domine un ciel sans nuage d'un bleu profond : une parfaite journée d'été pour naviguer. Enfin, si j'en crois ce que dit Rafael. Je le regarde faire les dernières vérifications d'usage pendant que je suis sur le quai, à faire les cent pas : j'ai enfin réussi à avoir Alexandre au téléphone. Il va bien et sera de retour à la maison demain. Il me manque, mais je suis contente de le savoir si heureux.

– Alors ? Tout va bien ? me demande Rafael en me tendant la main.

Je grimpe sur le bateau.

– Oui, il est aux anges. Ils s'amusent comme des fous. Il est plutôt du genre réservé, ce genre d'aventure est exactement ce qu'il lui faut.

Je suis sur le point de raconter une anecdote de mon fils à l'école avant de me raviser. La plupart du temps, les mecs que je côtoie ne connaissent même pas son existence.

– Ah ouais ? Avec une mère comme toi, je l'imaginais plutôt extraverti.

– Il a pris du côté d'Azalea. Un Serdaigle.

– Il aurait pu venir, tu sais.

Sitôt la proposition faite, tous les muscles de mon corps se tendent. Je secoue la tête. À quoi bon ? Nous pouvons nous amuser à flirter avec les limites que nous nous sommes fixées, mais je resterai garante de celle-ci. Mon fils ne doit pas être impliqué dans notre histoire. Nous le savions dès le début, ce n'est qu'une parenthèse, un break de notre vie quotidienne et nos soucis. Elle a commencé avec un point final avant même que le prologue ne démarre.

– On y va ?

J'acquiesce tout en m'installant à l'avant du bateau. Dès que le moteur démarre, je sens les premiers picotements de l'excitation titiller mon ventre.

J'ai tellement de mal à me retenir de sourire alors que l'air marin vient fouetter mes joues. C'est exactement ce dont j'avais besoin.

J'ai encore fait des cauchemars cette nuit. Je me suis toutefois réveillée sans larmes, dans ses bras. Il fallait que je foute le camp. Puis tout est revenu comme un tsunami : les rêves, le carnet, les photos, l'Aigle et ma rencontre avec Camélia. J'ai essayé de comprendre ce que tous ces éléments pouvaient bien cacher, sauf que je suis fatiguée. Alors, quand Rafael m'a proposé de partir pour la journée, je me suis rendu compte combien j'en avais besoin.

Bercée par la houle, le visage offert au soleil, je jette quelques coups d'œil au capitaine derrière son gouvernail. Je ne pense pas l'avoir déjà vu aussi heureux. À chaque accélération, on dirait un gamin sur son premier vélo. Une fois que nous sommes sortis de la marina, il prend le large. Rapidement, nous sommes seuls, à foncer, nous frayant un chemin à travers les vagues. Après quelques tentatives, il finit par trouver un endroit isolé, une petite crique à flanc de falaise et à l'abri du vent, loin des touristes.

– Ce n'est pas idéal, mais il y a beaucoup de vent aujourd'hui. On ne va pas pouvoir aller là où je voulais.

Il a l'air si déçu. De mon côté, notre refuge me paraît pourtant parfait. Nous sommes au centre d'une lagune avec absolument personne en vue. La mer est cristalline, bleu turquoise et j'ai vu Rafael remplir une glacière de boissons fraîches et de bonnes choses à manger. En ce qui me concerne, nous pourrions passer des jours ici, loin de ce qui me maintient éveillé sur la terre ferme.

– Je voulais te montrer un autre endroit, mieux, plus…

– Ici, c'est parfait, le coupé-je avant de me glisser entre son corps et le gouvernail.

Je passe mes bras autour de son cou et dépose un baiser sur ses lèvres. Dès que nos poitrines se touchent, je sens sa respiration se calmer. Je m'attarde sur sa bouche, laissant ma gratitude s'exprimer plus longtemps que prévu. Je ne me sépare de lui que pour m'assurer d'un dernier détail :

– On ne risque pas d'être rejoints par qui que ce soit ?

– Non, c'est un coin assez tranquille. Surtout à cette heure-ci. Les touristes mangent et…

Je ne le laisse pas finir : j'attrape le bas de ma robe pour la passer au-dessus de ma tête. Je ne porte rien en dessous à part une culotte Pocahontas. Oui, aujourd'hui, j'avais comme une envie de peindre en mille couleurs l'air du vent. Rafael jure de surprise en espagnol avant de regarder autour de lui, comme pour s'assurer que personne n'est effectivement dans les parages. Quand il ose enfin reposer les yeux sur moi, il est toujours bouche bée.

Existe-t-il quelque chose de plus exaltant que de faire rougir un homme ?

Il a le visage tourné vers mes seins que je brandis comme une preuve supplémentaire de mon insolence. Sans lui laisser le temps de réagir, je plonge en faisant une bombe, me préoccupant peu de perturber le calme marin. La sensation de l'eau fraîche sur ma peau chauffée par le soleil est divine ; dedans, je me sens libre, plus que je ne l'ai jamais été. Dès que j'émerge, je retrouve Rafael debout sur le bateau, les bras croisés sur le torse.

– Hortense… Tu vas vraiment te baigner à poil ?

– Ouais, et toi aussi !

– Sûrement pas.

– Tu ne vas me dire que tu ne l'as jamais fait ? Je t'ai vu faire bien pire dans une piscine…

– Là, on est dans la mer, en pleine journée…

– Tu as peur que les poissons prennent ton pipou pour un hameçon ? le taquiné-je en arborant une moue de compassion exagérée.

– Au contraire, je n'ai pas envie d'affoler la faune marine avec mon énorme anguille. Et désolé, mais je n'ai aucune envie de croiser quelqu'un et de devoir montrer ma lune en pleine journée.

– Perso, j'adore les éclipses !

Le narguant, je fais glisser ma culotte le long de mes jambes avant de la balancer sur le bateau. Le tissu trempé l'atteint en pleine poitrine en un bruit sourd puis tombe à ses pieds. Il regarde mon sous-vêtement, tendu. Je sens qu'il est tiraillé. Mais je m'en fiche. Je flotte nue au milieu de l'eau, exposant mon corps au ciel sans me préoccuper de qui pourrait me voir. Qu'est-ce que c'est bon de se laisser aller !

– Tu vas vraiment me laisser m'amuser toute seule ? Poule mouillée !

– Exhibitionniste !

– Dégonflé !

Je l'entends rire avant de me laisser de nouveau aller en arrière. Je n'ai pas le temps de le maudire qu'un gros plouf suivi d'une vague me submerge. Quand je relève la tête, il revient à la surface. Ni une, ni deux, je me jette sur lui pour tenter de lui rendre la monnaie de sa pièce.

– Saleté, tu m'as fait boire la tasse ! crié-je avant de l'emporter avec moi.

Sous l'eau, tout est silencieux. Les rayons du soleil serpentent sur sa peau noire. Du bout des doigts, il fait glisser une mèche de mes cheveux qui ondule sur ma poitrine. Il agite les bras avec grâce pour se maintenir en place, face à moi, imitant l'onde marine. Tout à coup très sérieux, il s'approche de moi. Les battements de mon cœur me semblent si puissants que je les entends tambouriner jusque dans mes oreilles. Une fois son visage à quelques centimètres du mien, il glisse sa main sur ma nuque et me rapproche de lui. Quand sa bouche se pose sur la mienne, je jurerais que mon palpitant n'est pas le seul à s'emballer. Alors je laisse ses lèvres me ramener vers la surface. Je remonte à bout de souffle, émue, silencieuse.

– Ça va ?

Il semble inquiet. J'inspire profondément, suppliant mon cœur de se calmer.

– Bien sûr ! Pourquoi ça n'irait pas ?

Je ne lui laisse même pas le temps de répondre et lui balance de l'eau au visage.

– Le premier arrivé au rocher a gagné !

Et c'est ainsi que passe une bonne partie de l'après-midi. Entre taquineries, provocations et embrassades salées, nous finissons par remonter à bord. Allongés sur les banquettes du bateau, nous nous laissons bercer par les vagues et sécher par le soleil. Quand je soulève une paupière, je le retrouve la tête posée sur mon ventre, un stylo et son carnet à la main. Les sourcils froncés, il griffonne sur les pages de manière appliquée. Les yeux d'abord perdus dans le ciel, ses lèvres forment silencieusement les vers qui naissent dans son cœur. Je ne cherche pas à lire ce qu'il écrit. J'ai compris que c'était son jardin secret. Ce matin, dans sa salle de bains, il a accepté d'entrouvrir la porte et m'a laissée jeter un coup d'œil.

– Pourquoi tu écris ?

Je sens sa nuque se raidir contre mon flanc. Il ne bouge plus, comme un enfant pris la main dans le sac.

– Rafael, c'est moi. Relax. Tu n'es pas obligé de me répondre.

Ma remarque a au moins le mérite de le faire rire. Après un instant, il tourne la tête vers moi.

– C'est juste que je ne sais pas trop quoi te dire.

– Quand est-ce que ça a commencé ?

Je le vois se replonger dans ses souvenirs. Je le laisse prendre le temps de revenir vers moi, comme on remonte à la surface. Et, après une longue inspiration, il révèle :

– J'ai commencé à écrire un 25 janvier.

– OK… C'est précis.

– En même temps, je ne pense pas qu'on puisse oublier le jour de l'enterrement de son père.

Merde… Évidemment, je pose la question qu'il ne faut pas. Je m'apprête à m'excuser quand il me prend de court :

– Je crois qu'en revenant de la cérémonie, quand tout le monde est parti et que je me suis retrouvé enfin seul dans ma chambre, j'ai attrapé un papier, un stylo et j'ai commencé à écrire. Je ne me souviens plus exactement de ce que j'ai noté, mais je suis sûr que c'est là que ça a commencé. Je me rappelle encore comment je me sentais ce jour-là. Je n'ai rien pu faire. J'ai juste dû regarder son cercueil descendre dans la terre. J'ai vu ma mère s'effondrer. Et après l'enterrement, continuer à s'enfoncer. Parfois, je me disais que si elle continuait, elle allait finir par le rejoindre… C'est ça, j'ai commencé à écrire parce que je ne pouvais rien faire d'autre. Je n'étais qu'un gamin qui avait perdu son père et à qui on n'a jamais laissé porter le deuil. À la place, j'ai dû endosser son rôle, trop grand et bien trop lourd.

Sa respiration s'arrête. Je n'entends plus la mer, je ne vois plus le ciel. Il n'y a plus que ses yeux à lui qui sondent le vide derrière ses lunettes de soleil. Ma gorge se serre. J'ai mal pour l'ado qu'il a été et qui doit toujours souffrir en silence derrière la façade de l'homme qu'il est devenu. Je crois voir une larme glisser. Au moment où je lève ma main pour la rattraper, il se redresse.

– Bref, conclut-il en laissant échapper un rire d'une tristesse incroyable. Maintenant c'est différent. Je dirais presque que c'est le contraire. J'écris quand j'ai besoin de faire le vide à l'intérieur. De sortir ce qui me pollue l'esprit.

Discrètement, je le vois passer rapidement une main sous ses lunettes pour effacer l'émotion qui l'a submergé par surprise, comme une vague traîtresse tout droit venue de l'adolescence. Puis son téléphone sonne. Dès que ses yeux tombent sur l'écran, ses sourcils se froncent et on aurait dû mal à croire qu'il y a quelques secondes, il était vulnérable.

– Qui est-ce ?

– Ma mère… Elle veut que je passe la voir demain.

Bien sûr… Plus le temps passe, plus je me demande si cet homme arrive à avoir quelques secondes de répit.

– J'espère que cette journée t'a plu.

– On rentre déjà ?

– Ça fait des heures qu'on est allongés ici.

– Je n'ai pas vu le temps passer. Tu es sûr qu'on est obligés de rentrer ?

– Le soleil tombe vite.

Je n'ai aucune envie de me retrouver au milieu de la mer en pleine nuit alors je me lève.

– Okay, *Capitán* !

Je me lève en exhibant une dernière fois mon torse et mes fesses nus, avant d'attraper mes vêtements et de les enfiler. Il fait de même. Je décide de rester à l'avant pendant notre retour vers le port, juste pour profiter du panorama. Le ciel est magnifique à cette heure-ci. Les rayons vermillon du soleil colorent les nuages épars sur le fond violacé. Je me tourne vers Rafael. Derrière le gouvernail, il arbore un sourire radieux. La lumière du crépuscule donne à sa peau un éclat presque doré.

– Accroche-toi ! crie-t-il à travers le bruit du vent, des vagues et du moteur.

Je ne comprends pas tout de suite, puis je suis secouée par une accélération. Nous chevauchons les flots et je dois m'accrocher à chaque soubresaut du bateau. Je lui lance un regard amusé, auquel il répond franchement. Mon cœur se soulève, tressaute. Je me mords les lèvres. Ce n'est pas ce que nos règles étaient censées éviter ? Ça me fait mal de l'avouer, mais Rafael est un homme comme j'en ai rarement rencontré. Le genre à ouvrir la porte de la voiture, à vérifier que la femme à ses côtés est bien installée et ne manque de rien, quitte à s'oublier lui-même. Il n'y a que quand il danse qu'il semble enfin entendre le bruit que fait son cœur quand il bat. Et moi, c'est le contraire. Je ne sais que me préoccuper du présent, hantée par les souvenirs d'hier et les incertitudes de demain.

Finalement, il n'y a pas de mal à enfreindre les règles. Rien qu'un tout petit peu.

17 AOÛT

RAFAEL

Blanche-Neige et les Sept Nains, sérieux ?

Comment une dure à cuire pareille peut-elle cacher de douces héroïnes de dessins animés sous ses vêtements ?

– Toutes tes culottes ont des princesses Disney ?

Quand elle entend ma voix, elle sursaute. Elle pose sa tasse de café et se retourne vers moi, en tee-shirt et culotte.

– Non. Je suis une adulte, mère de famille. J'en ai aussi avec des mangas. Pourquoi ?

– Eh bien, je n'aurais jamais cru être excité en voyant Belle ou Cendrillon. Encore moins les Sept Nains.

Elle explose de rire, puis approche son visage du mien :

– Et encore, tu n'as pas encore vu ma collection de shorties Pokémon.

– Oh non… Laissons Carapuce en dehors de mes fantasmes.

J'entoure sa taille de mes bras et ramène ses hanches contre moi. Rien qu'au son de ma voix, je sais qu'elle comprend à quel point mon envie d'elle gronde dans ma poitrine. Dès que mes lèvres touchent les siennes, je sens ses ongles griffer légèrement la peau de ma nuque. Ce qui était parti comme un petit baiser frais et matinal se transforme en une embrassade brûlante. Je descends mes mains sur ses fesses et la ramène tout contre mon intimité. J'ai promis d'être un gentleman, mais alors qu'elle passe ses cuisses autour de ma taille, ma volonté se fait de plus en plus faible. J'entends un petit cliquetis au fond de la pièce, mais refuse de me détacher de l'étreinte d'Hortense.

– Oh merde !

La voix de Lucia éclate dans mon dos et c'est la douche froide.

Qu'ai-je fait pour ne jamais mériter plus de trente secondes de paix ?

– Lucia ? Qu'est-ce que tu fais là ?

Je vois Hortense passer le revers de sa main sur sa bouche, tenant d'effacer les marques de ma fougue. Et ramener son tee-shirt sous ses fesses.

– Pardon. Je me suis disputée avec Maman…

Je m'apprête à l'engueuler, à lui dire que ce n'est pas une heure pour se prendre le bec avec sa mère, et encore moins pour débarquer chez moi, mais je remarque ses yeux rouges assortis à son nez et un sac à dos dans lequel je devine ses affaires pour le week-end. Je jette un regard désolé à Hortense qui me rend un sourire déculpabilisant.

– Je ne pensais pas que tu serais réveillé et encore moins…

Elle ne termine même pas sa phrase.

– Je suis désolée.

– Ne t'excuse pas, lui répond Hortense.

Sa voix est bien plus douce que d'habitude. Je dois dire que sa sollicitude me touche.

– Pose tes affaires et bois un verre d'eau, reprend-elle. Je vais aller m'habiller.

Elle ouvre rapidement les placards et le frigo et lui sert un verre d'eau à une vitesse incroyable, qu'elle place ensuite devant elle sur le comptoir. Si elle ne me l'avait pas dit hier, ce seul geste aurait pu m'indiquer qu'elle était barmaid. Elle file et je me tourne vers ma sœur à l'air abattu, qui pleure en silence sur le bar de la cuisine.

– Qu'est-ce qui se passe ?

– C'est *Mamá*… Elle me déteste, je te jure Rafael. Tout ce que je dis l'énerve.

– Elle ne te déteste pas. Tu la connais. Elle est juste surprotectrice.

– Ça n'a rien à voir, et tu le sais très bien. Tu ne peux pas comprendre. Elle t'adore, toi !

– Ne dis pas de bêtises. Elle t'aime plus que tout. Il faut juste qu'elle accepte que tu as grandi. Et toi, que tu comprennes que tu n'es pas encore une adulte.

Elle sèche ses larmes et lève ses grands yeux noirs sur moi. Je déteste la savoir si triste.

– Et puis je t'assure, en ce moment, notre mère n'est pas très contente de mes choix de vie.

– Et je crois que je suis la coupable !

Hortense revient dans la cuisine, cette fois vêtue d'un short.

– Oui, mais quand elle va apprendre que j'aime les filles, elle se fichera bien de savoir ce que vous faites de vos week-ends.

– Je doute que ta mère puisse en avoir quoi que ce soit à faire de tout ça.

Quand un silence éloquent s'installe, les sourcils d'Hortense se soulèvent tant elle est surprise. J'aimerais pouvoir la contredire mais la vérité, c'est que ma génitrice ne va pas accepter facilement l'orientation sexuelle de sa fille.

– Ah ouais ? Elle a vraiment l'air d'être un rayon de soleil.

– Je sais, avoué-je. Je n'ai pas l'impression qu'elle ait toujours été comme ça… La mort de mon père l'a vraiment rendue froide. Elle s'est enfermée dans sa foi. Comme si toutes ces règles de conduite étaient les seules choses qui lui avaient permis d'accepter l'inacceptable.

Hortense s'installe derrière le comptoir de la cuisine. Je sens qu'elle n'est pas convaincue mais elle pousse un soupir résigné avant de se tourner vers ma sœur.

– Tu as mangé ?

Timidement, Lucia secoue la tête.

– Bon, conclut-elle comme si elle était soudain investie d'une mission de la plus haute importance. L'homophobie, c'est nul, mais alors la supporter le ventre vide… C'est tout bonnement atroce.

Cette remarque arrache un sourire à Lucia. Hortense ouvre le frigo et en sort des œufs, du beurre, des petites saucisses. Ensuite, elle ouvre tous les placards un par un pour récupérer de la farine, du sucre et un grand saladier.

– Tu fais le petit déjeuner ?

– Oui. Et avant que tu ne t'imagines des choses, je le prépare pour Lucia et moi.

– Tu es sérieuse ?

– Ta maison, tes règles, Maestro ! Si ça te va Lucia, on part sur des œufs brouillés et je vais te faire des petits sablés à la banane. C'est la spécialité de ma famille. Je ne connais aucun chagrin que ces biscuits ne peuvent soigner.

– Je pourrai goûter tes sablés au moins ?

– Je t'en mettrai de côté. Tu pourras les manger quand je serai partie. Pour réparer ton petit cœur… rétorque-t-elle en arborant une mine faussement triste.

Je laisse échapper un rire.

– Ou alors, je les boufferai quand je pourrai enfin regarder *Le Seigneur des Anneaux* sans t'entendre ronfler.

– Bon, OK, tu pourras en manger quelques-uns tout de suite, cède-t-elle en ricanant. En attendant rends-toi utile et apporte-moi de la crème. Je crois que j'ai chopé un coup de soleil sur le bateau hier.

– Je t'avais dit que tu aurais dû plus te couvrir…

– Que veux-tu, je suis une rebelle dans l'âme.

– La rébellion ne te sauvera pas du mélanome.

Je me lève et pars en direction de la salle de bains. Je dois bien avoir une crème contre les brûlures qui traîne. Je n'ai même pas le temps d'atteindre le couloir que ma sœur m'attrape le bras :

– Tu l'as emmenée sur ton bateau ?

Merde.

– Ouais, réponds-je à voix en basse, en priant pour qu'Hortense ne nous entende pas.

– Et c'est moi ou elle a passé la nuit chez toi et fait le petit déj dans ta cuisine ?

– C'est juste un petit déj, c'est juste un bateau.

– Juste un bateau ? Double waouh…

Je sais ce que ces « waouh » veulent dire. Je ne laisse personne monter sur mon bateau. Ni ma famille, ni mes potes et encore moins des copines. Je leur ai toujours fait comprendre que ça n'arriverait jamais. Il est tout petit, « fait pour une personne ». Ou du moins, c'est l'excuse que je donne à tout le monde pour qu'on me laisse tranquille. La vérité, c'est que c'est le seul endroit où j'ai la paix, où je me sens serein. Et Hortense est la première personne à mettre un pied dessus. Elle est la première personne depuis longtemps à dormir ici et à fouiller dans mes placards.

– Bref, arrête de poser des questions inutiles. Et si vraiment ça peut te faire plaisir, je t'emmènerai avec Anna bientôt…

– Triple waouh ! Tu serais prêt à acheter mon silence juste pour qu'elle ne sache pas à quel point elle est spéciale ?

– Justement. Entre nous, ce n'est pas sérieux. Je ne veux pas que tu lui donnes des idées. Sa sœur se marie demain, elle part dans moins de dix jours… Vraiment, ce n'est pas la peine d'en faire un plat.

– Si tu le dis. En tout cas, Do a raison. Vous allez bien ensemble. Je t'ai rarement vu aussi heureux. Je ne sais pas si tu t'en rends compte.

Elle m'adresse un sourire gêné avant de retourner dans la cuisine. Je fonce dans la salle de bains, ignorant le picotement au centre de ma poitrine. Je sais qu'elle a raison. Même si je voulais le nier, j'en serais incapable. J'ai bien conscience qu'elle arrive à libérer quelque chose de profondément enfoui. Elle révèle une légèreté dont je pensais être dépourvu, elle glisse, désinvolte, dans ma vie et puis soudain, rien n'est grave. Et c'est exactement ce dont nous avons tous les deux besoin.

Il ne nous reste que quelques jours d'insouciance. Et ensuite ? Ensuite, eh bien, quoi qu'il arrive, nous ne le vivrons pas ensemble.

HORTENSE

J'ai la main encore dans celle de Rafael, et l'animation du *MikaDo* nous percute dès que nous en passons la porte. Lorsque j'aperçois ma sœur et mon fils dans un coin de la terrasse, je me sépare de lui – plus brutalement que je ne l'aurais voulu. Mais, comme à son habitude, il ne semble pas m'en tenir rigueur. Au contraire, l'animal sauvage que je suis le fait rire. Il m'adresse un clin d'œil léger et se faufile directement dans les cuisines, où Dolores doit l'attendre. J'atteins la table et Alexandre fonce me faire un câlin.

– Mamounette ! Ça va ?

– Oui et toi ?

– Oui, Tatie Zaza m'a dit que tu es allée faire le marché ce matin. Tu as acheté quoi ?

Je jette un coup d'œil vers ma sœur qui me fait une grimace embarrassée. Je suppose qu'elle a dû inventer quelque chose pour expliquer que je ne sois pas à la maison. Je pensais vraiment rentrer aux aurores, mais je dois dire que cette nuit de répit m'a fait du bien – la première depuis longtemps. Enfin, j'ai eu l'impression de me réveiller reposée. Je déteste mentir à mon fils, alors j'élude :

– Quelques bricoles pour le mariage. Alors, qu'est-ce que tu fais avec Zaza ?

– Plein de trucs ! Heureusement que tu es là. Je crois qu'elle commence à paniquer.

– J'arrive au parfait moment alors, me vanté-je en mettant mes lunettes de soleil comme Horatio Caine dans *Les Experts : Miami*.

Azalea a, en effet, l'air un chouïa plus stressée qu'il y a quelques jours.

– Tout va bien ?

– Oui. J'ai juste quelques trucs à faire… Trois fois rien, dit-elle en ricanant nerveusement.

Elle me montre une pile énorme de décorations. Assez de guirlandes, de fausses fleurs en papier mâché et de nœuds en satin pour transformer ce restaurant en salle de mariage.

– J'ai peur qu'on n'arrive pas à tout installer aujourd'hui. Ce n'est pas comme si on se mariait demain, ajoute-t-elle dans un rire frénétique qui, je dois avouer, est un tout petit peu flippant.

Elle est totalement paniquée.

– OK, Madame. Toi, tu vas aller t'asseoir au bar pour souffler un peu. Tu as mangé ?

– Pas encore.

– Je vais t'apporter une assiette et, avec Zouzou, je me charge de la déco, la rassuré-je en l'emmenant jusqu'au bar pour la poser sur une chaise. Tu es prêt mon amour ? demandé-je à mon fils.

– Oui ! Tu vas voir Tatie, on va faire ça aussi vite que Superman !

Alexandre attrape des décorations et fonce dans la pièce en portant un carton à bout de bras. Je sens tout de suite le visage de ma sœur se dérider.

– Sérieusement, Azalea. Ne t'inquiète pas, tu n'es pas seule. On s'en occupe. Tout sera exactement comme tu l'as imaginé.

– Merci, Sia, me dit-elle en me prenant dans ses bras.

Alexandre et moi, entre une blague et un fou rire, nous habillons les lieux. Je dois avouer que nous sommes légèrement plus lents que Superman, mais ça reste totalement respectable. De nombreux amis des mariés viennent nous aider ; même John met la main à la pâte sans balancer une seule blague déplacée. À midi, la décoration des murs est terminée. Mickaël a préparé un buffet pour tout le monde afin de déjeuner rapidement. Je me surprends à sonder la salle, à la recherche de Rafael, sûrement trop occupé à jouer au commis de cuisine pour demain.

Sous les ordres de la future mariée, l'après-midi passe tout aussi vite. Azalea est une excellente cheffe de travaux. Accompagnée de son classeur, elle sait au millimètre près où placer les porte-noms, bougies et préparations florales. Je reconnais bien là la rigueur mathématique de mon aînée. Vers 19 heures, le restaurant est méconnaissable. De magnifiques drapés blancs habillent le plafond en bois. De belles nappes claires recouvrent les tables rondes pour laisser émerger de délicats arrangements floraux sur les centres de table. Des guirlandes de lumière habillent les murs et chaque ampoule se reflète sur la vaisselle parfaitement alignée. Tout est nickel.

Quand je m'assieds enfin, tout mon corps me fait mal. Je meurs de chaud. Et je ne parle pas d'Alexandre qui ne se prend plus du tout pour un superhéros. Assis sur une chaise, il boit son jus de goyave, totalement amorphe. J'en profite pour faire signe à ma sœur qui s'approche :

– On a terminé ? Je pense ramener le petit à la maison.

– Bien sûr. Kaï a presque fini de mettre en place tous les éléments de la cérémonie sur la plage, il ne va pas tarder à venir avec ses amis, ils finiront. Rentre, Zouzou a l'air sur les rotules.

Elle caresse affectueusement la tête de mon fils.

– Je repasse tout à l'heure ?

– Ce serait parfait. Et au fait, la maison de Tatie Thé est pleine à craquer. Toute notre famille des quatre coins de l'île est arrivée. Je crois que Maman a parlé de loger une cousine ou deux dans vos chambres. Tu peux venir dormir à la maison si tu veux.

Au moment où elle me fait sa proposition, Rafael sort de la cuisine vêtu d'un tee-shirt blanc. Sa peau brille sur ses muscles bandés et je jurerais qu'un couinement vient de sortir de ma bouche.

– Laisse tomber, dit-elle en le voyant arriver. Je suis certaine que tu trouveras où loger pour cette nuit, et sûrement les prochaines…

– Non, je dois te maquiller et te coiffer…

– Sois à la maison vers huit heures, ce sera suffisant. Ce que tu fais avant, c'est à toi de voir, chuchote-t-elle, peinant à camoufler un sourire en coin. Après, si j'étais toi, je passerais tout le temps que je peux à m'amuser. Si en plus, c'est dans les bras d'un grand brun, que demande le peuple ?

– Rien d'autre, le peuple ne demande absolument rien de plus. En revanche, il faudra tout de même que je passe à la maison pour récupérer quelques affaires.

– Retrouve-nous ici après. On mange tous ensemble avant le grand jour.

– Parfait. Garde-moi du dessert.

Je rejoins Rafael, le haut des joues piquées par l'embarras.

– Il paraît que ma maison est prise d'assaut par de la famille et que je n'ai nulle part où dormir cette nuit.

– Ah… C'est dommage. Tu cherches donc l'hospitalité ?

Je hoche la tête. Il me renvoie un sourire radieux. Je n'ai même pas besoin de lui demander de l'aide pour deviner sa réponse.

***

Azalea n'a pas menti. Notre maison est une véritable fourmilière. Même la chambre d'Alexandre a été réquisitionnée. Il va dormir avec ma mère et Mahina. Je ne reconnais quasiment personne. Tout le monde vit en Martinique. J'ai tout de même retrouvé ma cousine Rosie : elle est bien plus jeune que moi, j'ai dû la voir une ou deux fois dans ma vie, mais elle ressemble tant à ma sœur qu'on ne peut pas se tromper. J'ai échangé rapidement avec la jeune fille de seize ans, ai pris une douche et ai filé. Ma combinaison orange, celle que j'ai mise le soir où j'ai rencontré Rafael, est la seule tenue de soirée dont je dispose. Elle est un peu osée mais ça fera très bien l'affaire. En disant au revoir à tout le monde, j'ai croisé Camélia. Elle a claqué une bise sur ma joue puis a quitté la pièce en vitesse. Étant donné tout ce que j'ai en tête en ce moment, avec le mariage qui n'est plus qu'à quelques heures et mon avenir professionnel, je n'ai même pas envie d'insister. Et puis, elle a été claire : elle n'a aucune envie de parler.

Ce n'est que lorsque je tire le frein à main que je m'aperçois que je suis devant le *MikaDo*. J'ai fait le trajet le regard rivé sur la route, poursuivie en pensée par les démons qui m'empêchent de dormir. Je prends le temps de me ressaisir, frotte mes mains sur ma robe pour absorber l'angoisse qui s'y est glissée. Par la fenêtre, j'aperçois les silhouettes de ma sœur et de ceux qui comptent pour elle trinquer au loin. C'est son mariage. Kaï et Azalea méritent que nous soyons tous heureux, même si ce n'est que pour quelques heures. Quand je pénètre dans le restaurant, le soleil est presque couché. La salle est pleine ; je reconnais les amis de l'association polynésienne de Kaï et, sur une table, au fond, je retrouve Rafael entouré de ses amis et des futurs mariés. Dès qu'il me voit arriver, le visage de mon amant s'illumine.

– Tu as tout ?

– Oui, tout est dans la voiture… confessé-je, un peu impressionnée de parler aussi ouvertement de ce que nous vivons devant tout le monde.

Kaï lève sa bière en mon honneur.

– Tu as dîné ? me demande Azalea.

– Non, pas encore. Mais je vais bien trouver de quoi manger.

– Oh, ne t'inquiète pas. Je crois que quelqu'un t'a gardé de quoi te nourrir… dit ma sœur en jetant un regard complice à Rafael.

Devant lui, une assiette avec un peu de tout ce qui était sur le buffet est gentiment présentée. Et sur une petite assiette se trouve une part de gâteau à l'ananas.

– Si tu veux mon avis, je crois qu'il n'y a pas que le pipou qui est de qualité chez cet homme, murmure ma sœur en me frôlant, avant de s'éclipser dans la cuisine.

Je rigole doucement avant de m'approcher et de me placer au-dessus de Rafael, la main sur son épaule.

– C'est pour moi ?

– Oui. On m'a dit que c'était ton dessert préféré.

– Sache qu'il a dû se battre pour l'avoir, commente Kaï.

En soit, ce n'est pas grand-chose : quelques portions de nourriture sur des assiettes en plastique. Pourtant, mon cœur s'emballe. J'attrape son visage entre mes mains et baisse les yeux vers lui.

– J'ai énormément envie de t'embrasser. Je peux ?

Un éclair de surprise passe dans son regard, mais, rapidement, il hoche la tête. D'un geste lent, mes doigts glissent sur sa nuque alors que ses pouces caressent ma tempe. Puis, avec une délicatesse qui me paraît étrangère tant elle ne me ressemble pas, je dépose mes lèvres sur les siennes comme on offre une fleur à sa première amante. Sans un mot, je tente de lui confier ce que je ne sais pas dire. C'est le silence autour de nous qui me fait relever la tête. Des yeux écarquillés nous observent, puis les amis de Rafael se mettent à nous applaudir et à siffler.

– Regarde-le, il est rouge comme une pivoine. C'est la première fois qu'on t'embrasse ou quoi ? le chambre Mika.

– Toi, tais-toi si tu veux refaire des enfants un jour, répond Rafael.

Il élude mais je sais qu'il y a du vrai dans ce que dit Mika. Je sais que personne ne l'a embrassé comme ça, que c'est la première fois pour lui aussi. Je reconnais sur son visage la même expression que je sens sur la mienne quand il me touche.

– Tu veux boire quelque chose ? proposé-je.

– Ramène du champagne ! crie ma sœur en revenant prendre place au milieu de ses invités.

– Rien qu'à voir comme elle glousse, je ne suis pas sûre que ce soit une bonne idée, commenté-je en passant derrière le bar. La nuit de folie, c'est demain soir les gars !

Tout le monde rit pendant que je me penche pour sortir une bouteille du petit frigo sous le comptoir. Quand je me relève, je tombe sur une femme de l'âge de ma mère. Peut-être un peu plus jeune. Elle me scrute et m'adresse un sourire froid.

– Vous travaillez ici ?

Sa façon de parler est particulière. On entend des origines hispaniques dans sa diction. Une façon de rouler les R qui ne trompe pas.

– Non. Mais je peux vous servir quelque chose ?

– Non merci. Vous savez où est ma fille ? Je dois lui déposer des affaires.

La femme est froide. Comme l'Antarctique.

– Qui est-elle ?

– Dolores.

Ma respiration se coupe. Je comprends mieux sa réputation. Santa Maria, mère de Rafael, me passe au crible. Quelque chose me dit qu'elle n'approuve pas ma tenue, ni mon franc-parler.

– Oh ! Vous êtes la maman de Rafael. Bonjour Madame. Enchantée de vous rencontrer.

Elle hoche la tête poliment.

– Vous devez être Constance.

– Hortense…

De nouveau, elle bouge la tête d'une façon qui ne cherche même pas à dissimuler le dédain qu'elle a pour moi. La reine mère n'apprécie pas ce qu'elle voit. Lucia arrive et m'adresse un sourire pincé, désolée pour le comportement de sa mère alors qu'elle n'en a même pas entendu un mot.

– Vous êtes serveuse ?

– Pas vraiment. Je viens de quitter mon emploi.

– Ah ! Vous êtes au chômage, donc…

Elle laisse échapper un rire mesquin. Je me demande ce qu'elle attend pour me cracher au visage.

– En effet, vous êtes très différente de votre sœur.

– Oui, c'est dingue… Même ceux qui sont incapables de retenir leur table de huit ont le droit d'exister.

Lucia rit mais pas sa mère.

– Vous avez été mariée ?

– Seigneur non ! Jamais de la vie !

– Mais j'ai cru comprendre que vous avez un enfant ?

– Je l'ai eu toute seule.

– Que vous le vouliez ou non, cet enfant a bien un père.

Je sens mon calme quitter mon corps. Jusque-là, toutes ces remarques me passaient au-dessus de la tête. Des vieilles conservatrices qui réprouvent mon travail, mon physique, j'en ai connu. Mais si elle touche à mon fils, ce n'est plus la même chanson.

– Je ne crois pas que ça vous concerne.

– Vous sortez avec mon fils, non ?

– Non, je couche avec, rien de plus !

Elle est sur le point de s'étouffer quand Rafael débarque.

– *Mamá !* Tu es là ? Do est rentrée. Elle se sentait un peu fatiguée.

Un échange en espagnol s'ensuit, auquel je ne comprends rien. La sainte semble en colère, de celle qu'on contient en public. Lucia suit le ping-pong sans dire un mot.

– *Mamá... No seas mala !*

Rafael finit par l'emmener dehors en s'excusant d'un signe de tête à mon égard.

– Qu'est-ce qu'elle a dit ?

– Oh, rien... tente l'ado en baissant la tête.

– Lucia, tu peux me dire la vérité. Ça ne va pas me blesser. Je crois même que savoir exactement ce qu'elle me reproche m'aidera à l'emmerder un peu plus.

Elle hésite, puis avoue, la tête baissée :

– Elle ne comprend pas ce que mon frère fait avec toi. Elle ne comprend pas pourquoi il s'obstine à donner leur chance à des... à des filles faciles.

– Elle a vraiment dit ça ?

Elle hoche la tête avant de rétorquer :

– Ne t'inquiète pas. Ce n'est pas toi. Elle juge tout le monde, et son fils, c'est l'Azalea de ta famille. Ne l'écoute pas. J'ai compris il y a bien longtemps qu'il valait mieux ne pas lui accorder d'attention si on voulait être heureux.

Un éclair de tristesse transparaît dans ses yeux. Je change vite de sujet, lui sers un cocktail de fruits frais sans alcool et me dépêche de rejoindre ma sœur. Ce qui se dit dehors n'a rien à voir avec moi. J'ai déjà bien assez à faire pour me préoccuper des espoirs d'une mère qui n'est pas la mienne.

18 AOÛT

RAFAEL

Les boutons de manchette ont vraiment été créés par des gens qui n'aiment pas la vie. Ces machins sont impossibles à attacher d'une seule main. L'agacement monte encore plus quand je pense que, comme d'habitude, tout ça, c'est la faute de Mika. *« On aura trop la classe avec ça ! Ça nous donnera des airs de Drake aux MTV Music Awards ! »* Ce qui me fait penser que je devrais aussi parler à ma sœur de la passion de son mari pour les chanteurs de R'n'B US. Pendant que mes doigts tentent désespérément d'accrocher les suppôts de Satan, je repense à cette nuit. Nous n'avons pas dormi. Je suis épuisé mais j'ai appris beaucoup de choses sur Hortense : elle n'aime pas le thé, porte presque toujours des baskets, aucun de ses tatouages n'a de signification particulière et elle adore regarder des animes avec son fils le samedi matin. Même si je dois dire que le fait qu'elle mette ses céréales avant le lait est quelque chose dont j'ai beaucoup de mal à me remettre. Cela dit, j'ai tout le temps de lui faire rallier la team « lait chaud puis céréales ». Mon cœur se pince. Justement, non, nous n'avons pas le temps. Il nous reste à peine dix jours avant de nous dire au revoir. C'était le contrat : un flirt d'été, rien de plus.

Le cliquetis du verrou de la salle de bains me sort de ma misère. J'ouvre la porte et tombe nez à nez avec une fée : des cheveux parfaitement bouclés, un teint rose qui colore le haut de ses joues jusque sur son nez, en suivant le chemin laissé par ses légères taches de rousseur brunes. Elle porte une robe en soie pastel. La teinte bleue du tissu s'accorde avec les petits cristaux irisés qui ornent son visage, suivant la forme de ses pommettes.

– Tu es…

– Arrête ça ! C'est ma sœur qui a décidé de ce look. C'est vraiment la seule fois de sa vie que je la laisse faire joujou avec moi !

– Tu n'en restes pas moins très belle.

Elle hausse les épaules avant de désigner mes boutons de manchette.

– Tu as besoin d'aide avec ça ?

– Ces trucs sont faits pour me taper sur les nerfs.

– Il suffit d'un peu de doigté, explique-t-elle en les accrochant du premier coup.

– Pourtant, en général, je suis plutôt doué avec mes doigts.

Elle rit. Vraiment. Elle se marre comme si je venais de dire le truc le plus ridicule de la terre. Remarquant l'air sur mon visage, elle admet sans la moindre gêne :

– Pardon, mais en général, ceux qui parlent le plus sont ceux qui en font le moins. Si tu savais le nombre de fois qu'un mec m'a dit que je pouvais l'appeler Edward aux mains d'argent alors que c'était plutôt Jean-Luc doigts en alu…

– Es-tu vraiment en train de dire que je ne saurais pas te faire jouir ?

– Oh non… Ne me dis pas que tu es vexé ? Je suis sûre que tu es très doué.

Elle dépose un petit baiser sur ma joue qui scelle mon humiliation. C'est une chose qu'elle n'ait jamais connu d'amants très bons, mais me mettre dans la même catégorie en est une autre.

– Il va falloir que tu arrêtes de bouder. Et promis, je te laisserai me corriger, monsieur le Professeur, et me prouver que j'ai tort. À moins que tu puisses faire ça en moins de cinq minutes, ça devra attendre qu'on…

Je ne la laisse même pas terminer. Je pose mes mains autour de son visage et attrape sa bouche. Ses lèvres sont sucrées et si je n'avais pas moins de cinq minutes pour leur faire crier mon nom, je m'attarderais peut-être à les cajoler un peu plus longtemps. D'un geste, je la retourne et plaque son dos contre mon corps. Elle me répond par un rire contenu.

C'était donc juste de la provocation ?

Ce constat me fait grogner. Cette fois, je soulève sa robe pour dévoiler ses petites fesses rebondies. Elle ne porte qu'un tanga bleu avec une Fée Clochette dessus. Une nymphe jusqu'au fond de la culotte.

– Attention Petit Jésus, il te reste quatre minutes trente, ricane-t-elle, fière.

– C'est largement suffisant.

Je profite de ce qu'elle ferme enfin sa jolie bouche pour lui mettre une première fessée. Les avant-bras toujours sur le granit de mon plan de travail, elle tourne la tête d'un geste brusque. Son sourire et ses yeux d'effrontée me supplient de recommencer. Et ce matin, ses désirs sont des ordres. Je place une main sur son bas-ventre pour la maintenir en place et fais rebondir ma main contre sa fesse d'un coup sec. Un léger gémissement s'échappe de ses lèvres alors qu'elle se courbe un peu plus sur le plan de travail. Pour quelqu'un qui passe son temps à provoquer, elle se complaît aisément sous la fermeté de mes doigts.

Je claque de nouveau son cul qui rougit doucement sous la punition. Et chaque fois, mon autre main glisse entre ses jambes. Je commence par la caresser doucement, et tout de suite son corps me répond. Elle se cambre et son bassin tente de se rapprocher encore des caresses.

– Tu sais quel est ton pire défaut ? soufflé-je à son oreille. Tu es trop gourmande. Je le dis depuis le début.

Elle ne répond pas, la respiration hachée. Elle est trempée. Au moment où j'introduis deux doigts en elle, je lui remets une bonne fessée histoire de la faire lâcher prise. Qu'elle abandonne son rôle de mauvaise fille qui trompe tout le monde sauf moi. Malgré elle, elle laisse échapper un cri de plaisir dont je me délecte. Si seulement je ne jouais pas un contre-la-montre, je prendrais le temps de savourer. Je me concentre donc sur l'énigme qu'est l'intimité d'Hortense. Je crochète mes doigts et caresse la partie charnue sous son clitoris. Et là, je la sens céder. Une multitude de voyelles s'échappent de sa gorge et je sais que je suis sur la bonne voie. Quel dommage que je ne puisse jouer qu'avec mes doigts… Ma spécialité reste les langues vivantes.

– Oh, Seigneur !

Elle ne rit plus, ne me lance plus une de ses phrases pleines de sarcasme. À la place, je la sens se resserrer toujours plus vite autour de mes doigts. Les siens glissent sur la surface du plan de travail comme si elle tentait en vain d'empêcher son corps de couler sous mes caresses. Au moment où je sens son plaisir recouvrir ma main tout entière, je me dis qu'il me reste moins d'une minute pour lui prouver ses torts. Je plaque la paume chaude de ma main contre sa vulve et mes caresses deviennent plus intenses. Je me serre de l'autre main pour attraper ses cheveux et viens embrasser fiévreusement sa nuque. Je lèche sa peau fine jusqu'à trouver le creux de son oreille pour y déposer ce qui la fera définitivement rendre les armes. Je lui murmure comme elle est belle, comme je pourrais passer ma vie à la faire jouir sur toutes les surfaces de cet appartement, comme elle me rend fou de désir pour elle.

Son orgasme libère un liquide chaud qui glisse entre mes doigts. C'est exactement ce que j'espérais, sans avoir la prétention d'y arriver avec elle la première fois.

Lorsqu'elle ouvre les yeux, encore haletante, son regard trahit sa surprise. Alors que son corps pulse encore autour de mes doigts, je me penche contre son oreille et murmure d'une voix pleine d'une confiance dont j'avais besoin :

– Hortense, sache que je suis le genre de gentleman à te tenir la porte, à t'offrir des fleurs et des chocolats. Mais souviens-toi que je suis aussi capable de te faire jouir à même le comptoir, les fesses encore rougies en moins de deux minutes. Je ne suis pas tout doux. Je peux l'être si tu me le demandes. Je ne suis pas brute. Mais je peux l'être si tu me le demandes aussi.

Je retire ensuite doucement ma main et je la sens retenir son souffle. Elle presse mon corps contre elle, comme si la rupture était trop rapide, trop soudaine. Comme si elle avait besoin que je la raccompagne délicatement vers la terre ferme.

– Ah… et ne m'appelle pas Petit Jésus. Il n'y a que mes sœurs qui peuvent m'appeler comme ça.

Elle se tourne vers moi, puis soupire lascivement :

– Oui, Maestro.

Je place doucement la paume sous sa gorge et l'incite à se relever. J'embrasse la commissure de ses lèvres, sa joue, ses tempes, le corps encore tendu par le sien. Elle est magnifique dans cette petite robe bleue. Elle se redresse et m'offre le portrait d'elle le plus divinement profane qu'il m'ait été donné de voir : elle se tient, un sein nu, découvert par la fine bretelle de sa robe. Un halo de soleil auréole la couronne de fleurs qui orne sa tête, illumine sa peau dorée et joue avec les cristaux sur sa peau. Elle lève vers moi des yeux de madone, si purs, vierge de tout faux-semblant. Je sais que je pourrais tout confier à cette femme.

Si seulement on avait plus de temps ensemble.

– Allez, enfile tes souliers de verre, Cendrillon, le bal va commencer. En revanche, je te conseille de changer de culotte. Celle-là est trempée.

Elle rit lentement, le corps épuisé par le plaisir. Elle se penche pour ramasser sa lingerie puis passe ses bras autour de mon cou. Sur la pointe des pieds, elle m'embrasse à pleine bouche en oubliant totalement son maquillage.

– Merci.

HORTENSE

Lorsque je claque la portière, j'ai encore les jambes chancelantes. Cet homme est un magicien. Je rougis rien qu'en y repensant, mordant ma lèvre le plus fort que je peux pour ne pas le laisser deviner à quel point c'était bon.

– Tu es sûre que tu vas bien ? Tu n'as rien dit depuis… nos cinq minutes dans la cuisine, demande-t-il en s'installant sur le siège conducteur. J'ai fait quelque chose qui n'allait pas ?

– Non, tout va bien. C'est juste que tout ça est très étrange.

– Dans quel sens ?

– Je ne sais pas. Rien que ça, ce moment, là. Ce n'est pas habituel qu'un mec prenne le temps de me demander si tout va bien après un rapport. Je crois que je ne sais pas quoi en penser. Je ne sais pas si c'est triste vis-à-vis de mes relations passées.

– Je ne savais pas non plus quoi penser la première fois qu'on a fait l'amour et que tu as pris les devants.

Il n'ajoute rien d'autre. Nous savons tous les deux ce qui se dissimule derrière nos silences. Il caresse la peau de ma cuisse avec la pulpe de son pouce tout en faisant démarrer la voiture :

– Attends, je crois que j'ai oublié mon sac à dos.

– Tu en as besoin aujourd'hui ?

– Non.

– Tu le récupéreras ce soir, alors.

– Qu'est-ce qui te fait croire que je vais rentrer avec toi ?

– Par pur empirisme. C'est dans mon lit que tu as dormi ces dernières nuits, c'est sur mon comptoir que tu as joui ce matin… Je n'ai fait qu'imaginer la suite.

Je me fige. Oui, je le rejoins presque tous les soirs, mais tous les matins, je reprends mes affaires comme si chaque aube ensemble était la dernière. Je frappe sa cuisse alors qu'il peine à retenir son hilarité. Les rayons dorés du soleil matinal se fondent parfaitement avec sa peau noire.

– Tu voudrais peut-être que je m'excuse d'être une femme entreprenante ?

– Personne ne te le demande. En ce qui me concerne, c'est même le contraire.

Il dépose un baiser au creux de mon cou, juste sous mon oreille, ce qui fait éclater des milliers de bulles dans mon ventre. Il place ses lunettes de soleil sur ses yeux et lance de la salsa, ou peut-être est-ce de la bachata. Je ne sais toujours pas bien faire la différence. Après à peine quelques mètres parcourus, il me demande :

– Tu es prête pour aujourd'hui ?

– Oui et non. Les mariages, ce n'est pas mon truc, mais celui de ma sœur, c'est différent. Kaï et Azalea sont des âmes sœurs.

– Tu crois à ce genre de truc ? Toi, Hortense Ménard, grincheuse de l'amour ?

– Ce n'est pas que je n'y crois pas, mais je me suis trop souvent cassé la gueule pour savoir que l'amour n'est pas une petite balade tranquille. Pourquoi ? Tu y crois, toi, peut-être ? monsieur Je-ne-suis-pas-comme-les-autres ?

– Bien sûr que j'y crois.

– Alors pourquoi toutes ces conneries sur le célibat éternel ?

– Le problème n'est pas d'y croire. Je sais que ça existe. Je l'ai vu. C'est juste que… Je sais que la seule alternative est un cœur brisé. Ça aussi, je l'ai vu. Alors, à quoi bon ?

Si je n'avais pas passé autant de temps avec lui, si je n'avais pas su ce qu'il a vécu lors de la mort de son père, je serais peut-être surprise. Mais pas là. C'est même la première fois que je rencontre quelqu'un qui arrive aux mêmes conclusions que moi, même si les causes sont différentes. Rafael n'est pas si différent de moi. Il ne veut pas s'engager, ni avoir d'enfant. Malgré toute la tendresse que nous avons l'un pour l'autre, nous ne sommes pas faits pour les jeux de l'amour. Nos cœurs solitaires et endurcis sont disqualifiés d'office.

– Attends, redis-moi ça plus lentement. Je vais le rajouter à mon discours de mariage.

– Je crois surtout qu'on va garder notre cynisme pour nous.

– Tu as raison, ça ferait mauvais genre.

Le trajet entre sa maison et celle de ma sœur défile sans que je ne m'en rende compte. J'ai soudain une angoisse de me retrouver de nouveau à Saint-Joseph, si près de la maison qui me fait cauchemarder toutes les nuits. Il gare la voiture sur la colline, à flanc de montagne. Nous profitons du panorama quelques instants, de la végétation luxuriante qui s'étend à nos pieds. Des reliefs verdoyants qui s'érigent, comme taillés au cœur d'une pierre de jade sauvage. Le soleil émerge à peine de derrière la cime des arbres qui découpent le ciel.

– C'est magnifique.

– Une fois le soleil levé, le corrigé-je.

Il passe une main réconfortante sur ma nuque. Pressée de mettre tout ça de côté, je dépose un baiser sur ses lèvres et lui lance avant de sortir de la voiture :

– Rendez-vous dans le cortège ? Je serai celle à côté de la nana en blanc.

– Hortense, même dans le noir, il n'y a aucune chance que je te loupe.

***

Je me suis surpassée. J'applique par légères pressions une dernière touche de rouge à lèvres rose clair sur le centre de la bouche de ma sœur. Instinctivement, elle les froisse l'une contre l'autre. Azalea est splendide. Sa bouche ressemble à deux pétales resplendissants lors de leur premier printemps ; sur l'arête de son nez, j'ai placé un blush rose légèrement nacré pour lui donner un air de nymphette ; autour de ses yeux, des petits cristaux viennent rehausser ses iris brillants. Une poudre sur ses pommettes accentue la forme de ses grands yeux de biche. Et dans ses cheveux coiffés en une afro texturée, j'ai placé des fleurs qui entourent son visage. Elle ressemble à une princesse de contes de fées.

Lorsqu'elle se lève, la traîne de sa robe, piquée d'une pluie de pétales multicolores, plane sur le sol dans son sillage. Et quand elle s'arrête devant le grand miroir, je vois l'émotion la gagner. Tout de suite, notre mère et sa sœur viennent la prendre dans leurs bras. Moi, je les regarde, un nœud de larmes coincé dans la gorge.

– Merci Hortense. C'est exactement ce que je voulais.

– Tu es sublime, lui réponds-je en la serrant contre moi.

– C'est vrai, Azalea. Tu es magnifique, la complimente notre tante en prenant une photo.

Ma sœur s'accroupit près de Mahina. Les deux s'enlacent et l'image est trop belle pour ne pas l'immortaliser. Je sors mon téléphone et fixe dans le temps tout l'amour qu'elles se portent. Je suis sûre que Kaï sera ravi de garder un souvenir de ce moment.

Le calme dans la maison est presque surréaliste. Un peu comme avant une magnifique tempête. Il y a encore trente minutes, elle était occupée par notre famille, mais Tatie Thé leur a demandé à tous d'attendre à la mairie pour laisser un peu de calme à la future mariée. Nous sommes donc toutes les cinq, Azalea, ma mère, Thérèse, Mahina et moi, dans le salon. Alexandre a voulu rester auprès de Kaï, étant l'un des garçons d'honneur.

Tout à coup, nous entendons les percussions du groupe de *bèlè*[12] approcher de la maison. Kaï et Azalea ont décidé de suivre les traditions antillaises qui veulent que le marié se rende, entouré des siens, à la demeure de sa promise. C'est la mariée, seule, qui doit se présenter devant son futur époux. Chacun avance librement sur le chemin de leur destin commun. Entendre la voix du chanteur portée par les percussions puissantes fait vibrer mon cœur déjà chancelant. Dans l'entrée, je distribue de petits sacs remplis de pétales. Azalea vérifie si sa robe est bien placée, si la traîne est élégamment ajustée derrière

12. Le *bèlè* est une tradition martiniquaise qui mêle le chant, la musique et la danse.

elle, si ses cheveux sont bien tirés sur les tempes. Puis la musique à l'extérieur cesse, le *lavwa*[13] retient ses notes, et trois coups solennels retentissent sur notre porte. Je me tourne vers ma sœur qui, d'un hochement de tête serein, me donne le signal. J'ouvre. Kaï, massif, se fige quand il voit Azalea au bout du couloir. À chaque pas que ma sœur fait vers lui, je sens la tendresse de cette fausse brute se frayer un chemin jusqu'à ses paupières. Délicatement, nous faisons pleuvoir les pétales au-dessus de la future mariée qui avance vers son amant d'un pas régulier. Elle est resplendissante. C'est la tête haute et sereine qu'elle réduit l'espace qui la sépare de l'amour de sa vie, et ils semblent en savourer chaque instant. Dans mon sac, je garde la photo d'eux au Grand Noël, il y a plus de vingt ans. Je jurerais que leur regard l'un pour l'autre n'a pas pris une ride.

Lorsqu'elle s'arrête enfin devant lui, il détourne le regard et essuye quelques larmes. Puis il pose un genou à terre, tendant ses deux mains vers elle. Sans une seconde d'hésitation, ma sœur me donne son bouquet et lie ses doigts aux siens.

– Tu es magnifique, *Leilani*.

– Toi aussi, mon amour.

Après quelques inspirations solennelles qui arrachent des larmes à ma mère et à ma tante, Kaï se racle la gorge, se relève et pose les mains de part et d'autre du visage d'Azalea.

---

13. Nom donné au chanteur de bèlè.

– Tu es prête ?

– Plus que jamais.

Dès qu'il se tourne vers les invités qui attendent dehors, les percussions reprennent et la voix du chanteur conte l'amour dans la langue qui nous a vues grandir. Ils partent tous les deux en direction de la voiture et tout le monde les suit, chacun vers son véhicule. Ma mère est déjà en route, Alexandre et Mahina avec elle. Je sens une main se placer sur ma taille. Puis la voix de Rafael me rassure, confiant à mon oreille :

– Je suis ton cavalier pour la journée.

– C'est vrai, concédé-je en jetant un coup d'œil à mon fils.

Ma mère me fait signe de partir de mon côté. Nous suivons le cortège derrière les mariés ; entre rires et éclats de joie qui brillent au coin des yeux, nous sommes tous les témoins de l'amour qui lie Kaï et Azalea. La mairie est à peine à cinq minutes en voiture et je passe le trajet le cœur battant. Nous peinons à trouver une place pour nous garer tant le parvis est bondé. Toute la ville s'est donné rendez-vous. Le groupe joue encore et tous les invités battent le rythme de leurs mains et du pied. On peut sentir les vibrations des percussions jusque dans nos poitrines. Ma sœur pleure déjà, la main lovée dans celle de son âme sœur. C'est dans une immense scène de liesse que le couple entre dans le bâtiment. Un silence de cathédrale se fait pendant que le maire célèbre leur union devant tous leurs proches. On sent le bonheur dans l'air, impatient de se manifester. Et quand l'officier d'état civil prononce qu'il les déclare mari et femme, les manifestations de joie de l'assemblée doivent s'entendre jusqu'à l'autre bout de l'île.

La cérémonie sur la plage est tout aussi magnifique. Cette fois, le marié arrive en premier et se place sous une arche faite de fleurs multicolores et de branches de palmiers. Kaï est pieds nus, une couronne de fleurs autour du cou. Mon fils et Mahina vont ouvrir le cortège. La petite s'accroche au bras d'Alexandre en se dandinant de gauche à droite. Juste derrière eux, je me tiens au côté de Rafael, qui est tout simplement magnifique. Chacun de ses regards dans ma direction me donne envie de l'embrasser, mais je me retiens. Pendant un instant, je ne peux m'empêcher d'imaginer une vie où Rafael ne serait pas mon cavalier pour une journée, où nous pourrions marcher ainsi, aux yeux de tous ; un jour où je serais heureuse en amour et pas juste pour un été.

Nous sommes tous prêts, attendant le signal de l'officiant hawaïen. Dès qu'il sonne le Pū, une conque très importante dans la culture hawaïenne, mon fils me regarde et je lui fais signe d'avancer. Doucement, les deux enfants déposent les pétales sur le tapis blanc qui habille le sable sur l'allée vers l'autel. Mahina ne peut s'empêcher d'esquisser quelques pas de danse, ce qui déclenche l'hilarité générale. Son père l'encourage de loin en y allant de sa petite chorégraphie discrète. Nous suivons la marche. Au moment de se séparer, Rafael prend ma main et la porte à ses lèvres. Je me détache de lui avant qu'il ne remarque la gêne qui colore mes joues et nous rejoignons ma tante et mon fils au premier rang. De nouveau, le Pū retentit, annonçant l'arrivée de la mariée.

Tout est magnifique. Le soleil brille fort, mais nous sommes à l'abri grâce aux barnums. L'air marin rafraîchit les convives d'une douce brise. Azalea, au bras de ma mère, parcourt l'allée centrale jusqu'à Kaï. Les deux femmes s'enlacent avant que ma sœur ne rejoigne son mari sous l'arche. Ponctué de chants en hawaïen, le mariage se clôt par un échange de vœux :

– Je t'aime. Je t'ai toujours aimé. Et je t'aimerai toujours, déclare Kaï devant une assemblée émue aux larmes.

Malgré moi, je lève les yeux au ciel.

– Tu es toujours aussi cynique ?

– Ce n'est pas ma faute, les vœux d'éternité me laissent froide.

– Tu préférerais qu'il dise quoi ?

– J'en sais rien. Un truc comme : « Je ferai mon maximum pour t'aimer toujours, mais je ne suis pas sûr ! » C'est vrai que ça a moins de gueule mais c'est plus sincère.

Il passe un bras autour du dossier de mon siège et rapproche son visage du mien.

– Hortense, je ne t'aime pas, murmure-t-il. Je ne t'ai jamais aimée, et je te promets de faire mon possible pour ne jamais tomber amoureux de toi.

Ses vœux caressent mes lèvres avec une douceur pleine de dérision. Je ris, puis lève des yeux pleins d'une joie surjouée vers lui :

– Promis ?

Je lui tends mon petit doigt, pour sceller notre promesse ultime.

– Juré.

Je suis si proche de lui que mes lèvres sont à deux doigts de céder, quand la voix de Tatie Thé me rappelle à l'ordre.

– Si ça ne vous dérange pas, on aimerait profiter du mariage sans que les allergiques à l'amour nous gâchent le moment.

– Pardon, madame Ménard, s'excuse Rafael avec respect.

– Oh ne t'en fais pas. Et tu peux m'appeler Tatie Thé.

La cérémonie se termine sans blague et je dois dire que le temps semble bien plus long. Nous nous levons pour applaudir les jeunes mariés. Au moment où ma sœur salue ses invités, Kaï en profite pour la porter et, surprenant tout le monde, fonce dans l'eau. Voir Azalea rire aux éclats dans la houle des vagues, embrasser son mari comme si plus rien n'avait d'importance, c'est incroyable. Puis je me reprends : ce n'est pas parce qu'Azalea a trouvé l'amour, a réussi à réparer son cœur, à trouver quelqu'un qui l'accepte et la chérit pour ce qu'elle est, que ça suffit à me redonner foi en l'amour. Je me tourne vers Rafael, prends quelques secondes pour le regarder. C'est de ça que j'ai besoin en ce moment. Une relation sans attache ni promesse. Je ne pense pas être faite pour autre chose de toute façon.

Et ça, je l'ai accepté il y a très longtemps.

RAFAEL

Mais où est-elle ?

Une heure que je la cherche. C'est le mariage de sa sœur, mais elle est par monts et par vaux à aider l'équipe de restauration. Je l'ai vue servir des assiettes, apporter des couverts manquants, des bouteilles d'eau et de vin aux tables qui en avaient besoin. Cette femme a l'art du service dans la peau, qu'elle le veuille ou non. Notre table est vide, certains de mes copains sont dehors à discuter. Alexandre vient de rentrer dormir avec Thérèse. Lui aussi était à notre table ; c'est à peine si Hortense a osé me regarder dans les yeux devant lui. C'est peut-être aussi la raison pour laquelle elle a fui dans les cuisines. Le petit n'est pas dupe, cependant : il n'a pas arrêté de me scruter sans dire un mot. Affirmer qu'il a les yeux de sa mère est un euphémisme. Outre la couleur, son regard est le même : des yeux perçants, des miroirs sans tain.

De ceux qui voient tout sans dévoiler grand-chose. Quand il est parti, il dormait à moitié. Il a embrassé sa mère et a pris la peine de venir me voir. Il m'a tendu une petite main et m'a souhaité une bonne soirée. Dix convives autour de la table mais il ne s'est tourné que vers moi.

Hortense émerge enfin des cuisines, déposant du champagne et des serviettes sur le buffet. Je lui fais signe de me rejoindre.

– Tu sais que tu n'es pas obligée de bosser ce soir ? Ma sœur a une équipe prévue pour ça.

– Je sais. Mais une des serveuses est malade.

– J'ai aidé aussi, mais là, je pense que tu peux profiter du mariage.

– Tu as raison.

Elle prend place à mes côtés, mais évite toujours mon regard.

– Ton fils a l'air très intelligent.

– Il l'est. Il a pris ça de sa tante.

Je me retiens de lui dire que, de ce que j'ai vu, ce petit tient tout d'elle. Tout à coup, la musique change. La piste est vide, tout le monde est occupé à manger son dessert. Kaï se lève et invite Azalea à danser sur *I Forgot To Be Your Lover* de William Bell. Dès les premières notes de guitare électrique, tout le monde lève les yeux vers eux. Cette chanson m'a toujours ému. Cet aveu de faiblesse d'un homme sans filtre a toujours eu le don de faire vibrer un coin sensible dans ma poitrine. Et pourtant, elle a cet arrière-goût de trop tard, d'excuses désespérées qu'on crie à l'autre dans un ultime espoir de sauver ce qu'il reste de l'amour. Mais pas ce soir. Ce soir, Azalea suit son mari sur cette balade, le regard plein de promesses, y compris celle de s'aimer quand rien ne va. C'est à ce moment qu'Hortense pose une main sur ma cuisse et se penche vers moi, sans quitter des yeux le couple sur la piste :

– Bon. Ils sont chiants à se rouler des pelles et passer leur temps à se dire je t'aime… mais ils sont beaux, hein ?

Je la regarde un moment. Ses yeux brillent. Un sourire triste soulève un coin de sa bouche. Je ne sais pas si ce sont les quelques coupes de champagne mais je sens une pointe d'envie. J'aimerais lui répondre que rien ne l'empêche d'être aimée comme ça, qu'elle n'est pas plus maudite que moi en amour ; nous n'avions peut-être pas encore rencontré les bonnes personnes. Mais je ne dis rien. Encore une fois.

– Ils sont magnifiques, me contenté-je de répondre en déposant un baiser sur son épaule.

Je me lève et lui tends la main. Elle accepte et, une fois sur la piste, pose sa joue sur mon torse, remontant la pointe de son nez au creux de mon cou. Je ne sais plus qui nous regarde. Si mes amis, sa famille ou la mienne sont surpris. Ma mère est sûrement là aussi, quelque part avec mes sœurs, désapprouvant ce que je ressens pour cette femme libre qui se prélasse nue dans l'eau chaude. Tant pis, je ne passerai pas mon temps à me demander ce qu'ils pensent. Comme si elle entendait mes pensées, elle murmure :

– Ça te dit de bouger d'ici ?

– Tu veux déjà rentrer ?

– On peut faire ça… ou alors on peut filer sur la plage. Moi aussi je sais faire deux, trois trucs en moins de cinq minutes. Ce n'est pas sur un îlot central, mais je pense que ça pourrait te plaire. Il nous faut juste une serviette et une bouteille de champagne.

– *Challenge accepted !* Juste pour mon information, pourquoi une bouteille de champagne ?

Et là, elle se penche à mon oreille pour m'expliquer en détail ce qu'elle compte me faire. Je manque de m'étouffer. Étrange de sentir les bulles coincées dans ma gorge pendant qu'elle me raconte qu'elles pourraient très bien se retrouver ailleurs.

– Et tu comptes faire tout ça en moins de cinq minutes ?

– Évidemment… et sans les mains !

Je me saisis de ses doigts et chope une bouteille pleine et une serviette de table sur le buffet avant de filer vers la plage. Elle rit si fort qu'on peinerait à croire qu'il s'agit de la même fille qui pleurait au fond d'une baignoire pleine il y a quelques jours. Il a fallu se battre, mais ces derniers jours, nous avons réussi à repousser ses noirceurs à grands coups de soleil et de guirlandes lumineuses dans le cœur. Et je ne vais pas m'arrêter ce soir. J'ignore ma mère qui me jette des regards noirs. J'ignore cette voix qui obscurcit mes pensées, me rabâchant que tout ça ne sert à rien. Qu'elle s'en va. Je fonce avec elle dans la nuit et les promesses qu'elle nous fait. J'avance guidé par ses murmures indécents. Je la suivrai jusqu'à ce que les premières lueurs du matin nous séparent. Demain me paraît si loin.

Ça, c'était jusqu'à ce qu'elle le croise.

C'est fou comme tout peut basculer en une fraction de seconde. Avec la centaine d'invités présents ce soir, il a fallu qu'on tombe sur cet homme. Il est grand et massif. Il a le crâne rasé et une petite barbe entretenue. Dès que les yeux d'Hortense se lèvent vers lui, toute la lumière qui brillait à l'intérieur s'éteint. Elle reste quelques secondes à le regarder, sans cligner une seule fois des yeux, comme pour s'assurer de la personne qui se trouve devant elle. Il porte une chemise blanche déboutonnée sur le col. Un immense tatouage émerge de son torse jusqu'à sa gorge.

Un aigle.

Elle a un mouvement de recul. Son corps est raide, comme un automate ; elle attrape ma main et la dépose sur sa taille. Pour la première fois depuis que je la connais, j'ai l'impression qu'elle souhaiterait se réfugier dans mes bras, tout contre ma peau. Peut-être pour lui éviter de devoir supporter d'être dans la sienne. Kaï arrive à ce moment, discutant avec tous les convives qu'il croise. Il reconnaît l'homme immédiatement et lui ouvre grand les bras. Puis il nous repère et dit à Hortense :

– Sia, je te présente Ludo, un pote d'enfance. C'est un de tes cousins, d'ailleurs. On passait tout notre temps ensemble, quand on était gamins. C'est fou comme le temps passe vite.

L'homme reste silencieux. Son regard rôde autour d'elle pendant qu'elle garde les yeux rivés au sol. Tout ce qu'elle m'a partagé me revient. Ce n'étaient que des petites choses confiées sur le rebord d'une baignoire ou dans la pénombre de son atelier. Son amnésie, ces cauchemars à répétition, sa disparition le soir de son anniversaire. Et ce surnom. L'Aigle. J'espère me tromper mais une alarme retentit dans mon crâne quand je vois l'expression d'Hortense. Elle est livide. Avant que je puisse faire quoi que ce soit, l'homme s'approche d'elle :

– Sia, ça fait si longtemps. On ne s'est pas vus depuis…

– Quatorze ans.

Sa voix est forte alors que je sens son corps trembler contre le mien. Il pose une main sur son épaule, mais elle ne bouge pas. Je sens quelque chose mourir en elle. Sa lumière s'éteint, son été prend fin. Il faut être extrêmement attentif pour entendre une fleur se faner. Et on ne revient jamais d'en avoir été témoin. Je retire la main de l'homme, ce qui lui fait perdre son sourire. L'espace d'une seconde, il laisse apparaître une expression terrifiante sur son visage. Celle d'un prédateur à qui on refuse sa proie.

Il se reprend vite. À la place, il nous présente son épouse, une petite femme blonde aux yeux bleus, et ses enfants. J'écoute patiemment, à l'affût de la moindre occasion pour mettre fin à ce qui ressemble à un supplice pour Hortense. Plus les secondes se succèdent, plus j'ai la confirmation qu'elle ne va pas bien. Nous ne pouvons pas rester ici. Son corps devient de plus en plus chétif sous mon bras. Brutalement, je m'excuse auprès de Kaï.

– Vous y allez déjà ?

Je me contente de hocher la tête. Une fois sur le parking, Hortense s'arrache de mes bras et inspire bruyamment, comme si tout ce temps que nous avions passé avec eux avait été une longue apnée.

– Ça va ?

Je pose une main sur sa nuque mais elle se dérobe. Le regard perdu dans le vague, les mains jointes sur sa poitrine, elle expire chaque souffle difficilement, désespérée. Comme un enfant terrorisé par les ombres sous son lit qui souhaite que le soleil se lève enfin. Après ce qui me semble une éternité, elle se tourne enfin vers moi :

– Je veux rentrer. Maintenant.

– OK… On rentre à la maison.

– Non. Je veux rentrer chez moi. Ramène-moi chez ma tante.

– Tu es sûre de vouloir rentrer dans cette maison ? Tu ne préfères pas qu'on parle de ce qui vient de se passer ?

– Il ne s'est rien passé. Je veux juste rentrer auprès de mon fils.

– Hortense, je sens que tu ne vas pas bien. C'est lui, l'Aigle, c'est ça ? J'ai vu son tatouage. C'est lui que tu cherches depuis ton arrivée ici, n'est-ce pas ?

Elle secoue la tête, les yeux débordant de peur.

– Je ne sais pas… Peut-être.

– Qu'est-ce qu'il t'a fait ?

– Je crois que c'est lui qui m'a attirée près de la rivière le soir de mes quatorze ans.

Dès que ces mots franchissent ses lèvres, je sens la rage gronder dans ma poitrine. Je suis prêt à retourner dans la salle pour me confronter à lui. Elle doit s'en rendre compte car elle m'attrape le bras avec toute la force qu'il lui reste.

– Qu'est-ce que tu fais ?

– On ne peut pas partir comme ça. Tu crois que c'est celui que tu cherches ? Si c'est le cas, on doit prévenir Kaï et ta sœur. Il est dangereux.

– Arrête, je ne suis même pas sûre de ce que je raconte. Je veux juste rentrer chez moi.

– Hortense, Lucia est à l'intérieur. Elle fait la fête. Elle est innocente, comme tu l'as été. Tu ne peux pas partir en laissant ce mec dans la nature. Dieu seul sait ce qu'il pourrait faire. Tu ne peux pas tourner le dos juste parce que c'est trop dur.

J'essaie de m'approcher d'elle mais elle recule, comme si elle ne me faisait plus confiance.

– Je ne suis pas ton ennemi.

– Tais-toi. Je t'en supplie.

Cette fois, elle pleure. Les larmes coulent sur son visage impassible. Elle les efface d'un revers de main rageur.

– Pourquoi ? Ce n'est pas moi que tu dois détester. Si c'est trop dur pour toi, je vais aller en parler en Kaï.

– Et gâcher le plus beau jour de sa vie ?

– Nous n'avons pas le choix.

– Ne parle pas de « nous ». Ce n'est pas « nous » qui n'a pas fermé l'œil depuis des semaines, ce n'est pas « nous » qui est une victime. Je ! Je suis celle qui doit porter ça toute seule.

– Tu te rends bien compte que tu ne peux pas partir sans rien faire. Il faut que tu en parles. Tu ne peux pas garder ce secret éternellement !

– Éternellement ?

Son rire cynique éclate dans la nuit et me perce la poitrine.

– Est-ce que tu te rends compte que c'est un secret que j'avais oublié pendant quatorze ans ? Et toi, à la seconde où je le découvre, tu veux me l'arracher. Est-ce qu'il t'est seulement venu à l'idée qu'il fallait que je sois prête à le dire ?

– Ce n'est pas ce que j'ai voulu dire. Lucia est là-dedans…

– Arrête de te cacher derrière ta sœur. Tu peux essayer de te chercher des excuses, mais ça ne marchera pas avec moi. Tu es un menteur qui passe son temps à essayer de faire croire qu'il vaut mieux que les autres, alors que ce n'est pas le cas. Tu es le pire. Tu perds tes moyens à la seconde où tu rencontres une fille qui sait ce qu'elle veut. Au lit et ailleurs. Tu es incapable de tenir tête à ta mère, de porter tes convictions plus de deux secondes même quand elle maltraite ta sœur ou m'insulte alors que je ne lui ai rien fait. Tu joues au poète maudit quand en fait, tu as exactement le même problème que tous les mecs : penser que ce que tu ressens te rend faible. Mis à part moi, à qui as-tu avoué le moindre de tes secrets ? Laisse-moi deviner, personne ! Parce qu'à aucun moment tu ne permettrais à quiconque de te voir si vulnérable. Pour un pauvre papier et un stylo. En revanche, tu voudrais que je divulgue quelque chose qui m'a meurtrie pendant le mariage de ma sœur, devant toute ma famille ? Du plus profond de mon cœur, va te faire foutre. Tu viens de me prouver que j'avais raison depuis le début. Raconte ce que tu veux à qui tu veux, Maestro. En ce qui me concerne, je t'ai dit tout ce que j'avais à dire.

Elle est si dure. Ses mots me blessent plus que je ne l'aurais pensé. C'est vraiment ce qu'elle pense de moi ? Je voudrais lui répondre que c'est faux, qu'elle n'a rien compris, que ça n'a rien à voir mais, à travers sa colère, c'est surtout sa peine qui transparaît. Je n'ai qu'une envie, la prendre dans mes bras. Sauf que lorsque je m'approche d'elle, elle s'éloigne.

– Tu vas où ?

– Chez moi.

– Pour faire quoi ? Tu détestes être dans cette maison.

– Là, tout de suite, je déteste encore plus être avec toi. Donc je rentre. Je vais faire ce que je fais depuis que je suis arrivée ici : attendre que le soleil se lève.

Elle fait volte-face et reprend son chemin sans tristesse dans la voix. Comme si sa déception était prévisible, comme si elle était enfin arrivée à ce moment qu'elle attendait depuis le début. Celui où on se tournerait le dos sans jamais se retourner. Le reconnaître est trop douloureux. Ça voudrait dire qu'elle avait raison depuis le début.

Que je ne suis qu'un homme comme les autres.

Un pauvre mec insensible parmi les siens.

19 AOÛT

HORTENSE

Je ne bouge plus, le corps inerte. La voix de mon beau-frère tourne dans ma tête.

« Je te présente Ludo. »

Je me souviens du moment où mon chemin a croisé celui de l'Aigle aux yeux noirs ce soir, mais j'ai du mal à revoir la scène. Je suis à côté, comme un témoin silencieux de ma détresse face à la bête qui hante mes nuits depuis des semaines. Je ne me rappelle pas exactement les traits de son visage, mais je n'arrive pas à oublier son sourire. Il n'a pas arrêté de sourire. Il a essayé de me toucher. Rafael l'en a empêché.

Rafael.

Je suis incapable de reconstituer clairement ce qui s'est passé après. Je me souviens de Rafael, de sa voix normalement si apaisante qui s'est ajoutée au vacarme de mes pensées. Je ne sais plus rien. Je suis incapable de bouger. Assise sur le canapé de ma tante, toujours affublée de ma robe en soie, je garde les yeux dans le vide. Tout est tellement flou. Plus les heures passent, plus je doute de mes propres souvenirs. Que s'est-il passé, il y a quatorze ans ? Est-ce arrivé une ou plusieurs fois ? Tout ça n'est qu'un cauchemar, n'est-ce pas ? À cette heure sombre, l'obscurité voile tout. Dès que je l'ai vu, j'ai pourtant été sûre. Les souvenirs ont exsudé de mes pores et m'ont submergée, comme une remontée d'égout. L'odeur abjecte des offenses bloquant mes poumons. Pourtant, maintenant, je doute.

Est-ce que je ne suis pas sûre ou est-ce mon cerveau qui tente de me protéger ? Le déni est le plus puissant des pansements quand la réalité est trop douloureuse. Mais tout ça n'a pas de sens ! Il a une famille, des enfants. Un monstre n'a ni cœur, ni famille, non ? Il ne peut pas avoir fait ça. Ou alors, tout était prémédité. Peut-être me les a-t-il présentés exprès, pour me dissuader de divulguer ce que les années ont enfoui ? Tout ça s'est passé il y a longtemps. Regrette-t-il ? Et même si c'était le cas, devrais-je garder ce secret ?

« Tu ne peux pas garder ce secret. »

Les mots de Rafael me dévorent le ventre. Je dois parler. D'accord. Mais pour dire quoi ? Comment peut-il me demander de raconter une histoire que je ne suis pas sûre de savoir moi-même ? Une vague de colère m'écrase. Il ne comprend rien. Il n'a jamais rien compris. Pendant un instant, j'ai peur qu'il parle à ma place, qu'il se serve de tout ce que je lui ai confessé. Je tente de me souvenir de ce que j'aurais pu lui avouer. Toute seule, assise sur le canapé du salon de ma tante, les yeux grands ouverts dans la pénombre, je me souviens m'être livrée comme je ne l'avais jamais fait avant, comme je suis restée vierge devant sa tendresse.

Comment en est-on arrivés là ? C'était censé être un amour d'été, une douce diversion. Nous avions la saison, mais il nous manquait la légèreté. C'est sûrement ça. De toute façon, mon histoire était trop lourde pour cette chaleur. Je suis née en plein été et pourtant, c'est la mélancolie de l'automne qui me poursuit.

– Maman ? Ça va ? J'ai entendu du bruit.

Je lève les yeux pour trouver mon fils debout dans le salon, pieds nus. La seule personne qui peut faire ralentir mon cœur, me sortir de la ronde de mes pensées. Quand j'arrive à sa hauteur, il passe son bras autour de mes hanches et pose sa tête contre mon épaule. Nous retournons nous asseoir sur le canapé et, l'esprit encore embrumé par le sommeil, il s'installe sous mon bras. Il lève les yeux vers moi :

– Tu veux que je te montre les photos que j'ai prises ?

Il se penche et attrape l'appareil photo posé sur la table basse. Pendant un moment, j'hésite.

Il est tard, il ferait mieux de retourner se coucher. Puis je suis mon fils jusqu'au rivage, là où je ne pourrai pas me noyer.

– Avec plaisir.

– Tu vas voir, elles sont trop belles.

Il a raison. Une fois confortablement installés l'un contre l'autre, nous visionnons les clichés de son appareil. Chaque image est unique. Les couleurs de notre jardin sont extraordinaires. Les sourires des invités sont incroyables. Comme s'il sentait que retenir mes larmes me demandait toute la force dont je dispose, il pose son appareil avant de s'allonger sur le canapé. Naturellement, je le rejoins et, une fois la lumière éteinte, il murmure :

– Bonne nuit, Maman.

– Bonne nuit, mon amour.

J'inspire profondément, espérant que ma respiration ne trahisse pas ma peur, mon angoisse que le passé force son passage sous mes paupières. J'inspire juste pour me rappeler que je suis vivante et tente de chercher une lumière dans cet océan de noir. La seule qui me revient est celle de Rafael sur son bateau. Le souvenir de ses iris auburn plus clairs à chaque rayon de soleil. Si je ferme les yeux, je peux presque sentir la douceur de sa peau, la délicatesse dans ses doigts rudes, la tendresse dans sa voix rauque.

« En ce qui me concerne, j'ai dit tout ce que j'avais à te dire. »

Cette fois ce sont mes propres mots qui tournent en boucle dans le silence jusqu'à former un nœud dans ma gorge. Je sais que je lui ai menti. Le plus important de ce que nous avons vécu, nous ne nous le sommes jamais dit.

RAFAEL

Aucun message.

Aucun appel.

Aucun putain de signe de vie.

Hortense a coupé les ponts. Elle ne me répond plus, son téléphone est éteint. Hier soir, après le mariage, je suis rentré chez moi et j'ai attendu. J'ai fini par m'assoupir sur mon lit, réveillé par quelqu'un qui sonnait à ma porte. C'était Lucia. Elle avait peur de se servir de sa clé depuis la fois où elle est tombée sur nous dans la cuisine. Je savais que ce n'était pas Hortense à la porte. Elle, elle ne sonne jamais. Elle tape. Plus j'y pense et plus j'ai mal de l'imaginer retourner auprès de sa famille, à jouer la partition de la fille heureuse pour sa sœur alors que son cœur balance au rythme d'un requiem. Je connais trop bien ce sentiment, l'aigreur de la solitude. Mais elle ne veut pas de moi. Je la soupçonne de vouloir effacer tous les témoins de cette tragédie.

Ce n'est pas juste. Ni pour elle, ni pour moi.

La pièce me paraît d'un coup bien silencieuse. Tous mes potes me scrutent, je comprends que c'est à mon tour de jouer. Je tape deux coups sur la table avec les phalanges pour signifier que je passe.

– Tu es sûr que tout va bien ? demande José.

– Tout roule.

Cela fait des heures que je repasse la scène en boucle dans ma tête. L'instant juste avant qu'elle me mène à la plage était pourtant parfait. Si j'avais su, sur cette piste de danse, que ce baiser était en fait un adieu, jamais je ne l'aurais accepté.

– Hortense va venir ce soir ?

Pour une fois, je sais que Mika n'est au courant de rien. Elle n'a sûrement rien dit à personne. Hier, j'ai décidé de respecter son choix. Dès le moment où elle est partie, j'ai demandé à ma mère de ramener Lucia à la maison pendant que j'ai suivi de près l'Aigle. Il a dû sentir le malaise car il a quitté le mariage peu de temps après ma famille.

– Je ne pense pas.

– OK. Qu'est-ce qui se passe ? Vous vous êtes encore chamaillés ? Tu as encore besoin qu'on t'aide à trouver une façon de la faire tomber sous ton charme ? m'interroge Damien.

L'entendre tourner en ridicule ce que j'ai partagé avec Hortense m'énerve au plus haut point.

– Ferme-la.

– OK, c'est moi ou tu es un peu tendu ? intervient Mika.

– Je ne suis pas tendu, je n'ai pas envie de parler. C'est tout.

– Ça va. On essaie juste d'être sympas. Si tu n'as pas les couilles de dire ce qui ne va pas, pas de souci, s'agace Damien.

– Toi, ta gueule ! Parler ne t'intéresse que s'il s'agit de cul ou de moto. Mika n'est pas capable de rester sérieux plus de dix minutes et toi, monsieur le Médecin, tu adores jouer les assistantes sociales pour tout le monde mais il n'y a plus personne quand il s'agit de savoir ce qui se passe dans ta vie. Donc sérieusement, je n'ai de leçon à recevoir d'aucun d'entre vous.

Je suis hors de moi. Toute la colère, la frustration que j'emmagasine depuis hier sort. Je sais que mes potes n'ont rien fait de mal, mais je n'en peux plus de les entendre.

– OK, tu peux nous dire ce qui ne va pas plutôt que de nous crier dessus ? s'offusque José.

– Rien. Tout va bien. J'en ai juste marre de votre hypocrisie. On se voit toutes les semaines et on ne parle jamais de ce qui nous préoccupe vraiment. On se balance des vannes pendant qu'on joue une partie en s'envoyant une bière ou deux. Moi, ça me va. Mais après, ne venez pas jouer les psys à deux balles avec ma vie personnelle quand la vôtre n'est sûrement pas mieux. Alors, plutôt que de venir me chercher, je vous défie de partager ce soir quelque chose qui vous pèse, de profond. Si seulement un seul d'entre vous a le courage de parler sincèrement, alors je penserai à faire la même chose.

J'attends, je les scrute l'un après l'autre, Mika, José et Damien. Ils restent tous silencieux.

– C'est bien ce que je pensais. Donc ne venez pas me parler d'avoir des couilles. Si vous le permettez, on va faire comme on fait chaque semaine, c'est-à-dire jouer aux dominos pour oublier ce qui nous fait vraiment chier, et tout ira très bien.

Je me lève brusquement, tentant de reprendre mon calme. Je sors une bière du frigo et l'ouvre avant d'aller reprendre ma place sans regarder qui que ce soit.

– Je pense que ce sera la dernière partie.

Ils hochent la tête dans un silence de plomb. C'est fou comme il n'y a pas meilleure façon de faire taire trois gars qu'en parlant de leurs sentiments. Je soulève mes dominos et place nonchalamment le double six au milieu. Au moment de poser le sien, Mika le retient dans les airs puis le serre entre ses doigts.

– En ce moment, je m'absente beaucoup au boulot…

Nous nous regardons les uns les autres, suspendus aux lèvres de notre pote. On sent qu'à chaque inspiration, il essaie de trouver le courage de parler.

– Tu vas où ? tente José.

– Je ne vais nulle part. Je… m'enferme dans mon bureau. Putain… Je crois que j'ai un truc qui ne va pas. Plusieurs fois par jour, j'ai du mal à respirer. D'un coup, ma respiration s'accélère et j'ai beau inspirer profondément, ça ne suffit jamais. J'ai toujours l'impression d'étouffer. Je ne peux pas en parler à Do parce que j'ai peur de l'inquiéter.

– Tu as passé des examens ? demandé-je, inquiet.

– Oui. Tout est normal. Le médecin pense à des crises d'angoisse. Sauf que c'est impossible. Je n'ai pas de raisons d'angoisser.

– Bien sûr que si, ta vie est sur le point de changer.

– Donc, tu veux dire que si, pendant que ma femme continue à gérer une bonne partie administrative de notre business, prépare l'ouverture d'un deuxième restaurant l'année prochaine tout en créant le rein ou le nerf optique de notre enfant, moi je me cache dans les chiottes pour pleurer, c'est normal ?

L'angoisse fait briller ses yeux. Il les garde rivés sur son poing, le domino toujours à l'intérieur.

– C'est normal de stresser avant l'arrivée d'un bébé. En plus, tu bosses comme un malade, le rassure José.

– Regarde, moi, j'ai pris quinze kilos et fait un zona pendant la première grossesse de Marion, explique Damien.

– Sérieux ?

– Grave. On aurait dit que c'était moi qui attendais Océane.

– Tu seras un super papa, conclus-je. Tu n'as pas à te faire de souci. Je fais souvent des vannes mais je sais que ma sœur n'aurait pas pu avoir meilleur gars que toi pour faire sa vie. Et ma nièce est un bébé bien chanceux. Même si son papa chante comme un pied, ricané-je, la voix affaiblie par l'émotion.

José hoche la tête tout en gardant ses yeux sur moi.

– J'ai entretenu une relation avec une femme pendant un an. Je me suis séparé d'elle il y a peu parce que j'ai appris qu'elle couchait avec son ex.

– Quoi ? Pourquoi tu ne nous as jamais rien dit ?

– Disons que je suis tombé amoureux de la mauvaise femme. Au début, ce n'était pas un secret, ce n'était juste pas très sérieux. Et puis, avec le temps, je ne me suis pas rendu compte que j'éprouvais quelque chose pour elle alors qu'elle m'avait toujours dit que notre histoire ne mènerait à rien. Je crois que l'amour rend con.

Je n'ai jamais aussi bien compris ce que ressent mon pote. Je suis tombé amoureux d'Hortense comme on se laisse surprendre par la marée.

– Elle est retournée avec son ex ? demande Damien.

– Non. Mais elle m'a menti. Elle est toujours amoureuse de lui. Enfin, elle dit qu'elle nous aime tous les deux, mais ça n'a pas de sens. Surtout que je sais que lui est passé à autre chose… Donc j'ai mis un terme à cette relation.

– Même si tu l'aimes toujours ?

– Ouais… C'est plus compliqué que ça n'en a l'air. Et toi Maestro ? Qu'est-ce que tu as sur le cœur ?

Je soupire. J'ai promis, après tout.

– Je crois que je suis un lâche. Je crois que j'ai peur de dire que je n'aime pas ma vie. Que si je refuse de tomber amoureux, c'est parce que je crois que mon père me manque, que je ne veux pas revivre ça et qu'au fond, j'en veux au monde entier qu'il ne soit plus là. Et je pense sincèrement que je devrais parler de tout ça à un psy. Ah, et j'allais oublier : ma mère me soûle !

Cette fois, tous mes potes explosent de rire et lèvent leur verre.

– Je l'aime mais si vous saviez comme elle me gonfle. Mais ce qui me bouffe aujourd'hui, c'est que je crois que j'ai tout fait foirer avec Hortense. Et même si j'essaye de me répéter que je n'ai rien fait de mal, je sais que c'est faux. Voilà…

Silencieusement, nos regards se posent sur Damien. Le spécimen le plus viril de la bande bouffe des pistaches sans lever les yeux du bol.

– Quoi ?

– Tu n'as rien à partager ? tente José.

– Non. Désolé.

– Sérieux ? insisté-je. Tu n'as rien à dire ?

– Non, désolé, les gars.

– Comme tu veux.

José souffle, excédé.

– Mais promis, dès que j'ai mes règles, je vous appelle !

– Va te faire foutre Damien, l'insulte Mickaël.

– Qu'est-ce que tu veux que je te dise ? Mes pires peurs et mes plus beaux espoirs ? Lâche-moi ! Jusque-là, j'ai été sympa. Je n'ai rien dit. Mais où sont passés les bons vieux moments entre nous, entre mecs ? Où on ne parlait pas de gonzesses, où on jouait en se marrant, où on sortait de temps en temps boire un peu ? Merde, j'en ai marre de ne plus être un mec juste parce que vous avez besoin de parler de vos sentiments. Vous savez quoi, je me tire.

Il se lève, la chaise grinçant violemment sur le parquet. Au moment où il ouvre la porte, je croise les bras sur ma poitrine.

– Damien, on sait que quelque chose ne va pas. Alors tu as le choix : tu peux sortir au Cosmo aller boire des coups, ou tu peux nous parler. C'est toi qui décides.

Il reste sur le pas de la porte, dos à nous, sans bouger. Puis il se tourne brutalement :

– Tu veux savoir ce qui se passe ? Ma vie me fait chier ! J'ai trente-cinq ans, je n'aime plus mon taf, j'ai pris du poids, mes cheveux commencent à tomber et je ne bande plus qu'un matin sur deux depuis que Marion est partie.

– Quoi ?

Je me lève à moitié, les yeux écarquillés. José pose une main sur mon bras pour me calmer.

– Ouais… Marion est partie il y a deux semaines. Au début, je croyais qu'elle reviendrait. Elle m'a dit qu'elle avait besoin d'un break.

– Pourquoi elle est partie ?

– Pour de la merde. Elle a découvert des SMS que j'envoyais à une collègue. Ce n'était rien, il ne s'est jamais rien passé. Juste quelques messages pour me rebooster le moral et l'ego. Mais Marion a pété un câble. Elle ne m'a pas cru, m'a dit qu'elle ne pourrait plus me faire confiance et que, de toute façon, elle n'était plus heureuse. Les enfants devaient passer le mois d'août avec notre famille dans le sud de la France, elle a décidé de les rejoindre parce qu'elle avait besoin de réfléchir. Je viens d'apprendre qu'elle ne reviendra pas.

José, Mika et moi nous regardons, sous le choc. Je sais qu'il a eu tort. Ce soir, il minimise, mais il a toujours considéré la fidélité comme une variable d'ajustement dans son couple. Pourtant, j'ai de la peine. Deux semaines que notre ami souffre et il ne nous en a pas touché un mot. Hortense a raison. Notre plus grand mal, à nous les hommes, est de craindre d'être vulnérables. Nous nous levons et rejoignons notre ami qui semble avoir de plus en plus de mal à contenir sa tristesse. Lorsqu'il se met à pleurer, nous sommes tous autour de lui pour le réconforter.

Je scrute mes amis. Nous portons tous le même air de dépit, ne comprenant que maintenant l'ampleur de tout ce qu'on garde pour nous, de tout ce qu'on nous a appris à taire. Alors que nous posons chacun une main sur l'épaule de Damien, je sens que quelque chose change. De même qu'il ne pourra jamais reprendre les larmes qu'il partage, aucun de nous ne pourra jamais prétendre que nous n'en avons pas versé.

20 AOÛT

HORTENSE

Je pétris la pâte énergiquement, jusqu'à en être essoufflée. Mes bras brûlent, mes jambes tirent. La petite aiguille de l'horloge de l'atelier atteint le sept et je suis là depuis plusieurs heures. Mes yeux scrutent le paysage par la fenêtre. Enfin, il fait jour.

Cette nuit, je suis restée ici. Hier soir, je suis allée coucher mon fils et, ensemble, dans le nid douillet formé par ses draps, nous avons passé une heure à parler. De tout, mais surtout de rien. Mon cœur crevait d'envie de légèreté, de sujets frivoles comme sa soudaine passion pour les arts martiaux depuis que Kaï lui a fait regarder *Karaté Kid*, ou encore son envie de tester une nouvelle recette de slime ce week-end. Il m'a aussi confié à quel point il aime être ici, qu'il déteste être si loin de sa famille et que s'il pouvait, il emporterait Azalea, Kaï et Mahina avec nous, à Paris. Ou resterait vivre ici. Nous avons chuchoté à la lueur d'une veilleuse ce qu'on n'avait pas pris le temps de partager avant. Je lui ai avoué que moi aussi, je me sentais seule sans Azalea à Paris. Je sais ce qu'il ressent. Quand nous avons quitté la Martinique, j'avais à peu près son âge, et j'ai ressenti ce même vide, ce même manque. Pour autant, notre vie n'est pas ici. La rentrée est dans dix jours. Et, soyons honnêtes, je crève d'envie de partir. Depuis avant-hier, depuis que j'ai compris ce qui s'était passé il y a quatorze ans, je n'ai qu'une obsession : fuir. Je rêve de revenir à un moment de ma vie pas si lointain où ce qui me maintenait éveillée la nuit était mes choix de carrière et de petits amis douteux. Je forme un boudin de pâte, les doigts tremblants. De nouveau, une nausée soulève mon estomac. Chaque fois j'ai cette sensation de suffoquer, comme si je pouvais sentir ses doigts sur ma bouche. Alors j'inspire lentement, encore et encore, pour me rappeler que je suis vivante.

Je ramène mon regard sur les rayons du soleil, me force à me sortir de la noirceur. Je me concentre sur le visage fier de mon fils alors qu'il me montrait ses photos. Son objectif réussit à capter des choses que mille ne verraient pas. Un peu comme Rafael avec un stylo. J'espère toutefois qu'Alexandre ne deviendra pas un homme qui se sent obligé de cacher son cœur dans sa poche.

– Toc, toc…

– Ah !

La voix de ma sœur me fait sursauter. Mon cri résonne dans toute la pièce.

– Mon Dieu, je ne pensais pas te faire peur à ce point. Je voulais juste passer te voir avant d'aller récupérer Mahina.

– Ne t'inquiète pas. Il est tôt, je ne m'attendais pas à voir qui que ce soit.

– On dirait que tu n'as pas fermé l'œil de la nuit.

Sur son visage, je vois l'inquiétude planer.

– Tu sais, les insomnies…

– Justement, je voulais voir comment tu allais.

– Tout va bien !

– Tu es sûre ? Do m'a dit ce matin que tu ne voyais plus Rafael. Qu'est-ce qui s'est passé ?

Ma gorge se serre.

– Rien qu'on ne savait pas déjà depuis le début.

– Sia… Qu'est-ce qu'il y a ? On ne t'a pas vue partir du mariage. Je pensais que tu batifolais avec Rafael sur un coin de la plage, mais je l'ai retrouvé tout seul. Il m'a dit que tu étais partie.

Je continue à former des petits sablés à la chaîne, comme une machine. Je ne peux plus retourner à cette nuit-là, tout est trop lourd. Autant du poids de ce que j'ai découvert que de ce que j'ai perdu. Je la sens se rapprocher, doucement.

– Sia… Je peux te poser une question ?

Je hoche la tête sans la regarder dans les yeux. Je prie pour qu'elle s'en aille, pour qu'elle me laisse m'enfouir sous des tonnes de farine et de sucre pour oublier toute cette histoire.

– Kaï m'a dit ce matin que tu avais quitté brusquement la fête après avoir parlé à quelqu'un…

Sur le coup, il n'y a pas fait plus attention que ça. Mais quand on a commencé à mettre toutes les pièces du puzzle ensemble…

– Il n'y a pas de puzzle.

– Tu es sûre ? Tes cauchemars, ton anniversaire et l'Aigle… Sur le coup, on n'a pas fait le lien mais toi aussi tu as dû voir l'immense tatouage de Ludo. Est-ce que c'est lui, l'Aigle ? Qu'est-ce qui s'est passé le soir de ton anniversaire ?

Cette fois, elle attrape mon bras et me force à arrêter ma tâche. Quand j'ose enfin la regarder, elle voit les larmes que je pensais avoir retenues.

– Parle-moi. Je suis là. Je peux tout entendre.

Instinctivement, je me réfugie dans ses bras et libère le sanglot qui oppressait mon cœur depuis des jours. Ce qui a commencé comme un souffle se transforme vite en une tornade.

– Je sais, je sais ma chérie. Tu n'as pas besoin de parler si tu ne te sens pas prête. Mais je suis là. On est là, et on te croit. Pleure. Je suis là pour te tenir debout.

Et c'est ce que je fais. Je m'effondre dans les bras de ma sœur. Je pleure pour moi, pour celle que j'étais, pour celle que je n'ai jamais pu devenir à cause de lui.

***

Je ne sais pas combien de temps nous sommes restées dans l'atelier, combien de fois ma sœur a répété qu'elle était là, que je n'étais pas seule et qu'elle me soutenait. Sûrement autant de fois qu'il m'en a fallu pour épuiser les larmes que j'avais en stock. Heureusement, Azalea est patiente. Elle ne m'a pas demandé de parler. En grande partie parce qu'elle avait mis bout à bout les indices avant de venir me voir. Elle a fini par comprendre qu'il était responsable de ma disparition le soir de mon anniversaire. Je n'ai eu qu'à confirmer ses doutes.

– Maman ! Tu m'écoutes ?

– Bien sûr que je t'écoute.

– C'est toi qui nous cherches, cette fois !

Je hoche la tête et me lève pour retourner jouer avec mon fils et ma nièce.

– Ferme les yeux, tricheuse ! ajoute-t-il avant de filer dans le jardin.

Je place les mains sur mes paupières et commence le décompte pendant que les enfants courent se cacher. Me retrouver avec eux cet après-midi me force à mettre de côté le reste. Le passé est un labyrinthe dans lequel il peut être aisé de se perdre.

– Neuf… et dix ! Prêts ou pas, j'arrive !

Je sais pertinemment que Mahina va se cacher derrière le transat, la cachette qu'elle choisit depuis le début du jeu. Le plus drôle, c'est que même au bout de la dixième fois, elle semble surprise d'être trouvée en premier. Les enfants sont merveilleux.

– J'arriiiiive !

Même s'il m'a fallu moins de dix secondes pour les repérer, je prends tout de même la peine de faire semblant de les chercher.

– Mais où peut bien être Nana ? répété-je en feignant de ne pas la voir.

Après quelques minutes, je vais la débusquer, puis c'est au tour de mon fils, et je m'occupe ensuite de leur servir un goûter. Évidemment, personne ne veut d'un fruit. Je cède à leurs suppliques et leur autorise une glace, trop heureuse de voir la joie s'inscrire sur leur visage. Il n'y a qu'avec eux que j'arrive à mettre de côté ce qui m'arrive. Alors qu'ils dégustent, j'entends Tatie Thé avoir une quinte de toux. Je remplis un verre d'eau et gravis l'escalier qui mène à sa chambre. Une fois devant la porte, je l'observe quelques secondes. Elle est assise sur le bord de son lit, affaissée dans ses vêtements. Elle tente de hisser son corps sur ses pieds sans y arriver une fois, puis deux.

– Je peux t'aider ?

– Tu es là ?

– Oui. Je voulais savoir si tu allais bien. Tu veux un verre d'eau ?

– Merci, ma chérie, acquiesce-t-elle avant de boire le verre cul sec. C'est drôle de te voir autant ici. Je ne t'entends plus t'éclipser en pleine nuit. De l'eau dans le gaz avec le beau brun ?

– Disons qu'on a préféré arrêter maintenant plutôt que de se faire du mal pour rien.

– Il avait pourtant l'air de te faire beaucoup de bien. Tu avais meilleure mine ces derniers temps. Là, on dirait surtout que tu n'as pas fermé l'œil de la nuit.

Je laisse échapper un soupir blasé. Depuis le mariage, je passe chaque seconde de la journée dehors, avec mon fils et ma nièce. Je cours en plein soleil pour être sûre de ne pas sombrer. Plus que quelques jours et je serai de retour à Paris. Je laisserai les cauchemars et les pires de mes peurs ici, enfoncés dans un vieux carton à côté de mon journal intime et de mes vieilles photos.

Je me tais et me contente de déposer un baiser sur sa joue ridée.

– Tu as l'air tout aussi fatiguée que moi.

– Moi, ce sont les années qui ont fait ça. Quelle est ton excuse, à toi ?

Je me contente de hausser les épaules, avant d'en passer une sous son bras pour l'aider à se mettre debout.

– Tu sais, tu n'es pas obligée de te lever à six heures du matin tous les jours.

– Je n'ai pas vraiment le choix. La rentrée est dans une semaine, on a organisé une collecte de fournitures scolaires dans les grandes surfaces du coin pour aider les familles les plus démunies de la ville.

– Ils pourraient peut-être se passer de toi pour une fois.

– C'est peine perdue, ma fille. Aider les autres, c'est dans nos gênes. Plus que les biscuits. Tes grands-parents ont construit le nom de Ménard autour de leur communauté. Le Grand Noël, par exemple, ce n'est pas juste une fête pour réunir tout le monde et passer un bon moment. C'est pour s'assurer que personne ne reste isolé. Regarde-toi, je t'ai vue derrière un bar. Tu adores t'occuper des autres. Tu as le service dans le sang.

– C'est vrai que ça va me manquer.

– Personne ne te force à arrêter.

– Oui, mais il y a ce diplôme…

– Ma chérie, je n'ai aucun diplôme. Même pas le bac. J'ai laissé ça à ta mère et à ta sœur. Moi, j'avais besoin de me sentir utile, d'aider les autres, de donner à ceux qui n'ont rien, de parler pour ceux qui ne le peuvent pas. Ce n'est pas nécessaire d'avoir fait des années d'études pour ça, heureusement. C'est à la portée de n'importe quel imbécile doté d'un cœur.

Le mien se serre. Est-ce que Rafael a raison ? Suis-je égoïste de ne rien dire ?

– Ce serait si mal de penser à soi ?

– Pas forcément, surtout à ton âge. Je préférerais te savoir je ne sais où avec Rafael plutôt qu'ici à soulever ta vieille tante de son lit. Et puis, de toute façon, tu le sauras.

– Quoi donc ?

– Quand tu ne pourras plus penser qu'à toi. Parfois, la détresse de l'autre est si forte que tu ne peux plus l'ignorer. Moi, je suis trop vieille pour penser à moi. Ce qu'il reste est déjà à moitié ailleurs. Allez ! Je vais me préparer. Au fait, ça t'a aidée de voir les photos des albums de Madeline ?

Ma gorge se serre.

– Pas tellement…

Je m'entends mentir et je n'ai aucun remords. Comme les choses ont changé. Hier encore, je m'insurgeais du fait que ma cousine refuse de me raconter sa vérité, alors que je n'avais aucun droit d'exiger quoi que ce soit. Aujourd'hui, je sais qu'elle a raison. Je donnerais tout pour retourner dans l'amnésie.

– Je dois dire que je suis soulagée. Pendant un moment, j'ai même commencé à me demander s'il n'y avait pas un criminel dans notre famille. Ça m'a empêchée de dormir pendant des jours. Tu imagines ?

De nouveau, je sens l'air quitter mes poumons. Ma tante est si proche de la vérité que je suis incapable de bouger.

– Non, je n'arrive pas à imaginer, me contenté-je de prononcer faiblement.

– Une chose est sûre, c'est mieux pour tout le monde. Parce que sinon, cette saloperie aurait pu commencer à compter ses jours sur terre. Personne ne touche à mes filles.

Elle dépose un baiser sur mon front en me prenant dans ses bras. Une petite voix à l'intérieur hurle. Ses protestations cognent dans ma cage thoracique et résonnent dans ma gorge. Pourtant rien ne sort.

Pas un mot. Juste les plaintes étouffées d'une enfant que personne n'entendra jamais.

– Allez, allons aider les autres puisque nous sommes nées pour ça, me dit-elle en tapotant mon épaule pour m'encourager. Tu viens avec moi ?

– Allons-y, puisque nous n'avons pas le choix.

RAFAEL

– *Mi hijo !* Aligne les cartons pour faire des paquets par famille. Après on organisera ce qui reste pour ceux qui ne se sont pas inscrits.

Chaque année, avant la rentrée, nous nous réunissons pour aider les familles de la ville pour la rentrée. De nombreux enfants arrivent à leur premier jour d'école avec des affaires manquantes parce que leur famille n'a pas les moyens de payer toutes les fournitures de la liste. À notre échelle, entre les collectes et les dons, nous essayons de pallier le problème. Et normalement, je suis moteur sur cet événement qui me touche particulièrement en tant que prof. Mais pas cette année. J'écoute ma mère en hochant la tête sans la lever. À vrai dire, je ne sais même pas ce qu'elle vient de me dire. Elle les veut où, ses cartons ? Ça ne sert à rien de le lui redemander. La connaissant, elle va s'énerver. Elle n'est jamais plus tendue que lorsqu'elle est charitable. Je monte des cartons, rabattant les coins et scotchant le fond sans réfléchir.

Hortense ne m'a demandé qu'une seule chose : la laisser tranquille. Et qu'est-ce que j'ai fait ? Je lui ai envoyé un message. Pour m'excuser, certes mais je n'ai encore une fois pas respecté sa volonté. Et elle m'a répondu. « Je préfère qu'on ne se parle plus. » Je crois que ces mots sont pires que n'importe quelle insulte, que n'importe quel silence. Merde ! Dis-moi que je suis un connard, un imbécile de macho inutile, une déception pour la race humaine, la pire partie de jambes en l'air de toute l'histoire de l'humanité, mais pas « Je préfère qu'on ne se parle plus ». Pour Hortense, cette tornade sarcastique, cette tempête pleine d'une repartie déconcertante, ce genre de message est une déclaration sans appel : elle m'a oublié. Ou alors, de nouveau, je ne suis qu'un connard qui ne pense qu'à moi quand elle vit clairement l'un des pires moments de sa vie.

– *Dios mio*[14]...

Le visage de ma mère se ferme alors que la porte de la salle des fêtes s'ouvre. Hortense entre, des lunettes de soleil vissées sur le nez. Ma génitrice se penche vers moi et chuchote :

– Je te préviens, si c'est pour vous donner en spectacle comme pendant le mariage, je rentre tout de suite à la maison.

---

14. En espagnol : « Mon Dieu ».

Je laisse échapper un rire blasé et ne prends même pas la peine de lui répondre. Lucia a raison : cette femme ne peut pas respirer sans juger les autres. Je continue à monter les cartons tout en ne pouvant m'empêcher de jeter des œillades sur le côté. Elle semble si fatiguée. J'ai envie d'aller lui donner un coup de main alors qu'elle passe devant nous en portant un carton à bout de bras, mais je la connais mieux que ça. Elle s'installe à une table en face de nous et pose son carton à ses pieds. En se baissant, elle laisse apparaître un string avec ce qui ressemble au lapin dans *Alice au pays des merveilles*. Je ris pendant que ma mère frôle la rupture d'anévrisme. Elle ne dit rien mais je sais qu'elle a envie de me tuer quand je me dirige vers Hortense sous les yeux de tous. Par chance, elle est seule à sa table.

– Hortense. Je peux te parler ?

Elle ne me répond pas tout de suite. J'entends simplement un soupir qui semble ne jamais prendre fin. Puis elle se tourne vers moi. Ses yeux sont rouges, cernés.

– Je ne veux pas te déranger. Je veux juste savoir si ça va…

Elle me crache un rire mauvais au visage.

– Tu te prends pour qui ? Bien sûr que ça va. Surtout depuis que tu n'es plus là pour me donner des leçons de morale.

Ses reproches s'enroulent autour de ma gorge. Je peine à prononcer les trois mots que je veux tant qu'elle entende depuis le mariage :

– Je suis désolé.

De nouveau, elle soupire.

– Et qu'est-ce que ça change ?

– Rien, mais il fallait que je te le dise.

– OK. Si ça t'aide à dormir la nuit, tant mieux.

Elle soulève rageusement un carton sur la table qui nous sépare et me tourne le dos.

– Hortense… Attends.

– Arrête.

– Pourquoi ?

– Parce que ça ne sert à rien. Ce n'est pas ce que toutes ces foutues règles étaient censées éviter ?

– Éviter quoi ?

– Tous ces trucs de couple. Rompre. On ne faisait que passer le temps. Je n'en ai plus à te consacrer. C'est terminé, c'est tout.

– Tu pourrais au moins me regarder dans les yeux pour mentir.

Elle laisse échapper un rire triste qui ressemble à s'y méprendre à un sanglot.

– On était en couple, peut-être ?

– Non, mais on n'était pas rien non plus…

Elle reste silencieuse mais ne soutient toujours pas mon regard, comme si la vérité était trop dure à regarder.

– Bref… Je vois que tu es occupée. Je sais que tu as mille raisons de m'en vouloir, mais je voulais te dire en face que je suis désolé. Et que tu avais raison aussi. Je n'avais pas à te demander quoi que ce soit quand je ne suis même pas capable de… de dire ce que je ressens vraiment.

– Super.

Avec son cutter, elle éventre des cartons pour farfouiller à l'intérieur. Cette conversation avec moi a l'air d'être de l'ordre de la torture.

– C'est tout ?

– Non. Tu…

Tu quoi ? Tu me manques ? Même moi, je ne sais pas ce que je devrais dire.

– Je… ?

– Tu dors bien ?

– Rafael !

Ma mère m'appelle. Les premières familles arrivent. Je lui fais signe de patienter avant de me tourner vers Hortense.

– Évidemment, ta mère est là. Elle a sûrement plein de mamans célibataires dans le besoin qu'elle pourra *shamer* aujourd'hui.

– Sache que je suis là si c'est trop dur. Tu peux m'appeler. À n'importe quelle heure.

– Ne t'inquiète pas. Bientôt, je serai dans un avion et tout ça sera derrière moi…

– Je sais. Mais ça ne veut pas dire que ça doit se finir comme ça.

– Même si on le savait depuis le début ?

– Même si on savait que c'était déjà la fin avant même que ça ait commencé.

– *Ra-fa-el !*

Je ne me tourne pas, agacé.

– Au revoir, Maestro. Et… Sache que je ne t'en veux pas tant que ça. La partie s'arrête juste un peu plus tôt que prévu, mais ce n'est pas comme si on s'était promis autre chose. Crois-moi, c'est mieux comme ça.

– Pour toi ou pour moi ?

– Pour nous.

21 AOÛT

•

HORTENSE

Quand j'ouvre les yeux, la lumière du jour perce timidement entre les interstices du volet de la chambre d'Alexandre. J'essuie les larmes qui coulent silencieusement sur mes tempes et me lève. Je retourne l'oreiller, histoire de camoufler les preuves de ma détresse. Mon petit ange dort encore. Je dégage délicatement quelques boucles qui barrent son front. Est-ce qu'il sent ce que je traverse ? Est-ce qu'il sait ? Je le revois cette nuit-là, debout dans l'escalier à me dire de venir dormir, me prendre la main pour m'accompagner vers un sommeil paisible. Et depuis, j'ai été incapable de dormir seule. Comme s'il comprenait, tous les soirs, quand je vais le coucher, nous faisons traîner nos conversations en longueur. Il me pose des colles impossibles sur les dinosaures ou alors on débat pour savoir si, oui ou non, Freezer est le pire méchant de toute la série *Dragon Ball Z.* Alors que j'ai passé dix ans de ma vie à le border, c'est maintenant lui qui m'accompagne vers le sommeil tous les soirs.

Je quitte la pièce en faisant le moins de bruit possible. En avançant dans le couloir, j'aperçois ma chambre d'enfant à travers la porte entrouverte. Ma poupée préférée est posée sur la table de chevet. J'ai peur d'y retourner. J'ai peur que d'autres souvenirs, peut-être plus atroces que ceux au bord de la rivière, ne me reviennent. Et si je n'avais pas abandonné que mes vieux jouets dans cette chambre ? C'est peut-être à partir de ce moment-là que j'ai perdu foi en les autres. J'ai toujours pensé qu'ils pouvaient me faire beaucoup de mal, sans raison apparente. Peut-être que, finalement, je suis incapable de croire les paroles d'un homme parce que l'un d'eux m'a prouvé à quel point elle ne valait rien. Si on ne peut même pas faire confiance à sa famille pour prendre soin des siens, comment peut-on laisser un parfait étranger entrer dans sa vie ?

Dans une semaine, je pourrai mettre tout ça derrière moi. Je descends dans la cuisine. Le temps semble couvert aujourd'hui ; la pièce est remplie d'une lumière blanche qui contraste avec celle du soleil jaune habituel. Tout semble si différent ce matin. J'attrape un mug et, mécaniquement, me tourne vers la cafetière. À peine ai-je posé ma main sur l'anse gelée que je sais que le café n'a pas été fait.

Voilà ! C'est ça qui manque. Les arômes du café chaud. C'est fou. On ne se rend pas compte combien ce sont les détails qui font de quatre murs une maison, un toit, un foyer. Deux coups secs sur la fenêtre me font sursauter. Kaï me fait signe à travers le verre et me demande s'il peut entrer. Je hoche la tête. J'ai dit à Azalea que j'avais besoin de temps et que je n'étais pas prête à en parler autour de nous. Elle m'a demandé si elle pouvait en discuter avec Kaï et j'ai accepté. Mais maintenant qu'il entre dans la cuisine et me regarde avec tant de tristesse, je me demande si c'était une bonne idée.

– Comment vas-tu ? m'interroge-t-il en m'offrant ses bras grands ouverts.

Je m'y réfugie en faisant mon possible pour ignorer l'inquiétude dans sa voix. Je refuse d'imposer à ma famille, à celui que j'ai toujours considéré comme mon grand frère, plus de tracas que nécessaire. Il vient de se marier, lui et ma sœur méritent le bonheur.

– Ça va. Et Azalea ?

– Ça peut aller, me dit-il en regardant ses pieds.

– OK… La vérité maintenant ?

– Elle m'a demandé de ne rien te dire.

– Et le silence n'a jamais aidé aucune Ménard. Dis-moi.

– Elle veut rester forte pour toi, mais elle est bouleversée. Elle passe son temps dans vos arbres généalogiques, les photos de famille…

– Pourquoi ?

– Parce qu'elle pense que tu n'es pas la seule à qui c'est arrivé. Entre ce que tu nous as dit et la réaction de Camélia…

Il se tait, alors que ses mots résonnent dans ma tête. Je ne serais pas seule ? Combien d'autres filles pourraient être les victimes de ce rapace ?

– Je suis désolé. Je ne voulais pas t'accabler encore plus.

– J'ai voulu rentrer plus tôt mais ça briserait le cœur d'Alexandre. Alors je tiens. Mais j'ai hâte d'être dans l'avion.

– J'imagine… Et même si ça nous tue de vous savoir si loin, le plus important, c'est que tu fasses ce qui est le mieux pour toi.

Il se tourne et, avec un geste qui trahit une habitude si ancrée qu'il pourrait le faire les yeux fermés, Kaï attrape une tasse et, de sa main libre, s'empare de la cafetière. Je le vois passer par la même surprise que moi.

– Il n'y a pas de café ?

– Non, Tatie ne l'a pas fait ce matin.

– Plus de dix ans que je viens prendre mon café ici, et jamais une seule fois le café n'était pas fait.

– Elle dort encore.

– Elle dort ? Mais il est quasiment neuf heures.

Ce constat me laisse d'abord froide. À bien y penser, je ne l'ai jamais vue se lever après 7 heures. Tous les matins, depuis mon arrivée, elle est là, à déposer sa main sur mon épaule pendant que je pétris la pâte pour éloigner les cauchemars.

Plus les secondes passent, plus les battements de mon cœur accélèrent. Quand je lève les yeux vers Kaï, je remarque la même panique au fond de ses yeux. Puis, comme si nos corps avaient entendu la même alarme silencieuse, nous nous dirigeons subitement vers la chambre de notre tante. Je ne me souviens pas si nous avons couru ou si nous avons marché, si la lumière de sa chambre était allumée ou éteinte. Je ne me souviens que de son corps rigide et de la voix de Kaï qui crie :

– Appelle une ambulance !

22 AOÛT

HORTENSE

Elle avait tout prévu. De son modèle de cercueil aux décorations florales en passant par la tenue dans laquelle elle souhaitait être mise en bière, jusqu'au texte à publier dans les journaux locaux. C'est là qu'on voit les vrais altruistes, ceux qui continuent à penser aux autres même pendant leur repos éternel. Elle avait tout prévu, y compris la peine qui nous terrasserait. C'est peut-être même pour ça qu'elle avait tout organisé.

– Vous saviez qu'elle était malade et vous ne nous avez rien dit ? m'insurgé-je.

– Oui… admet Azalea pour la centième fois. Mais je te l'ai déjà dit, elle ne voulait pas vous en parler avant le mariage.

– C'est d'ailleurs pour ça que nous nous sommes mariés aussi vite, avoue Kaï, les yeux gonflés par le deuil. Mais on pensait vraiment qu'elle avait jusqu'à Noël.

– Ce que je ne comprends pas, c'est comment vous avez pu ne rien nous dire.

– Ne leur en veux pas, Sia. Ils n'y sont pour rien. Tu vois bien que c'était ce que Tatie Thé voulait.

La voix de ma mère, brisée par la peine d'avoir perdu sa sœur, calme un peu ma colère. Je sais qu'elle a raison. Je sais que ma révolte n'est pas dirigée contre les vivants mais contre la mort elle-même.

– Azalea, que nous reste-t-il ? continue-t-elle sans lever les yeux du cahier devant elle.

J'écoute distraitement Azalea parler des différents rendez-vous que nous allons avoir avec le notaire. Ma mère nous a déjà annoncé hier qu'elle resterait en Martinique pour mettre en ordre les affaires de ma tante. De manière oblique, elle essaie de me faire rester plus longtemps. Je n'ai rien contre ma famille, mais hors de question. À chaque seconde dans cette maison, j'ai l'impression de repousser mes limites.

– Maman pourra se charger de discuter avec le notaire en mon nom, expliqué-je en souriant.

– Très bien, accepte tristement ma sœur. Maman, la liste d'invités est-elle terminée ? Mika et Do en ont besoin pour prévoir le buffet.

Ma mère dépose la liste entre nous.

– Nous aurions pu le faire à la salle des fêtes, mais elle ne voulait pas, ajoute-t-elle, épuisée.

– En même temps, pour elle, la salle des fêtes était synonyme de Grand Noël, explique Kaï.

Elle ne voulait pas qu'on associe ce lieu avec sa mort. Elle voulait qu'on fasse ça ici, chez elle.

Ils parlent, mais je n'écoute pas. Mes yeux restent bloqués sur la feuille. Sur un nom en particulier. Ludo. Quatre lettres qui me glacent le sang. Une peur panique s'infiltre dans mon ventre. Il sera là. Comme au mariage. Sûrement avec sa femme et ses enfants. Puis je fais défiler la liste des prénoms. Les noms de fleurs, typiques des filles de la famille Ménard, se succèdent. Camélia, Iris, Valériane, Rosie… Je les connais presque tous. Ils appartiennent à des cousines, proches ou lointaines, et une petite voix en moi se demande combien d'entre elles Ludo a fanées. Certaines sont si jeunes… Une main sur mon épaule me rappelle de libérer l'air que j'ai gardé emprisonné dans ma poitrine. Quand je lève les yeux vers ma sœur, je sais qu'elle sait. Nous échangeons un regard.

– Je suis désolée, intervient ma mère en quittant la pièce, toute cette organisation a raison de moi. Je vais aller m'allonger quelques minutes.

Dès que la porte de sa chambre se ferme, Azalea se tourne vers moi :

– On voulait te prévenir pour Ludo… Je te rassure, aucun de nous ne veut le voir. Mais… Si ce que je pense est vrai et qu'il a agressé d'autres filles de notre famille, nous devons supporter sa présence.

Je prends un moment pour réunir le peu de forces qu'il me reste pour mentir :

– Oui… Mais tu penses qu'il a pu agresser d'autres personnes ?

Azalea hésite un moment.

– Il n'y a pas beaucoup de cousines plus jeunes que lui. Vous n'êtes que trois… Toi, Camélia et Rosie. Rosie est sa cousine directe donc j'espère me tromper. Pour l'instant, on n'a rien fait. On attendait de voir comment tu voulais qu'on opère.

– On veillera qu'il ne t'approche pas, tente de me rassurer Kaï.

– Merci.

– Et… Rafael aussi sera présent. Avec sa mère et ses sœurs.

Je sais que je ne devrais pas, mais savoir qu'il sera là desserre un peu les sangles qui me compriment la poitrine depuis des jours.

– Je ne savais pas qu'il connaissait Tatie Thé.

– Tout le monde connaissait Tatie Thé. Maria, la mère de Rafael, est très active dans les activités de bénévolat de l'église et, en matière d'aide à la communauté, Tatie Thé était sur tous les fronts. Il y aura beaucoup de monde. Il y a fort à parier que tu ne le verras pas.

Je doute de voir qui que soit d'autre que lui.

– Elle va tant manquer à ces gens.

– Elle va tant nous manquer à tous, rectifie ma sœur.

Je hoche la tête en rangeant la cuisine. J'ai fait suffisamment de sablés pour nourrir tous les invités de demain. Je les place dans des grandes boîtes pour les conserver jusqu'à la veillée funéraire. Kaï s'empare d'un cookie en train de refroidir sur une grille de cuisson. Dès qu'il mord dedans, je vois ses yeux s'illuminer.

– C'est vraiment délicieux. À quoi sont-ils ?

Je me tourne, refusant qu'il puisse déceler le trouble dans mes yeux :

– Caramel, éclats de bretzels.

– Waouh, c'est surprenant, mais délicieux.

Leur goût est tout bonnement inoubliable sur les lèvres de la personne que tu aimes.

Mon cœur se serre quand je prends conscience de l'aveu que je viens de me faire. Comme s'ils sentaient ma respiration s'arrêter, Kaï et Azalea me prennent dans leurs bras.

– Elle aurait été contente de nous voir organiser tout cela ensemble, me chuchote Azalea parmi ses larmes.

– C'est vrai.

– Faisons ce que Tatie nous a appris de mieux. Si on se soutient les uns les autres, aucun de nous ne peut tomber.

Je me laisse happer par leur tendresse, luttant pour ne pas leur dire que je ne suis pas au sol, mais bien déjà six pieds sous terre.

RAFAEL

L'ambiance est glaciale. Dolores, Lucia, ma mère et moi mangeons en silence. Je suis d'une humeur de merde et j'ai l'impression que c'est le cas de tous les membres de ma famille. Le bruit des couverts et les murmures polis sont inhabituels dans cette maison normalement si bruyante. Le service de ce matin à la paroisse était triste et morose. Toute la ville est en deuil d'avoir perdu une mère. Le nom de Thérèse Ménard était sur toutes les bouches serrées de tristesse, son souvenir, dans tous les yeux affaiblis par le deuil. Ma mère la connaissait bien. Elles ont œuvré ensemble pour la communauté pendant de nombreuses années, et de ce que j'ai compris, elle était aussi une amie de mon père. Lucia tire une tête de six pieds de long. Elle fait frénétiquement gigoter sa jambe sous la table comme une accro au crack. Ma mère devait partir les prochains jours, ce qui devait permettre à ma sœur de passer du temps avec Anna. Je la soupçonne même d'avoir organisé un petit rendez-vous en amoureuses : demain, elles fêtent leur première année ensemble. Même cette ado arrive à avoir des relations plus stables que les miennes.

– Demain, nous serons à treize heures au cimetière. Je sais que Thérèse a demandé à tout le monde de porter de la couleur, mais je ne pense pas que ce soit approprié. J'aimerais qu'on opte tous pour du noir.

Je me retiens de lui dire que ce qui me semble approprié serait de respecter le dernier souhait de la défunte, mais comme d'habitude, je n'argumente pas. Depuis qu'elle connaît ma relation avec Hortense, elle refuse de m'adresser la parole. À chaque occasion elle me rappelle que j'ai lâchement abandonné une jeune fille parfaite, médecin, bien élevée, dont les sous-vêtements sont bien rangés dans un pantalon et n'arborent aucun personnage de Disney, pour m'encanailler avec une mère célibataire, aguicheuse et au chômage. Sauf que je refuse de me justifier : elle m'a donné la vie mais ça ne lui octroie pas le droit de la régenter. Dolores caresse son ventre, feignant d'ignorer l'ambiance délétère qui règne dans la maison.

– Vous savez combien de temps ça va durer ? tente Lucia. Demain après-midi, je devais voir Anna pour…

– Demain, nous serons tous au cimetière à treize heures, insiste ma mère sans même écouter sa fille. Ensuite, nous irons rendre hommage à Thérèse et à toute la famille Ménard, chez elle.

Elle tourne la tête vers moi et ajoute, plus froide que jamais :

– Si tout le monde pouvait rester discret, ce serait bien. Les gens de la paroisse n'ont pas besoin de savoir ce que vous faites de vos étés.

Je suis fatigué. Elle n'accepte pas ma séparation avec Jade, c'est une chose. Mais le pire, c'est qu'elle considère ce que je vis avec Hortense comme une honte. J'expire violemment pour faire comprendre mon mécontentement. Je suis un adulte. Je passe mon été et toutes les autres saisons comme je l'entends.

– Ma vie privée ne regarde personne. Et pas plus toi que les autres.

Elle me renvoie un regard noir et je souris en me disant que j'aime les petits élans de désinvolture qu'a ajoutés Hortense à ma vie.

– *Mamá !* Le service devrait durer jusqu'à quelle heure ? Tu avais dit que je pouvais passer la journée chez Anna…

– J'ai dit ça avant de savoir qu'il y aurait un décès.

– Mais je ne connaissais même pas Mme Ménard. Je suis obligée d'y aller ?

– Et alors ? Traîner avec une amie, à ne rien faire, est plus important que d'être avec ta famille ?

Je me tourne vers ma sœur et vois les larmes déborder sur ses joues. Elle n'a pas pu voir sa petite amie depuis des jours. Je me souviens ce que c'est que d'être ado et amoureux, la séparation est une torture. Mais, contrairement à elle, mes relations étaient acceptées par ma famille. Je n'avais pas à me cacher pour être avec celle que j'aimais.

– Si tu veux, on pourra aller chercher Anna en fin d'après-midi, proposé-je. Elle peut dormir à la maison.

– Rafael, ne te mêle pas de ça, j'ai dit non ! Lucia, tu verras ta copine plus tard.

À cet instant précis, je sais que la tournure que va prendre le repas dominical ne va pas plaire à ma mère :

– *Mamá*, Anna est comme ma famille. C'est plus qu'une copine, je l'aime.

Ça y est. C'est dit. Instinctivement, je prends la main de ma sœur dans la mienne.

– Qu'est-ce que ça veut dire ? La famille, c'est la famille, les copines, ce sont les copines, s'insurge ma mère.

Alors que Lucia reprend son souffle, je vois Do se lever et se placer derrière elle, une main sur son épaule.

– *Mamá*, je sais que tu sais. Et m'empêcher de la voir ne va pas changer le fait que j'aime les filles.

– Qu'est-ce que tu racontes ? Je sais quoi ? De quoi tu parles ?

– Anna n'est pas une amie, mais ma petite amie. Je l'aime et elle m'aime aussi. Je suis désolée si ça te déplaît…

– Si ça me déplaît ? Mais tu es folle ? Tu sais ce que ça signifie, pour toi et pour elle ?

Je me lève, connaissant pertinemment ce qui va arriver après cette phrase.

– Do, emmène Lucia dans sa chambre. Je dois parler à Maman.

J'entends d'abord ma petite sœur argumenter, tenter de rester, mais je ne veux pas que cette situation s'envenime. Contrairement à ce que Lucia imagine, je ne pense pas que ma mère sache qu'elle est lesbienne. Ça a été une réelle surprise pour moi, et, à en croire le visage de ma génitrice, il en est de même pour elle.

– Tu savais ? me questionne celle-ci dès la seconde où mes sœurs ne sont plus dans la pièce.

Je soupire, avant de répondre :

– Oui.

– Et tu ne m'as rien dit ? Tu n'as rien fait ? Te rends-tu compte de ce que ça veut dire ?

Je laisse échapper un rire fatigué.

– D'abord, ce n'était pas à moi de te l'annoncer. Et ensuite, je n'ai rien fait parce qu'il n'y a rien à faire.

– Elle est jeune. Elle ne sait pas de quoi elle parle.

– Elle a le même âge que celui que tu avais quand tu as rencontré papa. Elle a le même âge que moi quand je sortais avec Jade. Elle sait, Maman. Et nous devons être heureux pour elle.

Ma mère reste un moment bouche bée, totalement désemparée.

– Qu'est-ce que j'ai fait ? Qu'est-ce qu'on a fait avec ton père pour que toi et Lucia…

J'aimerais la réconforter mais j'en ai marre de son rôle de sainte qui passe son temps à juger les autres qu'elle considère comme de pauvres âmes perdues.

– Si tu as envie d'une audience pour t'écouter te plaindre de tes enfants qui sont en parfaite santé et font de leur mieux pour être heureux, ce sera sans moi. Tu n'as rien fait de mal. C'est justement grâce à tout ce que vous avez fait de bien qu'aujourd'hui nous sommes ceux que nous sommes. Je suis fier de ma sœur, que tu le veuilles ou non.

– Lucia est ma fille.

– Ce n'est plus une enfant, elle a dix-sept ans. Elle est heureuse. Elle a la chance d'aimer et d'être aimée en retour.

– Tu ne comprends pas. C'est une vie de péché qui l'attend. Et si elle est vraiment sûre d'elle, je ne crois pas pouvoir laisser faire des choses pareilles sous mon toit…

Je trouve ses lamentations ridicules. Avec tout ce qui se passe autour de nous, est-ce que Dieu n'a vraiment que ça à faire, condamner des gens qui s'aiment ?

– Tu es sérieuse ?

Elle hoche la tête en serrant son chapelet entre ses doigts.

– Très bien. Dans ce cas, Lucia va venir vivre avec moi.

– *Obvio !*[15] Tu t'en fiches, toi, tu as tourné le dos à ta foi.

– Mais qu'est-ce que tu racontes ?

– Refuser de te marier, passer ta vie à faire défiler des femmes dans ton lit, tu penses que c'est ça, être un homme bien ? Jade a traversé la mer pour toi, elle a emménagé chez toi. Elle a tout fait pour que tu l'aimes et tu l'as abandonnée.

Je lève les yeux au ciel.

– Je suis désolé, Maman, mais pour la centième fois, c'est ma vie. Je n'étais pas amoureux. Il fallait qu'elle s'en aille. Si tu savais comme j'aurais aimé que ça marche. Ce n'était pas le cas. Ça n'aurait été juste ni pour elle, ni pour moi.

– Je ne comprends rien à cette nouvelle génération. Votre problème, c'est que vous ne vous battez pour rien. Ça ne marche pas ? Vous jetez à la poubelle et vous en achetez un autre ! On se bat pour ce qu'on aime.

– Et c'est exactement ce que fait Lucia. Tu peux m'en vouloir, Maman, tu peux te dire que tout est ma faute et je l'accepterai. Mais n'abandonne pas Lucia alors qu'elle ne fait rien de mal. Tu t'en voudras toute ta vie.

– Que veux-tu que je fasse d'autre ? Que j'accepte n'importe quoi ? L'homosexualité est un péché !

15. « Évidemment ».

– Condamner les autres l'est également !

– Tu ne sais pas ce que tu racontes, me dit-elle en partant dans la cuisine.

– « Ne jugez point, et vous ne serez point jugés ; ne condamnez point, et vous ne serez point condamnés ; absolvez, et vous serez absous. » C'est ça que tu m'as appris, n'est-ce pas ? Je ne suis pas fou, ce sont bien des versets de la Bible, n'est-ce pas ?

Cette fois, elle reste silencieuse, la poitrine soulevée par un souffle de rage. Je sais qu'elle se sent démunie, qu'elle est perdue. Nous sommes si différents de ce qu'elle est, mais je ne peux pas la regarder se comporter ainsi avec Lucia.

– Tu m'as appris qu'on était tous des pécheurs qui essayent de faire de leur mieux. Ton rôle n'est pas de nous juger mais de nous aimer. Laisse donc ça à ton dieu que tu aimes tant. Lucia a besoin de nous. Le monde est bien assez dur comme ça sans avoir besoin que sa propre famille l'y jette en pâture. On va te laisser réfléchir. Lucia va venir quelques jours à la maison.

Sans un mot, elle hoche la tête, l'air si triste que ça me fait de la peine.

– Tu as perdu une de tes amies aujourd'hui. Tu vas aller à son enterrement demain et saluer toute sa famille qui doit passer des heures atroces. Pense à la chance que nous avons d'être ensemble, vivants et heureux. Pense à la chance que tu as d'avoir une fille drôle, intelligente, avec un cœur assez grand pour aimer. Maman, pense à ça et rejoins-nous demain. D'accord ?

Elle hoche de nouveau la tête et efface du revers de la main les larmes qui naissent dans ses yeux. Je m'approche d'elle et la petite femme vient se caler dans mes bras.

– *Te amo, mi hijo.*[16]

– Je t'aime aussi, Maman.

16. « Je t'aime, mon fils ».

23 AOÛT

HORTENSE

Les cloches de Saint-Joseph sonnent sans discontinuer. Il est 13 heures pile. Mon cœur se fend à chaque tintement. Toutes les fois que je suis venue ici, c'était parce que ma tante m'y avait emmenée, et je me plaignais à chaque seconde sans savoir que la vraie torture serait de s'y trouver sans elle. Les gens défilent, des amis, des membres de la famille et des personnes éminentes de la ville. Je n'écoute rien et me contente de regarder devant moi. Pourvu que cette journée se termine enfin.

Cet été ne m'aura rien apporté. Après m'avoir arraché une partie de moi, il m'aura pris une partie de mon cœur, la seule personne qui m'a toujours fait sentir que j'avais une place dans cette famille, qu'une fille comme moi, ni mariée, ni diplômée avait le droit d'exister.

Puis une voix fait trembler tout ce que je garde au fond de moi. Quand je lève la tête, je le vois.

Il se tient droit, les épaules légèrement affaissées par le deuil. L'Aigle, une feuille de papier à la main, prend la parole face à l'auditoire, la voix tremblante.

– Tatie…

Il est si grand, si massif. Et cette fois, l'image de son corps qui recouvre le mien dans la nuit comme une pierre tombale s'impose à moi. J'aurais préféré ne jamais la voir, qu'elle reste enfouie là où elle était, mais il ne me laisse pas le choix. Sa voix est partout et l'entendre retentir dans ce lieu sacré alors qu'elle porte le mal en elle me cisaille les tripes. Je n'entends rien d'autre. Au-dessus de nous, il parle avec tant d'aisance. Quelques rires tristes s'élèvent autour de moi mais je suis incapable de me joindre à eux. Soutenir son regard, garder la tête haute devant lui me paraît impossible. Ma respiration se coupe, mon dos se courbe, mes oreilles se bouchent. Seuls quelques mots, qui étaient restés gravés dans un coin de mon esprit, refont surface : « Tais-toi. » Comme s'il m'avait permis de protester. « Ne bouge pas. » Comme si je n'étais pas déjà morte.

Je tourne le regard vers ma sœur. Je la supplie de m'aider, que sa présence me sorte du passé. Elle me prend dans ses bras et me serre, si fort. Je laisse sa chaleur me libérer de ce qu'il m'a fait cette nuit-là. En essuyant mes larmes, je tombe sur Camélia. Ma cousine aussi a la tête baissée. Je peux sentir sa détresse. Je n'ai jamais autant compris sa réaction. J'ai passé quatorze ans de ma vie à faire en sorte de ne pas croiser mon bourreau, à prétendre que je vais bien. Nos regards se croisent. Elle me dédie un sourire triste, de ceux que s'adressent deux âmes qui ont les mêmes blessures. Puis enfin, le silence. Il se tait et passe dans l'allée pour rejoindre sa place. Et c'est là que je vois. J'aperçois d'autres têtes se baisser à son passage, comme la mienne pendant son discours. Celles de jeunes filles, de femmes. Peut-être est-ce une coïncidence… ou peut-être qu'elles non plus n'ont pas la force d'entendre la voix de leur agresseur rouvrir les blessures qu'il leur a infligées.

Sans réfléchir, je me lève. Ma mère et ma sœur me jettent un regard surpris, je n'étais pas censée prendre la parole. J'interromps le prêtre qui pensait continuer son discours et me dirige vers le chœur. Le son de mes pas résonne sous les clefs de voûte de l'église. Un pied après l'autre, j'avance. Chaque pas me demande un effort considérable mais je ne flanche pas. Je ne peux pas. Père Manuel pose une main sur mon épaule et me laisse la place derrière le micro. J'espère qu'elle est solide, car mon deuil est lourd. Je lève les yeux sur le parterre de monde vêtu de noir. Seules quelques personnes ont respecté le souhait de Tatie de venir habillées de toutes les teintes qui ont coloré la vie de ma tante. Les secondes s'étirent et je ne dis rien. Je me contente d'inspirer et d'expirer, pour me rappeler que je peux le faire, que si j'ai survécu au pire, c'est peut-être pour parler aujourd'hui. Pendant un moment, je doute d'être capable de dire un mot sans que le raz-de-marée de tout ce que je contiens au fond de mes tripes surgisse et bouleverse la cérémonie. Pendant une fraction de seconde, je ne pense pas être capable de parler. C'est au-dessus de mes forces. Puis mon regard tombe sur Rosie. Ma cousine est discrètement assise dans un coin de l'église, des cernes creusent son visage si jeune. Elle fait partie de celles qui ont la tête baissée.

Est-ce qu'elle non plus n'arrive pas à trouver le sommeil ? Est-ce qu'elle aussi est hantée par les flashs de ce qu'on lui a fait subir ?

Je baisse les yeux sur mes mains tremblantes. Lorsque je lève la tête, une lumière intense pénètre par les portes ouvertes de l'église. À contre-jour, j'ai du mal à voir les visages de tout le monde, mais je reconnais tout de suite sa silhouette. Celle qui plane au-dessus de mes cauchemars depuis plusieurs semaines. L'Aigle est là, assis entre les membres de notre famille, parmi la communauté, pleurant sa défunte tante, comme si ses larmes, versées devant Dieu, l'absolvaient de ses crimes. Je jette un dernier regard vers Rosie et inspire.

– Tatie Thé aurait souhaité que je m'exprime aujourd'hui. Elle aurait sûrement voulu que je vous lise quelques mots que j'aurais écrits avec soin. Je ne sais pas pourquoi. Une fois, elle m'a dit que je lui ressemblais. C'est étrange parce que, quand elle me l'a dit, j'étais d'accord. Mais maintenant qu'elle n'est plus là, je me dis que non. Jamais sa bonté, sa joie de vivre et son empathie ne pourront être égalées. Puis je me souviens de tout ce qu'elle nous a inculqué. Lors de l'une des dernières conversations que j'ai eues avec elle, comme si elle savait que j'allais avoir besoin d'aide pour trouver ma voie, pour avoir la force de parler, elle m'a conseillé de faire ce que ma famille a toujours fait : s'occuper des autres. Merci Tatie de m'avoir ouvert les yeux. Merci Tatie d'avoir été là pour tous ceux qui t'entouraient. Je sais que, de là où tu es, tu continueras à veiller sur nous, et nous sur les tiens, sur les nôtres. Je me battrai pour toutes celles qui ne peuvent pas, je parlerai pour toutes celles qui en sont incapables.

Cette dernière phrase sonne comme une menace. Non, plutôt, comme une promesse. Avant de quitter le chœur, je jette un dernier regard à Ludovic. Ses yeux se fichent dans les miens et je ne lâche pas. Lorsque je rejoins ma place, je sens ma poitrine crépiter. Je ne me tairai pas. Non, je ne me tairai plus. Le silence n'est jamais pour les victimes. Il ne fait que nourrir l'impunité.

Non, je ne me tairai pas. Ne rien dire, c'est reculer. Et Tatie m'a appris il y a longtemps que ce n'était pas possible éternellement.

Merci, Tatie.

RAFAEL

Le soleil brille au-dessus des tombes comme un dernier hommage à celle qui a aidé la communauté pendant toutes ces années. On peine à trouver de la place autour du caveau Ménard tant il y a de monde. Ma mère reste debout, sa main solidement enlacée autour de son chapelet. Elle porte une robe noire avec un petit foulard rose sur les épaules. La touche de couleur demandée par celle que toute une ville nommait Tatie Thé. Elle ne le dira pas, mais la mort de son amie l'affecte plus qu'elle ne veut bien le dire. Lucia est à mes côtés pendant que Do et Mika sont près de Kaï, si affecté par la disparition de sa mère de substitution. Toute la famille Ménard pleure sa tante, mais mon regard n'arrive pas à se détourner d'une seule personne. Nous nous sommes croisés une fois. Avant de sortir de l'église, nous sommes tous passés présenter nos respects à la défunte et à sa famille. Elle était debout, aux côtés de son fils.

Je lui ai fait part de mes condoléances, elle est restée silencieuse mais m'a confié une main. Je l'ai prise et je ne sais pas combien de temps nos doigts sont restés enlacés. Suffisamment pour que ma mère vienne m'attraper par le bras pour me dire que nous n'étions pas seuls et que de nombreuses personnes attendaient derrière nous. J'ai donc déposé un baiser dans sa paume avant de la lui rendre, puis nous sommes sortis. J'ai quitté la paroisse sous les chuchotements indignés de ma mère m'expliquant que ce n'est pas une conduite à avoir dans une église, ce qui a eu le don de faire rire Lucia.

– Je crois que le Petit Jésus n'a plus la cote auprès de sainte Marie depuis qu'il traîne avec Marie-Madeleine !

Je lui ai jeté un regard noir, même si quelque chose me dit que la petite brune serait ravie d'être comparée à l'un des personnages les plus subversifs de la Bible.

La voir pendant le service m'a fait comprendre une chose fondamentale : je suis un gros con. Je ne serai jamais à sa place, je ne saurai jamais ce que c'est de devoir porter le fardeau qu'elle a découvert depuis qu'elle a mis les pieds ici. Encore plus quand on est une mère célibataire avec un jeune enfant et que flancher n'est pas une option.

Ne jugez point, et vous ne serez point jugés ; ne condamnez point, et vous ne serez point condamnés ; absolvez, et vous serez absous.

Dans le cimetière, sous un soleil de plomb, alors qu'Hortense se tient debout devant la tombe de sa tante, je n'ai aucun droit de me positionner en juge. Au moment où le prêtre prend la parole, le vent se tait, les oiseaux aussi. Comme si, pendant un instant, c'était la ville tout entière qu'on mettait en terre. Tout le monde pleure sauf elle. Son expression est figée, comme une poupée de chiffon maintenue debout par la rigidité de la vie. Seule la commissure de ses lèvres cède sous le poids de la tristesse. Je les vois tressaillir à chaque inspiration comme si elle luttait pour contenir sa peine. Son fils est fourré contre son flanc, le regard incrusté sur ses pieds. Lucia avait le même âge à l'enterrement de notre père. Ces enfants ne redeviennent jamais les mêmes. Le prêtre parle, encore et encore, inlassablement. Puis, chacun leur tour, les membres de la famille viennent déposer une fleur sur le cercueil de celle qu'ils aimaient tant. Alors que je vois une grande silhouette au nez aquilin se déplacer dans la foule, mon cœur s'arrête. L'Aigle est là. Une fleur à la main, il avance doucement pour la déposer sur le cercueil. Chaque pas le rapproche un peu plus d'Hortense et de sa famille. Au moment où je veux m'assurer qu'elle va bien, je remarque qu'elle n'est plus là. Son fils est dans les bras d'Azalea. J'ai juste le temps d'apercevoir son dos s'échapper entre les tombes du cimetière. Ma mère me jette un regard me sommant de ne pas faire d'esclandre, avertissement que j'ignore royalement sous le regard fier de mes sœurs.

Rapidement, je pars à la suite d'Hortense. Je la vois s'engouffrer dans une allée, vaciller sur la dernière demeure de tant d'autres. Puis je la perds de vue. J'accélère, mon cœur valse de gauche à droite, espérant retrouver sa trace au détour de chaque sépulture. Et là, comme si la vie arrivait toujours à retrouver son chemin dans un labyrinthe funeste, je tombe nez à nez avec elle. Quand mes bras enlacent son corps, elle lève des yeux désespérés vers moi. Elle effleure ma peau du bout des doigts comme pour se prouver à elle-même qu'elle ne rêve pas. Les larmes humidifient ses yeux. Puis elle ouvre la bouche pour inspirer une bouffée d'air douloureuse qu'elle n'expire pas, sauf pour souffler mon prénom.

– Rafael.

Je me contente de recueillir sa peine, son cœur au bout de mes phalanges. Je ne dirai rien. Je ne ferai pas l'erreur deux fois, je laisserai cette femme qui ne sait que se taire s'exprimer. Chaque syllabe de mon prénom se délite dans sa bouche, chaque lettre disparaît sur ses lèvres alors qu'elle trouve le chemin de mon cou. Elle lève la tête, ses cheveux emmêlés. Le plus délicatement possible, je les fais glisser hors de ses joues, de sa bouche, de ses yeux. Repousse tout ce que je peux pour la laisser respirer. De mes paumes, j'éponge sa peine. Elle lève vers moi des yeux abîmés par la vie, rougis par la mort. Je reste un instant à la contempler. Elle est la plus belle femme qu'il m'ait été donné de tenir dans mes bras. Comme si elle entendait mon aveu tacite, elle se place sur la pointe des pieds et dépose sur ma bouche un baiser salé par le deuil et les regrets. Elle caresse une dernière fois le creux que forment mes fossettes dans ma barbe. Une caresse qui sonne comme un adieu qui me brise le cœur. C'est aussi notre histoire que nous enterrons aujourd'hui.

– Je suis désolée.

– Moi aussi.

J'aimerais savoir pleurer. Je regrette qu'on ne m'ait pas appris à le faire. Cette femme qui frémit sous mes doigts mériterait toutes les larmes que je n'ai jamais su verser. Pourtant, je sens que tout mon être pleure pour elle. Derrière nous, une voix grave nous ramène à la triste réalité :

– Sia. Je suis désolé. Mais c'est le moment de lui dire au revoir.

À la seconde où elle entend la voix dévastée de Kaï, ses épaules se relèvent, elle replace ses lunettes noires sur son nez et soulève mes mains jointes dans les siennes pour y déposer un baiser à son tour. Puis elle rejoint son beau-frère sans un mot de plus.

Les seules choses que nous avons à nous dire, il ne nous reste plus assez de temps pour le faire.

HORTENSE

Je ne me souviens pas de grand-chose. Comme un rêve qu'on voit défiler sous ses paupières closes et qui nous échappe à peine les avons-nous soulevées. Thérèse était plus qu'une tante, c'était pour moi un exemple, une source de sagesse vers laquelle je me tournais systématiquement, une oreille attentive, une épaule accueillante. Qui fait ça aujourd'hui ? Qui dévoue sa vie à aider son prochain, sans en faire un métier ? Qui ouvre sa maison et ses bras à qui en a besoin ? Est-ce que je viens d'enterrer ma tante ? Est-ce que j'ai vraiment pris la parole devant tout le monde ? Est-ce Rafael qui était là pour me soutenir entre les tombes ? Presque toute la ville est dans notre jardin. Les discussions vont bon train, les gens se retrouvent et rient une fois les larmes séchées. C'est l'excuse parfaite. Le service est mon métier. J'ai donc distrait mes pensées de l'horreur que cette journée ensoleillée représente. Mes mains ont préparé le buffet, porté des plateaux de repas, débarrassé des assiettes. Azalea et ma mère se sont chargées de parler avec tout le monde. Quelqu'un m'a servi un verre d'eau à un moment, je crois. Je ne suis pas sûre de l'avoir bu. Toute mon énergie s'est concentrée sur mon fils. Le peu de force dont disposaient mes doigts, je m'en suis servie pour déposer à manger dans son assiette et m'assurer qu'il allait bien. Oui… je ne sais plus si j'ai bu mais une chose est sûre, lui l'a fait.

Les éclats de rire se mêlent aux sanglots et le bruit des enfants qui se pourchassent gentiment me rappelle que tout n'est pas mort aujourd'hui. C'était ce que Tatie Thé voulait. Elle voulait que cette journée ne soit pas qu'un deuil mais aussi une célébration. Même si je n'ai pas le cœur à la fête, j'essaie de faire de mon mieux pour garder la face. Je termine de débarrasser la table à l'extérieur, pressée de rentrer m'isoler dans la cuisine. C'est au-dessus de mes forces de parler à tous ces gens, d'ignorer celui qui m'a meurtrie et de me taire face à celui à qui j'ai tant à dire. Définitivement, je suis mieux seule. Je pose une pile d'assiettes dans l'évier et commence à frotter. Je lave la vaisselle sans relâche alors que tout mon corps me brûle. Ne plus penser, ne plus pleurer, c'est tout ce que je demande. Jusqu'à ce qu'une petite voix, pourtant assez puissante pour s'imposer malgré le bruit des invités, me parvienne :

– Au revoir.

Je reconnais Camélia avant même de me retourner. Son teint foncé fait ressortir les reflets cuivrés de ses iris. Je sens mon cœur battre au rythme de ses talons sur le carrelage à mesure qu'elle s'approche de moi. Elle s'arrête à un mètre, laissant assez d'espace pour tout ce que nous ne pouvons pas dire.

– Je vais y aller, me dit-elle, en regardant le sol.

– D'accord. Merci d'être venue.

– C'était un très joli service. Tatie aurait adoré.

Je laisse échapper un rire fatigué.

– C'est elle qui a tout organisé. J'espère bien que ça lui a plu.

– En tout cas, bravo. Je sais à quel point ça a été difficile pour toi.

– Ça l'a été pour nous tous.

– Non. Pas comme pour eux. Ça a été dur pour moi et je n'ai pas eu à me tenir debout devant lui.

Je ne dis rien, glacée par ses paroles. La femme qui était presque prête à me foutre à la porte il y a une semaine parle de celui dont elle refusait de mentionner l'existence. Incapable d'ouvrir la bouche, je vois les larmes se former dans ses yeux vaillants. Elle approche et me prend dans ses bras, tandis que je demeure rigide. Toutefois, je reste dans cette étreinte dont je ne pensais pas avoir tant besoin.

– Je sais que tu sais, se contente-t-elle de murmurer à mon oreille. Je suis si désolée.

– Ce n'est pas à toi d'être désolée. C'est à lui.

Chaque mot est une torture, pourtant nous savons qu'il est trop tard pour le mutisme.

– J'étais là, le soir de ton anniversaire. Je voyais son manège. Quand tu m'as dit qu'il voulait que tu le suives près de la rivière, j'ai tout fait pour t'en empêcher. Mais ma mère voulait que je prenne des photos et je t'ai perdue de vue. J'ai demandé où tu étais, on m'a dit que tu dormais. Et pendant un moment je les ai crus. Puis j'ai eu un doute, jusqu'à ce que la soirée se termine et que ta mère ne te trouve plus dans ton lit. Là, j'ai tout de suite su ce qu'il t'avait fait mais je n'ai pas réussi à parler. J'en étais incapable. Et toute ma vie je m'en suis voulu. J'aurais dû te protéger.

Ses larmes me brisent le cœur. Je sais à quel point elle est sincère.

– Et quand tu es venue, ça faisait si longtemps que je n'y avais pas pensé, je croyais que tu avais oublié. Quand j'ai compris que tu te posais des questions, j'ai paniqué. Ce qu'il m'a fait, je n'en ai jamais parlé à personne.

– Personne ne se doute de rien ?

– Pas que je sache.

Je regarde par la fenêtre de la cuisine. Il est là, dans le jardin, à discuter calmement pendant que ses victimes cachent leurs larmes dans les chiffons de la cuisine.

– Pourquoi tu m'en parles maintenant ?

– J'ai beaucoup réfléchi depuis ton passage à la maison. Mes souvenirs sont extrêmement flous mais les…

Elle pose la main sur sa poitrine et inspire profondément, comme pour apaiser la douleur que les mots qu'elle est sur le point de prononcer vont provoquer chez elle.

– Les viols ont commencé bien avant ton anniversaire. Et il est plus âgé que nous. Je me demande si…

– S'il y en a d'autres ?

– Exactement.

Je hoche la tête.

– S'il y en a d'autres, ce sont nos sœurs, nos cousines, nos amies… On ne peut pas les laisser à sa merci. Et ce que tu as dit tout à l'heure, je le ressens aussi. J'aurais pu me taire toute ma vie pour moi, mais c'est pour elles qu'on doit parler.

– Azalea se demande si Rosie n'est pas une victime.

– Oh, mon Dieu… Oui, c'est possible. Sa mère me disait justement qu'elle était très renfermée, avec beaucoup de problèmes à l'école. J'ai cru comprendre qu'elle avait des comportements dangereux.

– Comme ?

– Je sais qu'elle est considérée comme une fille à problèmes.

Ce terme me touche en plein cœur. Moi aussi j'étais ce genre de filles. Et pour la première fois, je me demande si tout ça n'est pas lié.

– Alcool, drogue… Maintenant qu'on sait qu'il a pu agresser d'autres filles, on ne peut pas isoler ce genre de signaux. Si ce qu'on pense est vrai, on doit l'aider. C'est ce que Tatie Thé aurait fait.

– C'est ce que Tatie Thé a toujours fait.

24 AOÛT

HORTENSE

Elles sont là. Celles que je redoutais tant : les larmes de ma mère. J'ai eu du mal à lui dire ce qui s'était passé. Je ne savais pas à quel point j'allais avoir besoin de courage avant de me retrouver devant elle. Pendant une seconde j'ai eu peur. Et si elle ne me croyait pas ? Et si elle m'en voulait ? Voilà qu'elle vient de mettre en terre sa sœur et qu'elle doit aussi enterrer l'innocence de sa fille de quatorze ans. Je ne suis pas rentrée dans les détails, je lui ai simplement dit ce dont je me souvenais. Comment chaque jour, un rêve qui a commencé sur les bords de la rivière Blanche m'a doucement ramenée vers la maison, puis vers mon lit où, j'en suis sûre maintenant, il est venu m'agresser à plusieurs reprises.

– Tu es sûre ? Ludo ? Notre Ludo ? Ce n'est pas possible… Je le connais depuis qu'il est né.

Je reste muette, incapable de prononcer de nouveau ce qui me grignote un peu plus les entrailles à chaque fois. Azalea prend le relais. Elle s'assied devant elle, inspire un bon coup et achève ses espoirs :

– Oui, elle est sûre, Maman. Elle n'est pas la seule.

Sa stupeur résonne dans le salon et entre ses larmes, je l'entends demander :

– Qui d'autre ?

– Dans la famille ? Camélia au moins. Mais Kaï était au lycée avec lui. Il s'est souvenu d'une fille, Lucie. Elle a quitté l'établissement précipitamment. Elle l'avait accusé de viol à l'époque, mais personne ne l'avait crue. Et puis on a de sérieux doutes sur Rosie…

– Rosita ? Notre petite Rosie ?

Elle nous regarde, totalement désemparée. Elle fait défiler dans sa mémoire tous les souvenirs qu'elle a de nous, ensemble, quand nous étions petites. Des souvenirs qui se teintent de la laideur des actes de notre cousin.

– Et toi ? interroge-t-elle ma grande sœur.

– Non. Il ne m'a jamais touchée.

– Tu es sûre ?

– Certaine. Je pense qu'il s'attaque à des personnes plus jeunes que moi.

La culpabilité se reflète dans les yeux de ma mère. Elle s'en veut. C'est exactement la même lueur que je vois dans les yeux d'Azalea depuis qu'elle sait.

Je suis fatiguée, outrée de voir ces femmes porter tout le poids du crime d'un homme.

– Tu n'y es pour rien, Maman. Toi non plus Zaza. Je n'y suis pour rien. Personne n'y est pour rien, sauf lui.

Mes paroles ne l'empêchent pas de pleurer. Elle est prostrée, porte ses mains jointes sur son front et psalmodie des paroles que je ne comprends pas.

– Aidez-moi, Seigneur, je vais le tuer. Je jure devant Dieu que je vais tuer cette saleté.

– Non. Maman, écoute-moi. Maintenant, nous devons rester discrètes. Il ne faut rien dire le temps de se préparer à aller porter plainte, si c'est ce que souhaitent les victimes. Moi, je ne sais pas encore ce que je vais faire. Je voulais simplement t'en parler avant d'aller voir Camélia et Lucie. Elles doivent bientôt arriver chez Azalea. Ma décision va sûrement détruire de nombreux liens dans notre famille.

– Qu'ils se brisent ! dit-elle d'une voix dure qui vient résonner en plein dans mon cœur. Ce monstre a touché à ma fille, à l'une de nos petites-nièces.

– Quelle horreur…

Elle se passe une dernière fois la main sur les joues pour les essuyer puis se ressaisit, le regard dur, pour river ses yeux aux miens.

– Je vous soutiens. Si notre famille ne se met pas derrière ses enfants pour les protéger, comment pourrions-nous nous appeler une famille ?

– Je suis désolée de t'infliger ça alors que nous pleurons encore Tatie.

– Ne t'inquiète pas. Personne n'a jamais aussi férocement protégé les siens que ta tante. Je sais qu'elle est avec nous.

Elle me prend la main et ajoute :

– Prenons exemple sur elle et sur ce qu'elle nous a appris. Notre lien est ce que nous avons de plus précieux.

– Et on va se battre, ajoute Azaléa. On va lui faire payer pour ce qu'il vous a fait, même si on doit y laisser notre nom.

Quand je vois la rage s'éveiller dans les pupilles de ma sœur, normalement si douce, si calme, je sens le courage m'animer.

– Elles sont arrivées, me dit-elle.

J'inspire et me redresse :

– Allons-y. Je suis prête à leur parler.

***

La nuit est tombée depuis longtemps. Je suis figée sur le canapé du salon, totalement vidée de mon énergie. Tout me paraît si flou. Cet après-midi a pourtant été l'un des plus éprouvants de ma vie, alors que chaque jour paraît plus difficile que le précédent. Pourtant, j'avance. La rencontre entre Lucie, Camélia et moi a été particulièrement marquante ; je ne m'attendais pas à ce qu'un lien entre nous se crée instantanément. Ces survivantes m'ont raconté avec beaucoup de courage ce qu'elles avaient subi. Nos histoires sont toutes différentes, toutefois je pouvais reconnaître mes cauchemars dans leur récit. Jusque-là, tout ce que j'avais vécu était enrobé de brume, mis à l'écart de ma vie grâce à ce rêve et à la distance qui me séparait physiquement de mon souvenir. Désormais, c'est terminé. Le pire m'est arrivé.

Alors pourquoi suis-je incapable de pleurer ?

Il peut pleurer, lui. Il sait faire. Je l'ai vu pendant l'enterrement, verser ses plus belles larmes sur le cercueil de ma tante. Puis une phrase de Camélia me revient. Il lui disait chaque fois : « Tu ne dois rien dire, tu dois tout garder pour toi, les autres ne comprendraient pas. » Lorsqu'elle a prononcé ces mots, j'aurais presque cru entendre l'Aigle les chuchoter à mon oreille. Maintenant, je sais pourquoi je ne pleure pas, pourquoi j'ai été incapable de pleurer depuis. Moi, je ne peux plus parce que, cette première nuit, quand il m'a demandé de tout garder pour moi, je l'ai fait. Pour toujours. Je n'ai plus laissé un seul soupir passer la barrière de mes lèvres. Et tout cela n'est pas juste.

Nous avons parlé pendant des heures. Pas seulement des atrocités que l'Aigle nous a fait subir, mais aussi de nos vies. Lucie est mariée mais elle n'a jamais parlé à son conjoint de ce qui lui est arrivé. Camélia a eu un petit ami, mais ça s'est terminé au moment où l'intimité est entrée en jeu. C'est naturellement qu'elles m'ont demandé : « Et toi ?

Tu as réussi à laisser quelqu'un entrer dans ta vie ? » Elles ne m'ont pas demandé si j'étais en couple. Elles voulaient juste savoir si ma route avait croisé celle de quelqu'un d'autre, volontairement. Je suis restée interdite. J'ai juste répondu « Non. Je n'ai personne. » Sauf que cette question est allée toucher quelque chose en moi de si profond que son écho m'a immobilisée.

Depuis, je repasse dans ma tête toutes mes histoires d'amour. Et, grâce à elles, je viens de comprendre pourquoi l'amour, qui semble si simple et naturel pour tant de gens, a toujours été si difficile pour moi. La vérité, c'est que je n'avais pas les mêmes chances que les autres. Quand on est abusé, encore plus par quelqu'un de sa propre famille, ce sont nos rapports aux autres qui sont viciés. Comment croire à ce qu'on nous dit quand les personnes en qui l'on devrait avoir le plus confiance nous blessent la nuit venue ? Comment penser qu'on a de la valeur, que notre corps est précieux, quand on se l'est approprié impunément ? Comment se fier à l'amour quand ce sont des caresses qui nous blessent ? Après ça, comment faire confiance à quiconque ? Quand on a vu le mal dans les yeux, on ne peut pas faire comme s'il n'existait pas. On apprend juste à vivre avec.

Je pose ma tête contre l'accoudoir, me faisant presque happer par le sommeil. Je revois Rafael me prendre dans ses bras, m'enveloppant de sa chaleur au milieu de la froideur des pierres tombales. Il n'y a que lui pour me faire oublier les fosses creusées à nos pieds. Il n'y a que lui que j'ai vraiment laissé entrer. Même le père d'Alexandre, qui était pour moi ma seule réelle histoire d'amour, fait pâle figure devant ce que j'ai partagé avec Rafael. Je crois qu'aucun homme ne s'était jamais confié à moi. Tout à coup, je regrette. Je n'aurais pas dû insulter son écriture. Je sais à quel point c'est un sujet délicat pour lui. C'est une certitude : il n'a jamais été et ne sera jamais comme les autres. Et puis, quand le soleil sera couché depuis longtemps, que les nuits seront froides, je sais que nous aurons toujours notre virée en bateau pour nous réchauffer.

Je ferme les yeux si fort que je sentirais presque l'air marin sur mes joues et le soleil dans mon dos. Je serre les paupières pour garder en vie chaque détail de ce souvenir idyllique. Je m'endors en me laissant porter vers le sommeil par ce qui reste, de loin, le plus beau jour qu'il m'ait été donné de vivre.

25 AOÛT

RAFAEL

Je n'ai pas réussi à fermer l'œil depuis que je l'ai vue à ce fichu enterrement, depuis que j'ai vu Hortense se lever et prendre la parole devant tout le monde. Peu semblent avoir compris à qui s'adressait son discours dans l'église, mais je l'ai entendu. Elle ne m'a pas tout raconté, loin de là, mais ce que je sais est suffisant pour nourrir mon admiration. Parce qu'il en faut du courage pour crier dans une foule silencieuse. Il en faut, de la bravoure, pour se lever quand tous les autres restent assis, pour élever la voix quand tous restent muets. Elle a été d'une force sans égale. Je l'ai portée l'espace d'un instant, juste le temps qu'elle rassemble le peu d'énergie qu'elle avait pour dire une dernière fois adieu à sa tante. Pendant toute la réception, je suis resté à distance, m'assurant que l'Aigle n'ose pas venir lui parler. Je sais qu'il m'a vu le surveiller. Je suis resté distant, froid et cordial, j'ai appris ma leçon. Si Hortense voulait que j'intervienne, elle me l'aurait demandé. Alors j'ai veillé. Elle a passé le plus clair de son temps en mouvement. Insaisissable. Allant de table en table pour nourrir tout le monde, débarrasser les assiettes pendant que sa mère, sa sœur et Kaï se sont occupés de saluer les uns et les autres. On pouvait voir sa peine, mais elle est restée digne, des lunettes de soleil vissées sur le nez.

Lorsque je me gare devant le *MikaDo*, je reste un moment dans ma voiture. Dolores m'a dit que Kaï serait là aujourd'hui pour rendre une partie de la vaisselle qu'ils avaient laissée après la réception. C'est l'occasion parfaite pour lui confier ce sur quoi je travaille depuis presque un mois maintenant. J'aurais voulu lui déposer mon colis en main propre : j'ai essayé d'appeler Hortense et de lui envoyer des messages, mais chaque tentative est restée sans réponse. Je jette un regard sur le paquet posé sur le siège passager. Ce qu'il y a là-dedans, sous le ruban rose à paillettes et le papier cadeau assorti, est tout ce que je gardais à l'intérieur de moi et qui commençait à me bouffer. Ce carton, c'est tout ce que je voulais lui dire et qui se serait transformé en regrets amers si je ne l'avais pas fait. Je préfère cent fois le lui confier. Ce qu'elle en fera la regarde.

À peine suis-je dans le restaurant que je suis assailli par le souvenir de la dernière fois que nous nous sommes tenus là, tous les deux. C'était il y a seulement quelques jours, pour le mariage de sa sœur. Ça me semble avoir eu lieu il y a des mois tant les malheurs se sont empilés à ses pieds depuis. L'effervescence commence autour de moi. Il est 17 h 30 et tout le staff se prépare pour le service du soir. Quand je me dirige vers le bar, je retrouve Mika en train de préparer des cocktails.

– Hey ! Ça va ?

– Ouais. Je cherche Kaï.

– Il n'est pas là aujourd'hui.

– Merde, dis-je en déposant mon cadeau sur le comptoir.

– C'est pour ma fille ?

Je me tourne et remarque une petite femme aux cheveux courts et bouclés, légèrement décolorés par le soleil et la mer. Elle est assise au bar, un jus de goyave devant elle. Je reconnais tout de suite la mère d'Hortense.

– Bonjour, madame Ménard.

– Tu peux m'appeler Garance.

J'acquiesce, poli.

– C'est pour son anniversaire ? demande-t-elle en désignant le paquet sur le comptoir.

– Oui. Je peux vous le confier ? Ça me ferait plaisir qu'elle l'ouvre.

– Tu pourrais venir lui déposer toi-même ?

– Je ne crois pas que ce soit ce qu'elle veuille. Je lui ai envoyé plusieurs messages. Si elle souhaitait me voir, elle me l'aurait fait comprendre.

– Je ne pense pas qu'elle ne souhaite pas te voir. C'est juste qu'il se passe beaucoup de choses dans sa vie en ce moment.

– Je sais. Et c'est aussi pour ça que je reste à ma place. Je ne voudrais pas être un problème de plus.

– Je ne vois pas comment tu pourrais en être un.

Elle me prend dans ses bras, me chuchote un « merci » puissant alors qu'il est presque inaudible. Je sens l'émotion la gagner quand elle se rassied et prend le colis qu'elle place devant elle.

– Vous partez quand ?

– Je ne pars pas. Je dois rester encore un peu pour m'occuper des affaires de Thérèse. Sia et Alexandre partent après-demain.

Je hoche la tête, accusant le coup. Dans seulement deux jours, elle ne sera plus là et devra faire face sans sa famille ? Seule ?

– Très bien. Vous lui souhaiterez un joyeux anniversaire de ma part.

– Je n'y manquerai pas.

Je m'éloigne sans m'attarder. Deux jours… Ce n'est rien du tout, autant dire qu'elle est déjà partie. C'est alors que je me dis que la situation ne peut pas être plus désespérante que je me retrouve nez à nez avec une petite tête bouclée. Et des yeux, copies conformes de ceux que j'ai contemplés toutes ces nuits.

– Monsieur Rafael ?

Pendant un moment, j'hésite à me détourner. Mais quel genre de lâche fuit devant un enfant ?

– Alexandre, c'est ça ?

Il reste quelques instants hésitant, mais ne bouge pas.

– Oui, ma maman, c'est Hortense, dit-il en me tendant une petite main courageuse.

Je la serre et suis surpris de sa poigne. En même temps, s'il tient ne serait-ce qu'un tout petit peu de sa mère, ça n'a rien d'étonnant.

– Je sais qui tu es, lui réponds-je avec un sourire tendre que je ne peux retenir. Je connais ta mère. Elle parle beaucoup de toi.

Hortense me l'a tant décrit que j'ai l'impression de le connaître sans l'avoir vraiment rencontré.

– Elle raconte toujours les bêtises que je fais.

– Pas du tout, au contraire. Je crois qu'elle t'aime beaucoup.

– Je crois qu'elle vous aime beaucoup aussi.

À ces mots, ma respiration se bloque. Comment se fait-il qu'un enfant puisse dire ce que nous, deux adultes, n'avons jamais réussi à nous avouer ? Peut-être parce que son cœur n'a pas encore trop vécu. Les enfants ne savent pas ce que c'est de tout perdre.

– Elle te l'a dit ?

Je me sens soudain presque mal à l'aise d'avoir posé cette question à un enfant de dix ans. Avant que je puisse faire marche arrière, il secoue la tête :

– Non, elle ne parle jamais de vous. C'est justement ce qui me fait penser qu'elle vous aime bien.

J'éclate de rire, pris de court par sa perspicacité.

– Je crois que… je l'aime beaucoup aussi, avoué-je dans un sourire.

Il hoche la tête, lentement, comme s'il prenait le temps de comprendre l'implication de mes mots.

– Ce n'est pas sa faute, vous savez. Si elle ne sait pas montrer quand elle aime. Personne ne lui a jamais montré qu'elle pouvait.

– Ta mère sait aimer. Elle t'aime plus que tout.

– Moi aussi.

– Tu le lui dis, j'espère.

– Avec Maman, on se dit qu'on s'aime tous les jours. Elle dit toujours que c'est important de dire aux autres qu'on les aime. Vous devriez peut-être le faire.

– Quoi donc ?

– Lui dire que vous l'aimez.

– Ce n'est pas aussi simple que ça.

– Je crois bien que si.

– Zouzou ?

La voix de Garance retentit dans le *MikaDo* alors que mon cœur vient de tomber dans ma poitrine.

– Je dois y aller. Au revoir, monsieur Rafael.

Hortense a eu raison de ne pas laisser son fils passer du temps avec nous. Je n'aurais jamais été capable de leur dire au revoir à tous les deux.

À peine arrivé à ma voiture, je sors mon portable et appelle la seule personne qui a toujours envie de noyer sa peine dans des lieux bruyants où l'alcool coule à flots. La tonalité du téléphone n'a même pas le temps de sonner que Damien me répond :

– Allô ?

– T'es dispo ce soir ?

– Non, j'ai un gros *date* de prévu avec moi et la saison 5 de *Breaking Bad*.

– Dommage, je voulais aller boire un verre.

– Oh ! Le Maestro se sent d'humeur à faire la fête.

– Non, plutôt à oublier mes problèmes.

– On est deux, mon pote.

– Je passe te prendre dans une heure. Et appelle José. Quelque chose me dit que lui aussi, il aurait besoin d'un peu de compagnie.

– Compte sur moi !

Je raccroche en me disant que je fais sûrement une connerie. Mais plutôt crever que de rentrer chez moi et traîner au milieu des fantômes.

***

J'avale mon verre de rhum en sachant que c'est celui de trop. Ce qui était jusque-là un état d'euphorie où ces derniers jours étaient mis de côté commence doucement à devenir de plus en plus morose. Je vois mes potes se marrer et proposer à deux nanas qui squattent notre table d'aller danser. Elles acceptent. Je leur fais signe d'y aller et sors prendre l'air. Mes pieds fixement accrochés au sol, je vois pourtant les étoiles dans le ciel immobile tourner au-dessus de ma tête.

Merde !

Je n'ai pas bu comme ça depuis des années. J'avais besoin de relâcher la pression. Mes pensées tournoient, se mélangent. Je pense à elle, à Jade, à Lucia et à ma mère, à mes potes, et puis à mon père aussi. Oh non ! Il est trop tôt pour penser à lui. J'avance sur la plage qui borde la boîte de nuit et m'assieds face à la mer. Le vent est chaud et il fait noir. J'entends les vagues mourir sur le rivage tandis que je m'échoue dans le sable. Machinalement, je palpe la poche de mon pantalon. Je n'ai plus de carnet. Je m'allonge et laisse mes mots s'écrire sur la toile indigo tachetée de blanc au-dessus de ma tête. Les basses de la musique explosant depuis les enceintes de la boîte de nuit me parviennent. Mes pensées se coordonnent à leur tempo. Je suis heureux de me retrouver seul. Ils ne comprendraient pas.

Parce que le pire là-dedans, c'est le manque.

Comment leur dire que, chaque nuit, j'attends,

J'entends presque le son brut de sa main douce taper contre mon cœur,

L'éclat sourd de sa voix claire dans la noirceur.

Parce que le pire dans tout ça, c'est l'absence.

Comment leur dire que je crois l'entendre pleurer, la nuit, dans le silence,

Que chaque heure, si lente, ressemble plus à une torture

Qui ne devrait pas faire si mal sur ma virile armure.

Je ferme les yeux, avant de me redresser. Un peu trop vite… Je reste immobile pendant que le décor tourne autour de moi.

Décidément, nous n'aurons rien eu d'unique. Une histoire d'amour comme les autres. Deux cœurs dont les battements cassés s'ajouteront à la mélodie des âmes brisées.

Décidément, nous n'aurons rien eu de spécial. Un énième conte, mais sans l'ombre d'un « ils vécurent heureux » à la fin.

OK. L'alcool me rend un brin dépressif. Mes doigts s'enfoncent dans le sable. La douceur des grains me rappelle celle de sa peau. J'ai envie de l'embrasser, de laisser son parfum floral m'enivrer jusqu'à oublier toutes les promesses que je n'ai jamais tenues et penser à celle que je lui ai promis de ne jamais lui faire. Parce que je crois que je l'aime. C'est totalement con. Qui tombe amoureux en trois semaines ? Mais si ce n'est pas de l'amour, qu'est-ce que c'est, bordel ?

Je sors mon téléphone et regarde le fond d'écran un moment. Il est 23 h 55. Dans cinq minutes, c'est son anniversaire. Peut-être qu'elle ne dort pas. C'était à cette heure qu'elle venait chez moi, se glisser dans un coin de mon canapé comme on s'immisce dans un cœur vacant.

– N'y pense même pas, mec !

La voix de Damien est vite suivie de sa grosse tête derrière moi.

– De quoi tu parles ?

– Il est hors de question que tu l'appelles ! articule-t-il difficilement en m'arrachant mon téléphone des mains.

– Pour une fois, je suis d'accord avec toi, dit José en s'asseyant lourdement à côté de moi. Un peu de dignité, merde !

– Je n'allais pas l'appeler.

– Prends-nous pour des idiots. Ça t'arrive souvent de regarder ton téléphone comme si tu allais lui rouler une pelle ? Soit tu pensais à elle, soit… Je me fais vraiment du souci, mec !

– Mais ne t'inquiète pas, on comprend. On ne t'a jamais vu aussi heureux que ces dernières semaines. Cette meuf, elle a mis des paillettes dans ta vie, Kevin !

José crie cette dernière phrase dans l'air chaud de la nuit, ce qui nous arrache un fou rire.

– Grave ! plussoie Damien en s'étalant de tout son long dans le sable. Hortense, c'était… Les cacahuètes dans ton sunday, les glaçons dans ton Coca…

– La noisette dans ton Ferrero Rocher. Et c'est pour ça que tu es aussi misérable ce soir. Une demi-bouteille de rhum ne va pas te faire oublier tout ça.

– Vous ne deviez pas me remonter le moral ?

– Ouais, mais on est aussi déprimés que toi ! Dis-toi que c'est pour le mieux. Elle ne vit pas ici…

– Elle a un enfant ! ajoute Damien.

Tout ce qu'ils disent est vrai. Il n'a jamais été question d'avenir entre nous. Mais ce soir, pour une fois, je n'ai pas envie de me voiler la face.

– Je sais tout ça. Mais j'ai cette impression qu'elle et moi, ça aurait pu marcher.

– Tu t'imagines te marier avec elle ? s'étonne José.

– Non. Mais je suis sûr qu'on aurait pu être heureux, loin des règles imposées par la société. On aurait pu avoir les nôtres et ça aurait été suffisant.

Le sol tourne sous mes pieds. J'ai des haut-le-cœur, comme si mon palpitant avait le vertige. À moins que ce ne soit le rhum. José prend son téléphone et le place contre son oreille.

– Tu appelles qui comme ça ?

– Mika.

– Pour quoi faire ?

– Pour qu'il vienne nous chercher à la fin de son service. Je ne suis clairement pas en état de conduire.

– Bonne idée ! approuve Damien. Demande-lui de ramener de la bouffe du resto. Je meurs de faim !

José s'éloigne pour passer son appel.

– Je sais que vous avez raison tous les deux, mais à quoi ça sert de le reconnaître ? C'est fini et elle me manque quand même, soufflé-je.

– Moi aussi, Marion me manque.

– Vos gueules ! Vous, au moins, vous avez trouvé l'amour, grogne José en se rasseyant à nos côtés.

Moi, je galère comme un con. Je ne prends que les mauvaises décisions.

– Tu vois toujours la nana en couple ?

– Non. Mais quand je regarde mon portable, moi aussi on dirait que j'ai envie de me faire un écran Retina. Ça me bouffe de rester loin d'elle.

– Eh bien alors ? Qu'est ce qui t'empêche de vivre un vrai truc avec elle ?

– Tu ne sais pas de quoi tu parles, mec. C'est plus compliqué que ça. Et en ce moment, je ne veux plus de ça dans ma vie.

– Tu as bien raison, mon pote. Largue-la. Et si tu veux un conseil, trouve-toi une belle photo et crée-toi un profil sur tous les sites de rencontre. Sexychauve972 ? C'est un bon pseudo, non ? propose Damien en caressant le crâne rasé de José.

Ils se chamaillent puis commencent à se battre gentiment dans le sable. On est pathétiques. Une bande de mecs incapables de trouver l'amour ou de le garder.

– Espèce d'idiots, qu'est-ce que vous foutez ?

Nous nous retournons comme un seul homme à la voix de Mika.

– C'est lui qu'a commencé ! crie Damien.

– Je suis désolé de vous dire ça mais on n'a pas le temps pour ces conneries, Do est sur le point d'accoucher.

– C'est vrai ? C'est génial, balbutie José.

En se levant, il perd l'équilibre et tombe misérablement sur le sable. Nous éclatons tous de rire.

– Ce n'est pas drôle. J'ai bouffé du sable, putain.

Nous rions de plus belle, jusqu'à ce que Mika nous rappelle à l'ordre.

– Vous allez m'écouter, bande de nullos ! La femme que j'aime va faire de moi un homme, alors montez dans cette putain de voiture avant que je ne vous laisse ici à vous entretuer comme des cons !

Après pas mal de zigzags et de menaces toutes plus absurdes les unes que les autres de la part de Mika pour nous faire filer droit, nous atteignons enfin sa voiture. Une fois sur la place passager, je pose la tête contre la portière et laisse le décor défiler, profitant de la fraîcheur de la vitre.

– Ça va ?

– Non… Mais tu as raison, le plus important, c'est Do. Comment va-t-elle ?

– Elle est avec ta mère à la maison. Le prétravail est rude mais le bébé arrive lentement. Elle commence à regretter de ne pas vouloir la péridurale, mais bon.

– Pas trop stressé ?

– Si. Donc je vais vous déposer tous les trois chez toi et vous allez vous débrouiller.

– Bien sûr. Désolé de t'avoir dérangé.

– Tu as de la chance que ta sœur t'aime. C'est elle qui m'a convaincu d'aller chercher ta vieille carcasse.

– Merci.

Je soupire, puis me tourne vers lui.

– Demain est un grand jour pour toi.

– Pour nous. Tu vas devenir tonton.

Je laisse ma tête aller contre l'appuie-tête et les paroles de mon beau-frère faire leur chemin. Il a raison. Malgré tout ce qui s'est passé, ma sœur va devenir une maman ; ma mère, une grand-mère ; et ma sœur, une tante. Une nouvelle personne va venir agrandir la famille. Il faut que je me ressaisisse. N'importe où, même dans les moments les plus sombres, la vie trouve toujours son chemin.

HORTENSE

J'ai fait mes valises. Ça a été déchirant de quitter cette maison, mais après avoir parlé, après avoir dit tout ce qui m'était revenu, il n'était plus possible pour moi de rester là où tout s'est arrêté. Ma mère, Alexandre et moi avons emménagé chez ma sœur. Kaï a eu la gentillesse de porter la plupart de nos affaires chez lui.

– Ne t'inquiète pas, je pars dans deux jours, le rassuré-je. Je ne vais pas squatter ta chambre d'amis trop longtemps.

– Tu sais très bien que s'il n'y avait que nous, tu ne partirais jamais.

– Tu dis ça, mais quand il faudra supporter mes blagues de merde au petit déj et Alexandre qui bougonne parce qu'il n'a pas envie de faire ses devoirs de maths, tu seras bien content qu'on soit de retour à Paris.

Il ne dit rien, mais je vois ses larges épaules s'affaisser. L'émotion brille dans ses yeux noisette.

– Je sais que Tatie Thé était votre tante et pas la mienne. Mais je viens de perdre celle qui était une mère pour moi. Je déteste me dire que toi, la sœur que je n'ai jamais eue, tu pars aussi. Surtout dans ces circonstances affreuses. Et je n'imagine même pas comment ta mère et ta sœur doivent se sentir. Les prochains mois seront durs, personne ne t'en voudrait de rester, personne ne t'en voudrait de ne pas vouloir faire face toute seule. Tu n'as pas à le faire, Hortense. On est là.

– Je sais. Merci.

Je me glisse dans ses bras, l'émotion gonflant dans ma gorge, bloquant mes mots. Je lui suis reconnaissante de ne rien ajouter. Je me suis lassée de pleurer.

– Je te laisse t'installer et aller prendre une douche. Tu as ta propre salle de bains.

– Je vais coucher Alexandre et puis je…

– Je crois qu'il dort déjà. Il est tombé de fatigue pendant qu'on faisait nos allers-retours. Tu veux que je te prépare quelque chose à manger ?

– Je n'ai pas faim, mais merci.

– D'accord. On est juste à côté si besoin.

Je hoche la tête avec gratitude alors qu'il se détache de moi, et ça me soulage. Je me sens bien dans cette maison habitée par de jolis souvenirs, ceux de premiers pas dans le salon et d'éclats de rire au cours de repas de famille. Ici, la solitude ne me pèse pas. Je peux enfin me poser, lâcher prise ; je veux juste que cette journée s'arrête. Je file sous la douche et évite soigneusement mon reflet dans le miroir. Je me frotte, fort, juste pour m'assurer qu'il ne reste rien de tous les souvenirs qui sont remontés par chacun des pores de ma peau aujourd'hui.

Une fois sèche, j'enfile un pyjama propre et trois coups viennent troubler le calme de la chambre.

– Je peux entrer ?

Ma sœur passe une tête dans la pièce, attendant mon approbation.

– Je t'ai fait un petit en-cas.

– Tu n'aurais pas dû.

– Ce n'est rien. Un sandwich, un bout de gâteau à l'ananas et une citronnade.

– C'est toi qui as fait le gâteau ?

Elle éclate de rire.

– Tu sais très bien que non. La dernière fois que je me suis servie de mon four, j'ai cramé une partie de la cuisine…

– C'est vrai ?

– Ouais… Kaï garde trois extincteurs dans les placards au cas où il me viendrait à l'idée de faire une moussaka.

Je ris. Et je dois dire que ça fait du bien.

– Ça te dit de regarder un film ?

– Pourquoi pas.

Elle s'installe dans le lit avec enthousiasme après avoir posé le plateau sur la table de chevet et attrape la télécommande. Ma mère passe par le couloir et nous interroge, intriguée :

– Vous faites quoi, au juste ?

– On va regarder un film, tu viens ?

– Oh ! Quelle bonne idée.

Elle saute dans le lit et nous prenons place les unes à côté des autres.

– Autant que cette saleté de télé qu'a installée Kaï dans cette chambre serve à quelque chose, décrète ma sœur, des étoiles dans les yeux. En plus, j'ai le film parfait. Si ça ne vous rappelle pas des souvenirs, je ne m'appelle plus Zaza !

Collée entre ma mère et ma sœur alors que les premières notes de *All By Myself* retentissent et que Bridget Jones s'enfile un verre de vin comme si c'était du petit-lait, je me sens revivre. D'abord, tranquillement, nous accompagnons Renée Zellweger dans sa solitude. Puis, crescendo, nous sommes emportées par la musique. Sur le lit, nous sommes debout pour l'apothéose. La porte s'ouvre et Kaï se joint à nous pendant que Céline Dion entame son solo, où elle hurle au monde qu'elle ne veut plus être seule, plus jamais. Tandis que ma mère rit aux éclats, que mon beau-frère nous fait sa plus belle imitation de batterie et que ma sœur chante à nous en casser les oreilles, je suis persuadée d'une chose : ici ou à Paris, je ne suis pas seule. Et je ne l'ai jamais été.

26 AOÛT

HORTENSE

– Joyeux anniversaiiiiiiire !

Ma famille m'a obligée à mettre sur la tête un stupide chapeau pointu et mon fils ne cesse de prendre des photos pour immortaliser mon accoutrement. Sans parler qu'il fait retentir la langue de belle-mère qu'il a greffée à la bouche depuis mon réveil. Il a surgi comme un boulet de canon dans la chambre d'amis en réveillant Azalea et ma mère au passage. Nous avons dormi les unes contre les autres, si étroitement qu'aucun mauvais souvenir n'a pu m'atteindre. Depuis que je ne dors plus avec Rafael, c'est la première fois que je me sens un minimum reposée au réveil.

Eh voilà ! Malgré moi, je repense à lui. J'aurais peut-être dû mettre une lobotomie sur ma *wishlist* d'anniversaire.

– Souffle tes bougies ! m'encourage ma mère. Mais n'oublie pas de faire un vœu.

J'ai beau réfléchir, rien ne me vient à l'esprit. Du moins, rien de réalisable. Je rêverais de danser de nouveau avec Rafael et de lui dire des choses à l'oreille qui lui font appeler un dieu auquel il ne croit pas. Pendant un instant, j'aimerais revenir quelques jours en arrière, quand tout était beau, quand ma tante et mon enfance étaient encore en vie. Mais je suppose que c'est ça aussi, devenir adulte : arrêter de croire que nos problèmes peuvent s'évaporer en soufflant sur deux bougies pailletées en forme de chiffres. À la place, je ferme les yeux et éteins les deux flammes devant moi. Je veux juste avancer, essayer d'aller mieux. Je veux continuer de sourire et me rappeler que l'Aigle ne m'a pas tout pris, ni à moi, ni aux autres. Nous sommes plus que ce qu'il nous a fait.

Les applaudissements remplissent le salon de ma sœur. Nous rions quelques secondes puis nos regards se tournent vers la chaise vide en bout de table. Tout le monde pense à elle. Pour l'instant, nous avons plus l'impression qu'elle est partie en week-end on ne sait où, et qu'à tout moment elle peut ouvrir la porte du salon et déposer un baiser sur nos joues. Kaï, sentant l'odeur de la tristesse se mélanger à celle des bougies qui ont été soufflées, propose un toast :

– À nous. À cette magnifique famille que nous formons. Et au plaisir de fêter d'autres beaux moments ensemble.

– À nous !

– Tiens… C'est pour toi. C'est de la part de nous tous, dit Azalea en me tendant une jolie enveloppe portant l'écriture de Tatie Thé sur laquelle est écrit « Pour Sia ».

Quand j'ouvre, je me rends compte qu'il s'agit de deux billets d'avion pour les vacances de Noël.

– Nous avions imaginé ce cadeau avec Tatie. Quand elle a su qu'elle était malade, elle a compris qu'il ne lui restait probablement pas tant de temps que ça. C'est pour cette raison que nous avons un peu précipité le mariage. Elle voulait également un dernier Grand Noël avec toute sa famille. Même si elle n'est plus là, je pense qu'elle serait contente de vous savoir avec nous pour Noël.

– Oui, de là où elle est, je l'entends déjà pester parce que tu n'auras pas envie d'être une fille du Père Noël, s'amuse tristement Kaï.

– C'est sûr. Mais c'est trop.

– Tu rigoles ? On va avoir besoin de toi. Si tu te sens de venir, j'aimerais qu'on prenne l'habitude de se voir plus souvent. Je ne supporte plus de vous savoir aussi loin, ajoute ma sœur en embrassant la tête brune de mon fils.

– OK, mais tu n'as pas de billets pour Maman ?

Ma mère baisse les yeux, embarrassée. Je sais déjà ce qu'elle va dire.

– Je n'ai pas seulement déplacé mon billet de retour, je l'ai annulé.

Mon cœur se fend de nouveau d'imaginer un retour à Paris sans elle.

– Je compte rentrer dès que les histoires de succession de ta tante seront réglées pour t'aider à emménager. Je ne vais pas te laisser seule.

– Ne t'inquiète pas Maman. Je suis grande. On va s'en sortir, Zouzou et moi.

Il me jette un regard triste, un paquet entre les mains. Je sais que laisser derrière nous notre famille est difficile, mais nous n'avons pas le choix. Quelle vie nous attend ici ?

– C'est pour moi ?

Alexandre confirme. J'arrache le papier cadeau pour découvrir une photo de moi au mariage de Kaï et Azalea. C'était avant la cérémonie sur la plage. La photo est prise en contre-plongée, j'ai la tête posée sur une épaule large. Derrière, on peut voir le ciel bleu et les feuilles des cocotiers zébrer le bleu du ciel. L'horizon se reflète dans mes yeux, et je souris. J'ai l'air si heureuse, si apaisée. La photo est coupée, mais j'aperçois dans le coin de l'image son sourire, ses fossettes. Et ma main, tendrement enroulée autour de son bras. Je ne me suis jamais vue aussi heureuse, et c'était au bras de Rafael.

– Ça ne te plaît pas ? me demande Alexandre, soudain inquiet.

– Bien sûr que si, pourquoi ?

Quand je pose le regard sur mon fils, je vois qu'il a les larmes aux yeux.

– Rien. C'est juste que tu pleures.

Il a raison, mes joues sont humides, totalement submergées. Pourtant je ne sens pas de douleur, simplement une sorte de nostalgie.

– Oh, non ! Je pleure parce que ta photo est magnifique. C'est parfait. Merci mon amour, lui dis-je en le prenant dans mes bras. Merci à tous, m'exclamé-je en épongeant mes joues.

– On a un dernier cadeau, intervient ma sœur.

Elle me tend une immense enveloppe marron.

– Ce sont nos parts de ce que nous avons de l'entreprise Ménard. Elle a été dissoute il y a longtemps mais Tatie Thé avait hérité de liquidités. Dans son testament, elle divise tout en parts égales entre Maman, toi et moi. Mais Maman et moi, on pense que tout devrait te revenir.

– Pourquoi ?

– Tatie m'a confié que tu n'étais pas sûre de ton choix d'études. En plus, tu es la seule à faire honneur aux biscuits Ménard. Je sais que tu te cherches en ce moment et peut-être que cet argent te permettra de te lancer.

– Je ne peux pas accepter…

– Tu fais comme tu veux. Mais je sais que c'est ce que Tatie voudrait. En tout cas, c'est ce que nous voulons.

– Et tes grands-parents aussi.

– Je ne sais même pas ce que j'en ferais.

– Et tu peux prendre ton temps. Mais quand tu auras trouvé, tu auras ce petit fond qui te rappelleras que tu as le droit de rêver. Quoi que tu décides, on sera derrière toi du moment que ça te rend heureuse.

Je serre ma sœur dans mes bras si fort que j'ai du mal à respirer. J'ai grandi si vite, je suis devenue mère si jeune que j'ai oublié de penser à moi. J'ai oublié que, moi aussi, j'avais le droit d'espérer mieux.

– Attends, tu as un dernier cadeau, ajoute ma mère.

– Encore !

Elle dépose devant moi un carton de la taille d'une boîte à chaussures tandis que j'efface les larmes qui gorgent mes paupières. Le paquet est rose avec des paillettes en excès. On dirait qu'une licorne a vomi un arc-en-ciel dessus.

– Vous êtes sûrs que c'est pour moi ? dis-je en grimaçant.

– Oui. Ouvre, m'encourage Kaï.

Je m'exécute et, avec toute la délicatesse dont la nature m'a dotée, j'arrache cet immonde papier cadeau. Je l'ai à peine ouvert que je reconnais le cuir sombre du carnet de Rafael.

– C'est quoi ? demande Kaï.

– Mêle-toi de tes affaires et sers le gâteau.

Je les entends parler, mais je n'écoute plus. J'attrape le cahier et feuillette les pages nerveusement. Tout est en espagnol et je me maudis d'avoir été si peu assidue pendant mes cours de LV2. Je ne comprends pas grand-chose. Puis mon cœur s'arrête. Les dernières pages sont en français, comme s'il s'adressait directement à moi.

J'ai bu nos jours ensemble, enivré,
J'ai absorbé chacune de tes paroles prononcées
Soûl de la sueur de nos nuits passées
Et quelle douce façon de se noyer
Puisque depuis le début, nous nous savions échoués,
Notre barque ne pouvait que sombrer
Nous avons plongé, nos mains liées
Et quelle douce façon de se noyer

Je prends un moment pour laisser ses mots s'ancrer au fond de moi. C'est vrai. On savait qu'on allait à la catastrophe. Pourtant, nous avons foncé tête baissée et je dois avouer que la chute était divine. Je relève les yeux pour constater que personne ne prête attention à moi. Je pense à poser le carnet, à le lire plus tard, au calme, mais je n'y arrive pas. Mes yeux parcourent les pages pendant que mes doigts dessinent le tracé des lettres qu'il a laissées pour moi. Personne ne m'a jamais écrit de mots d'amour. Je ne savais pas à quel point mon cœur en avait besoin avant que je l'entende tambouriner dans ma poitrine. Puis, sur la dernière page, ce n'est pas un poème, mais un message.

Hortense,

Je t'écris car j'ai besoin de te dire la vérité. Je n'ai pas été honnête avec toi. Plus j'y pense et plus je me dis que je ne suis pas sûr d'avoir répondu à une seule de tes questions honnêtement.

Pardonne-moi, je crois que toute ma vie j'ai eu peur de ce que je pouvais ressentir. Alors voilà la vérité, rien que ma vérité :

Si j'écris, c'est parce que j'aime ça. Non, pour être honnête, j'adore ça. Pas parce que j'y suis obligé. J'aime voir les mots prendre forme. Quand je suis seul, je peux passer des heures à peaufiner des vers juste pour le plaisir de les voir exister.

Pour m'endormir je ne regarde pas de film. Je repense à l'un des plus beaux souvenirs de ma vie. C'était avant que mes sœurs ne naissent. Je devais avoir cinq ans et j'étais au lit avec mon père et ma mère. Je ferme les yeux et je laisse la chaleur du moment réchauffer mon cœur, conservé à la perfection par la nostalgie. Ces derniers temps, je repense à nous sur mon bateau, et laisse le ballottement de l'eau m'amener jusqu'au sommeil.

Oui, je crois au coup de foudre. Parce que dès l'instant où je t'ai vue entrer dans cette boîte de nuit, où tu as bu tes tequilas et où tu m'as dit d'aller me faire voir, je savais que j'étais foutu. Je savais que je finirais le cœur en miettes en te disant au revoir. Et je sais que pour toi ça n'a pas de sens, mais c'est comme ça.

Et enfin, tu m'as demandé ce qui me permettait de t'assurer que je n'étais pas un homme comme les autres. C'est sûrement le plus gros mensonge que je ne t'aie jamais dit. Je crois que c'est mon ego qui a parlé à ma place. Je suis tout aussi égoïste, indélicat et émotionnellement immature que mes congénères.

Mais j'essaie d'évoluer, d'écouter. C'est pour ça que je ne suis pas à ta porte. Tu m'as demandé de l'espace, tu as dit que tu me sonnerais si tu avais besoin d'un superhéros. Alors, pour une fois, je veux te dire qu'en plus de t'avoir entendue, je t'écoute. Brûle ce carnet avant ou après l'avoir lu. Peu m'importe. Je te le donne parce que tu le voulais. Et peut-être pour que tu te souviennes que notre été a bien existé.

Et même si ça ne sert plus à rien de le dire maintenant, je le fais quand même. On n'a rien à perdre. De toute façon, ni toi ni moi n'avions misé grand-chose sur nous : si je ne t'aime pas, c'est seulement parce que je tiens toujours mes promesses.

Joyeux anniversaire. Tu le mérites.

Rafael

Les larmes forment des ronds qui font instantanément gondoler le papier blanc. Chaque confidence fait céder le barrage que j'ai construit autour de mon cœur.

– Tout va bien ? me demande ma sœur.

Je prends le temps d'essuyer mes sanglots. Azalea, assise à côté de moi, lit les derniers mots laissés par Rafael dans le carnet. Je vois ses yeux s'écarquiller. Et puis, sans crier gare, elle me donne un coup dans l'épaule :

– Pour l'amour du ciel, Hortense, va le rejoindre !

Je la regarde, abasourdie. Elle, normalement si mesurée, est en train de complètement craquer :

– Je n'ai rien dit depuis des jours, je me mords la langue, mais là, ce n'est plus possible. Je te jure, Sia, ne laisse pas votre histoire se terminer comme ça.

– Quelle histoire ? Je pars demain.

– Comment tu peux parler de demain alors que le pauvre homme t'a confié son cœur entre les pages d'un carnet ?

– Mais…

– Y'a pas de « mais » ! Vas-y ! Personne ne t'en voudra de partir. Va lui parler… Maintenant, affirme-t-elle, catégorique.

– C'est ton anniversaire. Fais ce qui te fait plaisir, ajoute ma mère.

Kaï et Alexandre hochent la tête.

– Je suis d'accord avec Tatie… mais sans crier.

J'hésite pendant une demi-seconde, puis mon corps décide à ma place. Sans m'en rendre compte, je suis déjà debout :

– Vous avez raison. Je dois y aller.

C'est sous les encouragements de ma famille que j'attrape les clés de ma voiture sur le buffet avant de quitter le salon. Au moment de passer la porte d'entrée, je rebrousse chemin et reviens près de la table, le souffle court :

– J'en profite pour vous annoncer que je ne ferai pas de BTS.

– Quoi ? Pourquoi ? demande ma sœur, sous le choc.

– Parce que j'ai refusé mon alternance avant de partir… La vérité, c'est que je ne sais pas ce que je veux faire, mais je sais ce que je ne veux pas. Et je suis désolée si je vous déçois, mais ce n'est pas pour moi.

– Bravo Maman ! crie mon fils alors que je me rue à l'extérieur de la maison.

Je cours vers ma voiture. Je ne sais pas ce que je vais lui dire, mais j'y vais. Je ne sais pas ce qui va se passer, mais je tente quand même. L'avenir pour nous n'est pas plein de promesses. Mais Azalea a raison. Il n'est que 15 heures.

Demain, c'est loin.

RAFAEL

– Ce que je ne comprends pas, c'est pourquoi ils vont toujours au lycée. Les mecs ont six cents ans, sont pleins aux as… braille Damien.

– Moi, ma question, c'est plutôt pourquoi ils se font passer pour des frères et sœurs. Ça se voit qu'ils couchent ensemble. Ce n'est pas très sain quand même, s'indigne José.

– Mais c'est pour passer inaperçus dans la ville dans laquelle ils sont. Pour faire partie de la communauté, rétorque Lucia, couchée sur la méridienne dans les bras d'Anna.

– Quoi ? Ça se voit à mille kilomètres qu'Edward et toute la famille Cullen sont bizarres. Et ne me lance pas sur Jasper… Ils le laissent aller au lycée alors qu'il suffit que quelqu'un se coupe le doigt avec une feuille en cours de techno pour qu'il le bouffe.

– Vous n'avez rien compris. Grâce à son pouvoir de vision, Alice est là pour anticiper.

– Mouais. Quand il a failli prendre Bella pour son quatre-heures, elle n'a rien vu du tout, l'Alice.

– Elle est peut-être myope, conclut Damien, pragmatique.

Mes amis ricanent tandis que Lucia leur balance des coussins au visage en se plaignant qu'ils gâchent le visionnage du film. Je secoue la tête devant leur bêtise. Ça fait une heure que j'écoute mes potes et ma sœur beugler sur le canapé en commentant le premier volet de la saga *Twilight*. C'est Lucia qui a choisi le film et les deux idiots, même s'ils ont feint le mécontentement, ont quand même l'air vachement calés sur le scénario pour ne pas l'apprécier, ne serait-ce qu'un petit peu.

Quinze heures. Je me demande comment va Dolores. Nous attendons tous impatiemment d'avoir des nouvelles, nous occupant comme nous le pouvons pour ne pas stresser. Le rire de Lucia me sort de mes pensées. Je suis content de la voir si heureuse : les relations avec ma mère ne sont pas au beau fixe, mais il y a de l'amélioration. J'ouvre le frigo pour en sortir une bouteille d'eau fraîche et les charognes qui squattent mon salon prennent ce geste comme le signe que la cantine est ouverte.

– Tu nous fais quoi à manger ? demande Damien, prenant clairement ses rêves pour la réalité.

– Je mangerais bien un McDo, supplie presque ma sœur.

– Oh non ! Je mangerais bien un bon petit plat. Tu n'as pas envie de cuisiner un truc, Maestro ?

– Ah ouais ! Des *quesadillas* ? propose généreusement José.

– Mais sinon, vous n'avez pas de maison, bande de chacals ?

– Ce n'est pas notre faute, on est trop bien sur ton canap !

– Ne prenez pas trop vos aises. Ça reste chez moi.

Comme pour décrédibiliser tout ce que je viens de dire, la porte d'entrée s'ouvre et ma mère débarque avec une grosse marmite dans les mains.

– *Mamá ?*

– Attrape ça au lieu de me regarder comme ça, ordonne-t-elle en me refilant son fardeau.

Je ne dis rien. Depuis le *coming out* de Lucia, nous n'avons quasiment pas été en contact.

– C'est quoi ?

– Le déjeuner. Lucia m'a dit que tu ne la nourrissais pas !

Je jette un regard surpris à ma sœur, qui hausse les épaules. Je connais ma mère. Cette marmite, c'est sa façon de nous dire de laisser le passé derrière nous et d'avancer. Qu'elle ne sait pas comment réagir, mais qu'elle est là. Quand elle repère les deux jeunes filles enlacées sur mon canapé, elle retient son souffle. Je crains le pire. Mais elle salue tout le monde poliment et file dans la cuisine.

– Elle savait qu'Anna était là ? chuchoté-je à Lucia.

– Oui. Je le lui ai dit ce matin.

– Et pourtant, elle est venue…

– Et pourtant, elle est venue, répète ma sœur, au bord des larmes.

– À table ! Et éteignez-moi ces histoires de démons pendant qu'on mange.

Chacun se lève sans moufter. L'appel de l'estomac est plus fort que celui des Cullen, surtout un lendemain de soirée. Un à un, nous venons récupérer notre assiette pour nous installer autour de la table ronde. Anna prend place pendant que ma mère calme les chamailleries entre José et Damien. Je lève les yeux au ciel. Un dimanche plutôt classique chez nous, en fin de compte.

– C'est marrant d'être calés là sans jouer aux dominos, commente José.

– C'est vrai. C'est agréable de manger sans avoir à vous mettre la pâtée.

Nous cessons brusquement de rire quand trois coups résonnent à la porte, nous forçant à tous nous immobiliser. Il n'y a qu'une personne que je connais qui pourrait toquer sans entrer directement. Mon cœur tambourine dans ma poitrine. J'ai espéré ces trois coups pendant des jours, j'ai cru les entendre pendant des nuits. Lucia se lève, mais je lui fais signe de ne pas bouger. À la place, je pose mes couverts et me mets debout. Lentement, je m'approche de l'entrée et ouvre la porte pour me retrouver nez à nez avec Hortense. Elle est là, mon carnet à la main, les yeux rivés sur moi.

– Tu ne peux pas me faire ça !

Son ton est rageur, précipité. Comme si je l'avais prise au dépourvu, comme si c'était moi qui étais venu frapper à sa porte.

– Je ne peux pas te faire quoi ?

– Écrire ça ! Tu ne peux pas écrire ça, pas alors que je pars demain.

– C'est toi qui m'as demandé de te laisser mon carnet. Si tu n'en veux pas, je le reprends.

Je tente d'attraper le rectangle marron, mais elle s'y accroche sauvagement.

– Lâche ça ! Je t'interdis d'y toucher !

– C'est le mien !

– Non ! Ce n'est plus le tien. En plus, tu vas en faire quoi ? Le cuire au barbecue comme ses potes ? Hors de question !

Je lui souris alors qu'elle place le cahier sur son cœur.

– Dans ce cas, tu ne peux pas m'en vouloir. Tu voulais le carnet, je te l'ai donné. C'est tout.

– Je sais. Mais pourquoi m'écrire tout ça ? Ça ne sert à rien ! Toi et moi, ce n'est pas fait pour durer. On savait que ça allait se finir, alors pourquoi se faire du mal comme ça ?

– Tu penses vraiment qu'on aurait pu se quitter comme ça ? Tu crois sincèrement que notre pauvre conversation à la salle des fêtes aurait été le point final de tout ce qu'on a vécu cet été ?

Elle me regarde, impuissante, comme si elle attendait désespérément que je la sauve de cette situation.

– Ce n'est pas grave, Hortense.

– Si, c'est grave. Toi et moi, on n'est pas faits pour être en couple. Il n'y a rien qui va ! À cause de toi, j'ai le pouls qui s'affole quand je vois des bretzels, tu as une mi-molle quand tu vois Olaf… Ce n'est pas normal ! Et puis, tes poèmes, ils sont magnifiques et ce que tu écris là-dedans me brise le cœur.

– Tu écris des poèmes ? s'exclame Damien dans mon dos, les yeux écarquillés et la bouche pleine.

– Elle parle d'Olaf dans *La Reine des Neiges* ou d'un mec qui s'appelle Olaf ? s'étonne José.

– L'un ou l'autre, j'avoue que c'est perturbant.

– Oh, mon Dieu… Tu n'es pas tout seul ?

– Non…

Je lui fais signe d'aller dehors et ferme la porte derrière moi même si je sais que plus jamais ma famille ne pourra regarder un Disney de la même façon.

Bienvenue au club !

– Tu n'aurais pas pu le dire avant ?

– Ce n'était pas facile d'en placer une ! Et puis, Olaf ? Pour ma défense, je n'aurais jamais pu anticiper ça.

Elle rit doucement en regardant l'horizon, les joues rouges.

– Je ne comprends pas bien ce qui te dérange avec mon carnet.

– Ce qui me dérange ? Enfin… Ce n'est pas comme ça qu'on dit à quelqu'un qu'on l'aime.

– Et comment devrait-on le dire, alors ?

Elle inspire un grand coup, comme avant un saut dans le vide, et se jette dans mes bras. Je l'accueille et, ensemble, nos cœurs se jettent dans l'océan de ce que nous ne nous sommes jamais dit. Elle m'embrasse à en perdre le souffle, et je plonge en elle en oubliant que j'ai besoin de respirer. À cet instant, elle est tout ce dont j'ai besoin.

– J'aime bien ta version, lui confié-je en la serrant dans mes bras.

– Sauf qu'on n'est pas dans un film. J'aimerais tellement, purée ! On aurait notre *happy end*. Mais tu sais que je ne peux rien promettre. Je pars…

– Tu pars demain, la coupé-je. Je l'ai accepté. Je ne voulais simplement pas que tu quittes la Martinique sans savoir. Je ne voulais pas passer le reste de ma vie à me dire que je t'ai laissée partir sans que tu saches ce que tu as représenté pour moi. Et je ne te demande pas de rester. Je sais tout ce qui t'attend. Mais j'avais besoin de te le dire.

Comme si elle aussi sentait à quel point notre séparation définitive sera douloureuse, ses yeux se mettent à briller. Je la serre plus fort contre moi et sens son souffle s'approfondir, son corps se détendre à mesure que nos peaux se retrouvent. Elle pose sa joue contre mon torse avec un soulagement qu'elle ne cherche pas à dissimuler. Je passe ma main sur sa nuque pendant qu'elle enlace ma taille.

– J'ai rêvé de ça. Tous les soirs, j'ai fermé les yeux et je me suis imaginée dans tes bras.

– Tous les soirs, j'ai espéré que tu viendrais sonner à ma porte.

Elle pose ses mains sur mes joues et mène mes lèvres aux siennes. Doucement, elle m'embrasse, déposant des petits baisers doux sur ma bouche.

– Ton avion part à quelle heure ?

– Demain à midi.

– Tu sais que je ne te quitterai pas avant demain ?

– Tu sais que je vais me laisser faire ?

Il ne nous reste que seize heures ensemble. Ensuite, elle devra partir. Autant les rendre mémorables, autant que ce soient les plus belles heures que nous ayons jamais passées, pour en faire des souvenirs d'un bonheur brûlant qui nous réchauffera quand nous aurons si froid de l'absence de l'autre.

ÉPILOGUE

HORTENSE

– Tu as été sage, cette année ?

– Oui, me répond une petite fille à la tête d'ange avec un sourire à croquer.

Si je ne l'avais pas vue mordre son frère deux secondes avant parce qu'il lui a pris un de ses sablés à la cannelle, j'aurais presque pu la croire. Mais qu'importe, je prends un des cadeaux posés à mes pieds au hasard et le lui confie.

– Joyeux Noël, ma belle !

Elle m'arrache le paquet des mains et se rue sur le buffet. Participer au Grand Noël de la ville et passer ma journée avec des enfants me rappelle pourquoi la ligature des trompes est une idée de génie.

– On a presque fini, non ? me demande Azalea, inconfortable avec son ventre proéminent.

Je jette un coup d'œil autour de moi. La salle des fêtes de Saint-Joseph est magnifique. Toute la ville s'est remonté les manches pour organiser cette première édition sans Tatie Thé. Ce Grand Noël n'est pas aussi grandiose que les précédents, mais avec le temps, je sais que nous arriverons à nous améliorer.

– Tout est parfait. Tatie serait très fière. Maintenant, va t'asseoir au lieu de rouler ta bosse partout.

– Il y a encore plein de choses à faire et…

– Et rien du tout. Tu es enceinte, tu ne devrais même pas passer ta journée ici. Ça se voit que tu souffres.

– Ça tire juste un peu.

– Ne m'oblige pas à me servir du sifflet.

Elle jette un coup d'œil à l'objet que Kaï m'a confié. Connaissant le besoin maladif de sa femme de se rendre utile et son incapacité à lever le pied, il m'a confié un sifflet. À n'importe quel moment, je peux m'en servir et Kaï débarque.

– Des menaces, toujours des menaces !

Je descends et fais un tour vers mon stand. En haut, un joli écriteau, clairement inspiré par la calligraphie utilisée à l'époque par mes grands-parents, arbore le nom « Biscuits Ménard ». J'ai rarement ressenti autant de fierté dans ma vie. Aujourd'hui est le jour de lancement de ma marque de biscuits : j'ai repris l'entreprise familiale en la remettant au goût du jour. J'ai gardé les fameux biscuits à la banane que j'ai déclinés avec quelques créations originales.

La peur me bouffe le ventre alors que je vois ma mère seule à notre stand. Pas un client à l'horizon.

– Alors ? C'est un fiasco ?

– Tu rigoles ? On n'a plus rien. Tout est parti en un clin d'œil. On a même une amie de ta grand-mère qui est passée pour nous féliciter. Elle est assise à la buvette, passe la voir, ça lui ferait plaisir.

– Génial !

Je laisse échapper un soupir de soulagement. Depuis la rentrée, ma vie est pleine de challenges. J'ai accepté de travailler en tant que manager au *MikaDo*. Ça se passe tellement bien qu'on pense s'associer pour ouvrir un autre lieu, plus petit : un salon de thé où je pourrais vendre mes biscuits et autres créations. L'accueil que les visiteurs leur ont réservé aujourd'hui est de bon augure pour la suite.

– Je te trouve, enfin…

Un frisson me parcourt alors que la voix de Rafael vient vibrer derrière mon oreille.

– Je t'avais dit qu'on se reverrait à Noël…

Il rit dans mon cou et je ne peux m'empêcher de me dire que j'ai pris la bonne décision ce jour-là. Celle de ne pas prendre cet avion, de ne pas me battre toute seule, celle de rester auprès de ceux qui m'ont fait me sentir bien, même si c'est loin de chez moi. Il n'y a pas une seule seconde où je regrette cette décision.

J'avais sous-estimé les difficultés qui m'attendraient depuis fin août. Je souffre d'un syndrome de stress post-traumatique à la suite des souvenirs qui me sont revenus. J'ai cru perdre pied plus d'une fois, heureusement, j'avais ma famille ou Rafael pour me rattraper. Ces derniers mois ont été une bataille émotionnelle pour continuer à avancer chaque jour, mais aussi une bataille juridique. Après que j'ai mené l'enquête pendant quelques semaines avec Camélia, nous avons été en contact avec de nombreuses victimes de l'Aigle. Toutes mineures au moment des faits, certaines le sont encore. Nous avons vite été dépassées par les événements. Heureusement, Azalea, très impliquée dans le réseau associatif de défense des victimes de violences conjugales, m'a suggéré de contacter une organisation qui aide les personnes comme nous. Nous avons pu être conseillées, soutenues aussi dans nos démarches auprès de la police. Le premier jour d'automne, nous avons porté plainte. Et depuis, dès que j'ai une seconde à moi, j'essaie de rendre ce qu'on m'a donné. J'essaie d'aider des victimes d'inceste, de violences sexuelles intrafamiliales. Et je leur rabâche ce que j'ai eu besoin d'entendre en boucle : je vous crois, ce n'est pas votre faute, ce n'est pas de l'amour et c'est interdit par la loi. Doucement mais sûrement, à notre hauteur, une personne à la fois, on tente de faire en sorte que la honte change de camp. Nous racontons aussi d'autres histoires, celles qu'on a besoin d'entendre. Celles de personnes qui s'en sortent, qui, même si elles ont été abusées, ont réussi à être heureuses.

– Ça va ? Tu veux qu'on aille prendre l'air ?

Depuis des mois, discrètement, à sa façon, Rafael a toujours été présent. Sans forcer, sans s'imposer, il est entré dans ma vie et a réussi à s'y faire une place.

– Non, ne t'inquiète pas. J'ai juste hâte d'être demain. La météo est bonne.

– Oui. Le bateau est prêt. Tu as pris ton maillot ?

– Pour quoi faire ?

De nouveau, j'embrasse le Père Noël.

– Maman, ne l'embrasse pas ! Il a dit que *Naruto*, c'était nul…

– Ça ne te suffit pas de ne pas vouloir regarder *One Piece*, tu veux vraiment être banni de ma maison !

– Il a appelé Gandalf « le vieux avec sa canne »…

– OK, un partout ! Même si… est-ce qu'il a tort ?

– C'est de chez moi que tu vas être bannie, si tu continues !

– J'ai fait bien pire et tu m'ouvres toujours la porte.

– L'insolence, toujours… J'ai envie de te mettre une heure de colle.

– Je n'y allais pas quand j'étais au lycée, qu'est-ce qui te fait croire que j'obéirais aujourd'hui ?

Je rapproche son visage du mien, toujours le menton levé, à jouer entre séduction et provocation. Ça m'amuse de voir Rafael se rapprocher d'Alexandre même si la rencontre officielle a eu lieu il y a peu de temps. Rester vivre ici a été un gros changement pour mon fils, il n'avait pas besoin d'avoir en plus une nouvelle personne dans sa vie. Et au fond, je crois qu'on était tous les trois contents de prendre notre temps et de ne pas forcer les choses.

– Les gars, il y a des enfants qui n'ont pas hyper envie de voir le Père Noël se faire une elfe, nous interrompt Mika en portant Léna dans ses bras.

La petite fille est magnifique. Ses yeux vert clair brillent sous les guirlandes qui ornent le plafond de la salle. Comme à son habitude, elle gigote, sourit, fait des bulles en tapant joyeusement le visage de son papa, qui est totalement gaga.

– Oh, donne-moi ma nièce au lieu de dire des bêtises !

La môme glisse dans les bras de son oncle et se tortille de plaisir. Ces deux-là sont inséparables.

– Oh, Rafael, c'est votre fille ?

Rafael et moi nous regardons un instant avant d'éclater de rire devant l'air perdu de la femme qui a posé cette question. Probablement une voisine ou une amie de la famille.

– Non ! C'est celle de Dolores, ma sœur. Je ne suis qu'un gentil tonton ravi de rendre ce bout de chou à ses parents en fin de journée.

– Ah, pardon. Ta petite amie est très jolie.

– On n'est pas en couple, rétorque calmement Rafael.

– Pardon, j'ai cru vous voir vous…

Je vois dans les yeux de la curieuse une incompréhension totale. Elle s'excuse et part en nous jetant des regards dubitatifs.

– Encore une qui va aller casser les oreilles de la Sainte Mère.

– Ne t'inquiète pas, elle a fini par comprendre que l'amour, ce n'était pas pour nous. En plus, elle a trouvé un diacre qui accepte de marier les couples homosexuels. Elle est déjà en train de préparer le mariage de Lucia.

Je ris, contente de savoir que les relations dans sa famille se sont apaisées. Petit bonus, sa petite sœur débarque de moins en moins à pas d'heure pendant que nous sommes en train de nous faire *Netflix and chill* sur le canapé.

– Arrête de mentir, vous vous aimez ! Ça se voit comme le nez au milieu de la figure, nous taquine Mickaël.

– Non, on ne s'aime pas ! affirmé-je.

– Je le lui ai promis, et je passerai chaque seconde de ma vie à ne pas l'aimer.

– Eh bien ! J'aimerais bien qu'on ne m'aime pas comme ça…

Je ne dis rien, je garde pour moi combien je sais que Mika a raison. Nous ne sommes pas un couple traditionnel. Nous ne vivrons probablement jamais ensemble, il est peu probable qu'on se dise oui habillés de blanc. Je ne nous imagine absolument pas avoir des enfants et, pourtant, je ne me suis jamais sentie aussi heureuse. Je me surprends à espérer que ce que nous avons, Rafael et moi, dure toujours. Ce qu'on ne perd pas de temps à se promettre, on s'efforce de se le prouver.

Il est l'été dans mon automne, la preuve que, même dans les moments les plus sombres, on peut trouver un rayon de soleil. Et maintenant que je l'ai, cette lumière, j'espère l'emporter partout avec moi.

REMERCIEMENTS

Que ce soit dans *Les azalées fleurissent en hiver* ou pour *Pourvu qu'on ne s'aime jamais*, je voulais traiter des violences intrafamiliales. Dans les deux cas, ce que j'en retiens c'est le poids du silence. Comment ces violences, ancrées dans le cadre familial, sont insidieuses et extrêmement difficiles à aborder et à déconstruire. Même pour moi. Pour ces deux livres, j'ai hésité. Je ne compte plus le nombre de fois où je me suis dit « ça n'intéresse personne ». Puis j'ai eu vos retours sur *Les Azalées*. Et cette fois, j'en étais sûre, ce bon vieux Nietzsche avait raison : « Toutes les vérités tues deviennent vénéneuses ». Et si Tonton Nietzsche le dit, qui suis-je pour dire le contraire.

D'ailleurs, j'allais commencer mes remerciements en m'excusant d'aborder un sujet aussi grave que l'inceste, espérant que le·a lecteurice ne serait pas trop heurté·e par mes mots. Mais ce serait encore céder sous le poids du silence. À la place, je dirais que j'ai voulu présenter des histoires de femmes fortes et résilientes malgré ce que leur a fait subir leur bourreau. Si cette histoire a fait résonner quelque chose en vous, sachez-le, vous n'êtes pas seul·e. Je vous entends, moi. Que vous vous leviez pour crier dans une foule silencieuse ou que vous restiez assis·e, le simple fait d'avoir survécu demande un courage incroyable.

Il est temps de passer aux gratitudes.

Un grand merci à toi, lecteurice d'avoir lu mon roman. Sans toi, ce serait nettement moins fun.

Merci à mes amies Coralie, Joséphine, Raphaele, Julie-Marie, Lucile, Séverine, Océane, Noémie Dani qui m'ont aidée du début jusqu'à la fin sur ce roman.

Merci à mes sœurs de plume : Delinda Dane, Lylyblabla, Magali Inguimbert, Morgane Moncomble et Célia Giglio (même si tu n'écris pas). Vous rendez cette aventure d'écriture incroyablement plus riche, plus drôle et plus facile. Merci pour votre soutien inconditionnel.

Merci à Marie, la travailleuse de l'ombre, mon éditrice. Vous ne le voyez pas mais elle a beaucoup travaillé sur ce texte. Merci d'y avoir cru avec moi.

Merci à ma famille de me soutenir, même de loin. Merci à ma belle-famille et en particulier à mon beau-père Alain, qui est sûrement la personne qui a acheté le plus d'exemplaires de mon livre.

À Lisandro et Andreas. Surtout toi Andreas qui a supporté plus ou moins calmement l'écriture de ce roman.

Et enfin, la dernière fois j'ai commencé par toi et cette fois tu fermes le bal. À Olivier, le seul et unique. Merci d'avoir réussi à entrer dans ma vie. Merci pour tout. Pourvu qu'on ne s'aime jamais autrement.

Composition et mise en pages
Nord Compo à Villeneuve-d'Ascq